STOUTE SCHOENEN

Van Katie Fforde verschenen eerder:

Keukengeheimen
De kunstminnaar
Een nieuwe kans
Wilde tuinen
Reddende engel
Levenslessen
Kunst en vliegwerk
Halsbrekende toeren
Praktisch perfect
Schoon schip

Katie Fforde

STOUTE SCHOENEN

ZILVER POCKETS

Voor Kate Parkin, redactrice en vriendin

Zilver Pockets® worden uitgegeven door Muntinga Pockets,
onderdeel van Uitgeverij Maarten Muntinga bv, Amsterdam

www.zilverpockets.nl

Een uitgave in samenwerking met
Uitgeverij Unieboek bv, Houten

www.unieboek.nl

www.katiefforde.com

Oorspronkelijke titel: *Paradise Fields*
© 2003 Katie Fforde
© 2005 Nederlandse uitgave Uitgeverij Unieboek bv, Houten
Vertaling: Monique Eggermont
Omslagontwerp: Mariska Cock
Illustratie omslag: Hanco Kolk
Foto auteur: Adrian Sherratt / Alamy
Druk: Bercker, Kevelaer
Uitgave in Zilver Pockets maart 2009
Alle rechten voorbehouden

ISBN 978 90 417 6231 3   NUR 312

Dankwoord

Mijn oprechte dank gaat uit naar al de mensen die me geholpen hebben met de research voor dit boek. Ondanks al hun inspanningen zullen er toch fouten en vergissingen in geslopen zijn.

Dank ook aan Clare Gerbrands, die de Stroud Farmers' Market heeft opgericht en me er alles over heeft verteld. En aan alle kraamhouders op de markt, die me niet alleen hun geweldige producten hebben verkocht, maar ook veel van hun tijd hebben gegund.

Dank aan Ian Hamilton, Emma Gaudern, Anne Styles en Arabella McIntyre-Brown, die me op allerlei manieren hebben geholpen met juridische aangelegenheden.

Dank aan het Cotswold Care Hospital – vergeef me alsjeblieft als ik iets verkeerd begrepen heb!

Dank aan Vanessa Kemp, voor het vervaardigen van al die inspirerende schoonheidsproducten.

En aan de familie Williams: Tom voor de bijen, Miranda voor Forest Green Rovers en Lesley voor gemeentelijke aangelegenheden.

En dank aan mijn redacteurs bij Random House, de zeer gewaardeerde Kate Parkin, Kate Elton, Tiffany Stansfield, Justine Taylor, Georgina Hawtrey-Woore, die allemaal zoveel extra werk voor mij hebben verzet.

En niet te vergeten Richenda Todd, mijn redactrice van het eerste uur, en de beste, meest nauwgezette en zorgvuldige bureauredactrice ter wereld.

1

Nels arm begon pijn te doen. De mistletoe, die in een hoop aan haar voeten lag, verkocht goed. Ze was al door de kleine bosjes heen. De takken waren met rood lint aan elkaar gebonden. Nu verkocht ze de grotere, die te dik waren om onder te verdelen in kleinere. Een van deze takken, die ze aanprijzend boven haar hoofd hield, bezorgde haar de pijn in haar arm.

Ze wilde hem net vervangen door een van haar lichtere verkoopartikelen, toen er een man naar haar toe kwam. Ze was zich al vaag bewust geweest van zijn aanwezigheid bij het kraam naast haar, waar hij bisschopswijn had gekocht en bosjes droogbloemen en kruiden die door de makers tussie-mussies genoemd werden. Ze had vastgesteld dat hij lang was, een blauwe jas droeg en een stads voorkomen had, toen hij zijn hand over de mistletoe in de hare legde en haar kuste.

Ze kon niet geloven wat haar overkwam. Mensen kussen een onbekende niet op de mond ten overstaan van de halve wereld; althans, niet Nel. Het was na een seconde voorbij, en toch gaven zijn koele, stevige lippen op de hare haar een vreemd gevoel dat van onder de beugel van haar beha tot in haar knieën doorstroomde. Ze snakte naar adem en ze had het gevoel dat ze griep had – ze was er duizelig van.

Het was verbazingwekkend hoeveel mensen de kus hadden gezien. Nel stond niet vaak op de markt – daar had ze geen tijd voor, ze rende altijd heen en weer, bezig met de organisatie. Maar deze keer moest ze bij haar kraam blijven staan, en het leek alsof alle marktkooplieden en hun klanten net op dat moment haar kant op keken. Ze probeerde haar blos te negeren, nam het geld van hem aan en gaf hem het bosje. Toen hij wegliep, keek ze hem na, opgelucht dat hij geen gesprek met haar had aangeknoopt.

Haar dochter kwam op haar af gesneld, met schitterende ogen. 'Wauw,' zei ze op een manier waardoor Nel helemaal het gevoel kreeg dat iedereen haar aangaapte. 'Mam! Wie was dat? Lekker ding, zeg!'

Nel streek met een hand over haar gezicht, schijnbaar om een haar uit haar ogen te halen, maar in werkelijkheid om even tot zichzelf te komen. 'Hij kocht alleen maar wat mistletoe, Fleur. En, hoe staat het ermee? Ben je zover dat je het van me kunt overnemen? Ik sta hier al vanaf zeven uur vanochtend, en ik moet nog met zo veel mensen praten.' Zag ze nog zo rood, vroeg ze zich af?

Gelukkig keek Fleur al niet meer naar haar moeder. Ze tastte in haar nauwe broek en haar lichtblauwe fleece jas naar haar mobieltje. 'Ik weet het, ik weet het. Zo meteen. Ik moet even iets sms'en naar Anna. We zouden vanavond uitgaan.'

Fleur, achttien, blond en prachtig, diepte eindelijk een telefoontje op dat niet veel groter was dan een creditcard, en toetste er als een razende op los. Waarom iemand die het schrijven van een piepklein opstel al een onmogelijke opgave vond liever sms'te dan belde, was voor Nel een raadsel. Dat kwam waarschijnlijk (zo had haar dochter verteld) omdat Nel dacht dat je alle woorden voluit moest spellen: ze kende het kortschrift niet en had nog nooit van het speciale woordenboek gehoord. Ze had Fleurs vriendelijke, zij het onbegrijpelijke uitleg te horen gekregen toen ze probeerde Fleur aan de tand te voelen over de hoogte van haar telefoonrekening. Zoals zo vaak gebeurde, waren de rollen omgedraaid. De kinderen vertelden haar dingen waarvan ze vonden dat ze die moest weten, en zij bleef nergens met haar ouderlijke kritiek.

Lavender, die heel toepasselijk tarweschoven en artikelen met lavendel verkocht, 'uit zelfverdediging, vanwege mijn naam', liet haar kraam niet in de steek, maar wuifde en knipoogde goedkeurend. Sacha produceerde schoonheidscrèmes en lotions op zeer kleine schaal en verkocht die in blauwe, glazen potjes. Ze stak veelbetekenend haar duimen op.

Als je iedereen kende, bedacht Nel, maakte dat je kwetsbaar voor mensen die je in de gaten hielden. Toen ze hier pas was komen wonen, als jonge, verdrietige weduwe, was ze blij geweest met de betrokkenheid van het kleine stadje, maar er was ook een schaduwzijde. Ze zag dat ook Reg haar vanuit zijn groente- en fruitkraam toegrijnsde. Het leven in zo'n kleine gemeenschap had wel iets van een goudvissenkom, en Nel kreeg soms het gevoel dat zij de goudvis was.

Ze liet de mistletoe liggen en keek langs de kramen die in een hoefijzervorm stonden opgesteld op de velden voor Hunstanton Manor. Het was een prachtig gezicht, al die kramen vol kerstspullen. In een ervan werd wild en gevogelte verkocht: enorme, bronskleurige kalkoenen met hun glanzende zware verenpracht hingen naast kleurige fazanten, eenden en ganzen. Verderop hingen worsten tussen bossen gedroogde kruiden bij een kraam met biologisch varkensvlees. Dan waren er nog stalletjes die Nel altijd bij zichzelf de 'malle-fratsenkramen' noemde, waar prachtig gemarmerd cadeaupapier was uitgestald met zelfgemaakte kaarsen en kerstfiguren, gemaakt van (had ze bij navraag gehoord) wijnflessen en in gips gedrenkte, beschilderde mousseline. Het resultaat bestond uit heel realistische, zij het wat sinistere bijbelse figuren.

Iedereen was er, en iedereen leek deze keer ook tevreden met de hun toegewezen plek. Ze wisten allemaal dat dit de laatste markt was voor de kerst, en ze waren vastbesloten daar het beste van te maken. De kraamhouders met eetbare producten gingen ook nog wel naar andere markten, maar er waren maar weinig plaatsen waar nonfoodartikelen verkocht mochten worden, dus was de markt van Paradise Fields voor de handwerkslieden een zeer gewaardeerd verkooppunt. En door de verscheidenheid aan mensen en producten was hij bijzonder populair bij de bezoekers.

Simon, de man die Nels kinderen 'haar vriendje' noemden, had ook gezien dat Nel de grote tak mistletoe verkocht. Simon en Nel gingen nu ongeveer een half jaar met elkaar om, en zelfs Nel moest toegeven dat hij niet bijzonder opwindend was, maar hij deed in elk geval klusjes voor haar die zij lastig en tijdrovend vond, zoals het schoonmaken van de goten. Nu zag ze dat hij zich een weg baande door de mensen, kennelijk vol ergernis.

'Wie was dat?' wilde hij weten.

'Hallo, Simon. Hoe gaat het? Ik verwachtte je niet vandaag.'

Toen ze merkte dat hij op een antwoord wachtte, ging ze door: 'Hij

9

kwam gewoon wat mistletoe kopen. Die zoen was alleen om de kerstsfeer te benadrukken. Kijk!' Ze schudde met haar schort. De zak rammelde van het geld. 'Zoveel heb ik al verkocht!'

'En je gaat de opbrengst zeker allemaal aan Sam geven?'

'Nou ja, hij heeft zo ongeveer zijn leven gewaagd door die takken van de bomen te snijden. Het is niet meer dan eerlijk dat hij dat geld krijgt.' Nel nam het altijd op voor haar oudste zoon, die al vanaf zijn jongste jaren verslaafd was aan bomen klimmen, en die tegenwoordig ook bergen bedwong.

'Mm. En is dat eigenlijk niet illegaal, mistletoe van bomen snijden?' Ze negeerde de vraag en keek stralend naar hem op. 'Wees eens lief en koop een hamburger voor me. Het is biologisch rundvlees, en het water loopt me in de mond van die geur. Graag met mayonaise en augurk, en een likje ketchup erbij. Alsjeblieft! Ik val om van de honger. Ik had vanochtend geen tijd om te ontbijten, en het is al bijna twee uur.'

Simon beantwoordde haar blik vol ernst. 'Ik heb je banden gecontroleerd, nu zijn ze weer goed.'

'Je bent een engel. Een kerstengel.' Ze trok zijn hoofd naar beneden en kust hem, zich er intussen vaag van bewust dat ze niets voelde, alleen zijn gladde wang onder haar lippen. 'En die hamburger?'

Hij fronste. 'Ik weet niet of je dat wel moet doen. Ze worden in de open lucht gebakken en zitten waarschijnlijk vol salmonellabacteriën.' Zijn afkeuring bleek duidelijk uit zijn opgekrulde lip en zijn bezorgde blik.

Nel ergerde zich. 'Die boerderij verkoopt vlees op alle biologische markten. Dat kunnen ze niet doen zonder speciale vergunning. Hoe zit het, laat je me hier verhongeren?'

Hij haalde zijn schouders op en liep weg.

Vivian had zich speciaal voor de gelegenheid gekleed. Ze was een schitterende verschijning, met haar roodvlammende haar en haar dramatische fluwelen cape. Hoewel ze iets jonger was dan Nel, was ze haar beste vriendin en de reden waarom Nel en de kinderen naar de Cotswolds waren verhuisd na de dood van Nels man.

Vivian stopte een haarlok weg achter een oor. 'Ik heb mijn laatste pot honing verkocht, en bijna alle bijen- en terpentijnwas. Met kerst kopen mensen daar hele ladingen van. Zou dat de enige periode van het jaar zijn waarin ze hun huis schoonmaken?'

'Persoonlijk zou ik zeggen: ja,' zei Nel, die thuis verschillende potten van Vivians zelfgemaakte was ongeopend had staan. 'Maar het ruikt dan meteen wel heerlijk.'

'Ik weet het,' beaamde Vivian. 'En dat is geen toeval. Ik heb het er met Sacha over gehad dat ik haar bijenwas zou kunnen leveren voor haar lippenbalsem, maar ik denk niet dat die zuiver genoeg is. Alles moet perfect zijn voor haar producten.'

'Daarom zijn ze zo goed,' zei Nel, opgelucht omdat haar vriendin kennelijk de andere kant op had gekeken tijdens die kus.

Haar opluchting duurde maar kort. Vivian bekeek haar argwanend. 'Houd jij iets voor mij achter? Wie was die man die jou zoende? Die heb je zeker verborgen gehouden?'

'Nee, nee. Ik ken hem absoluut niet, hij kwam wat mistletoe kopen. Zoals zoveel anderen vandaag ook hebben gedaan.'

'En kreeg je van iedere klant een zoen?'

'Van een heleboel wel. Het hoort er zo'n beetje bij. Hoewel ik geloof dat het meestal mensen zijn die ik ken. Het stelt niets voor.'

Vivian, die er een actief en gevarieerd liefdesleven op nahield, kon Nels onverschilligheid niet goedkeuren. 'Je had die gelegenheid moeten uitbuiten. Het was de meest aantrekkelijke man die ik in weken heb gezien.'

'Ik heb al een vriend, zoals je heel goed weet.'

'Simon, ja.' Vivians vond Simon niets, en hoewel ze het nooit met zoveel woorden zei, wist Nel dat heel goed. 'Nou ja,' ging ze verder, 'hij zal wel een forens zijn die hier met de kerst is. Of misschien logeert hij bij zijn ouders. Hij leek me jong genoeg om nog ouders te hebben. O, sorry, Nel.'

'Geeft niet, die van mij zijn al zo lang geleden overleden. Maar ik ben nog wel jong genoeg om ze te kunnen hebben.'

'Wat denk je?' zei Vivian. 'Heeft hij een huisje gehuurd in de Cotswolds om met vrienden kerst te vieren? Hij was alleen, dus waarschijnlijk heeft hij geen vriendin.'

'Ik heb geen idee, en ik wil er ook niet over speculeren!' zei Nel geagiteerd.

'Nou, ik heb hem nooit eerder gezien, want dat zou ik me zeker herinneren.'

Eerlijk gezegd had Nel hem wel eens gezien, toen hij squash speelde in het recreatiecentrum. Ze was op weg naar huis van de Weight Watchers op maandag, toen ze had rondgekeken op het squashterrein om te zien of haar zoon daar was en misschien met haar mee wilde rijden. In plaats van een stel bezwete tieners had ze toen die onbekende man gezien, terwijl hij net bezig was een grote, blonde man in te maken. Ze sprongen allebei over de baan als een stel jonge stieren, met piepende schoenzolen, terwijl de squashballen als kogels over het veld suisden. Op dat moment had Nel zich afgevraagd of je niet meer pondjes kwijtraakte met squash dan met het gelijknamige caloriearme citroendrankje dat ze dronk in plaats van wijn. Maar vanwege haar abominabele oog-handcoördinatie was dat waarschijnlijk niet zo'n goed idee – hoewel het misschien leuker was dan elke week urenlang in de rij staan om erachter te komen dat ze, ondanks al haar inspanningen, nog even zwaar was als de week ervoor, en nog steeds maar net in maat tweeënveertig paste.

Ze zei niets tegen Vivian, die nog meer bezwaren had tegen haar pogingen om af te vallen dan tegen Simon. 'Nou, als je alles over hem te weten bent gekomen, inclusief zijn maat overhemd, dan hoor ik het wel, ja?'

Vivian schoot in de lach. Haar talent om binnen de kortste keren van alles over mensen te weten te komen, vooral over mannen, was alom bekend.

Harry, Nels jongste zoon, die zo op zijn vader leek dat het bijna griezelig was, kwam enigszins buiten adem aan. Evenals Sam had hij kerstvakantie van de universiteit. 'Zeg mam – o, hallo, Viv – zeg mam, ik heb net iets gehoord dat jou misschien wel zal interesseren.'

'O?' vroeg Vivian. 'Over je moeders slippertje?'

Harry fronste en keek niet-begrijpend. 'Wat? Nee! Die vriendin van je, die in de gemeenteraad zit, weet je wel?'

'Fenella?'

'Ja, die stond te praten met een vrouw, terwijl ze appels stonden uit te zoeken – allemachtig, wat kunnen mensen toch kieskeurig zijn!

Ik stond daar klaar met een papieren zak, en zij maar elk appeltje bekijken alsof er wurmen in konden zitten.'

'Nou, wie weet,' zei Nel. 'Maar wat heb je nou opgevangen?'

'Er komt een vergadering over een bouwproject. En ze hadden het over Paradise Fields. Toen ik dat hoorde, heb ik mijn oren gespitst. Het had te maken met de bouwvergunning. In elk geval is het vanavond. Ik heb Fenella ernaar gevraagd, en zij zei dat iedereen erbij mocht zijn. Ik zei dat jij misschien wel belangstelling had, en toen zei ze dat zij dat wel had gedacht. Is dat zo?'

Nel en Vivian fronsten allebei hun wenkbrauwen, terwijl ze probeerden wijs te worden uit zijn woorden. 'Verder heb je toevallig niets gehoord?' vroeg Nel. 'Want ik begrijp het niet. Dat terrein is van het verpleeghuis. We gebruiken het al jaren. Ik geloof toch echt niet dat iemand daarop zou mogen bouwen.'

'Is Fenella er nog?' vroeg Vivian, en keek om zich heen. 'We zouden het haar kunnen vragen.'

Harry schudde zijn hoofd, waarbij er haarlokken in zijn ogen vielen. 'Nee. Ze zei dat ze er als een haas vandoor moest. Ik heb gezegd dat ik je op de hoogte zou brengen van die vergadering. Ze zei dat je haar moest bellen als je wilde weten hoe laat het is. Ze wist het niet meer uit haar hoofd.'

'O, hemel! Het klinkt zo dreigend!' zei Nel. 'Ik weet zeker dat er niets loos is, maar bedankt dat je het ons hebt verteld. Heb jij vanavond iets te doen, Vivian?'

Vivian knikte. 'Spannend afspraakje. Nieuwe man. Kan leuk worden.'

Nel zuchtte. 'Nou, goed, ik zal het je wel vertellen als ik iets bijzonders hoor.'

'Ja, oké. Ik wil het allemaal weten. Ik vraag me af of Simon er niet van op de hoogte is. Hij is toch makelaar, dan weet hij vast wel iets.'

'We zouden het hem kunnen vragen,' zei Nel.

'Nee, bedankt.'

Uit angst dat Viv weer commentaar op Simon zou leveren, ging Nel snel op een ander onderwerp over. 'En wat doe je met de kerst, Viv? Dat had ik je geloof ik nog niet gevraagd.'

'Ik ga met mijn tante naar de Highlands. Naar de brullende vuren, whisky in overvloed, en lange wandelingen. Misschien neem ik mijn afspraakje van vanavond wel mee, als hij er oren naar heeft. En wat doen jullie?'

'Hetzelfde als altijd, denk ik.' Nel glimlachte om haar ongenoegen te verbergen. Ze zong graag kerstliederen met het koor van het verpleeghuis, ze hield van de kerstverlichting en ze hield – nee, ze was dol op de kerstmarkt waar ze nu stonden. Maar sinds haar man was overleden, had ze net gedaan alsof ze met Kerstmis genoot van alles. Ze was er zo goed in, dat zelfs de kinderen niet precies wisten hoe ze werkelijk tegenover het feest stond.

'Dus dan ben je met Simon en je nicht en haar man? En de kinderen? Zijn die de kerstdagen bij je?'

Nel wist heel goed dat de kinderen binnenkort Kerstmis zouden willen doorbrengen met hun eigen vrienden, maar tot dusver had ze daar nog niets over gehoord. Nel wist niet of dit de zaak er beter of erger op maakte. Als ze niet thuis waren, kon zij ook weggaan. Misschien zou de lege plek bij de haard, die zonder dat ze het zei altijd aanwezig was, minder opvallen als zij niet thuis was.

'Simon gaat naar zijn moeder, maar ik geloof dat de kinderen wel thuis zijn,' antwoordde ze. 'Maar ik zit wel een beetje in over je peetdochter. Ze heeft een nieuw vriendje. In Londen.'

Vivan schoot in de lach. 'Dat wil toch niet zeggen dat hij een verkrachter is. Londen is tegenwoordig een heel beschaafde omgeving. Ze hebben er ook politie, hoor.'

Nel trok een grimas. 'Ze hebben elkaar ontmoet in een club. Het is voor het eerst dat ze met iemand omgaat van wie ik de ouders niet ken. En ook geen kennissen van zijn ouders. Dat hoort bij het volwassen worden.'

'Van wie? Van Fleur?'

'Nee, van mij. Ha, lekker, daar is mijn hamburger.'

'Hallo, Simon,' zei Vivian. 'Ik moest maar weer eens teruggaan. Ik heb Sam op mijn kraam laten passen,' zei ze tegen Nel. 'Als ik hem zo lang laat wachten, gaat hij zich vervelen en knijpt hij er misschien met de kas tussenuit om drugs te kopen.'

Nel lachte terwijl ze naar haar zoon keek, die pogingen deed kaarsen van echte was te verkopen aan iemand die daar duidelijk helemaal geen zin in had.

Simon keek naar Nel. 'Ik begrijp je niet,' zei hij, en deed net alsof hij beledigd was. 'Je reageert verontwaardigd als ik zeg dat de jongens niet met hun voeten op de bank moeten zitten als ze hun schoenen aanhebben, maar als Vivian Sam beschuldigt van diefstal en drugsgebruik, knipper je nog niet met je ogen.'

Nel lachte naar hem om te laten zien dat ze wist dat hij een grapje maakte. 'Heb je hun voeten wel eens geroken?' De waarheid was vaak vermomd als een grapje, en zo ook deze keer, maar ze had nu geen zin in zo'n gesprek en beet daarom in haar hamburger. De mayonaise droop ervan af. 'Mmm, heerlijk! Misschien wel het lekkerste dat ik ooit heb gegeten, en jij bent de held die hem voor me heeft gehaald. En je hebt er ook een voor jezelf meegebracht. Een goede keus! Neem een hapje.' Toen ze zich ervan had overtuigd dat hij zijn mond vol had en dus geen woord kon zeggen, ging ze door: 'Maar ik ben blij dat Sam er is. Ik zal hem vragen mijn plaats in te nemen terwijl ik mijn laatste rondje langs alle stalletjes maak. Ik heb nog niet alle kerstinkopen gedaan, en ik moet iedereen nog zeggen dat er een hele hoop papierwerk te doen is als we een officiële markt worden. Fleur is kennelijk ergens anders naartoe gegaan, en god mag weten waar Harry uithangt. O, jasses! Dat gaat er nooit meer uit.'

Een klodder roodgetinte mayonaise was op haar waxjas terechtgekomen. Mopperend schepte ze het spul op haar vinger, toen ze vanuit haar ooghoek de man zag die haar had gezoend. Hij hield zijn mistletoe vast als iets waar hij totaal geen raad mee wist, terwijl hij toekeek hoe zij de mayonaise van haar vinger likte. Hij lachte. Nel kon niet anders dan teruglachen; als ze nu afstandelijk deed zou ze nog belachelijker overkomen dan ze zich voelde. Na het lachen bloosde ze. Had ze maar een tiende van Fleurs zelfverzekerheid tegenover jongens, dacht ze. Niet dat hij nu bepaald een jongen was.

'Hier.' Simon gaf haar een zakdoek. 'Waarom moet je er ook zo'n rommeltje van maken?'

Nel veegde haar vinger af en begon toen over de vlek op haar jas te wrijven. 'Dat doe ik niet expres. Maar het is een oude jas, het geeft niet.'

'Die moet naar de stomerij,' stelde Simon vast. 'Je moet echt wat voorzichtiger zijn.'

Nel wilde net zeggen dat het onmogelijk was om een hamburger te eten zonder te knoeien, toen ze opmerkte dat hij de zijne al half op had en dat er geen spatje naast zijn mond terecht was gekomen. 'Zal ik je zakdoek voor je wassen?'

'Nee, bedankt. Ik wil hem niet roze terughebben.'

Nel was een tikje beledigd, maar probeerde dat niet te laten merken terwijl ze Simons zakdoek weer in zijn zak stopte. 'Bedankt voor het lekkere hapje, Simon.' Toen propte ze de rest van de burger in haar mond.

'Ik wil het nog wel eens doen. Zullen we vanavond uit eten gaan? Het nieuwe restaurant schijnt heel goed te zijn.'

Nel slikte haastig door. 'Dat klinkt enig, maar ik denk dat ik dan geen puf meer heb. Ik geloof dat ik liever voor de tv ga liggen. Als ik hier klaar ben, wil ik de kerstkaarten gaan rondbrengen. Dat duurt eeuwen.' Ze zweeg over de vergadering. Hij zou vast met haar mee willen, en dan werd alles nog ingewikkelder.

'Je kunt er een postzegel op plakken.'

'Weet ik, maar het is ook een goede gelegenheid om even met ieder-een bij te praten. Ik ben altijd zo druk bezig als we de kramen op-zetten, dan heb ik geen tijd voor een praatje. En er zijn absoluut din-gen die ze me willen vragen over alles wat we moeten veranderen om een echte, officieel erkende markt te worden.'

'Dat betekent een hoop werk. Is dat het werkelijk waard?'

Nel haalde diep adem en slikte haar ergernis weg. 'Er zijn toelagen die we kunnen aanvragen, websites die we kunnen maken, alles doen om naamsbekendheid te krijgen. Als officiële boerenmarkt zouden we veel meer publiciteit krijgen, veel meer mensen trekken. Fenella denkt dat als ik een degelijk plan voorleg aan het bestuur, waarin ik duidelijk maak hoe iedereen alles volgens de regels gaat doen, met de juiste schaalverhoudingen en zo, dat ze het dan goedkeuren. Hoe meer stalletjes we hebben, hoe meer huur het verpleeghuis ontvangt.'

'Dat Fenella voor het bestuur werkt, betekent nog niet dat ze alles weet,' zei Simon stuurs. Hij vond het maar niets dat Nel anderen raadpleegde in plaats van hem. 'En zitten we wel op al dat extra ver-keer te wachten?'

'Om te beginnen zou het maar één keer per maand zijn!'

'Dan is het financieel gesproken niet echt levensvatbaar.'

'O, Simon, doe niet steeds zo lollig. Dat begint vermoeiend te worden!'

Simon schoot in de lach toen hij merkte dat ze hem plaagde. 'Ik denk alleen dat het een hoop werk zal worden om van deze markt een echt erkende boerenmarkt te maken, en dat het niet veel zal opleveren. Je kinderen zijn praktisch allemaal uit huis, dus nu zou je een fatsoenlijke baan kunnen zoeken.'

Nel wilde geen fatsoenlijke baan. Marks levensverzekering zorgde ervoor dat ze goed kon rondkomen, ze deed graag werk dat haar interesseerde, en ze was er niet op uit om carrière te maken. Aangezien ze het hier al veel vaker over hadden gehad en ze het nu niet het juiste tijdstip vond om er weer over te discussiëren, hield ze het bij een glimlach.

Hij keek haar vertoornd aan, omdat hij merkte dat ze de deur voor hem dichttrok. 'En je had je kerstkaarten ook mee hiernaartoe kunnen nemen, en nu kunnen afgeven.'

Eigenlijk was dat ook Nels bedoeling geweest, maar ze had zoveel aan haar hoofd gehad toen ze die ochtend in alle vroegte het huis uit was gerend dat ze ze op het tafeltje in de hal had laten liggen. 'Ik zei je toch, ik wil met wat mensen praten. En het organiseren van de markt zal een hoop werk worden, maar zeer de moeite waard. En het lijkt me hartstikke leuk.' Ze fronste toen de gedachte aan de bouwvergunning voor Paradise Fields bij haar opkwam. Het was toch zeker het terrein van het verpleeghuis! Harry had het waarschijnlijk verkeerd begrepen. Hij was veel dromeriger dan haar andere twee kinderen. 'Zoals ik dus al zei, ik wil met iedereen een praatje maken.'

'Jij kunt niet zonder je babbeltje,' zei Simon.

'Dat klopt helemaal!' stemde Nel in. 'Iets leukers bestaat er niet. En hier komt iemand die wat mistletoe wil kopen. Hallo, Adrian! Koop wat voor je vrouw. Dit stuk hier zou het prachtig doen bij jullie in de hal.'

'We hebben mistletoe in de tuin, Nel.' Adrian had een boerderij even buiten de stad. Nel kende hem omdat ze vroeger met haar cateringbedrijf wel eens wat voor zijn vrouw had gedaan.

'Dat zal best, maar ik durf te wedden dat jullie die aan de boom laten zitten. Het is toch zonde als je het niet in huis ophangt. Op een omgeploegd veld zal niemand je kussen.'

Adrian moest lachen en stak zijn hand in zijn zak. 'Hoeveel wil je me lichter maken?'

'Jij mag bepalen wat je het waard vindt. Hier, een mooie grote tak. Laten we zeggen een pond. Het is voor een goed doel.'

'Ik dacht dat je zei dat Sam dat geld zou krijgen,' zei Simon.

'Sam is een goed doel. Bedankt, Adrian. Doe Karin de groeten. Ik kom later op de dag nog even mijn kerstkaart langsbrengen.'

Adrian gaf Nel een kus op haar wang. 'Ze zal het fijn vinden om je te zien. Toen ik vanochtend wegging, zat ze te worstelen met een kerstkrans.'

'O, daar wil ik haar graag mee helpen! En misschien maak ik ze volgend jaar wel zelf, als de markt dan nog bestaat. Het is een heerlijk werkje.'

Adrian pakte zijn tak mistletoe op. 'Voor jou misschien. Nu moet ik hier de hele weg mee slepen.'

Nel pakte hem van hem over. 'Ik neem hem wel mee, gelijk met de kerstkaart.'

'Als je niet zoveel dingen voor andere mensen deed, zou je meer tijd hebben om met mij uit te gaan,' klaagde Simon, die nooit echt begreep hoe ze met iedereen zo'n goed contact kon onderhouden.

'Ik ga dolgraag met je uit, Simon. Dat weet je toch.' Ze haalde diep adem. 'Luister, kom anders vanavond bij mij. Dan maak ik wat te eten – of nog beter, ik haal *fish and chips* – en dan huren we een videofilm. Met een flesje wijn erbij.'

Het kostte haar een beetje moeite om deze uitnodiging te doen. Simon was totaal geen type die goed kon rondlummelen, en Nel had nog steeds het idee dat ze voor zijn bezoekjes eerst het huis moest opruimen. Maar met een beetje geluk zou de vergadering niet al te lang duren, en dan had ze nog tijd genoeg.

'Mag je dan wel *fish and chips* hebben met jouw dieet, Nel?'

'Het is toch Kerstmis! Althans, bijna. Kom je nou, of niet?'

'Eerlijk gezegd heb ik zelf nog een en ander te doen. Ik neem je zondagmiddag wel mee uit lunchen.'

'Enig. Ergens waar ze niet al te vette hapjes opdienen, graag.'

'Ik dacht dat je zei dat het Kerstmis was.'

'Wel en niet,' zei Nel, die zich afvroeg of Simon ooit iets zou begrijpen van lijnpogingen, of dat dat hem, net als lummelen, boven zijn pet ging. Omdat hij zelf in prima conditie was, en alles kon eten wat hij wilde, dacht hij dat mensen die te dik waren gewoon te veel aten. Alleen mensen die net als zij last van overgewicht hadden, beseften dat er veel meer bij kwam kijken. Toen ze een bekende zag weglopen bij het kaasstalletje, waar ze onder andere een lokale kaassoort verkochten die vol genegenheid Toms Oude Sokken werd genoemd, riep ze hem na: 'Hé, Ted! Heb je al een takje mistletoe gehaald? Kom gauw kijken, het zal je niet spijten.'

'Ha, die Nel. Geef me dan maar een takkie. Daar zal moeder de vrouw wel blij mee zijn. Fijne markt, nie waar?'

'Fantastisch. Maar volgend jaar moet het nog beter worden, als we officieel erkend zijn.'

'Dus we weten nog niet wat er met het terrein gaat gebeuren?' Hij wees naar het huis, een groot, grillig gebouw, dat uitkeek over de weilanden. 'Ik bedoel, misschien hebben sir Geralds erfgenaam en zijn vrouw bezwaar tegen een markt op hun land, of zoiets.'

'Het is niet hun land, en er bestaat geen reden waarom ze er bezwaar tegen zouden hebben. Die markt is prachtig, daar is niets mis mee. Trouwens, als ze daar bang voor zouden zijn, hadden ze eerder uit Amerika terug moeten komen.'

'Dus je hebt nog niet gehoord wat ze ermee willen doen?'

'Nee.' Als ze tenminste het akelige gerucht over de bouwbestemming niet meerekende, maar daar zou ze niets over zeggen. 'Maar dat is ook niet te verwachten. Ik heb wel voor sir Gerald gewerkt, maar daarom hoeft zijn zoon me zijn plannen nog niet te vertellen. Ik stel me voor dat het een fortuin zal kosten om alles weer in de oude staat te brengen.'

'Minstens een miljoen, zou ik zeggen. Het schijnt dat de goede man van de ene kamer naar de andere is overgestapt, omdat ze allemaal begonnen te lekken.'

Nel zuchtte. Ze werd niet vrolijk van dit gesprek. 'Laten we hopen dat ze dan genoeg geld hebben.'

'Nou, ik kan hier niet blijven kletsen, ik moet nog een cadeautje voor moeder de vrouw kopen. Nog een tip, Nel?'

'Ik ben zelf altijd wel te porren voor diamanten,' zei ze met een ernstig gezicht.

Hij schoot in de lach, zoals de bedoeling was. 'Dan zou ze verdomd veel geluk hebben!'

'Dat hoop ik voor haar!'

2

'Kerst is zo'n rottijd,' vond Nel. 'Ik bedoel, wat een moment om erachter te komen dat Paradise Fields al jaren een bouwvergunning heeft. Net nu er niemand in de buurt is om er iets tegen te doen! Het is ongelooflijk! Ik wist zo zeker dat die weilanden van het verpleeghuis waren. God nog aan toe! De markt heeft hun er zelfs huur voor betaald. Het idee dat daar gebouwen komen is ondraaglijk!'

Vivian, die net zo van streek was als Nel, maar er een tikje nuchterder tegenover stond, zei: 'Dat is waarschijnlijk de reden waarom ze het nu opnieuw hebben aangevraagd, in de hoop dat iedereen te druk bezig zou zijn om het op te merken.'

Vivian keek toe hoe Nel een kersttaart versierde met figuurtjes die ze zelf had gemaakt. Omdat Nel er met haar gedachten niet bij was, bleef ze fouten maken. Boven hun hoofd klonk dreunende muziek, wat betekende dat een van de jongens thuis was. Ze wist niet wie, want ondanks het feit dat ze constant ruzie maakten over de verdiensten van hiphop tegenover triphop kon ze hen niet uit elkaar houden.

'En waarom is kerst dan een rottijd? Ik dacht dat je het heerlijk vond om hiermee bezig te zijn,' zei Fleur, en wees naar de tafel die vol lag met glazuur en koekvormpjes.

'Niet door de taart, lieverd, ik bedoel het feit dat dit nu boven tafel is gekomen op het moment dat alle kantoren in het land veertien dagen dicht zijn. Ik ben bij de notaris naar binnen gestormd om erachter te komen wie die Gideon Freebody is, en kreeg toen te horen dat er tot na Nieuwjaar niemand op kantoor zou zijn.'

'O.' Fleur pakte een stukje knalrood glazuur dat even daarvoor nog de muts van de kerstman had moeten voorstellen, en begon er een roos van te kneden.

'Het is lastig,' zei Vivian, 'maar het lijkt me niet ernstig. Niemand doet in deze tijd iets. Weten we al wie de eerste aanvraag heeft gedaan om daar te bouwen?'

Nel schudde haar hoofd. 'Ik heb er met Fenella over gesproken en zij zei dat iedereen een bouwvergunning kan aanvragen voor waar dan ook. Jij zou er een kunnen aanvragen voor mijn tuin.'

'Wat vreselijk!'

'Zeg dat wel. Ik hou mezelf steeds voor dat ik niet in paniek moet raken, maar het blijft me bezighouden, totdat ik weet hoe de vork in de steel zit. Je had die plannen moeten zien, Viv! Ze willen er een ongehoord aantal huizen naast elkaar neerzetten. Ik kon mijn ogen niet geloven. Nog steeds niet. Hoewel ik het gevoel heb dat ik het geweten zou hebben als het land van de Hunstantons was. Ik heb jarenlang voor sir Gerald gewerkt! En Michael is ook al weg.'

'Wie is Michael?' vroeg Fleur, terwijl ze probeerde een geschikt plekje te vinden voor haar levensgrote roos in een besneeuwd stukje.

'Onze financiële man in het verpleeghuis. Hij is jurist of accountant, of zoiets saais. Hij zou het allemaal moeten weten.'

'Het is niet alleen omdat we de vrije doorgang voor de kinderen naar de rivier kwijtraken,' zei Vivian tegen Fleur. 'Het is ook zo'n belangrijk gebied voor de flora en fauna. Ik kan gewoonweg niet geloven dat iemand daar wil gaan bouwen zonder het ons te laten weten. God mag weten hoeveel dieren hun habitat verliezen als het door zou gaan.'

Zelfs al kende ze haar al een hele tijd, Nel werd nog regelmatig verrast door Vivian. Ze wist haar stijl en glamour te combineren met een voorliefde voor aardse activiteiten als bijen houden, natuurtochten maken en vogels kijken op verre eilanden. Het kwam omdat ze er niet uitzag alsof ze veel meer deed dan winkelen dat Nel steeds vergat dat ze ook uitstapjes maakte naar de Galapagos-eilanden, trektochten door het regenwoud en vakanties die werden georganiseerd door de stichting Natuurbehoud.

'Merk je ook dat we ervan uitgaan dat dat land toch niet van het verpleeghuis is?' zei Nel. 'Hoe denk je dat dat komt?'

Vivian haalde haar schouders op. 'Omdat volgens de wet van Murphy ambtenaren altijd gelijk hebben. De bank maakt nooit een vergissing; jij bent altijd degene die je limiet overschrijdt. Vind je het goed als ik een ketel water opzet?'

'Ja, ik heb wel zin in thee; ik wou alleen dat jullie ophielden met dat gefriemel. Ik vind het niet erg dat jullie de restjes opeten, maar wat jij daar net in je mond stak was een perfecte sneeuwman, Fleur.'

'En hoe gaat het met je dieet, mam?' vroeg Fleur, die de glazuur en weilanden beu was. Ze pakte een apparaatje op dat Nel nooit eerder had gezien en begon daar haar haar mee glad te strijken. Straks ging ze met de bus naar Londen. Omdat ze wist dat haar moeder zich daar zorgen over maakte, wilde ze nog even gezellig bij haar en Vivian zitten voordat ze wegging.

'Het lukt niet, ik blijf op hetzelfde gewicht steken. Ik val wat af, ik kom weer wat aan, en dan weeg ik weer hetzelfde.'

'Ik begrijp niet waarom je al die moeite doet,' zei Vivian. Ze was lang en goed gebouwd, had een roomkleurige teint en felgroene ogen, en kon eten wat ze wilde.

'Ja, jij; jij hoeft er niet bij na te denken wat je in je mond stopt. En dat is maar goed ook,' vervolgde Nel, 'als je nagaat hoeveel zoetigheid je net hebt weggewerkt.'

'Maar je bent prachtig, Nel. Vind je niet, Fleur?'

'Ja. Schattig mammie-achtig.'

Nel was niet echt blij met deze benaming. 'Als ik een meter vijfennegentig was, zou mijn gewicht perfect zijn. Helaas, of misschien ook maar gelukkig, ben ik dat niet. Bovendien gaat het uiteindelijk om je zelfrespect en je eigen normen.'

'Het komt zeker door Simon,' begreep Vivian. 'Omdat hij zo mager is, vindt hij dat jij dat ook moet zijn.'

Nel bloosde. 'Nee, ik doe het voor mezelf!' Ze wilde niet dat Simon ter sprake kwam.

'Heb je dan cellulitis?' informeerde Fleur. Ze was opgehouden met het strijken van haar haar, en trok nu haar broek glad over haar heupen. 'Je weet wel, zo'n sinaasappelhuid?'

'Ik weet wat cellulitis is, Fleur, en ik geloof niet dat sinaasappelhuid de juiste beschrijving is.'

'Hoe bedoel je?' vroegen Fleur en Vivian tegelijk.

Nel dacht even na. 'Nou ja, het is meer... stel je voor dat je met een ijsschep aardappelpuree op mijn dijen kwakt. Dan krijg je een idee waar ik het over heb. Sinaasappelhuid háált het er niet bij.'

Er viel een stilte vol afgrijzen, en daarna controleerden Nels dochter en vriendin haar in broekspijpen gestoken benen om te zien of het waar was. Nel kon zo overdrijven.

'En je achterwerk?' wilde Fleur weten.

'Een van de aardigheden van het leven,' zei Nel, 'is dat ik mijn achterwerk niet kan zien. Ik verwacht dat dat ook vol zit met aardappelpuree.'

Vivian, die niets onwelvoeglijks had kunnen bespeuren onder Nels zwarte spijkerbroek, schudde haar hoofd. 'En wat vindt Simon ervan? Ik kan uit ervaring zeggen dat alleen pedofielen en homoseksuelen van graatmagere vrouwen houden. Echte mannen houden wel van iets stevigs.'

'Simon heeft mij nooit bloot gezien. Althans, niet dat deel van me.'

'Wat?' krijste Vivian geschokt. 'Je bedoelt dat je nog niet met hem naar bed bent geweest? Maar je gaat al meer dan een half jaar met hem!'

Fleur snakte naar adem, en wist duidelijk niet wat ze erger vond, het idee dat haar moeder aan seks zou doen, of dat iemand al zo lang verkering had met een man zonder met hem naar bed te gaan.

'Ik weet het, maar Simon is heel voorkomend en wil me nergens toe dwingen.'

'Dat noem ik niet voorkomend! Dat noem ik een gebrek aan libido!' Vivian, die een rijtje verlovingsringen van haar exen aan haar hand droeg, was de expert.

'Nee, zo is het niet. Het ligt aan mij. Ik vind het gewoon moeilijk om met een andere man te slapen.'

'Hoe bedoel je, "andere man"?' zei Fleur hard. 'Pap is toch al jaren dood!'

'Wil je zeggen dat er niemand meer is geweest sinds Mark is overleden?'

Nel knikte. Ze was ouder dan die twee; waarom gaven ze haar dan het gevoel dat ze een dom kind was?

'En, mam, wat is je score?'

'Wat bedoel je met score? Zijn we met een spelletje bezig?'

'Je weet best wat ik bedoel; je score, het aantal mannen met wie je naar bed bent geweest.'

'O, dat,' mompelde Nel.

'Nou,' begon Vivian, 'toen ik vannacht niet kon slapen heb ik geprobeerd die van mij te tellen, maar het zijn er zo veel dat ik er een rekenmachine voor nodig zou hebben. Zo erg kan het bij jou toch niet zijn?'

'Eh, nee.' In sommige opzichten was het erger.

'Nou, hoe zit het dan? Meer dan de vingers van twee handen?' drong Fleur aan. Nu ze had geaccepteerd dat haar moeder ook een seksueel leven had, wilde ze ook alles weten.

'Bedoel je meer dan tien? Nee.'

'Van één hand dan?' probeerde Vivian.

'Ook dat eigenlijk niet.'

'Wat bedoel je dan?' vroegen ze tegelijk.

Dan moesten ze het maar weten ook. 'Lieve schatten, ik kan het aantal mannen met wie ik naar bed ben geweest op de dúim van een hand tellen. Ik heb er niet eens vingers voor nodig.'

Het duurde even voordat de twee anderen dit tot zich hadden laten doordringen.

'O, wat schattig!' zei Fleur.

'Dit is beslist merkwaardig,' vond Vivian. 'En waarschijnlijk ongezond. Je moet daar onmiddellijk iets aan doen.'

'Nou, ik zal het tegen Simon zeggen.'

'Simon,' begon Vivian, en hoewel Fleur alleen maar een zijdelings blik in de richting van haar peettante wierp, wist Nel dat ze allebei hetzelfde dachten. 'Het hoeft Simon niet te zijn,' besloot Vivian.

'Jawel! Ik ga toch met hem om! Met wie zou ik anders naar bed moeten?'

'Wat dacht je van die man die je kuste op de markt?' vroeg Fleur.

Nel bloosde. Ze had precies hetzelfde gedacht. 'Dat zou ik niet kunnen. Ik zou nooit met iemand naar bed kunnen met wie ik geen sterke band had.'

'Of die je in z'n blootje zou willen zien,' zei Vivian.

'Zo denk ik niet over mannen! Ik heb liefde nodig, betrokkenheid, tijd, al die dingen. En trouwens,' ging ze verder, terwijl ze zich af-

25

vroeg of ze ooit nog genoeg hartstocht voor iemand zou kunnen voelen, 'ik ben niet van plan om mijn pureedijen aan een ander te laten zien. Zodra een man die ziet, zal hij zich verontschuldigen en de benen nemen.'

'Onzin! Uiterlijk is maar een klein onderdeel van het geheel,' zei Vivian. 'Laat je toch eens het bed in sleuren, meid!'

'Soms vraag ik me af waarom ik jou heb gevraagd om peettante voor mijn dochter te worden.'

'Nee, mam, echt, ze heeft gelijk. Mensen nemen seks veel te serieus.'

Nels moederhart sloeg een keer over. 'Ik hoop wel dat jij het serieus neemt, schat.'

'Hou op! Ik weet heus alles van seksueel overdraagbare ziekten en zo. En ik ben niet met Jamie naar bed geweest, dus raak nu niet meteen van de kaart.'

Nel, die het er moeilijk genoeg mee had gehad dat haar dochter geen maagd meer was en zelfs al meer bedgenoten had gehad dan zijzelf, kalmeerde. Accepteren wat je toch niet kunt veranderen was een belangrijke levensles, en Fleur leek op aarde te zijn gezet om Nel álle belangrijke levenslessen bij te brengen.

'Wat jij nodig hebt is een cursus om het vertrouwen in je lichamelijke capaciteiten op te vijzelen,' adviseerde Vivian.

'Het klinkt mij in de oren als een sportschool, en daar wil ik niet heen!'

'Tja, dat doe ik ook niet,' gaf Vivian toe. 'Veel te saai. Hoewel er heel wat knappe mannen rondlopen. Nee, ik bedoel een soort therapie. "Ik ben een beeldschone vrouw en alle mannen vinden mij aantrekkelijk," deed ze.

'Het probleem is, dat ik dat niet ben,' zei Nel.

'Jawel, dat ben je wel!' riepen Fleur en Vivian tegelijk. 'Je ziet er prachtig uit. Vooral sinds je die highlights in je haar hebt,' voegde Vivian toe.

'Luister, ik kan er best mee door. Ik weet dat ik er niet uitzie als een vogelverschrikker, maar niemand kan mij wijsmaken dat "alle mannen", of zelfs maar "bepaalde mannen", op mij vallen. Bovendien zag ik laatst een grijze haar.'

'Maar dat is geen probleem,' vond Fleur. 'Met een kleurspoeling zie je niet dat het grijs wordt.'

'Dat weet ik, maar ik bedoel niet op mijn hoofd!'

Weer viel er een stilte vol afgrijzen. Nel was niet iemand die erop-uit was om mensen te shockeren, maar vandaag leek het daar wel op. 'Leeftijd heeft er niets mee te maken,' ging Vivian door. 'Vrouwen van in de tachtig kunnen nog best sexy zijn.'

'Echt?' vroegen Nel en Fleur verbaasd.

'Natuurlijk. Niet dat ik dat uit persoonlijke ervaring weet,' vervolg-de Vivian, die ergens in de dertig was, 'maar ik weet zeker dat het waar is. Het zit vanbinnen.'

'Dan heeft het dus geen zin voor mij om een cursus te doen,' con-cludeerde Nel.

'Dat probeer ik je nu juist duidelijk te maken, lieverd. Als jij het ge-vóel had dat je de meest sexy vrouw op aarde was, zou je dat ook werkelijk zijn.'

'O ja?' Die man die haar had gekust fladderde ergens in haar hoofd rond als een mot die door een vlam wordt aangetrokken. Ze besef-te dat ze haar krullende wimpers en haar vermogen om bepaalde li-chaamsdelen, waarvan ze het bestaan was vergeten, te verfraaien over het hoofd had gezien.

'Nou, het zou wel wat uitmaken,' hield Vivian vol.

'Ik zal eens in de boekwinkel kijken wat ze op het gebied van zelf-hulpboeken hebben.' Vivian en Fleur keken haar nog steeds aan op een manier waar Nel zenuwachtig van werd. Ze hadden de neiging om een blok te vormen tegenover haar. Ze konden elk moment zeggen dat ze meer kleuren moest gaan dragen en dat ze nooit meer iets zwarts aan mocht. Om hen af te leiden zei ze: 'Wat ik eigenlijk moet hebben is een boek met de titel *Klaar voor een nieuwe relatie*. Je weet wel, zo'n boek waarin ze je vertellen wat je met je lichaam moet doen als je erover denkt om na jaren weer eens aan seks te gaan doen. Ik wed dat zo'n boek niet bestaat.'

'Mmm, ik zou het best kunnen schrijven,' zei Vivian peinzend. 'Ik zou heel wat goede tips kunnen bedenken. En niet alleen dingen die ieder ander zou geven.'

'Zoals?' vroeg Nel.

'Van die dingen als je schaamhaar behandelen met conditioner, of met een beetje haarverf, zoals in jouw geval.'

Nel negeerde deze opmerking. 'Dat doe je toch zeker niet? Met die conditioner?'

'Jazeker! En waarom niet? We geven allemaal kapitalen uit aan ons hoofdhaar. Waarom dan niet aan –'

'Nee, vreselijk!' Fleur, die inmiddels de laatste hand had gelegd aan haar make-up, trok de rits van haar tas dicht en stond op. 'Als ik jullie zo bezig hoor, krijg ik het idee dat ik in een aflevering van *Sex and the City* terecht ben gekomen.'

'Ja, je mag mijn oogschaduw wel meenemen naar Londen,' zei Nel, die had gezien dat Fleur die bij zich stopte, 'als je me belooft dat je belt zodra je bent aangekomen.'

'In Londen, of bij Jamie thuis?'

'Allebei. En –'

'Doe ik. Ik bel, ik zal me als een perfecte logee gedragen, en ik zal voorzichtig zijn in Londen, en ik ben maar twee dagen weg. Sam brengt me naar de bus.' Fleur drukte haar koele wang tegen die van haar moeder. 'Je bent lief. Tot gauw. Op kerstavond.'

'Ik geloof dat het tijd wordt voor een glaasje wijn,' zei Vivian toen de plotselinge stilte hen duidelijk maakte dat ze alleen in huis waren. 'Heb jij wat in huis, of zal ik even gaan halen? Er ligt niets in het rek.'

'Ik heb een flesje van drie voor de prijs van twee, achter de cornflakes in de keukenkast. Die moet ik verstoppen, anders nemen de kinderen hem mee naar een feest. Men zegt wel eens dat het leven te kort is om goedkope wijn te drinken. Maar ik vind het te lang om het niet te doen. Ik maak dit even af, dan ga ik op zoek naar een kurkentrekker.'

'Als het nog eens zover komt dat ik geen kurkentrekker kan vinden, word ik geheelonthouder. Hij ligt toch in deze la?'

'Zou kunnen. Hij zou er wel moeten liggen, maar dat zegt niets,' zei Nel vol twijfels.

'Daar is-ie!' riep Vivian triomfantelijk. 'En, gaan jij en de kinderen die hele taart opeten?'

'Hemel, nee! Hij is voor de kerstverloting in het verpleeghuis. Zeg, Viv, vond jij dat Fleur zich net zo gedroeg als anders? Niet zenuwachtig of zoiets?'

'Nee, hoor. Ze zag er even goed uit als altijd, en ze gaat met de dag meer op jou lijken.'

Aangezien Nel en Fleur constant te horen kregen dat ze zo op elkaar leken, terwijl geen van beiden dat zelf zag, negeerde ze deze opmerking. 'Ik vraag het je omdat Simon laatst zoiets suggereerde. Hij vroeg me of ze niet aan de drugs was.'

'Dat lijkt me onwaarschijnlijk.' Vivian zweeg even. 'Maak je je alleen zo ongerust omdat ze een vriendje in Londen heeft? In Bristol hebben ze ook drugs, hoor. Hier trouwens ook.'

'Dat weet ik wel! Alleen, als er hier in de buurt iets zou gebeuren, zou ik met een paar minuten bij haar kunnen zijn.'

'Roken de jongens geen wiet of zoiets?'

'Waarschijnlijk wel, maar niet hier, en mij vertellen ze er niets van.'

'Ze willen je graag beschermen.'

'Ja. Maar wat Fleur betreft, jij denkt dus echt niet dat er iets met haar aan de hand is?'

'Nee, hoor. Ik denk dat Simon zich te veel zorgen maakt. En hij brengt dat op jou over, wat nog erger is.'

'Hij bedoelt het goed.'

'Dat vind ik altijd het ergste wat je over iemand kunt zeggen.'

Nel stak zonder het te willen een misvormd hulstblaadje in haar mond. 'Ik bedoelde het niet op een negatieve manier. Simon is een beste vent. Hij bekommert zich om mijn kinderen.'

Vivian tikte haar vriendin op de arm. 'Dat weet ik. Maar ik ben ervan overtuigd dat hij ook heel veel goede eigenschappen heeft.

Later, toen Nel alleen was en zat te wachten totdat de honden alle gemorste glazuurstukjes hadden opgelikt, waarna ze de vloer kon dweilen, dacht ze na over de uiterwaarden.

Ze was er met de kinderen naartoe gegaan tijdens de eerste zomer dat ze hier waren komen wonen. Het was in de schoolvakantie, en ze deed haar best om iets leuks met ze te ondernemen. Iets normaals.

Er speelden al kinderen, variërend in leeftijd van vier tot twaalf. Een paar van de oudsten deden met de jongsten een spelletje slagbal. Een groepje moeders naast een bankje knikte Nel bemoedigend toe om haar kleed naast dat van hen te leggen. Ze vroegen of ze hier pas was komen wonen en wisten niet goed wat ze moesten zeggen toen ze vertelde dat ze weduwe was.

'O god,' zei er een. 'We hebben net een half uur zitten klagen over onze mannen, en hun irritante manier van doen.'

'Het geeft niet,' zei Nel. 'Mijn man dacht altijd dat het handig was als hij zijn koffiekop omspoelde, zonder dat hij de rand afwaste, zodat er nog allemaal druppels op zaten.'

'En nu zou je er wel alles voor over hebben om hem nog van die koppen vol druppels te laten omspoelen?' vroeg een andere vrouw.

'En hem te horen snurken, en winden laten in bed, en al die andere walgelijke dingen die mannen doen.' Nel zweeg even om weer even tot zichzelf te komen. 'Maar hij kon behoorlijk irritant zijn.'

'Wat deed hij voor werk?'

'Iets in de Londense zakenwereld.' Nel haalde haar schouders op. 'Om eerlijk te zijn, ik heb me altijd afgevraagd of de druk van zijn werk ervoor heeft gezorgd dat hij ziek werd.'

'O, is hij overleden aan een hartaanval?'

Nel schudde haar hoofd. 'Aan kanker. Het is heel snel gegaan.' Toen lachte ze even, om de tranen tegen te houden die ze achter haar ogen voelde. 'Maar met een heel royale levensverzekering!'

Een vrouw, die waarschijnlijk wel zag dat Nel bijna in tranen was, zei: 'Dus je kunt je wel een chocoladetherapie veroorloven?'

Nel knikte, en beet op haar lip. 'Helaas kunnen mijn heupen dat niet.'

Het was een prachtige middag geweest, een keerpunt voor Nel en haar kinderen. Vanaf dat moment voelden ze zich opgenomen door de buurt, en hoewel hun verdriet nog steeds alom aanwezig was, konden ze het beter hanteren.

Eindelijk besloten de honden, een drietal Cavalier King Charles spaniëls, die intussen akelig plakkerige oren hadden gekregen, dat er niets meer op de vloer te vinden was. Nel begon te dweilen. Toen ze eenmaal een stukje van de vloer had gedaan, besloot ze dat ze net zo goed het hele oppervlak kon doen. Simon had gezegd dat hij misschien even langs zou komen, en 'misschien' was vaak 'inderdaad', dus moest ze toch echt even wat aan het huishouden doen.

Ze had Simon bij een eerdere gelegenheid verteld dat ze de gedachte aan een stiefvader voor haar kinderen niet kon verdragen, althans niet zolang ze nog thuis woonden. Haar twee zoons waren meestal weg, aan het studeren of aan het reizen, of gewoon uit, maar ze wist dat zij het niet prettig zouden vinden als er een man in huis kwam die hun zou vertellen wat ze wel en niet mochten. Nel wist ook niet precies of dat idee haarzelf wel aanstond. Ze zou misschien dingen in haar leven moeten veranderen, en dat wilde ze niet. Maar Simon was aardig. Hij nam haar mee uit eten en deed het soort klusjes die grotere, sterke mannen met gemak konden verrichten. In de tijd dat ze alleen was, was ze heel onafhankelijk geworden, en in staat de meeste klusjes in huis zelf op te knappen, maar soms was het fijn om niet met ladders te hoeven slepen en in plaats daarvan slechts de nodige gereedschappen aan te hoeven reiken.

Haar gezellige woonkeuken was deels door haarzelf verbouwd (in zoverre, dat ze de bouwpakketten zelfstandig in elkaar had gezet). Ze had ook van een krat een wijnrek gemaakt, en van een oude kist, die ze had geschilderd, een handige opbergplek voor schoonmaakmiddelen. Het was er rommelig, maar daar hield ze nu eenmaal van. Fleur had toen ze twaalf was bloemen gesjabloneerd langs het plafond, maar gelukkig waren die nu enigszins verschoten tot een aanvaardbare tint. Als de boel opgeruimd was, wat zelden het geval was, was het een bijzonder prettige ruimte. Mensen waren er gewoon niet uit weg te krijgen, wat lastig was wanneer Nel een etentje gaf en niet op haar handen gekeken wilde worden. 's Ochtends scheen de zon naar binnen. De keuken was groot genoeg voor het hele gezin als iedereen in een goede bui was, en om gasten te ontvangen, mits die niet te vormelijk waren. Gelukkig kende Nel geen vormelijke mensen.

De deur kwam uit op de zitkamer. Daar stonden twee banken, een fauteuil, een haard en een televisie – eigenlijk te veel meubels, maar 's winters maakten het grote aantal lampen, schilderijen en boeken er een knus geheel van. En 's zomers zorgde het raam, dat de hele breedte van de kamer besloeg en een brede vensterbank had, voor voldoende licht. Natuurlijk zag het er beter uit zonder kranten, frisdrankblikjes, computerspelletjes en hondenharen, maar als ze de kaarsen op de schoorsteenmantel aanstak (ondanks de opmerkingen van Simon dat daardoor het plafond zwart werd), schonk de kamer Nel veel plezier.

Boven waren vier kleine slaapkamers. De hare werd bijna helemaal in beslag genomen door het tweepersoonsbed waarin ze met Mark had geslapen. Na zijn dood, toen ze in dit huis waren getrokken, hadden ze hier allemaal gezeten, elkaar omarmend in hun verdriet, totdat ze moe van het huilen besloten dat het tijd was om verder te gaan met hun leven.

Toen de keukenvloer schoon was (althans op de plekken waar dat te zien was), ging Nel naar de zitkamer en zoog de meeste hondenharen op. Ze had niet echt puf om bezoek te ontvangen nadat ze de hele dag kersttaarten had versierd met glazuur, maar haar laatste telefoontje met Simon was helemaal verkeerd afgelopen. Ze had zich aan hem geërgerd omdat hij niet passend reageerde toen ze hem belde om te vertellen van de bouwvergunning die weer was aangevraagd voor het land dat zij altijd als eigendom van het verpleeghuis had beschouwd. Hij had tamelijk sarcastisch opgemerkt dat ze altijd nog voor de bulldozers kon gaan liggen. Hij had haar ook ongerust gemaakt, waarschijnlijk onnodig, over haar dochter. Zoals Vivian al had opgemerkt, was Nel van zichzelf al bezorgd genoeg, zonder dat hij dat nog eens erger maakte. Maar om haar schuldgevoelens te verlichten zou ze hem, als hij langskwam, vragen of hij bleef eten.

Ze draaide zijn nummer, in de hoopte dat er iets tussen was gekomen waardoor hij niet kwam. Maar nee.

'Het wordt niets bijzonders, hoor,' waarschuwde Nel, in de hoop hem af te schrikken. 'Maar de kinderen zijn allemaal weg, dus we kunnen even rustig samen zitten.'

'Je zou die rust ook moeten kunnen hebben als ze wel thuis zijn, Nel. Het is zo'n mooi huis, althans dat zou het zijn zonder al die rommel van hen. Ze hebben toch allemaal een eigen kamer? En het zijn ook niet echt kleine kinderen meer.'

Er viel een stilte. Zelfs als Nel had gewild dat Simon bij haar introk, zou haar vrije opvoedingsmethode hem hebben afgeschrikt. Fleur zou in het najaar naar de universiteit gaan, net als haar broers, en Nel was zich ervan bewust dat ze binnenkort een besluit zou moeten nemen over hem. Maar daar leek het nu niet het juiste moment voor.

'Kinderen blijven in de ogen van hun ouders altijd kinderen, Simon. Denk maar aan je eigen moeder.'

Hij grinnikte. 'Dat doe ik. Regelmatig. Hoe laat verwacht je me?'

'Uur of acht. Ik ga een kaassoufflé voor ons maken.'

'Een man kan een vrouw ten huwelijk vragen om haar kaassoufflé, weet je dat?'

Nel lachte wat ongemakkelijk en zei gedag. Na haar praatje met Vivian en Fleur had ze, terwijl ze veegde en de kussens opschudde, nagedacht over haar zieltogende seksleven, en zich afgevraagd of ze dat smeulende vuurtje weer wilde opporren. Maar seks was één ding, trouwen was iets heel anders. Bovendien zou Simons moeder zo'n soort schoonmoeder zijn waarover slechte cabaretiers altijd grappen maken.

Terwijl ze aanmaakhoutjes voor de haard haalde, wilde ze dat een van haar kinderen thuis was om dat voor haar te doen. Nel was heel goed in staat om een vuur aan te leggen, maar al lang geleden hadden haar kinderen besloten dat zij daar beter in waren, en aangezien zij er niet in slaagde hen huishoudelijke klusjes te laten doen, was ze allang blij dat er iets was wat ze zelf ondernamen.

Toen ze elkaar pas hadden leren kennen, had Simon haar duidelijk gemaakt dat hij haar te toegeeflijk vond tegenover haar kinderen, maar hij had er ook vriendelijk bij gezegd dat dat waarschijnlijk kwam doordat zij hun enige ouder was en ze geen vaderfiguur hadden. Nel was razend geweest. Ze had gezegd dat ze hun evenveel zou hebben toegestaan als Mark nog geleefd had. Daarna had Simon zijn mening over haar kinderen een hele tijd voor zichzelf gehouden.

Tegen de tijd dat Simon aankwam, heerste er een oppervlakkige orde in huis. De honden lagen op uitgeklopte kleden op opgeschudde kussens op de bank; er waren nieuwe kaarsen aangestoken; en het vuurtje brandde goed genoeg om Simons handen niet te laten jeuken om het op te poken. Nel had er zelfs aan gedacht om de haardblokken van voor naar achteren op te stapelen, zodat hij zich niet verplicht voelde haar te zeggen dat dat de beste manier was.

Nadat ze hem met de krant en een glas wijn voor de haard had gezet, trok ze zich terug in de keuken. Terwijl ze kaas raspte en meel afwoog, dacht ze toch weer aan wat Fleur en Vivian die dag hadden gezegd. 'Smeed het ijzer als het heet is,' merkte Vivian op zodra Fleur vertrokken was. Dit zou het juiste tijdstip kunnen zijn. Misschien moest ze zelf een fles witte wijn in de koelkast leggen, behalve de fles die Simon had meegebracht. Misschien moest ze haar make-up nog een keer bijwerken, en naar hem lonken.

Nel zuchtte. Eigenlijk zaten ze heel vaak samen op de bank, en dat was altijd gezellig, maar verder ging het nooit. Simon was niet bijzonder bedreven in het kussen, dus daarin stimuleerde ze hem niet, en hij had nooit een hand op haar borst gelegd. Als hij hem op haar knie legde, ging hij nooit verder omhoog. Was er iets mis met hem? Of kwam het door haar, gaf zij de verkeerde signalen? Misschien stond er in onzichtbare letters 'raak me niet aan' op haar voorhoofd getatoeëerd, alleen te lezen voor mannen. Als dat zo was, had die man die de mistletoe kocht zeker niet goed opgelet.

Hoewel Nel het incident had afgedaan als een kerstgebaar, moest ze toch steeds aan de man denken. Het was zo'n kort contact geweest, alleen die zachte druk van zijn lippen op de hare, heel even maar. Ze was een romantische dwaas om er nog aan te denken, laat staat in haar gedachten Simon op de bank bij de haard te vervangen door die onbekende squashspeler. En toch, als ze het deed, wist ze dat het haar weinig moeite zou kosten om van een knuffel over te gaan naar een hartstochtelijker omhelzing. Het zou heel, heel gemakkelijk zijn om haar vingers tussen de knoopjes van zijn overhemd op ontdekkingsreis te laten gaan, en ze daarna open te maken.

Ze dwong haar aandacht weer terug naar het koken, en pas nadat ze een bijzonder knoflookrijke vinaigrette had gemaakt, herinnerde ze zich haar plannen voor de bank. Toen moest ze aan Simon uitleggen waarom ze ineens zo moest giechelen.

3

Het feit dat Nel, na wat wel duizend telefoontjes hadden geleken, een afspraak had kunnen regelen met de juridisch adviseur, maakte haar irritatie geen spat minder; eerder het omgekeerde. Zoals gewoonlijk was ze tien minuten te vroeg aangekomen. Het was nu een kwartier na het afgesproken tijdstip, en haar ergernis en verveling hadden een gevaarlijk niveau bereikt.

Ze keek om zich heen, plukte wat aan de gerafelde armleuning en vroeg zich af hoe ze hun wachtkamer zo konden verwaarlozen, terwijl iedereen wist wat een kapitalen juristen verdienden. De muren waren om te beginnen ooit zachtgeel geweest, maar hadden door de jaren heen een vuile tint gekregen. De gordijnen hadden een onbestemde kleur, maar toen Nel tussen de vouwen keek, zag ze dat ze roze geweest waren. Wat een zootje, dacht ze. Omdat ze er niet in kon slagen om de kleur van het tapijt te benoemen, dat te verschoten was om nog van een kleur te kunnen spreken, nam ze haar toevlucht tot een van de tijdschriften. 'Nou, het zijn tenminste seizoenstijdschriften,' mompelde ze. 'Per slot van rekening is het elk jaar weer kerst, ook al was het nu meer dan een week geleden. Het feit dat ze blijven doorgaan over hoe we het millenniumfeest moeten voeren, hoeft niemand te storen.' Ze bedacht dat Kerstmis heel aardig had uitgepakt – althans, er was geen ruzie geweest en de kalkoen was gaar – en daarna pakte ze een ander tijdschrift, opgelucht omdat het bijna een jaar zou duren voordat ze er weer over zou hoeven nadenken. Toen ze had gelezen welke films ze in 1999 had gemist en weer een ander tijdschrift had gepakt waarin ze las hoe je een tuinhuisje moest bouwen, besefte ze dat het helemaal geen seizoenstijdschriften waren, ze waren alleen maar oud. Ze had net een papieren zakdoekje gepakt en was bezig de kunstbloemen ('begrafenispaars') af te stoffen, toen er een vrouw binnenkwam die haar vaag bekend voorkwam.

'Meneer Demerand kan u ontvangen,' zei ze.

Nel propte het stoffige zakdoekje in haar tas, stond betrapt op en was geïrriteerder dan ooit. 'Meneer Demerand' had blijkbaar niet de beleefdheid kunnen opbrengen om punctueel te zijn.

De vrouw deed een deur open. 'Mevrouw Innes,' kondigde ze aan.

Nel liep naar binnen. Er zaten drie mensen, twee mannen en een vrouw, maar degene die ze het eerst in het oog kreeg was de man die haar onder de mistletoe had gekust.

Dit was een grote schok. In haar fantasie was de jurist die verantwoordelijk was voor al hun angsten stokoud, en droeg hij een half leesbrilletje en verschoten zwarte kleren, zoals de gemene bankiers in *Mary Poppins* of de personages uit de verhalen van Dickens. Deze jurist was niet echt jong, maar wel wat haar dochter 'sexy' zou noemen. En naar zijn prestaties op de squashbaan te oordelen, was hij bovendien behoorlijk fit.

'Ik moet u mijn verontschuldiging aanbieden voor dit kantoor,' zei hij. 'We zijn er pas ingetrokken. Maar ik huur het, zodat ik een werkruimte heb voor de tijd dat ik niet in Londen ben. Ik zou de boel wel wat mogen opknappen.'

Hij liet niet blijken dat hij Nel herkende, en hoewel het haar niet verbaasde – ze was zelfs bijzonder opgelucht – voelde ze zich ook een tikje beledigd. Ze keek snel even om zich heen. Het kantoor was een stuk groter dan de wachtkamer, en had ongeveer hetzelfde kleurenschema. De meubelen waren groot en geschilferd en zouden over een jaar of dertig bijzonder in trek zijn, maar nu waren ze rijp voor recycling.

'Dus dit is uw kantoor in de provincie? Het zal dus wel de meeste tijd leeg staan?' Nel was niet van plan geweest om haar mond open te doen voordat haar dat werd gevraagd, maar kennelijk hadden haar hersenen niet het juiste signaal doorgegeven, en kwamen de woorden er zomaar uit rollen.

Er ging een wenkbrauw omhoog. 'Zo is het niet helemaal...' begon hij.

Nel richtte haar aandacht op de andere aanwezigen. Ze waren iets jonger dan zij. De vrouw was een heel stuk jonger, buitengewoon goedgekleed en met een zelfverzekerde uitstraling. Ze zagen er ook uit alsof ze zich net zoveel juridische hulp konden veroorloven als ze nodig hadden om te doen wat ze maar wilden. Ze leken met de jurist samen een team te vormen. Nel had op slag al een hekel aan hen.

'Ik zou je graag helpen met de inrichting,' zei de jonge vrouw.

Toen ze haar hoorde praten, besefte Nel dat ze er niet alleen uitzag als een ster uit een populaire Amerikaanse televisieserie, maar ook zo praatte. Ze had een zachte, honingzoete stem, een tikje hees – het soort vrouw waar mannen graag naar luisteren, juist vanwege die klank.

'Kerry Anne is binnenhuisarchitect,' verklaarde de man die haar enigszins bekend voorkwam. 'Ze is bijzonder goed.'

Jake Demerand nam de touwtjes in handen. 'Mevrouw Innes, het spijt me zeer dat ik u moest laten wachten.' Hij pakte haar hand, die hij even verbrijzelde, maar er was nog steeds niets waaruit bleek dat hij haar herkende.

Mm, duidelijk een monster, besloot ze. Het feit dat hij er niet uitzag als een moderne versie van Scrooge betekende nog niet dat hij minder schurkachtig was.

'Mag ik u voorstellen aan meneer en mevrouw Hunstanton,' vervolgde hij. 'Pierce en Kerry Anne. Mevrouw Innes?' Hij trok een donkere wenkbrauw op, om aan te geven dat hij haar voornaam wilde horen. Ze observeerde hem even voordat ze zei: 'Nel.'

'Ik geloof dat wij elkaar al eens hebben ontmoet,' zei Pierce Hunstanton. 'Jaren geleden, toen ik voor het laatst in Engeland was. U werkte toen toch voor mijn vader?'

'Dat klopt,' zei Nel. 'Ik weet het weer.'

Pierce was geboren toen Sir Gerald veertig was, lang nadat hij de hoop op een zoon had opgegeven. Ze glimlachte bij de herinnering aan hoe gelukkig Sir Gerald was geweest toen Pierce in het huwelijk was getreden. De man die ze toen had ontmoet was sympathiek geweest, al had hij niet zo'n uitgesproken karakter als zijn vader. Hij was ouder geworden, natuurlijk, maar hij leek nog steeds sympathiek. Als hij niet van plan was geweest om een kinderziekenhuis te beroven van zijn rechtmatige eigendom, had Nel hem vast gemogen. Zijn vrouw daarentegen was wat Vivian 'een kunstwerk' zou noemen. In haar charmante mantelpakje, dat best eens van Chanel kon zijn, was ze zo onberispelijk opgemaakt dat je nauwelijks kon zien dat ze make-up droeg. Ze leek een en al gezondheid en schoonheid uit te stralen. Haar haar was een glanzende helm, waaronder haar volmaakte jukbeenderen goed uitkwamen, en haar volmaakte tanden leken op gelijkvormige parels. Haar hele verschijning maakte duidelijk dat dit een vrouw was die bergen kon verzetten zonder haar nagellak in gevaar te brengen. De moed zonk Nel nu nog dieper in de schoenen.

Toen ze allemaal waren gaan zitten na het handen schudden, wenste Nel dat ze Vivians aanbod om met haar mee te gaan had aangenomen, maar toen die het had gevraagd, had het haar volkomen overbodig geleken. Tijdens de korte vergadering die het verpleeghuisbestuur had belegd vlak voor haar bezoek, hadden de leden haar eenstemmig gekozen als hun zegsvrouwe, voornamelijk omdat zij de meest gedreven persoon was. Ze had niet voorzien dat ze zich zo alleen zou voelen. Hun penningmeester zat ergens op de Malediven en was niet te bereiken. De voorzitter was op wintersport. Maar, zo stelde Nel zichzelf gerust, woede en gedrevenheid konden iemand veel moed geven.

'Goed, mevrouw Innes,' zei Jake Demerand.'Wat brengt u hierheen?' Nel voelde zich onmiddellijk gekoeioneerd, ook al had ze daar geen duidelijke reden voor.'Niets van belang, ik wilde u alleen zeggen dat u – of wie dan ook – een bouwvergunning heeft aangevraagd voor een stuk land dat niet van u is.' Ze schonk hem een glimlach waarmee ze hoopte even hooghartig over te komen als Jake Demerand.

'Waarom denkt u dat het niet van ons is?' vroeg Pierce, oprecht verbaasd.

'Door het feit dat Sir Gerald het jaren geleden heeft geschonken aan het verpleeghuis, lang voordat ik er iets mee te maken kreeg. Het is voor ons van het grootste belang. We gebruiken het voor sport en spel, voor liefdadigheidsfeesten, als doorgang naar de rivier. Er ligt daar een boot die speciaal is aangepast voor kinderen met een handicap.'

'Maar die kinderen kunnen toch wel ergens anders spelen?' vroeg Kerry Anne, terwijl ze om zich heen keek alsof ze zich in gedachten al bezighield met kleurenschema's, wandbekleding en gordijnstoffen.

Haar gebrek aan belangstelling maakte Nels woede nog groter. 'Dat zou best kunnen! Maar een tocht met een stoomboot zouden we nergens anders kunnen houden! Daarmee halen we jaarlijks duizenden ponden op, en eervorig jaar hebben we van dat geld een pier aangelegd, en een weg ernaartoe. En bovendien hebben we aandelen in dat land. Het is van ons!' Ze wilde nog doorgaan over de huur die de markt opbracht, maar besloot die informatie voor zich te houden.

'Ik begrijp dat dat stuk land heel handig is voor het verpleeghuis,' zei Jake Demerand zakelijk, 'maar dat doet niets af aan het feit dat het niet van hen is.'

'We moeten dat terrein bebouwen om voldoende geld te genereren om het huis te kunnen renoveren. Ik ben bang dat mijn vader het verschrikkelijk verwaarloosd heeft,' legde Pierce uit.

'En ik sta te popelen om ermee te beginnen. We houden de voornaamste kamers in oude stijl, maar de rest wordt een bijzonder leuk project.' Kerry Anne lachte en keek toen even naar Jake om zijn reactie te peilen.

Nel klemde haar kiezen op elkaar. De voornaamste bron van inkomsten, mogelijk het hele bestaan van het verpleeghuis, moest worden opgeofferd, zodat Kerry Anne haar 'leuke project' had en Pierce reparaties kon laten uitvoeren. Het was een schande, maar ze moest niet gaan huilen of gillen, of iets anders doen waardoor ze nog hysterischer zou lijken dan ze al was.

'Maar het komt toe aan het verpleeghuis,' hield ze zo kalm mogelijk vol. 'Ik weet dat Sir Gerald dat ook vond. Hij heeft me verteld dat hij regelingen voor hen had getroffen, jaren geleden al. Wat kan hij anders hebben bedoeld?'

'Ik kan niet gissen naar wat hij heeft bedoeld,' zei Jake; 'ik kan alleen herhalen dat die stukken land niet van hen zijn. Ik zal u de eigendomsakte van Hunstanton Manor laten zien.' Hij pakte een groot, opgevouwen vel papier.

'Ik waag het niet te vertrouwen op die verouderde akte,' zei Nel. 'Hebt u geen papieren gezien van een recenter datum dan dertig jaar geleden?'

'Jazeker en die tonen duidelijk aan dat het land van Hunstanton is, en altijd is geweest.' Jake Demerand zei dit allemaal zonder een spoor van emotie, spijt of wroeging.

'Ik heb alle vertrouwen in je, Jake,' zei Kerry Anne, terwijl ze hem op zijn hand tikte. 'Ik weet dat jij geen fouten hebt gemaakt.' Ze keek dwepend naar hem op door haar oogharen. Het was een gebaar dat Nel ooit had uitgeprobeerd bij haar eerste vriendje, en waar ze een stekende hoofdpijn aan had overgehouden.

'Nou, iemand moet iets fout gedaan hebben!' hield Nel vol, terwijl ze probeerde Kerry Anne te negeren. 'Een of andere stomme jurist! Ik weet dat het sir Geralds bedoeling was dat het verpleeghuis de beschikking kreeg over dat land.'

'Ze hebben het een hele tijd kunnen gebruiken, omdat sir Gerald zo vriendelijk was. Nu moeten ze een andere plaats zoeken voor hun feestje,' meende Jake Demerand.

Nel kon hem wel slaan. 'Het is geen feestje! Het is iets unieks! Mensen uit het hele land komen ernaartoe!'

Hij haalde zijn schouders op, alsof ze alleen maar moeilijk deed over een woord.

'Luister,' ging Nel door. 'Voor jullie is het geen punt. Jullie hebben dat grote huis, jullie hoeven toch niet op dat land te bouwen! Zelfs als dat land niet van ons is, zou je toch het fatsoen kunnen opbrengen om het door het verpleeghuis te laten gebruiken!'

'De restauratie van dat grote huis vraagt bijna een miljoen pond,' corrigeerde Pierce Hunstanton. 'Als we dat land niet bebouwen, kunnen we zo'n bedrag niet opbrengen. Het zou heel jammer zijn als zo'n prachtig stukje geschiedenis moest verdwijnen door verwaarlozing.'

'Ja, en ik wil echt graag tijd steken in een oud landhuis,' voegde Kerry Anne eraan toe, waarmee ze het effect van de woorden van haar echtgenoot tenietdeed.

'Ik wil dat huis ook niet zien vervallen,' zei Nel. 'Maar wat is er nu belangrijker? Het behoud van een landhuis of van een verpleeghuis?' Ze probeerde haar persoonlijke dankbaarheid ten opzichte van het verpleeghuis in Londen, dat in de laatste weken van Marks leven zoveel voor hem had gedaan, niet mee te laten tellen. 'En de hoop en de dromen van kinderen met een levensbedreigende ziekte? Dat betekent dat ze doodgaan,' zei ze bot, terwijl ze naar Kerry Anne keek.

'Ik geloof dat we allemaal weten wat een verpleeghuis voor terminale patiënten inhoudt,' zei Jake Demerand. 'En ik weet zeker dat we het allemaal heel erg vinden dat zij het land niet meer tot hun beschikking hebben. Maar het is een feit dat het land eigendom is van Hunstanton Estate, en dat zij daarop moeten gaan bouwen.'

'Zoveel kan de restauratie van een oud huis toch niet kosten,' vervolgde Nel, die het er niet bij wilde laten zitten voordat ze alles had geprobeerd. 'Zou de hypotheek niet verhoogd kunnen worden, of zoiets? Wat zijn jullie ermee van plan? Overal marmer en bladgoud?'

'Appartementen,' zei Kerry Anne, na een snelle blik op haar man. 'Zeer luxe appartementen voor mensen die af en toe een paar daagjes buiten willen doorbrengen, misschien wat vrienden willen ontvangen, maar die hier niet willen wonen.' Haar huivering maakte duidelijk hoe ze zelf dacht over het leven op het land. 'We maken van de zolders een penthouse voor onszelf. Hoewel ik betwijfel of we er vaak zullen zijn.'

'Dus jullie gaan er niet eens wonen, en toch willen jullie niet meer dat de markt daar plaatsvindt?' Nel vergat dat ze het nog helemaal niet over de markt had gehad.

Pierce knikte.

'Dat is een schande!' riep Nel uit. 'Misschien weten jullie het – nee, ik neem aan van niet – maar alle kraamhouders betalen – ' ze hield zich net op tijd in, anders had ze 'huur' gezegd. Als ze daarachter kwamen, zouden ze het geld kunnen opeisen.

'Wat betalen ze?' wilde de jurist weten.

'Een donatie – het is een donatie – een klein deel van hun opbrengst op de markt schenken ze aan het verpleeghuis.'

'Wat voor markt is dat?' vroeg Kerry Anne, die de laatste opmerking negeerde.

'Op dit moment is er een informele boerenmarkt, vlak voor het huis,' vertelde Jake. 'En vlak voor kerst was er ook een.' Hij keek naar Nel, en ook al sprak er niets uit zijn blik, zij wist dat hij toch niet was vergeten dat hij haar gekust had.

Kerry Anne rilde even. 'Ik wil daar geen uitdragerij met goedkope kleding en tweedehands rommel.'

'Zo'n soort markt is het niet,' verklaarde Nel. 'Zoals meneer Demerand al zei, het is een boerenmarkt.'

'Wat bedoelt u?'

'Ik bedoel dat de producten van zeer goede kwaliteit zijn en afkomstig uit deze omgeving, meest biologisch geteeld: groente, vlees, kaas, yoghurt en room. Niemand verkoopt kleding.'

'Ik eet geen vlees,' zei Kerry Anne.

Nel haalde eens diep adem. 'Goed, maar als anderen dat wel doen, zou u dan niet liever hebben dat ze vlees eten van dieren die op een vriendelijke, menselijke manier zijn verzorgd?' Ze moest zich verbijten om niet te lachen bij de gedachte dat Kerry Anne haar tanden zou zetten in een stuk Toms Ouwe Sokken-kaas.

'Wij eten ook geen zuivelproducten.'

'Nou, er zijn ook groenten! Je moet per slot van rekening toch iets eten.' Hoewel, als ik je zo eens bekijk, leef je waarschijnlijk van niets meer dan Schotse whisky, dacht ze bij zichzelf.

'Ik let heel goed op waar ik mijn lichaam aan blootstel.' Ze glimlachte naar Jake op een manier die hem ervan moest doordringen dat ze ofwel een grapje maakte of een gewaagde opmerking. Het bleek om een cliché te gaan. 'Het lichaam is tenslotte een tempel.'

Nel wist niet hoe ze het had. Haar lichaam was geen tempel. Het werkte perfect, alles deed het naar behoren, maar niemand, zelfs Nel niet, aanbad het. En niemand zou ooit naar haar 'tempel' kijken op de manier waarop Jake Demerand naar die van Kerry Anne keek, daarvan was ze overtuigd. Ze had het dan misschien alleen kunnen beoordelen van een afstand, maar ze durfde er wat om te verwedden dat hij bijna zat te kwijlen. Hoe had ze ook maar één gedachte aan hem kunnen wijden! Hij was duidelijk een rokkenjager. Simon mocht haar hart dan misschien niet sneller laten kloppen met een simpele kus, maar een rokkenjager was hij tenminste niet.

Nel schraapte haar keel. 'Soms hebben we een ander soort markt, met antieke stoffen, linnen, heel veel spullen uit Frankrijk – brocante.' (Dat klonk veel beter dan curiosa, vond Nel.) 'Misschien vindt u dat, als binnenhuisarchitect, interessant.' God mocht het hopen.

'Ik vind het wel eens leuk om zo'n markt te bezoeken – ik ben altijd op zoek naar interessant antiek, maar ik wil zoiets niet vlak voor mijn deur.' Ze glimlachte en Nel vroeg zich af of haar tanden van nature zo wit waren of dat ze ze had gebleekt.

'Dus u bent van plan zich permanent in Engeland te vestigen?' vroeg Nel aan Pierce.

'Kennelijk,' antwoordde Kerry Anne. 'Waarom zouden we het huis anders willen restaureren? Maar we zullen de meeste tijd natuurlijk in Londen verblijven.'

Er werd zacht op de deur geklopt, en de vriendelijke vrouw die Nel zich nu duidelijk herinnerde, vroeg: 'Wil er iemand thee of koffie?'

'Dat lijkt me heerlijk,' zei Jake. 'Kerry Anne, ik weet dat je graag kruidenthee drinkt, we hebben kamille. En wat wilt u gebruiken, mevrouw Innes? En Pierce?'

Tegelijk zeiden Nel en Pierce: 'Koffie, graag.'

'Dus dat is een kruidenthee voor mevrouw Hunstanton, en voor de rest van ons koffie,' zei Jake Demerand.

Nel glimlachte naar de vrouw, voor het geval ze ooit een spion in het kamp van de vijand nodig had. De Hunstantons mochten dan rechtmatig eigenaar zijn van het land, ze zouden het niet gaan bebouwen als Nel daar een stokje voor kon steken. Als ze iemand nodig had om beschuldigende papieren te kopiëren, aktes te stelen of bewijzen op tafel te brengen van een kwestie die het daglicht niet kon verdragen, kon ze het kantoorpersoneel maar beter zo gauw mogelijk aan haar kant hebben. Hoewel, haar pech kennende, zou haar mogelijke bondgenoot waarschijnlijk zeggen dat Jake Demerand een 'schat van een man' was. Ze zou geen enkele ontrouwe gedachte koesteren, laat staan kantoorapparatuur gebruiken zonder dat ze daar toestemming voor had.

'Het is niet alleen vanwege het verpleeghuis,' pleitte Nel. 'Honderden mensen uit de omgeving zouden benadeeld worden door die bouwplannen.'

'Tientallen mensen uit de omgevingen zouden er baat bij hebben,' beweerde Pierce Hunstanton.

'Geen mensen uit de buurt,' zei Nel. 'Alleen van buitenaf. Mensen die hiervandaan komen zouden zulke luxe woningen niet kunnen betalen.'

Kerry Anne geeuwde. 'O god! Ga ons nou niet vertellen dat het hier vol zit met "niet-in-mijn-achtertuin-"actievoerders, en dat ze iedereen die hier niet is geboren en getogen drie generaties lang met de nek aankijken.'

'Drie generaties geven je niet echt het recht om besluiten door te voeren.' Nel glimlachte erbij om te verhullen dat ze krengerig deed. 'Maar eerlijk gezegd waren ze heel vriendelijk voor me toen ik hier tien jaar geleden met mijn kinderen kwam wonen. Maar ik woonde wel al in de omgeving, mijn kinderen gingen naar de plaatselijke scholen en ik was actief in de gemeenschap. Nog steeds. Wat men in dorpen en kleine steden niet op prijs stelt zijn mensen die alleen in de weekends komen, niet bijdragen aan de plaatselijke economie en doordeweeks lege huizen achterlaten.'

'Aan de andere kant,' zei Jake, die Nel als de duivel begon te beschouwen, 'als mensen hun geld buiten de gemeenschap verdienen, maar het daarbinnen uitgeven, heeft de plaatselijke economie daar veel profijt van. Denk eens aan het aantal banen dat zo'n bouwproject zou opleveren.'

Gelukkig voor Nel had ze dit argument al honderden keren gehoord. Ze bevond zich meestal aan de andere kant, waar ze streed op de plek die Jake nu innam, maar ze kende alle woorden. 'Het gaat slechts om tijdelijke banen. Na de bouw worden alle bouwvakkers ontslagen. De gemeenschap is haar terrein kwijt en de huizen staan het grootste deel van de tijd leeg.'

'We zijn niet van plan om daar kleine huizen te bouwen,' zei Pierce Hunstanton. 'Onze huizen worden waarschijnlijk niet gekocht door weekendgasten.'

'Maar ook niet door mensen van hier. Wat er zal gebeuren is dat mensen die in Londen werken' – ze wierp een blik vol haat in de richting van Jake – 'hier hun vrouw en kinderen doordeweeks achterlaten. De kinderen worden naar kostscholen gestuurd en de moeders...' Ze wachtte even, haar argument en haar moed werden met de minuut zwakker.

'Nou, wat doen die moeders?' Het was of Jake, die tot nu toen geen enkel blijk van gevoel van humor had gegeven, haar nu uitlachte.

'Niets constructiefs. Waarschijnlijk winkelen in Cheltenham.'

'Ik vind winkeltherapie heel constructief,' zei Kerry Anne lachend. Ze gaf Nel het gevoel dat ze afschuwelijk onbeholpen en tuttig was. Kerry Anne was jong en modern en ze had macht. Nel voelde zich oud, onverzorgd en hulpeloos. De twee mannen lachten met Kerry Anne mee om haar vrouwelijke grillen en haar verlangen om geld uit te geven.

Nel kwam overeind. Ze had alleen maar het recht aan haar kant; op dat moment had ze het met liefde omgeruild voor een fractie van Kerry Annes zelfvertrouwen. Maar wat de bespreking haar wel had gegeven, was vastberadenheid om te zorgen dat de Hunstantons vertrokken, om te bewijzen aan Jake Demerand dat zij geen vrouw was die je zomaar onder de mistletoe kon kussen en dan wegsturen. Ze had een heleboel vriendinnen, samen met hen kon ze heel wat macht uitoefenen. Ze zouden protesteren, hun tenten opslaan, zichzelf verschansen in rioolbuizen en vastketenen aan machines. Uiteindelijk zouden de Hunstantons toegeven dat ze een nederlaag hadden geleden.

'Ik zou graag nog wat blijven kletsen,' koerde ze, 'maar ik moet een campagne organiseren. Bedankt voor deze bespreking.' Ze glimlachte naar Kerry Anne en haar echtgenoot. 'Het was heel informatief.' Ze glimlachte niet naar Jake toen ze langs zijn glimmende schoenen naar de deur liep, maar ze deed heel vriendelijk tegen Margaret, wier naam haar op het laatste moment weer te binnen schoot.

Ze had daarna met Vivian afgesproken in de wijnbar.
'Het was verschrikkelijk,' barstte Nel los. Ze ging zitten en nam een slok van de witte wijn die Vivian voor haar had besteld. 'Echt verschrikkelijk. Dat land is helemaal niet van het verpleeghuis. Het is van de Hunstantons, en ze kunnen erop bouwen wat ze willen.'
'Weet je dat zeker?'
'Hun juridisch adviseur, Jake Demerand' – ze klemde bij die woorden haar kaken op elkaar – 'bood aan me de akte te laten zien. Toen besefte ik dat er geen hoop was.'
'Nou ja, geen hoop, alleen dat dat land niet van ons is.'
'Dat heb ik ook bedacht,' stemde Nel in. 'We verhinderen gewoon de bouw, dan kunnen wij die grond blijven gebruiken. We beginnen een campagne.'

'Heb je daar wel tijd voor, naast het organiseren van de boerenmarkt en zo?'

'O, ja hoor, want jij gaat me helpen!'

Vivian zuchtte. Het was uitgesloten dat ze haar niet zou helpen. Niet alleen was zij net zo begaan met het verpleeghuis als Nel, maar ze zou het voor Nel doen.

'Vertel eens over die jonge indringers.' Vivian was altijd geïnteresseerd in mensen.

'Nou, Pierce Hunstanton lijkt me iets jonger dan ik, ziet er goed uit, maar niet erg opwindend. Maar zijn vrouw was zo elegant gekleed dat ze ieder ander het gevoel gaf een onverzorgde sloof te zijn. Jake Demerand zat bijna te kwijlen, zo geweldig vond hij haar.'

'Klinkt niet bepaald veelbelovend.'

'Was het ook niet. Ze stinken natuurlijk van het geld, maar volgens hen kost het een miljoen om dat huis te restaureren, daarom moeten ze wel bouwen.' Nel trok een grimas vol afkeer.

'En hoe ziet die Jake Demerand eruit? Stokoud en in het zwart, met een brilletje met van die halve glaasjes op zijn neus?'

'Zo iemand had ik ook verwacht! Wat grappig! Maar nee.'

'Jake klinkt wel als een jong iemand. Nou?'

Om de een of andere reden wilde Nel, die Vivian normaal altijd alles vertelde, niet zeggen dat het de man was die haar onder de mistletoe had gekust. 'Hij is – tja, lang, donker en knap. Een beetje stereotiep.'

'Mm. Gek is dat, je hoort nooit de combinatie "klein, dik en knap". Toch zijn er een hele hoop aantrekkelijke mannen die qua uiterlijk helemaal niet aan alle eisen voldoen. Dus hij houdt van levende barbiepopjes?'

'Daar lijkt het wel op. Maar misschien kun jij hem op andere ideeën brengen.' Terwijl ze dit zei, besefte Nel dat ze niet wilde dat Vivian Jake Demerand het bed in zou sleuren, ook al zou dat hun zaak goed doen, maar ze wilde ook niet toegeven dat ze nog iets anders dan afkeer voor hem voelde.

'Eigenlijk heb ik mijn zinnen momenteel op iemand anders gezet. Bovendien vind ik dat jij maar plezier met hem moet gaan maken.'

'Je maakt zeker een geintje! Hij zou me geen blik waardig gunnen, in geen honderd jaar!' Nel zweeg even. Hij had wel een blik op haar geworpen, heel even. 'Bovendien is hij waarschijnlijk getrouwd.'

'Dat hoeft geen verschil te maken. Kom op, het zou je goed doen.'

'Vivian, ik ben een hele tijd getrouwd geweest; ik geloof in trouw. Ik zou nooit iets kunnen beginnen met iemand met wie ik niet een vaste relatie had. Dat vind ik immoreel.'

Vivian gaapte. 'Ook best, doe wat je wilt. Het was maar een suggestie. Je moet iets doen aan je seksleven, en Simon is niet degene die daaraan mee zal werken.'

'Viv!'

Vivian pakte het menu. 'Wat wil jij eten?'

'Een salade. Die vrouw was zo mager dat daarbij vergeleken de presentatrice van dat programma waar Fleur zo graag naar kijkt, een varkentje lijkt.'

'Klinkt als een wandelend lijk.'

'Eerlijk gezegd was ze dat niet. Ze zag er stralend uit. Maar wat jij laatst zei, dat mannen wel van stevig houden, is natuurlijk onzin.'

'Niet alle mannen, maar ik heb je ook mijn theorie verteld over mannen die alleen met vrouwen naar bed willen die eruitzien alsof hun huid over hun botten is strak getrokken –'

'Dat dat pedofielen zijn of latent homoseksuelen,' vulde Nel geduldig aan. 'En hoe goed die theorie me ook uitkomt, ik geloof niet dat die hier van toepassing is.'

'En, wat had ze aan?'

'Een schattig pakje. Het leek iets van Chanel, maar ik weet nu eenmaal niets van ontwerpers. Haar schoenen waren ook helemaal het einde. Prachtige laarsjes met heel hoge hakken. Ze zal wel foeilelijke voeten hebben. Dat hebben die mooie modellen zo vaak.'

'Maar ze zag er dus niet uit als een sloerie?'

'Niet echt. Heel deprimerend.'

'Moeten wij niet wat gaan shoppen?' stelde Vivian voor.

'Ik zou dolgraag willen, maar ik heb geen geld en geen tijd.' Ondanks haar laatdunkende opmerking in het kantoor van de jurist was Nel net zo dol op winkelen als ieder ander, ook al moest ze zich beperken tot uitverkoopjes en tweedehands winkels. 'Ik hoopte de Hunstantons zover te krijgen dat ze ons de grond willen laten gebruiken tot we officieel erkend worden, hoewel ik misschien een dag of twee moet wachten voor ik die barricade weer bestorm. Maar ik heb zoveel te doen, en we moeten die campagne op poten zetten.' Een jongeman kwam met een schrijfblokje naar hun tafel. 'Wat neem jij?' vroeg Nel aan Vivian.

'Rösti met champignons. Die is goddelijk.'

'Dan neem ik dat ook maar.'

'Ik dacht dat jij een salade wilde.'

'Ik ben van gedachten veranderd. Het is veel te koud. En ik kan het toch nooit winnen van Kerry Anne, al had ik maatje zesendertig. Dus twee rösti met champignons, en dan nemen we er samen een salade bij. Bedankt.'

Toen de jongeman was vertrokken, boog Vivian zich over naar Nel.

'Dus jij wilt het opnemen tegen Kerry Anne?'

'Nee! Natuurlijk niet! Dat zei ik toch!'

'Nee, maar in al die jaren dat ik je nu ken, heb je nooit eerder toegegeven dat je een man te gek vindt.'

'Ik heb helemaal niet gezegd dat ik hem te gek vind. Ik haat hem.'

'Precies, dat bedoel ik, schat.'

4

'Alles goed, mop? Je kijkt niet al te vrolijk.' Reg, de groenteboer, draaide de zak een keer rond om hem dicht te maken.

Het effect van een gezellige lunch met Vivian hield kennelijk niet lang stand als Reg al opmerkte dat ze zich niet zo vrolijk voelde. 'Het komt door die bouwaanvraag. Heb je het gezien? Ze gaan huizen bouwen in de uiterwaarden – Paradise Fields. We dachten allemaal dat dat land van het verpleeghuis was. Maar dat is het niet.'

Reg schudde zijn hoofd. 'Wat jammer. Hoe moet het verpleeghuis het redden zonder het geld dat de festiviteiten opbrengen? Om nog maar te zwijgen over de huur van de kraampjes.'

'Zwijg daar maar over! Als de Hunstantons erachter komen, willen ze dat geld misschien wel opeisen! Ik hoopte dat we, als we officieel ingeschreven staan als markt, en steeds groter worden, veel meer geld zouden binnenhalen!'

'Je zou de markt kunnen verplaatsen naar een ander terrein,' stelde Reg voor.

'Ja, daar ga ik naar op zoek. Zolang we de gemeente niet hoeven te betalen – of althans, niet al te veel – moet de markt blijven bestaan. Maar ik moet zien te regelen dat het verpleeghuis er profijt van blijft hebben! We hebben dat geld zo hard nodig. En onze feesten! Hoe kunnen we die houden zonder het land aan de rivier, om bij de stoomboten te komen? Ik denk erover een campagne te gaan houden om de bouwplannen tegen te houden, totdat iemand een zeldzame watersalamander of zoiets vindt.'

'Zijn er dan zeldzame watersalamanders?'

'Ik heb geen idee, maar ze kunnen er maar beter wel zijn. Ik zou niet weten wat anders effect zou hebben.'

'En zelfs dat zou tegenwoordig misschien niet eens werken.' Reg herschikte iets aan de bieten die in een piramide lagen opgestapeld.

'Weet je wat, waarom ga je niet langs bij de voorzitter van de voetbalclub? Misschien kan hij iets doen.'

'Hoezo?'

'Omdat zij dat andere stuk land gebruiken, aan de overkant. Hun junioren trainen daar, om te voorkomen dat de grasmat in een modderveld verandert.'

'Ik weet niet.' Nel dacht even na. 'Volgens mij is voetbal een wintersport, en wij gebruiken het land juist in de zomer.'

'Voetballen jouw jongens dan niet?'

'Nee. Ze hebben geen controle over de bal, zegt hun gymleraar. Ken je toevallig de voorzitter van het team?'

'Ben bang van niet. Niet nadat Bill Chapman is overleden. Ze hebben nu een nieuwe. Maar je kunt hem natuurlijk het best treffen bij een wedstrijd.'

'Ik ben nog nooit naar een voetbalwedstrijd van volwassenen geweest.'

'Dan wordt het hoog tijd. Woensdag is er een. Je gaat erheen, en daar vraag je wie de voorzitter is. Hij zal het maar wat leuk vinden om je te zien.'

Reg had een zwak voor haar, wist Nel, en een goed hart, onder zijn enigszins bruuske manier van doen. Zij had haar twijfels of de voorzitter van de Meadow Green Rovers het leuk zou vinden om haar te zien, maar misschien was hij wel blij met wat steun als hij hoorde dat het terrein waar zijn juniorenteams op trainden, zou worden bebouwd. Aan de andere kant, misschien hadden ze al een andere locatie gevonden om te trainen, en dan zou het hem geen barst kunnen schelen.

'Wie zal ik meenemen? Ik wil niet in mijn eentje naar zo'n wedstrijd. Dat zou echt triest zijn.'

'Een van die stoere zoons van je?'

'Zoals ik al zei, die voetballen niet. Ze zouden wel meegaan als ik het hun vraag, maar dan zouden ze er speciaal voor thuis moeten komen, en ik zou liever iemand hebben die er toch al naartoe gaat.'

'Reken maar niet op mij, ik heb ook niets met voetbal.'

Nel ging verder met haar boodschappen, en vroeg zich af bij iedere bekende die ze tegenkwam of die misschien van voetbal hield. Uiteindelijk vertelde ze haar probleem aan een vriendin die ze niet zo vaak sprak. Sheila was bijzonder positief ingesteld en Nel had er al aan gedacht haar te betrekken bij de campagne. Ze was verrassend behulpzaam.

'O, Suzy gaat wel met je mee. Zij is een enorme fan van Meadow Green.'

'Zou ze dat niet erg vinden? Ik heb haar niet meer gezien vanaf dat ze een kleuter was, en misschien wil ze helemaal niet dat ik met haar meega.'

'Nee, hoor, ze zal het enig vinden. Ik vraag het haar wel als ik thuiskom.'

'En hoe gaat het met haar tentamens?'

'Ze werkt bijzonder hard, maar je kunt er niets van zeggen, of wel soms?'

Nel schudde haar hoofd. Ze wist ook niet wat Fleur deed, laat staan of ze hard werkte. Op al haar vragen reageerde ze met sussende geluidjes en 'Maak je geen zorgen, mam.'

'Ik vraag Suzy wel of ze je even belt.'

'Dat is reuze aardig van je, als zij er tenminste echt geen bezwaar tegen heeft.'

Suzy verzekerde Nel later aan de telefoon dat ze het enig vond om haar mee te nemen. 'Kleed je warm aan, en trek gemakkelijke schoenen aan, of laarzen, want je krijgt er ijskoude voeten. Ik kom je wel halen.'

Die woensdag kreeg Nel, hoewel ze er niet naartoe was gegaan om zich te amuseren, toch iets mee van de opwinding van alle mensen die naar 'de wedstrijd' kwamen kijken. Het was een avondwedstrijd en het duister droeg iets bij aan de hoopvolle verwachting die Nel bij zichzelf bespeurde. Suzy's aanstekelijke enthousiasme droeg daar ook toe bij. Hoewel Suzy even oud was als Fleur, was ze een heel ander kind, ontdekte Nel. Suzy was geïnteresseerd in politiek, de armoede in de wereld en de ozonlaag. Fleur was geïnteresseerd in haar vriendenkring, haar sociale vaardigheden en kleren. Nel deelde met allebei de meisjes wel wat en voelde zich dan ook bij allebei evenzeer op haar gemak.

Toen ze aankwamen, parkeerde Nel de wagen op de plek die Suzy aanwees. 'Papa parkeert altijd hier omdat je er dan weer gemakkelijk uit kunt. We zouden hier eigenlijk een echt parkeerterrein moeten hebben, maar ja, er is nog zoveel dat we nog niet hebben.'

Het verbaasde Nel dat er zoveel mensen op de wedstrijd af kwamen. 'Is het altijd zo druk?'

'Het is een belangrijke wedstrijd. Als we winnen, komen we in aanmerking voor promotie, en dan moet de boel echt opgeknapt worden. Maar wees niet bang, het publiek is heel gemoedelijk – als we tenminste niet bij de tegenpartij gaan zitten.'

'Bedankt. Ik heb het niet zo op grote menigten.'

Suzy bond een sjaal met de kleuren van de club rond Nels nek. 'Maak je geen zorgen, ik let wel op je.'

De rollen werden omgedraaid.

'Ik heb een seizoenskaart, dus ik ga hierdoor naar binnen,' legde Suzy uit, die zich van haar beste kant liet zien. 'Jij gaat door het draaihek. We kunnen nu warme chocolademelk halen, of wachten tot het pauze is en dan een broodje kopen,' ging ze door. 'Maar koop alsjeblieft geen saucijzenbroodje, want we verliezen altijd als iemand van ons een saucijzenbroodje koopt.'

'Maak je geen zorgen, ik heb al gegeten. Dat scheelt weer duizend calorieën.'

'Weet ik. Dat maakt ze juist zo heerlijk, maar ik heb ook al gegeten. Ik ben bang dat de beste staanplaatsen helemaal aan die kant zijn.'

'Weet je toevallig ook wie de voorzitter is? Jij weet zoveel.'

Suzy schoot in de lach. 'Geen idee. Hij is nieuw en hij komt niet altijd kijken. Maar ik zal eens vragen. Hé, Rob! Weet jij toevallig of de voorzitter vanavond aanwezig is? En zo ja, wie dat is?'

'Ja, volgens mij is hij er. Ik geloof dat dat hem is. Zie je die man, die met zijn rug naar ons toe staat te praten met die man in die anorak?'

Suzy noch Nel kon hem ontwaren, maar ze waren allang blij dat hij er was. Hoewel Nel zich begon te vermaken op een manier die ze niet had verwacht, had ze geen zin om de hele avond tevergeefs op iemand te wachten.

Tijdens het wachten op de aftrap werden er door de toeschouwers over en weer voetbalgrappen gemaakt. Nel begreep er niet veel van, maar wel toen ze het hadden over de armzalige conditie van de gebouwen.

'De douches zijn zo slecht dat de spelers zich warm rennen om de druppels op te kunnen vangen,' zei er een.

'Ja, en het water dat eruit komt zit vol roest. Onze Kevin heeft hier vroeger bij de junioren gespeeld. Sinds die tijd is er volgens mij niets veranderd.'

'Hé, ze gaan beginnen!'

Terwijl Suzy af en toe de spelregels uitlegde, ging Nel helemaal op in de wedstrijd. Ze juichte toen er een doelpunt viel, en hoewel ze niet meezong (iedereen scheen de woorden te kennen en er een eigen tempo op na te houden), merkte ze dat ze genoot van het hele gebeuren.

Het was nu ook weer niet zo aanstekelijk, legde ze uit tijdens de rust, waarin ze een calorierijk broodje at met Suzy, dat ze een vaste toeschouwer zou worden, 'maar ik zie hoe mensen erin opgaan. Jammer dat mijn jongens er niets aan vinden. Ik vraag me af of ik ze niet meer had moeten stimuleren.'

'Mijn broer houdt ook niet van voetbal, en mijn vader wel, dus ik denk niet dat het aan jou ligt,' zei Suzy. 'Wil jij chips?'

'Ik heb net al een hele week diëten tenietgedaan met dat broodje. Als ik ook nog chips ga eten, ben ik maandag de klos.'

'Hoezo?'

'Dan word ik gewogen.'

'Ik denk eigenlijk dat al dat lijnen niet goed voor je is.'

'Het is wel grappig, alleen mensen die dat niet hoeven doen, zeggen dat.'

Nel had ijskoude voeten tegen de tijd dat Meadow Green Rovers de wedstrijd had gewonnen. 'Nu krijgen we promotie!' juichte Suzy. Ze was nog steeds enthousiast, maar had de hoop inmiddels opgegeven dat Nel ooit iets van buitenspelovertredingen zou gaan begrijpen.

'Dat is mooi. Dan heb ik iets om over te beginnen als ik de voorzitter aanspreek. Kan ik gewoon op hem af stappen en gedag zeggen, of bestaat er een speciale code die ik moet weten?'

'Geen idee. Ik denk dat je gewoon op hem af kunt stappen. Hij is geen lid van het koninklijk huis, per slot van rekening.'

'Ga je mee? Of wil je liever met je vrienden praten?'

'Ik zie je straks wel. Heb je je mobiel bij je?'

Nel knikte.

'Stuur me dan maar een sms'je als je zover bent.'

'Ik kan niet sms'en. Ik ben geen dertig meer.'

'Mijn moeder kan het wel! En die is al een heel eind boven de dertig!'

'Ik eigenlijk ook. Ik ga. Tot zo.'

Iedereen die Nel kende, vond haar hartelijk en gezellig. Alleen zij wist dat ze eigenlijk heel erg verlegen was. Op dit moment hief ze haar hoofd op en had ze een glimlach klaar, maar vanbinnen was ze ervan overtuigd dat de voorzitter niet met haar zou willen praten, en dat ze zich met een afgewezen gevoel een weg terug door de menigte zou moeten banen.

Ze was al midden in het gedrang voordat ze iemand vroeg of die haar de voorzitter kon aanwijzen. De bewuste persoon wees haar de weg en Nel worstelde zich in de richting van de marineblauwe jas. Ze schraapte haar keel. 'Pardon! O, ben jij het!'

Jake Demerand was wel de laatste die ze hier had verwacht.

'Ik was op zoek naar de nieuwe voorzitter. Ze zeiden dat jij het was. Kun jij me zeggen wie het is?'

'Nou, ze hebben gelijk.'

'Wat?'

'Ik ben de nieuwe voorzitter van de voetbalclub.'

Nels voeten deden pijn. Ze had het koud, en het vette broodje begon op te spelen in haar maag. 'O god! Wat vreselijk!'

'Waarom? Je had toch niet zelf voorzitter willen worden?'

'Natuurlijk niet! Maar ik wilde de voorzitter vragen om steun voor mijn campagne.'

'Wat voor campagne?'

'Ja, zeg!' Nel hoorde dat ze net als Fleur begon te reageren, maar het kon haar niet schelen. 'De campagne die ik organiseer om die klanten van jou, die miljonairs, ervan te weerhouden dat ze huizen gaan zetten in de uiterwaarden!'

'Als mijn cliënten miljonair waren, zouden ze geen huizen hoeven bouwen.'

'Ze hoeven daar helemáál niet te bouwen. Die vrouw wil gewoon iets hebben waarmee ze in dure interieurbladen komt. Het enige wat Hunstanton Manor nodig heeft is een stuk of wat nieuwe dakpannen! Mensen leggen de lat gewoon veel te hoog!'

Hij schoot in de lach, en ze besefte dat zich aanstelde. Het kwam door de schok dat ze Jake Demerand hier had aangetroffen, terwijl ze een vriendelijke, grijzende man in een schaapsleren jas had verwacht die haar op de schouder zou kloppen met de woorden: 'Laat het maar aan mij over, lieve kind. We zullen die rijkelui wel bij de uiterwaarden vandaan houden.' Misschien had ze toch te vaak naar *EastEnders* gekeken.

'Luister, mevrouw Innes – Nel – waarom praten we niet verder bij een glaasje?'

Onder alle andere omstandigheden zou Nel daarop ingegaan zijn, Simon of geen Simon. Ze haalde diep adem. 'Omdat u niet alleen in clichés spreekt, meneer de notaris, maar omdat u straks ook nog gaat dansen.'

'Waar heb je het over?'

'Je kent die uitdrukking vast wel: "Voor geld kun je de duivel laten dansen".'

Er viel een korte stilte.

'Het spijt me als u mij ziet als de duivel, mevrouw Innes. Ik verzeker u dat ik over u in heel andere bewoordingen denk.'

'O ja? Nou, dat verandert nog wel. Als straks mijn campagne loopt, zult u spelden prikken in wassen poppetjes van mij.'

'O ja?' Tot haar ergernis vloog er een glimlachje over zijn gezicht.

'Zeker. U zult merken dat ik iemand ben met wie rekening gehouden dient te worden. U kunt uw cliënten beter waarschuwen dat ze hun plannen wijzigen, want er komen geen gebouwen op dat stuk land zolang als ik leef.'

'Nou, ik hoop echt dat u nog lang leeft, maar ik ben bang dat u het mis hebt wat betreft die gebouwen. Dat gaat wel degelijk gebeuren. Er zijn starterswoningen gepland en de gemeenteraad zal er erg mee in haar sas zijn.'

'Mijn god! Ik geloof dat u wilt dat die uiterwaarden voor altijd verloren gaan! Wist u wel dat de junioren daar trainen?'

'Nee, dat wist ik niet. Maar nu wel.'

'En maakt dat voor u niets uit? Die arme kleine jongens, bibberend van de kou in hun korte broek, zonder een plek waar ze kunnen trainen.' Te laat besefte ze dat dat een nogal onhandige opmerking was.'

'Tja, natuurlijk is het jammer dat we geen mooie, warme zaal hebben waar ze kunnen trainen.'

'Die wilt u toch niet gaan bouwen?'

'Nee. Maar het verklaart wel waarom u me niet warm kunt krijgen voor dat bijzonder zompige stukje grond dat u zojuist hebt beschreven.'

'Hoe weet u dat het zompig is?' vroeg Nel nadat ze even had nagedacht.

'Omdat ik de junioren train.'

'O.' Nel wist niet meer wat ze moest zeggen. Maar ze herstelde zich snel. 'Daar kunt u nog niet zo lang mee bezig zijn. U woont hier nog maar kort.'

'Niet zo heel kort. U hebt me pas sinds kort in het oog.'

'Ik heb u helemaal niet "in het oog"! Ik zou u nooit aanspreken als ik niet had gedacht dat u – of liever gezegd de voorzitter – mijn campagne zou steunen!'

'Nee? Ik zag toch dat u stond te kijken toen ik aan het squashen was.'

'Wat?'

'Ik zag u staan kijken toen ik met een vriend stond te squashen. Waarvoor komt u op maandagavond naar het ontspanningscentrum?'

'Ik weet niet waar u het over hebt,' loog ze, want ze wist het maar al te goed.

'O jawel. U had geen sporttas bij u, dus wat deed u daar dan?'

'Dat ga ik u niet aan uw neus hangen! Dat gaat u helemaal niets aan.'

'U gaat zeker naar de Weight Watchers. Ik begrijp niet waarom u dat zou doen. U hebt een prachtig figuur.'

'Ach, krijg de –' Nel wist zich net op tijd in te houden.

'U hoeft zich niet te verontschuldigen. Ik verdiende waarschijnlijk niet anders.'

'Ik was niet van plan me te verontschuldigen. En u verdiende het inderdaad.'

'U bent gewoon anders dan de gemiddelde vrouw.'

56

'Wat een verschrikkelijke opmerking,' viel Nel woedend uit.

'U hebt er kennelijk slag van om me verschrikkelijke dingen te laten zeggen. En ik heb hetzelfde effect op u.'

'Wat bedoelt u?'

'U wilde me toch toewensen dat ik de – hoe zal ik het netjes zeggen?'

'Breng me niet in de verleiding! Tot ziens in de rechtszaal!'

Terwijl Nel door de uitgedunde menigte terug beende naar Suzy, wist ze niet of ze nu moest lachen of huilen. Wat ze ook probeerde, ze kon niet om het feit heen dat Jake Demerand niet alleen de aantrekkelijkste man was die ze in jaren had ontmoet, maar ook een van de aantrekkelijkste mannen die ze óóit van haar leven had ontmoet. En het feit dat er tussen hen iets vonkte, deed daar niets aan af. Hij was de vijand. Ze zag hem als de verantwoordelijke man voor het bouwproject, meer nog dan zijn cliënten. Hij had hen waarschijnlijk op het idee gebracht.

'Ik moest maar eens opstappen,' zei Nel nadat Vivian bij een haastig genoten drankje een verslag vol schimpscheuten had aangehoord over de ontmoeting met de voorzitter van de voetbalclub, ook wel bekend als Jake Demerand. 'Vanavond moet ik weer naar de gevreesde Weight Watchers, en ik ben al niet meer geweest vanaf de week voor kerst. Ik ben vast kilo's aangekomen.'

Vivian gaapte. 'Dat zou je aan je kleren hebben gemerkt.'

'Ik denk dat die gewoon meerekken. Ik bel je wel als er iets belangwekkends gebeurt.'

'Op wat voor gebied ook,' vulde Vivian aan. 'Niet alleen als het te maken heeft met het verpleeghuis of de boerenmarkt.'

'Die hebben wel veel met elkaar te maken, hoor. De boerenmarkt levert een aardige bijverdienste op voor het verpleeghuis.'

'Nou, ga jij jezelf maar martelen!'

En zo kwam Nel, zich ervan bewust dat haar adem wellicht naar witte wijn rook, en niet in de juiste lichte kleding, bij de Weight Watchers binnen, vlak voordat het algemene praatje begon.

Ze haalde haar portefeuille tevoorschijn, op zoek naar haar lidmaatschapskaart, en vond die uiteindelijk onder alle andere spullen in

haar handtas. Ze betaalde met een bankbiljet, en met haar spullen in haar ene hand trok ze met de andere haar laarzen uit en liep naar de weegschaal, waar de begeleidster zat te wachten. Terwijl ze alles op de grond liet vallen, zei ze: 'Het spijt me vreselijk, maar ik loop achter op het schema. Nou ja, dat is altijd al zo, eigenlijk...' Zoals altijd op dit zenuwslopende moment maakte Nel pijnlijke grapjes, alsof ze daarmee de verschrikkelijke waarheid kon ontlopen. 'Ik ben al niet meer geweest sinds de week voor kerst, maar dat weet je natuurlijk.'
'Geeft niets, u bent er nu toch,' zei het jonge, knappe meisje dat volgens de geruchten drie kinderen had gekregen zonder dat er een pond op haar ranke heupen was blijven zitten. 'Hoe bent u de feestdagen doorgekomen?'
'Nou, om eerlijk te zijn, heb ik niet aan lijnen gedacht. Ik heb gewoon gegeten waar ik zin in had.'
Ze stapte op de weegschaal, hield haar buik in en ook haar adem, in een poging zichzelf lichter te maken.
'Nou! Kijk eens aan! Twee pond afgevallen! Kunt u zeggen waardoor dat komt?'
Nel haalde haar schouders op, blij maar verbaasd. 'Ik heb geloof ik nogal veel rondgerend.'
'Lichaamsbeweging.' De groepsleidster gaf Nel haar kaart terug. 'Ik zeg altijd tegen de dames dat ze flink in beweging moeten blijven!'
Nel glimlachte, nam na de kaart het boekje aan en pakte haar laarzen. Zou het bijwonen van een voetbalwedstrijd ook als lichaamsbeweging gezien worden, vroeg ze zich af. Of moest je zelf meespelen? Om de boel niet op te houden, kocht Nel een paar dozen Weight Watchers chocoladerepen, stapelde die op onder haar kin en maakte haast om ervandoor te gaan voordat de groepsleidster haar het gevoel kon geven dat ze moest blijven voor het afrondingsgesprek. Niet omdat ze dacht dat het toch niet hielp, maar ze had er gewoonweg geen tijd voor. En zo waggelde ze de deur uit, met de dozen repen tegen zich aan geklemd en haar laarzen in haar hand. Ze voelde dat ze rood zag.
Hoe kon ze nou toch zijn afgevallen? vroeg ze zich af. Ze had tijdens de feestdagen heel wat keren buiten de deur gegeten. Misschien kwam het omdat ze dan altijd een salade nam, en als ze thuis bleef

at ze vaak pasta. Misschien moest ze een boek schrijven getiteld *Elke avond uit eten* – dat kon dan mooi tegelijk uitgegeven worden met dat van Vivian: *Klaar voor een verhouding.*

Nel bleef ineens stokstijf staan. Ze kon haar ogen niet geloven. Als bij toverslag had ze de man laten verschijnen die haar het idee had gegeven dat ze best een verhouding wilde. Ze schrok zo dat ze alle dozen en haar laarzen op de grond liet vallen.

Jake leek niet geschrokken. Hij lachte voluit en zijn gezicht drukte een en al plezier uit. Duivel of niet, zijn lach was aanstekelijk genoeg. Ze was betrapt, en ze was altijd bereid om zichzelf te lachen. 'Betrapt!' zei ze. Ze pakte een laars en trok hem aan.

Hij was in zijn squashoutfit: zwarte korte broek en wit shirt. Er lag een aantrekkelijke glans over zijn huid. Toen hij neerknielde om haar dozen op te rapen, zag ze hoe enorm groot zijn voeten waren in zijn squash-schoenen. Wat zeiden ze ook weer over mannen met grote voeten? Ze drukte de gedachte weg.

'En of!' Hij kwam overeind, gaf haar de dozen met repen en keek in haar ogen. 'Ik ben ervan overtuigd dat het niet nodig is dat je naar de Weight Watchers gaat, maar ik ben wel blij dat je er bent. Heb je zin om iets te gaan drinken? Of ben ik nog steeds de vijand?'

In sommige opzichten was hij nog meer de vijand dan daarvoor, omdat hij zo onweerstaanbaar kon flirten, en ervoor zorgde dat zij erop inging. 'Ik kan niet.'

'Waarom niet?'

Keek hij nu maar niet steeds zo naar haar! Hij deed het met opzet, om haar te kwellen? Ze wist dat hij geen belangstelling voor haar had, dus waarom gedroeg hij zich dan zo? Nou, ze zou er niet in trappen. Hij moest zijn charme maar loslaten op Kerry Anne, die zou er veel ontvankelijker voor zijn.

'Ik moet terug naar huis.'

'Waarom?'

Ze haalde diep adem. 'Ik heb Fleur beloofd dat ik een tv-programma voor haar op de video zou opnemen; het wordt zometeen uitgezonden.'

Hij knikte. 'Dat is jammer. Volgende week misschien?'

Ze kon hier absoluut niet mee omgaan. Hij was van de tegenpartij.

Ze kon geen afspraakjes met hem maken: ze mocht hem niet eens zien als hij een dergelijk effect op haar had. Nel besloot dat ze nooit meer naar de Weight Watchers zou gaan. Ze moest een andere club zoeken – of het opgeven.
'Ik denk het niet.' Ze klemde de dozen nog steviger onder haar kin. 'En ik moet nu echt gaan, anders mis ik het begin.'

Het was zaterdagochtend, Nel was bij de drogist en bestudeerde aanbiedingen van drie voor de prijs van twee, waarbij ze probeerde te bepalen of het loonde om een voorraadje tandpasta voor een half-jaar in te slaan, toen ze de enige persoon op aarde zag die ze werkelijk onuitstaanbaar vond.
Vivian zei altijd tegen Nel dat ze behoorlijk voorspelbaar was in haar afkeer van mensen. Over mensen van wie Nel aanvankelijk beweerde dat ze ze niet kon uitstaan, zei ze na een tijdje, als ze ze wat beter had leren kennen: 'Ze is toch wel aardig als je haar leert kennen. Ze is alleen niet zo communicatief.'
Deze keer, besloot Nel, terwijl ze toekeek hoe Kerry Anne Hunstanton de scrubcrèmes bestudeerde, zou ze haar afkeer instandhouden, en niets te weten komen over haar moeilijke jeugd, haar drankzuchtige vader, om uiteindelijk medelijden met haar te krijgen of erger nog, sympathie voor haar op te vatten. Ze wierp een blik op haar; waarom was ze met Pierce getrouwd? Om zijn geld? Om zijn in verval geraakte herenhuis?
Terwijl ze haar aanval van nieuwsgierigheid bedwong, legde ze drie enorme tubes tandpasta in haar mandje en liep door naar de afdeling die eufemistisch 'sanitaire benodigdheden' werd genoemd. Hier waren volop aanbiedingen. Net toen ze probeerde de logica in te zien van de verpakkingen, keek ze op en zag ze Kerry Anne vlak voor haar staan.
'O, hallo.' Misschien, besefte ze ineens, als ik de moeite nam om dit meisje te leren kennen, zou ik haar niet aardig gaan vinden, maar ik zou er wel achter kunnen komen wat er gaande is. Niet dat ze mocht hopen dat Kerry Anne in staat zou zijn de bouwplannen tegen te houden, maar toch glimlachte Nel naar haar.
'Hallo! Nel was het toch? Ik vraag me af of je me kunt helpen. Ik

kan hier geen fatsoenlijke schoonheidsproducten vinden. Waar ik naar op zoek ben is...' Ze noemde een merk waar Nel nog nooit van had gehoord, en dat in elk geval niet te koop zou zijn bij deze drogist in hun kleine stadje.

'Ik ben bang dat je voor zoiets naar Cheltenham zult moeten.'

Kerry Anne schudde ongeduldig haar hoofd. 'Daar was ik gisteren. Niets te vinden. Ik heb het in alle winkels geprobeerd, maar ik kon nergens iets vinden wat ik op mijn gezicht durf te smeren.'

'Nou ja, zoals je ziet is dit maar een kleine drogisterij –'

'En waar haal jij dan je verzorgingsproducten? In Londen? Je hebt zo'n prachtige huid.'

Dat laatste was duidelijk niet bedoeld als een compliment, meer als een vaststelling, maar niettemin was Nel gevleid. Misschien had ze wel de manier gevonden om de goede kant van Kerry Annes karakter naar buiten te laten komen. Het zou jammer zijn om daar geen gebruik van te maken.

'Ik koop die producten van iemand die ze zelf maakt. Ze verkoopt ze op de markt,' voegde ze toe. Ze had zin om te zeggen dat alleen als Kerry Anne haar man zover kon krijgen zijn bouwproject achterwege te laten en de markt weer in hun achtertuin toe te laten, ze haar zou vertellen waar ze die producten kon kopen.

'Maakt die alles zelf?' herhaalde Kerry Anne. 'Wat bizar! Ik ben echt geïnteresseerd in cosmetica. Ik bedoel, het is zo belangrijk om geen rommel op je huid te smeren.'

'Zeker,' mompelde Nel.

'Maar om het zelf te maken, wat eigenaardig.'

'Niet echt. Per slot van rekening maken al die bedrijven' – ze gebaarde naar de bewuste stellingen – 'hun eigen producten zelf. Mijn vriendin doet het alleen thuis in plaats van in een grote fabriek. Ze gebruikt alleen maar pure, natuurlijke ingrediënten, daar maakte ze een samenstelling van en die verkoopt ze in blauwe, glazen potjes.'

'En die zijn goed?'

'O, ja. Haar antirimpelserum is echt uitstekend. Niet dat jij je zorgen hoeft te maken over rimpels – althans... nog niet.'

Kerry Anne rilde even, alleen al bij het horen van dat woord. 'Waar kan ik die producten kopen? Als ze echt zo goed zijn?'

Nel dacht razendsnel na. Kerry Anne was bemiddeld, en kennelijk een vrouw die bereid was een hoop geld uit te geven aan het behoud van haar schoonheid. Als Nel haar meenam naar de plek waar Sacha haar producten maakte, zou Kerry Anne een fortuin uitgeven. Sacha zou in de wolken zijn met zo'n klant, en het bezoekje zou Kerry Anne misschien wel mild stemmen. Misschien zou ze wel anders gaan denken over het bouwproject.

'Nou,' begon Nel. 'Je zou kunnen wachten tot de volgende markt. Of je kunt naar Bath gaan. Ik geloof dat Sacha haar spullen daar ook verkoopt...' Ze wachtte met opzet even.

'Of anders?' Tot Nels voldoening begreep Kerry Anne onmiddellijk dat er nog een alternatief was.

'Of je zou naar haar huis kunnen gaan; daar is het goedkoper dan in de winkel.' Het verbaasde Nel niet toen ze de ogen van Kerry Anne groot zag worden. Bijna iedere vrouw hield van koopjes. Nel zou Sacha van tevoren natuurlijk op de hoogte brengen, en ervoor zorgen dat Kerry Anne het dubbele zou moeten betalen van wat ze normaal rekende.

'Kun je me vertellen waar dat is?'

Kan ik wel, maar daar heb ik geen zin in, had Nel het liefst hardop willen zeggen. 'Ik kan beter met je meegaan. Het is nogal lastig te vinden. Of je wacht tot de eerstvolgende keer dat het markt is. Dat is over drie weken.' Nel kon er niets aan doen, maar ze genoot van deze situatie. Kerry Anne leek haar typisch een vrouw die meteen wilde hebben wat ze in haar hoofd had gezet.

'Ik geloof niet dat Pierce dat nog wil toestaan,' zei Kerry Anne. 'Het lijkt ons beter als de mensen aan het idee wennen dat het land niet langer beschikbaar voor hen is.'

'In dat geval,' zei Nel liefjes, 'kan ik je niet naar mijn vriendin toe brengen. Je kunt niet verwachten dat ze je graag zal ontvangen als je van plan bent haar voornaamste bron van inkomsten stop te zetten.'

Kerry Anne kneep haar ogen halfdicht. Ze leek verscheurd te worden tussen teleurstelling en de wens om duidelijk te maken dat ze niet bereid was om zich te laten chanteren.

'Het is toch niet meer dan fair om toe te staan dat er een laatste markt wordt gehouden, vind je niet?' vervolgde Nel. 'Dan zouden de verkopers nog een kans krijgen hun klanten te vertellen waar ze hun producten voortaan kunnen kopen. Per slot van rekening wonen jullie hier de volgende maand toch nog niet? Waarschijnlijk niet eens over een jaar. Voor jullie zou het geen verschil maken.'

Kerry Anne zuchtte. 'Ik denk het niet. Ik zou het er met Pierce over kunnen hebben.'

Nel glimlachte liefjes. 'Het erover hebben' zou voor Kerry Anne wel op hetzelfde neerkomen als 'hem sommeren'. 'Doe dat. En als hij ermee instemt, kun je contact met me opnemen om je naar de werkplaats van mijn vriendin te brengen. Je kunt het niet echt een fabriek noemen. Ik denk echt dat het je zal interesseren.'

Kerry Anne rommelde wat in haar Prada tas en haalde er een visitekaartje uit. 'Alsjeblieft. Mijn telefoonnummer staat erop.'

Nel vond een stompje potlood en een verkreukeld papiertje in haar tas waar ze iets op krabbelde. 'En hier is mijn telefoonnummer. Probeer Pierce maar over te halen, oké?'

'Mooi, bedankt.' Kerry Anne keek in Nels mandje, waar de tandpasta en de shampoo begraven lagen onder pakken maandverband. 'Heb je dat nog steeds nodig?'

Nel gooide haar hoofd in haar nek. 'O, ja. Ik gebruik het om een kamertje in mijn huis te isoleren, zodat ik daar mijn oerkreet uit kan stoten.' Ze grijnsde meesmuilend en liep door, er niet van overtuigd dat haar sarcasme was overgekomen, en zich ervan bewust dat Kerry Anne nu misschien dacht dat ze niet alleen stokoud, maar ook nog een heks was. Die arme vrouw denkt waarschijnlijk dat ik rond de zestig ben. Geen wonder dat ze vindt dat mijn huid nog zo mooi is. Ik wou dat ik een heks was. Dan zadelde ik haar op met mijn cellulitis.

Toen ze op ongeveer hetzelfde moment als Kerry Anne weer buiten stond, zag ze daar tot haar ellende Jake Demerand staan. Waarom kwam hij steeds tevoorschijn op plaatsen waar zij was? Ze kon niet aan deze man ontkomen. Vervelender nog was het feit dat hij hen allebei zag. Als Kerry Anne hem nu eens vertelde wat zij had gezegd? Dan zou hij ook denken dat ze een gek oud wijf was.

'Zo, hebben jullie elkaar wat beter leren kennen?' vroeg hij opgewekt.

'O ja, Nel gaat me in contact brengen met iemand die zelf schoon-heidsproducten vervaardigt. Ik vind het zo'n enig idee. Trouwens, bedankt nog voor dat avondje laatst, Jake. Het was enig.'

Jake accepteerde de dankbetuiging genadig, en Nel werd ineens een beetje misselijk.

'Nou, ik moet ervandoor,' zei Nel, zonder naar Jake te kijken. 'Ik heb nog een hoop te doen.'

'Dus je neemt me mee naar je vriendin?' vroeg Kerry Anne.

'Als je het echt graag wilt. Bel me maar. Maar nu moet ik rennen!'

Aan het eind van de hoofdstraat liep ze bijna tegen Simon op.

'Nel! Hallo! Wat zie je er –'

'Wat?' snauwde Nel overgevoelig. 'Hoe zie ik eruit?'

'Knap, eigenlijk. Heel knap.'

Nel lachte warm, klopte hem op zijn jas en liep door. 'Sorry, ik moet rennen,' riep ze nog terwijl ze de hoofdstraat af liep. 'Ik heb afge-sproken met Fleur. Tot vanavond.'

Ze kwam bij haar auto, tien minuten nadat de parkeertijd was ver-lopen, en besefte dat Simon nog nooit eerder had gezegd dat ze knap was. Wat was er in hemelsnaam met hem aan de hand? Waarom zei hij dat nu ineens?

5

Fleur zat aan de keukentafel met een beker thee voor zich en haar hoofd in haar handen.

'Hallo, schat,' zei Nel toen ze door de achterdeur binnenkwam. 'Heb je al ontbeten? Ik heb croissants meegebracht.'

Toen ze de kinderen had gekregen, had Nel zich voorgenomen om de dag altijd met een positieve opmerking te beginnen. Hoewel het niet meeviel, vooral niet toen haar jongens weigerden op tijd voor school hun bed uit te komen. Toen waren de ruzies al tien minuten na het opstaan begonnen. Fleur was met kerst beslist een tikje nerveus geweest, maar aangezien het huis vol zat met mensen, was er geen gelegenheid geweest om daar met haar over te praten. Het was dus prettig dat ze nu even het rijk alleen hadden.

'Mm, bedankt, mam.'

Dit leek niet het juiste moment. Fleur was toch al geen ochtendmens, maar vandaag leek ze ronduit slecht gehumeurd.

'Moe?'

Fleur knikte.

Nel beet op haar lip. Ze vroeg zich vaag af of ze zich als alleenstaande ouder misschien ongerust maakte voor twee, maar ze kon er niets aan doen. 'Krijg je dat opstel wel af?'

'Mam! Dat heb ik toch gezegd! Maak je geen zorgen. Ik ga naar Jamie, maar ik doe het heus wel, ook al vind ik het niet eerlijk dat ze ons meteen aan het begin van dit trimester zo'n opstel laten maken.'

'Je examens staan voor de deur, en Jamie woont in Londen.'

'Dat weet ik. Ik heb namelijk zijn adres, weet je,' voegde ze er geirriteerd aan toe. 'Voor het geval je het bent vergeten, ik logeer daar zo'n beetje elk weekend.'

Nel negeerde de sarcastische opmerking en ging water opzetten. Ze was niet vergeten dat Fleur elk weekend in Londen doorbracht, en ze hoopte dat Fleur niet was vergeten dat ze Nel plechtig had beloofd dat ze pas zou vertrekken als het opstel klaar was. Nel was nooit zo'n moeder geweest die zou zeggen: 'Je gaat pas weg als dat opstel af is, jongedame! En ik duld geen brutale opmerkingen!' Ze had altijd vertrouwd op redelijkheid en uitleg, waarbij ze haar kritische vrienden vertelde dat je je als ouder toch niet anders kunt voordoen dan je bent. Je kunt je niet streng en vastberaden gedragen als je niet zo bent. Simon vond dat bijzonder moeilijk te begrijpen.

'Lieverd,' begon ze. 'Je hebt ermee ingestemd –'

'Ja! En ik zal het ook heus wel doen! Hou nou op met dat gezeur...!'

'Als je dat gezeur vindt...'

'Nee, ik weet wel dat het geen gezeur is, maar het is nog vroeg en ik ben nu eenmaal geen ochtendmens.'

'Zo vroeg is het niet. Ik ben al bij de drukker geweest om brochures te laten maken, ik heb boodschappen gedaan en de honden uitgelaten.'

'Maar jij staat altijd vroeg op. Ik kan dat niet. Nee, Villette, je mag niet op schoot. Ik ben veel te moe om je te knuffelen. Jij ook niet, Shirley.' De honden liepen weer terug naar hun mand, waar ze zich behaaglijk in nestelden.

Nel gaf haar dochter een kus op haar wang voordat ze de croissants uit de zak haalde en ze in de oven legde. 'Zal ik de tafel vrijmaken zodat je eraan kunt werken? Of doe je het in de kamer?'

'Laat maar, mam. Ik doe het wel in de woonkamer.'

'Met de tv aan, neem ik aan.'

Fleur glimlachte. 'Precies. Hebben we ook kersenjam?'

Nel zocht in de koelkast naar de jam, zich ervan bewust dat het niet Fleurs huiswerk was waar ze zich zorgen over maakte. Ze kreeg het op een of andere manier altijd wel op tijd af. En Nel maakte zich evenmin zorgen om Jamie. Hoewel ze nog geen kennis met hem had gemaakt ('Dacht je dat hij zin had om hierheen te komen, mam?'), voelde ze zich tamelijk gerust over hun relatie nadat ze een keer met zijn moeder had getelefoneerd toen Fleur haar mobieltje thuis had laten liggen. Het was Simons opmerking over jonge vrouwen die aan de drugs waren, die haar onbewust ongerust had gemaakt. Toen hij daar voor de eerste keer over was begonnen, had ze het afgedaan als typisch iets voor Simon. Maar hoewel ze hem toen had verzekerd dat ze het zou weten als haar dochter drugs nam, was ze er in haar hart niet zo gerust op. Hoe zou ze dat kunnen weten? Hoe zou ze de signalen moeten herkennen als ze niet wist waar ze op moest letten? Was er maar een soort sensor die je op hun voorhoofd kon plakken en die op zou lichten als ze iets onwelvoeglijks gebruikten. Maar zoiets bestond niet, en nu zou ze willen dat haar oudste zoon thuis was. Hij en Fleur waren goede maatjes en misschien zou ze hem dingen vertellen die ze voor haar moeder verzweeg. Hoewel zij en Fleur goed met elkaar konden opschieten, beschermden haar kinderen hun moeder voor dingen die haar wellicht ongerust konden maken.

'Geen kersen. Frambozen?' zei Nel uiteindelijk, nadat ze een aantal potjes had verzameld waarvan de inhoud onder een microscoop interessante dingen aan het licht zou hebben gebracht.

'Als het maar rood is.' Fleur stond op. 'Wil je de croissants bij me brengen als ze klaar zijn? Dan haal ik mijn schooltas.'

'Ik verwen je wel, weet je dat?'

'Weet ik. Maar je doet het graag.'

Later, toen Fleur het opstel had geschreven maar nog niet uitgetypt, bracht Nel haar met de auto naar de bus.

'Zorg je dat je zondag de bus terug haalt? Je kunt nu geen school missen.'

'Mam, heb ik die bus ooit gemist?'

'Nog niet, ik zeg het alleen maar. Het maakt me een beetje ongerust dat je zo vaak naar Jamie gaat terwijl ik hem nog nooit heb ontmoet.'

'Je mag hem vast, mam, echt. Het komt gewoon omdat hier niets te doen is.'

Nel begon maar niet over de schoonheid van het platteland, de oude gebouwen die ze konden bewonderen, en het kalmerende effect van de natuur. Per slot van rekening was het nog winter.

'Nou, vraag maar of hij een keer bij jou komt. Het is niet goed dat jij altijd degene bent die naar Londen sjouwt. Hij mag ook wel eens een paar uur in de bus zitten!'

'Ik zal het hem voorstellen, maar ik verwacht niet dat hij het doet. Hier zijn helemaal geen leuke tenten.'

'Maar in Bristol toch wel!' Nel herinnerde zich maar al te goed haar ongerustheid toen haar zoons daar begonnen uit te gaan.

'Niet zo leuk als in Londen. Maak je niet druk, mam, ik red me best. Ik kan heel goed voor mezelf zorgen.'

'Ik hoopte eigenlijk dat Jamie voor je zorgde.'

'Mam! Je bent zo ouderwets! Hoe is het trouwens met je eigen liefdesleven?'

'Bedoel je met Simon?' Nel deed met opzet alsof ze haar dochter verkeerd begreep.

'Nee. Ik bedoel die man die jou onder de mistletoe heeft gezoend.'

'Dat is niet mijn liefdesleven, die man was gewoon even de kluts kwijt; en sindsdien heb ik ontdekt dat hij duivelsgebroed is. Nou, hoe laat gaat je bus?'

Pas toen ze weer naar huis reed, besefte Nel dat Fleur op een ander onderwerp was overgegaan om de aandacht van zichzelf af te leiden. Ze besloot Sam in het studentenhuis te bellen, iets wat ze niet vaak deed.

'Hoi, mam, hoe gaat het?' zei hij, nadat Nel had moeten wachten tot ze hem hadden geroepen, waarbij ze in vijf minuten allerlei soorten muziek voorbij hoorde komen.

'Het gaat om Fleur, heb je haar de laatste tijd nog gezien? Ik bedoel, in Londen?'

'Tja, we houden niet van dezelfde soort muziek, dus nee, eigenlijk niet.'

'Maar weet jij naar wat voor tenten zij en Jamie gaan?'

'Niet echt. Hoezo?'

'Ik maak me een tikje bezorgd om haar. Er zit iets niet helemaal goed. Ik ben bang dat ze drugs gebruikt of zoiets.'

'O, mam!'

'Het is een volkomen legitieme bezorgdheid. Ze zit altijd in Londen, en ik heb Jamie nog nooit gezien.'

'Er is helemaal niets mis met hem,' zei Sam op geruststellende toon.

'Dat zal best. Maar ik weet niets van hem. En je weet hoe ik ben, dan maak ik me ongerust.'

'Op olympisch niveau, mam.'

'Niemand biedt mij een medaille aan. Maar daar gaat het niet om. Wat ik je wil vragen is: kun jij erachter komen waar zij en Jamie naartoe gaan, en of het van die tenten zijn waar je drugs kunt kopen?'

'Je kunt overal drugs kopen.'

'Ja, hou maar op! Maar op sommige plaatsen is het erger dan op andere, of niet soms?'

'Dat zal best. Maar nu ik je toch spreek, mam, zou je wat geld naar me willen overmaken? De energienota is binnen, hij is gigantisch.'

Nel zuchtte. 'Oké.'

'Ik betaal het je terug in de vakantie, als ik werk heb.'

'Dat is goed. Zoek nu maar uit waar Fleur naartoe gaat, oké?'

Hoewel ze meestal niet met Simon sprak over problemen die ze met de kinderen had, begon ze die avond, toen hij haar mee uit eten nam in een plaatselijke pub, over Fleur.

'Ik weet dat ik heb gezegd dat ik het zou weten als ze drugs gebruikte, maar daarna besefte ik dat dat waarschijnlijk niet waar is. De ouders weten het nooit in die situaties waarover je in de kranten leest.'

Simon prikte een mossel uit de schelp. 'Het zou simpeler zijn als je haar niet zo vaak naar Londen liet gaan.'

'Dat weet ik, maar Jamie woont daar, en hoewel ik steeds vraag of hij eens bij ons komt, zegt ze dat er hier niets te beleven valt. En ik denk dat dat ook wel waar is, voor jonge mensen.'

'Je zou haar toch huisarrest kunnen geven?'

'Nee, dat zou ik niet kunnen. Ik ben nooit zo'n soort moeder geweest, en daar kan ik niet ineens mee beginnen. Bovendien heb ik nooit begrepen hoe dat moet – ik bedoel, je kunt je kinderen wel zeggen dat ze de deur niet uit mogen, maar als ze je dan niet gehoorzamen, wat doe je dan?'

'Dan houd je hun zakgeld in of zoiets. Andere ouders schijnen het wel te kunnen.'

'Ja, maar bij ons gaat dat anders.' Intussen had ze er enorme spijt van dat ze over Fleur was begonnen. 'Zijn de mosselen lekker?'

'Uitstekend. En jouw salade?'

'Die is ook heel lekker. Heb je nog nieuws over de laatste ontwikkelingen met betrekking tot de bouwplannen? Ik wil het liefst horen dat het allemaal goed gaat en dat de gemeenteraad het niet in haar hoofd zou halen een bouwvergunning te geven voor die uiterwaarden.'

'Ik vrees dat ik daar niet aan kan voldoen,' zei Simon, met zijn mond vol stokbrood. 'Hoewel, eerlijk gezegd heb ik ook niets gehoord dat op het tegendeel wijst. Dit soort dingen vraagt tijd, zelfs nadat er voorlopige toestemming is gegeven.'

'Dat is een opluchting.' Nel vouwde een blaadje lollo rosso dubbel en stak het in haar mond. 'Dan heb ik nog genoeg tijd om mensen tot actie aan te zetten.'

'Je krijgt misschien niet zoveel steun als je denkt, en waarschijnlijk haalt het toch niets uit. Gemeentes hebben een bestemming voor nieuwe huizen en daar moeten ze zich aan houden. Ze zullen niet weigeren als ze daar geen geldige reden voor hebben.'

'Ik ben niet tegen de bouw op zich, alleen tegen die locatie! Afgezien van het verpleeghuis is het zo'n prachtige plek. En dan nog de natuur.'

'Dat is misschien wel zo, maar mensen moeten toch ergens wonen, en uiteindelijk zijn mensen belangrijker dan watersalamanders en kikkers.'

'Dat weten we niet,' zei Nel, die een paar glazen wijn had gedronken. 'We weten niet of watersalamanders en kikkers niet datgene zijn wat er tussen ons en totale vernietiging in staat.

Simon trok een wenkbrauw op. 'Ik denk het wel, Nel.'

'In elk geval kan ik niet werkloos langs de kant blijven toekijken. Ook al lukt het me niet, ik moet het gevoel hebben dat ik er alles voor heb gedaan, anders zou ik me elke keer dat ik ze zie schuldig voelen.'

'Jij voelt je over veel te veel dingen schuldig, weet je dat?'

'Dat hebben vrouwen nu eenmaal. Dat komt door hun oestrogeen.'

'Je bent soms een vreemd wezentje, Nelly.'

Er waren momenten waarop Nel het leuk vond om een vreemd wezentje genoemd te worden, maar nu zou ze, waarschijnlijk door haar ongerustheid, liever hebben gehad dat Simon haar had gezegd dat ze sterk en onafhankelijk was, en bergen zou kunnen verzetten als ze dat wilde.

'Neem jij nog iets toe?' vroeg ze.

'Na die steak? Ik denk het niet. Hoezo?'

'Ik zou wel zin in iets hebben, dat is alles.'

'Waarom neem je dan zelf niet?'

'Omdat ik geen heel toetje wil.' Nel wilde plotseling dat ze bij haar bestelling helemaal niet aan haar dieet had gedacht. Ze had ontzettend veel zin in een hapje kleverige karamelpudding of een lekker stukje taart. In sommige opzichten was Simon niet zo geschikt als tafelgezelschap. Hij hield gewoon niet genoeg van eten.

Het was een week later, en Nel had net de honden uitgelaten voordat ze naar bed ging, toen Sam belde. 'Ik heb wat spionagewerk voor je verricht, mam.'

'Spionage? Ik dacht dat je een mediastudie deed?'

'Grapje. Nee, ik ben erachter waar Fleur en Jamie naartoe gaan. Het is een tent die Chill heet. Helemaal niet mijn soort muziek.'

'Die muziek kan me niets schelen, maar hoe zit het er met drugs?'

'Dat heb ik je al gezegd, drugs kun je zo'n beetje overal krijgen.'

'Ellendeling! Ik bedoel, is het een slechte tent? Gebruikt iedereen daar?'

'Mam, als je denkt dat Fleur drugs gebruikt, waarom vraag je haar er dan niet zelf naar?'

'Ze zou zo gekwetst zijn als het niet zo is, en ik zou er kapot van zijn als het wel waar is. Bovendien vertelt ze het misschien niet eens. Ik zou er liever eerst zelf achter komen, en dan mijn houding bepalen.'

'Zoals je wilt. Laat me maar weten als ik met je mee moet, of zoiets,' zei Sam geduldig.

'Mee moet waarnaartoe?'

'Naar die tent. Als je daarheen wilt, ga je toch niet in je eentje.'

'O, god! Daar heb ik helemaal niet aan gedacht!'

'Ik denk echt dat je je onnodig ongerust maakt, mam.'

'Maar dat denk je altijd.'

'En negenennegentig van de honderd keer heb ik gelijk. Maar weet je wat, ik zal eens rondvragen of er iets is waarvan ik vind dat je het moet weten. Oké?'

'Als wat jij nodig vindt dan maar hetzelfde is als wat ik nodig vind.'

'Mam, je kletst ontzin.'

'O, nou, goed. Ik zal proberen me niet zo ongerust te maken.'

Nel wist niet of ze zich overdreven ongerust maakte of niet, maar ze had er behoorlijk last van terwijl ze in de keuken rommelde. Hoewel ze genoot van haar kinderen nu ze jonge volwassenen waren, verlangde ze wel eens terug naar de tijd dat ze altijd wist waar ze uithingen. Fleur zat in Londen bij Jamie; ze zou haar pas zondagavond weer zien, niet bepaald het juiste tijdstip om te vragen of ze drugs gebruikt. Maandagochtend was al niet veel geschikter, in feite nog erger. Vivian zou wel met Fleur willen praten als Nel haar dat vroeg, maar Fleur zou razend zijn. Hoezeer ze ook op Vivian was gesteld, ze zou het haar niet in dank afnemen als Viv 's avonds zou komen eten om Fleur te vertellen dat haar moeder zich zorgen om haar maakte – een speciaal soort vertrouwen zou daarmee geschaad worden. Ook Jamies moeder kon ze er niet bij betrekken. Fleur zou het haar nooit vergeven als ze Jamies ouders belde om te vragen of hun zoon haar dochter niet op het slechte pad bracht. Nee, ze zou er zelf achter moeten zien te komen.

Ze had net de vaatwasmachine aangezet toen de telefoon weer ging.

'Sorry dat ik zo snel alweer bel, mam,' zei Sam. 'Lig je al in bed?'

'Nog net niet. Wat is er?'

'Ik hoorde juist een verhaal over de Chill. Ik denk dat er toch wat meer aan de hand is daar dan in de meeste andere clubs.'

Hoewel het zweet Nel uitbrak, probeerde ze rustig te blijven. 'Maar dat betekent nog niet dat Fleur en Jamie daaraan meedoen.'

'Nee, inderdaad. Maar als je wilt dat ik met je meega om erachter te komen, doe ik dat. Wanneer je maar wilt, maar niet dit weekend, want Angela heeft me uitgenodigd bij haar ouders thuis.'

'Wie is Angela?'

'Mijn nieuw vriendin. Het weekend daarna komt me wel goed uit.'

Het was ondenkbaar dat Nel nog twee volle weken zou moeten wachten voordat ze wist of Fleur gevaarlijke middelen gebruikte. 'O, dat geeft niet. Ik regel wel wat.'

'Weet je het zeker, mam?'

'Natuurlijk. Het is per slot van rekening mijn dochter. Deze week wordt er een boerenmarkt gehouden in Londen waar ik naartoe wil. Daar ga ik heen, en dan blijf ik meteen.'

'Als je er absoluut zeker van bent dat dat geen punt is...'
'Natuurlijk. Maak je geen zorgen.'

De hele week, tussen het ronddelen van aanvraagformulieren voor de officiële boerenmarkt en het navragen bij alle winkels en kantoren in de stad, en bovendien alle basisscholen, kleuter- en peutergroepen, of ze een petitie wilden tekenen tegen de bouwplannen, stelde Nel vragen aan Fleur. Het moest een heel subtiele ondervraging zijn, en Nel vond zichzelf erg handig.
Fleur niet. 'Mam, als je wilt weten of ik aan de drugs ben, waarom vraag je me dat dan niet gewoon?'
'Nou?'
'Het gaat je niets aan. Ik ben bijna achttien!'
'En je bent van plan om dit weekend naar Jamie te gaan?'
'Ja! En het weekend daarna ben ik bij Hannah, weet je nog? Dan viert ze haar achttiende verjaardag.'
Dat zou dan in elk geval een zaterdagavond zijn waarop Nel zich geen zorgen over haar hoefde maken. Hannahs moeder was berucht om haar strengheid en ze gaf Nel altijd het gevoel dat zij een slechte moeder was. Maar als Hannahs moeder het voor elkaar kreeg ervoor te zorgen dat haar kinderen op zaterdagavond om elf uur binnen waren, kon Nel daar alleen maar blij om zijn.
'Dus,' zei Fleur, 'als je klaar bent met je derdegraadsverhoor, ga ik naar bed. Ik moet morgenvroeg naar school!'
Die heftige reactie was zo onkarakteristiek voor Fleur dat Nel meteen wist wat haar die zaterdag te doen stond: ze ging uit in de grote stad.

Op donderdagavond belde ze Simon om te vragen of hij met haar meeging. Ze had geprobeerd dit te vermijden, maar alle mensen die ze verder nog kon vragen, hadden een gegronde reden om niet mee te gaan. Vivian wilde wel, maar moest zondagochtend vroeg op, dus had Nel gezegd dat ze beter thuis kon blijven. 'Bovendien, wie zorgt er voor mijn dieren als we allebei weg zijn?' Nel en Vivian hadden hiervoor een wederzijdse regeling getroffen.
'Maar ik zou dolgraag een andere keer gaan; dan kunnen we Simon

vragen om voor de honden te zorgen. Weet je trouwens wel zeker dat je niet zaterdag over een week wilt gaan? Dan zouden we bij een oude studievriendin van me kunnen overnachten. Dat lijkt me enig!'

'Klinkt heel leuk, maar Fleur logeert dat weekend bij Hannah. Die wordt achttien.'

'Hannah met die angstaanjagende moeder? Jammer.'

'Trouwens, ik weet niet of ik wel zo gezellig zou zijn als ik Fleur ga lopen bespioneren, terwijl jullie twee de bloemetjes buiten zetten.'

'Ja, dat is waar. En Sam, of zou die zich opgelaten voelen?'

'Sam voelt zich nooit opgelaten, maar die is bij de ouders van een vriendinnetje uitgenodigd.'

'Ik wist niet dat hij een vriendinnetje had.'

'Ik ook niet,' zei Nel verontwaardigd.

'Dus je vraagt Simon mee?'

'Ja.'

Vivian liet even een tactvolle stilte vallen voordat ze zei: 'Weet je zeker dat Simon wel van zo'n club houdt?'

'Dat maakt me niet uit! Ik ga omdat ik me zorgen maak over Fleur, niet omdat ik een leuke avond wil hebben.'

'Dan is Simon het perfecte gezelschap. Waar ga je de nacht doorbrengen?' vervolgde Vivian snel om haar stekelige opmerking te verdoezelen.

'Simon heeft vrienden in Londen, daar zullen we vast wel kunnen slapen. Dat hebben we ook gedaan toen hij me meenam naar die theatervoorstelling.'

'O ja, toen dacht ik nog dat hij je mee zou nemen naar een fantastisch hotel.'

'Op die manier gaan we niet met elkaar om! Trouwens, ik moet weg. Ik heb het Simon nog niet eens gevraagd.'

'Probeer je geen zorgen te maken om Fleur – het is een verstandig meisje.'

'Dat weet ik wel, maar ik kan het niet helpen. Ik heb trouwens ook goed nieuws! Ik vergat je te vertellen dat ik de laatste keer bij de Weight Watchers twee pond was afgevallen.'

'Twee pond! Dat is niets! Wat heeft het voor zin jezelf uit te hongeren om twee pond af te vallen.'

'Het is een zak suiker, en dat is niet niets. En nu moet ik echt Simon gaan vragen. Ik weet dat hij niet ideaal is, maar iemand anders heb ik niet.'

Maar een paar minuten later besefte Nel dat ze Simon helemaal niet had. Hij weigerde mee te gaan.

'Ik vind het belachelijk dat je helemaal naar Londen gaat om te kijken of Fleur drugs gebruikt. Je kunt er beter voor zorgen dat ze niet meer naar Londen gaat, als je zo ongerust bent.'

'Ik ga naar een boerenmarkt!'

'Hoe kan dat nou, een boerenmarkt in Londen? Daar hebben ze toch geen boeren!'

'De producten moeten worden geleverd binnen een straal van honderdvijftig kilometer van de M25. Ze zijn bijzonder populair. Mensen kopen graag rechtstreeks van de producent.'

'Daarvoor hoef je niet naar Londen. Maar ik neem je niet kwalijk dat je je zorgen maakt om Fleur. Er stond laatst nog iets in de krant over een of ander onnozel meisje dat pillen had genomen op haar verjaardag en eraan was overleden.'

Nel maakt een sissend geluid. Ze las nooit kranten, behalve dan artikelen over lifestyle en het kruiswoordraadsel, en ze had het klaargespeeld om details over het meisje in kwestie uit te filteren toen ze het op de radio had gehoord. Ze had Simon niet nodig om haar daaraan te herinneren.

'Alsjeblieft, Simon. Je bewijst me een dienst als je meegaat.'

'Ik bewijs je een dienst door nee te zeggen. En ik vind dat jij ook niet moet gaan. Je brengt veel te veel tijd door met achter je kinderen aan rennen, terwijl het niet eens meer kinderen zijn.'

'Dus ook al vraag ik het je, smeek ik je, dan ga je toch niet mee?'

'Nee.'

'Juist.'

'Nel, je moet dit niet persoonlijk opvatten –'

Aangezien ze het onmogelijk anders kon opvatten, legde Nel de hoorn neer.

Nel liet de honden niet graag lang alleen, maar Vivian had gezegd dat ze langs zou komen om te zien of alles goed was, dus daarover maakte Nel zich geen zorgen. Op zaterdagochtend gaf ze ze eten, liet ze ze uit en gaf ze ze een paar varkensoren om te kauwen, en daarna nam ze de eerste trein naar Londen. De boerenmarkt zou al praktisch voorbij zijn als ze later vertrok.

Het was altijd moeilijk om te beslissen wat je aan moest trekken als je twee totaal verschillende dingen te doen had in de stad. Was Vivian maar met haar meegegaan, dan had het zelfs nog leuk kunnen worden. Uiteindelijk koos ze voor een zwarte broek, een zwart topje, een trui met V-hals, ook zwart, en een informeel jasje dat lang genoeg was om haar achterwerk te bedekken. Daaroverheen trok ze een winterjas die van Mark was geweest. Het was een heel zware, maar ook heel warme jas. Ze droeg hem deels voor het geval ze de laatste trein naar huis zou missen en op een bankje moest slapen: dan kon hij fungeren als een soort tent; en deels omdat ze graag iets van Mark droeg – sokken, een trui, een T-shirt – als ze iets moeilijks moest doen waar de kinderen bij betrokken waren. Ze kon zich daarmee inbeelden dat ze er niet helemaal alleen voor stond. Een fuchsiaroze wollen das maakte het geheel iets geschikter voor overdag dan alleen dat zwart.

Twaalf uur later, toen ze vanuit Notting Hill Gate met de metro naar Oxford Circus was gegaan en Sams route had gevolgd naar de club, trof ze die tot haar grote teleurstelling dicht. Haar voeten deden vreselijk pijn: ze had de hele dag gelopen; en het bezoek aan de markt was heel boeiend en zinvol geweest, maar wel uitputtend.

Ze had het grootste deel van de middag, toen de markt was afgelopen, rondgelopen in kunstgaleries. Daarna had ze zich naar een filmhuis gesleept, waar ze had zitten slapen tijdens een zeer intellectuele film in zwart-wit. Maar ze was meer toe geweest aan een dutje dan aan een nieuwe kijk op de Spaanse Burgeroorlog, gezien door de ogen van een blind kind en zijn grootmoeder.

Nu ze, na een kop sterke koffie, op de juiste plek was beland, bleek die tent gesloten te zijn. Een bordje op de deur gaf te kennen dat ze pas om tien uur opengingen! Ze wist dat alles in Londen laat begon, maar tien uur! Geen wonder dat Fleur altijd zo moe was.

De gedachte dat Fleur haar hier buiten zou zien dralen, maakte dat ze de straat afliep, op zoek naar etalages die ze kon bekijken. Die waren er niet. Er was niets te doen, ze kon alleen maar wachten tot de club openging; en aangezien er geen rij mensen stond te wachten, ging ze ervan uit dat ook dat nog wel even zou duren.

Ze zou naar Oxford Street lopen; daar waren in elk geval winkels. Ze was net een zijstraat in gelopen, waar tenminste mooie schoenen te bewonderen waren, toen er een taxi achter haar stopte. Een blik leerde haar dat hij vol mannen zat, en ze keek haastig weer naar een roze schoen met een vreemd model hakje. Een van de mannen stapte uit en zei haar naam. Het was Jake.

'Nel? Wat doe jij hier?'

Nels adem stokte in haar keel. Waar kwam hij zo plotseling vandaan? Het was nog griezeliger dan in een film. Ze wist niet wat ze moest zeggen, en haalde haar schouders op. Als ze op vertrouwd terrein was geweest, had ze wel een raak antwoord gehad. 'Ik hang wat rond.'

'Waarom?'

'Gaat je niets aan. Stap maar weer in je taxi, je vrienden zitten te wachten.' Ze wilde niet dat hij medelijden met haar kreeg.

'Niet totdat ik weet waarom je op dit tijdstip nog rondhangt bij Oxford Street.'

'Ik wacht tot de clubs opengaan.' Ze glimlachte. Ondanks haar bezorgdheid klonk het zelfs in haar eigen oren nog grappig.

'Waarom?'

'Om naar binnen te gaan, natuurlijk.'

Jake fronste en keek om naar de wachtende taxi. 'Luister, we kunnen daarbinnen praten. Ga met mij mee.'

'Nee! Doe niet zo gek! Je bent met je vrienden, waarom zou ik dan me je meegaan?'

'Omdat ik je hier niet op straat kan laten staan.'

'Jawel, hoor. Ik ben een vrij mens, en meerderjarig. Wat kan me gebeuren?'

'Ik wil niet dat je iets overkomt. Schuif eens op, mannen, we hebben een extra passagier.'

'Maar –'

'Moet ik je soms naar binnen sleuren? Mijn goede naam zou nooit meer te herstellen zijn.'

Nel aarzelde.

'Alsjeblieft?'

Toen schoot Nel in de lach – fataal als je probeert iets te weigeren wat je eigenlijk heel graag wilt doen, zoals in een taxi stappen met een bekende, om niet te zeggen aantrekkelijke persoon, in plaats van als vrouw alleen rondhangen in een buurt van Londen om een drugspand te bezoeken. 'Nou, goed dan.'.

Een van Jakes metgezellen schoof door naar het klapstoeltje, zodat Nel en haar jas op de achterbank konden plaatsnemen. Er zaten al vier mannen in de wagen voordat Jake haar volgde. Ze zaten als haringen in een ton.

'We nemen je mee naar het restaurant,' zei Jake. 'Daarna gaan we naar de club. Mannen, dit is Nel Innes. Ze wil naar een club, maar het is nog te vroeg, dus gaat ze met ons mee uit eten, oké?'

'Jake, ik kan me niet zomaar opdringen!'

'Jawel hoor, dat kan best,' zei een van de andere mannen die, nu Nel goed keek, allemaal verschrikkelijk jong leken. 'We krijgen niet vaak de kans om Jakes liefje te zien.'

Nel begon zenuwachtig te giechelen. 'Ik ben Jakes liefje niet! Ik ben gewoon iemand die hij kent van het platteland.'

'Laat me jullie even voorstellen,' zei Jake.

Nel besefte onmiddellijk dat het ondenkbaar was dat ze deze mannen, allemaal met hetzelfde kapsel en soortgelijke kleren, uit elkaar zou kunnen houden totdat ze ze beter had leren kennen.

'Dit is een soort werkuitje,' verklaarde Jake. 'Meestal doen we dat niet op zaterdagavond, maar niemand van ons heeft momenteel een vriendin, dus besloten we vanavond te gaan. Eerst gaan we uit eten, en daarna gaan we ergens anders naartoe.'

'Dus jullie zetten de bloemetjes buiten?' vroeg Nel serieus.

De jongeman tegenover haar knikte. 'Dat klopt.'

'Nou, ik zal jullie niets in de weg leggen. Ik heb zelf een en ander te doen.'

'Op naar Luigi,' zei iemand toen de taxi optrok. 'De zaak betaalt de taxikosten.'

6

De mannen met wie Jake uit was, deden bijzonder aardig tegen haar.
'Laat mij je jas aannemen,' zei er een. 'God! Die weegt een ton!'
'Hij is van mijn man geweest, en die had hem geërfd van zijn vader,
dus hij is al heel oud. Maar wel lekker warm.'
'Dat zou ik denken,' zei Jake opgewekt terwijl hij hem meenam naar
de garderobe.
Het groepje was duidelijk bekend in het restaurant. 'Ciao, ragazzi!'
zei de eerste kelner. 'Aha, u hebt een dame meegebracht. Wat leuk!'
Nel probeerde net zo breed te glimlachen als de anderen. 'Hallo.'
'Ze hoort bij Jake, Luigi,' zei een van de mannen die, zo moest Nel
zich steeds weer voorhouden, geen jongens waren.
'O ja?' Luigi bekeek Nel kritisch maar waarderend. Nel had er aan-
stoot aan kunnen nemen, maar dat deed ze niet.
Luigi trok de tafel een stukje van de muurbank en Nel perste zich
erlangs om te gaan zitten.
'Laten we in vredesnaam eerst eens wat drinken,' zei Jake. 'Nel, neem
een alexandercocktail, dat zal je goed doen.'
'Wat is dat?'
'Dat merk je wel,' zei Jake kortaf. 'En wij nemen de gebruikelijke
hoeveelheid bier, bronwater en een fles rode wijn. Is iedereen het
daarmee eens?'
Te oordelen aan de uitdrukking op hun gezicht was 'iedereen' nogal
verbaasd over Jakes kordate optreden.
'Jij bent de baas,' zei er een.
'Zo kan -ie wel weer, Dan. Goed, laten we gaan zitten.'
'Laten we ons nog eens voorstellen,' zei Dan, 'anders kan Nel nooit
wijs worden uit onze namen.'
'Ze hoeft jullie namen niet te onthouden,' snauwde Jake.
'Jawel,' zei Nel. 'Ik ben daar hopeloos in, maar het zou een goede

oefening zijn. Bovendien kan ik jullie niet allemaal aanspreken met "jij daar".'

'Goed,' zei Dan, die het voortouw nam. 'We zijn allemaal collega's. Ik ben Dan, en dit zijn Nathan, Paul en Jezz. En we hadden allemaal geen afspraakje op de zaterdagavond, dus besloten we samen uit te gaan.'

'De bloemetjes buiten zetten, zoals jij zei,' vulde Paul aan, als hij het tenminste was.

Nel besloot er niet op in te gaan. 'En ik ben Nel.'

'Dat weten we,' zei Dan. 'En jij bent in je eentje, dus dat kunnen we gemakkelijk onthouden.'

Jake stond op. 'Ik ga even naar het toilet.'

'Nou, dat is een verrassing,' zei Dan, zodra hij weg was. 'We wisten niet dat Jake een vriendin heeft op het platteland.'

'O, maar ik ben niet zijn vriendin! Het idee! Ik bedoel, hij is natuurlijk vreselijk aardig en zo, maar...'

'Maar wat?'

'Het was louter toeval dat we elkaar vanavond tegenkwamen.'

'Dat weten we,' zei degene naast haar – Jezz? 'Maar hij zou niet zo enthousiast zijn geweest toen hij jou zag als jullie alleen maar oppervlakkige kennissen waren, toch?'

'Ik weet niet hoe enthousiast hij werd, maar eigenlijk zijn we tegenstanders. Hij werkt voor de Hunstantons –'

'En jij bent degene die bezwaar maakt tegen hun plannen? Nu is alles duidelijk.'

'Dus,' vervolgde Nel, die er ondanks zichzelf het fijne van wilde weten, 'jullie hoeven niet bang te zijn dat hij zijn vriendin in Londen bedriegt.'

'Heeft hij dan een vriendin in Londen?' vroeg Paul. 'Daar heeft hij nooit iets over gezegd!'

'Natuurlijk heeft hij die niet,' zei Dan. 'Als dat zo was, hadden we het geweten.' Dan richtte zich tot Nel. 'Jake is drie jaar geleden gescheiden. Hij heeft sindsdien geen enkele belangstelling voor vrouwen gehad.'

'Door schade en schande wijs geworden, neem ik aan,' zei Nel.

'En jij? Getrouwd? Gescheiden?'

'Weduwe, maar niet uit op een nieuwe relatie.' Het duurde niet lang voordat Nel besefte dat Jakes collega's in Londen wel erg veel belangstelling voor haar persoonlijke leven aan de dag legden.

'Waarom niet?' vroeg degene met het gemillimeterde haar en glimmende gezicht, die Nathan moest heten.

'Gaat je niks aan, Paul,' zei Jake, die zich weer bij hen had gevoegd. 'Ik moet me verontschuldigen voor mijn collega's, Nel. Ze zijn nog erger dan schoolmeiden die hun vriendinnen willen koppelen. Hebben we allemaal al besteld?'

Als uit één mond klonk het: 'Nee!'

Nel had het reuze naar haar zin. In het gezelschap van deze aardige, onderhoudende mannen zou ze bijna vergeten waarvoor ze hier eigenlijk naartoe was gekomen.

'Jullie zijn erg uitgelaten voor juristen,' constateerde ze.

'Is dat een klacht?' vroeg Dan.

'Zeker niet, ik had alleen niet verwacht dat jullie zo vrolijk zouden zijn. Ik had gedacht dat jullie in je vrije tijd over de kleine lettertjes zouden praten.'

De bulderende lach en het boegeroep dat op deze opmerking volgde, had ook onvriendelijk kunnen lijken, maar Nel was eraan gewend dat haar kinderen om haar lachten, en ze wist precies wanneer dat goedbedoeld was.

'Ik ben bang dat juristen net zo erg zijn als ieder ander,' antwoordde Jake uiteindelijk.

Nel keek hem aan. 'En in sommige gevallen nog erger.'

De korte stilte die daarop volgde werd snel gevuld met een nieuwe grap, maar Nel had onmiddellijk spijt van die opmerking. Hij was ongepast. Hoe rot ze zich ook voelde over Jakes gedrag met betrekking tot de bouwplannen en haar zinloze pogingen om daar iets tegen te ondernemen, hij was nu erg aardig voor haar: zijn norsheid was verdwenen en hij gedroeg zich net zo gezellig als zijn collega's.

Ze moest het op een of andere manier goedmaken. Ze legde haar hand op de zijne om zijn aandacht te vangen. 'Ik bedoelde het niet zo rot als ik het zei, hoor.'

Hij kneep heel zacht in haar vingers, om aan te geven dat hij haar excuus aanvaardde, en het vervelende moment was voorbij.

Jake lachte niet zo vaak als zijn collega's. Ze waren jonger dan hij, maar ze kreeg de indruk hij zich meestal drukker gedroeg dan nu. Dat kwam door haar aanwezigheid, besefte ze. Ze had zijn avond bedorven. Ze besloot zich niet te laten ompraten om nog langer te blijven hangen, en te vertrekken zodra ze de koffie op hadden. Ze kon best een taxi nemen naar de club.

'Wie wil er iets toe?' vroeg Dan. 'Nel, je moet de zabaglione nemen, die is goddelijk.'

'Ik geloof dat ik er nu vandoor moet –'

'Blijf zitten,' zei Jake resoluut. 'Dan heeft gelijk wat betreft de zabaglione. En je wordt er niet eens dik van.'

Nel keek hem aan met een blik waaruit zowel woede als afschuw sprak. 'Hoe weet jij dat?'

'Dat moet wel, want er zit voornamelijk lucht in. Bovendien' – hij legde zijn hand op de hare – 'is het nog veel te vroeg om naar de Chill te gaan.'

'Gaan jullie naar de Chill?' vroeg Paul. 'Ga toch met ons mee. Wij gaan naar de Pool Hall. De drankjes kosten je daar een rib uit je lijf, maar de muziek is fantastisch.'

Nel moest lachen. Een alexandercocktail en twee glazen rode wijn hadden het ergste van haar ongerustheid weggenomen. 'Ik ga niet voor mijn eigen plezier,' zei ze kordaat. 'Ik ga kijken wat mijn dochter uitspookt.'

'Is ze knap?'

'Heel erg,' zei Nel. 'Althans, dat vind ik.'

'Ze is heel knap,' bevestigde Jake.

'Ik wist niet dat jij haar had ontmoet.'

'Ik heb haar niet "ontmoet", ik heb haar toen toch op de markt gezien? Ik herkende haar meteen, ze lijkt precies op jou.'

Nel begreep dat ze een compliment kreeg, maar ze kon dit niet over haar kant laten gaan. 'Helemaal niet. Zij is blond en ze heeft blauwe ogen, en ik – ik niet.'

'Toch lijken jullie op elkaar. Door jullie blik.'

Nel zuchtte. Ze kon die gelijkenis gewoonweg niet zien.

'Dus, allemaal "zabaag"?'

'Nee, ik niet,' zei Nel. Ze had een creditcard op zak en ook contant geld, maar ze wilde het niet allemaal uitgeven aan eten.

'Dan alleen voor de mannen. Bedankt, Luigi,' zei Dan.

'Als het nu nog te vroeg is voor die club, hoe laat kan ik er dan terecht?' vroeg Nel.

'Pas vanaf middernacht, op z'n vroegst,' zei Paul.

'Goeie hemel!'

'Zit ze nog op school?'

'Ja, ze doet binnenkort examen.'

'Ik heb nooit meer zo hard gewerkt als toen ik voor mijn examen zat,' zei er een.

'Ik ook niet. Een vreselijke tijd.'

'Je ouders zullen wel heel erg trots op jullie zijn.' Nel kreeg opeens last van ouderlijke gevoelens, iets wat ze de hele avond nog niet had gehad.

'Ja, dat denk ik wel. Ze waren dolblij toen ik met hoge cijfers thuiskwam. Heb je nog meer kinderen, behalve je dochter?'

'Ja, twee jongens, op de universiteit. Een zit in Londen, en hij had wel met me mee gewild naar de club, maar hij kon niet.'

'Je lijkt me nog niet oud genoeg om al kinderen op de universiteit te hebben,' vond Paul.

Nel glimlachte op een manier die duidelijk maakte dat ze wist dat ze werd gevleid, en het niet kon geloven. 'Bedankt. Ik ben ook Miss World.'

'Nee, zonder gekheid,' hield Dan vol. 'Vind je ook niet, Jake?'

Jake reageerde niet meteen. 'Ik vind Nel een zeer aantrekkelijke vrouw. Leeftijd heeft daar niets mee te maken.'

Gelukkig voor Nel, die met haar mond vol tanden zat, werd op dat moment het dessert gebracht. Hoge glazen met een goudkleurig schuim werden voor de mannen neergezet.

'Weet je zeker dat je niet van gedachte verandert?' vroeg Dan.

'Heel zeker. Maar het ziet er hemels uit.'

'Hier.' Jake bracht zijn lepel naar haar lippen. 'Proef maar.' Hij stak de lepel in haar mond, en hoewel ze in een drukke zaal zaten, aan een tafel vol lachende mensen, had Nel ineens het gevoel dat het een merkwaardig intiem gebaar was, iets wat hij niet en plein public had mogen doen.

'Het is heerlijk,' zei ze. En dat was het ook: warm, zacht en alcoholisch.

'Neem nog maar een hapje,' drong Jake aan.

Ze deed haar mond open om nee te zeggen, toen de lepel er alweer in terechtkwam. 'Zo is het echt genoeg,' zei ze.

Jake keek haar vol ernst aan. 'Dan nu koffie.'

Nel dronk niet vaak koffie, maar ze knikte instemmend toen de anderen bestelden. Als haar avontuur in het uitgaansleven pas na middernacht begon, kon ze maar beter iets opwekkends nemen.

'Grappa?'

'Watta?' Nel kon het niet laten een beetje te flirten met Dan. Hij was zo beschermend en vriendelijk.

Hij lachte terug. 'Het smaakt een beetje naar benzine, maar toch is het heel lekker. Neem het maar.'

Nel besloot dat ze waarschijnlijk onderweg wel ergens kon pinnen, en dat ze maar beter kon ophouden zich zorgen te maken over geld, zodat ze kon genieten. Het was nog maar net half twaalf.

Drie koppen koffie, twee grappa's en een aantal Italiaanse amandelkoekjes later (waarvan alle wikkeltjes werden verbrand nadat ze een wens hadden gedaan), stond Nel op om naar het toilet te gaan.

Toen ze daar was, ging ze een paar keer met haar vingers door haar haar en bracht ze wat lipstick aan voordat ze zichzelf in de spiegel bekeek. Lang geleden had ze beseft dat het geen zin had om te zien hoe vreselijk je er de hele avond uitzag. Toen deze voorzorgsmaatregelen genomen waren, bestudeerde ze zichzelf zorgvuldig.

Haar lange, zwarte trui met V-hals kleedde gelukkig af. Hij viel over haar buik en heupen, en met haar zwarte broek en haar colbertje zag ze er goed, zij het wat somber uit. Ze had nooit zwart gedragen als teken van rouw om haar man, maar nu de maatschappij niet langer rouw vereiste, droeg ze het vaak. Ze had van zichzelf een mooie teint, die, in tegenstelling tot die van vele anderen, niet verbleekte bij zwart.

Maar ze had het veel te warm; haar wangen waren al een beetje rood.

Ze besloot dat Marks overjas haar onderweg naar de club warm genoeg zou houden, liep de wc weer binnen en trok haar trui uit. Daaronder had ze een zwart topje aan, dat ook voor een hemdje kon doorgaan. Met het jasje erop zou het er heel goed mee door kunnen als er niet te veel van haar decolleté blootgesteld werd.

Nel bekeek haar decolleté eens goed. Ze zag er heel goed uit, besloot ze. Maar was het wel geschikt om er zoveel van prijs te geven, ook al was het een van haar aantrekkelijkheden? Als je jong bent, dacht ze, zijn er dingen aan je lichaam die je niet mooi vindt, en denk je dat je behalve je dijbenen of die neus perfect zou zijn. Nu ze over de veertig was, kwam ze na een kritische blik tot de conclusie dat haar tanden, haar huid en haar decolleté er best mee door konden, maar dat de rest beter onzichtbaar kon blijven. Mark had haar boezem altijd mooi gevonden. Simon had er waarschijnlijk nooit zoveel van te zien gekregen als ze nu onthulde. En Jake? Ze trok haar hemdje wat hoger op. Wat Jake van haar bovenlichaam vond, telde helemaal niet. Ze trok haar jasje weer aan. Haar armen behoorden tot de lichaamsdelen die ze liever niet meer toonde, behalve in de zomer, als ze bruin waren. Ze propte de trui in haar ruime handtas, ging nog een paar keer met haar handen door haar haren, deels uit nervositeit, en keerde terug naar de anderen. Het was maar goed dat haar haar een coupe had waar best wat in gekneed kon worden, dacht ze. Een elegante wrong zou ze al helemaal uit model hebben gebracht.

'Ik ga met je mee naar de club,' zei Jake. 'De anderen gaan naar de Pool Hall.'

Het probleem met mannen die je achterliet om even naar de wc te gaan, was dat je hun de kans gaf om achter je rug om beslissingen te nemen. Maar de gedachte om alleen naar de club te moeten (als ze er al binnengelaten werd), was behoorlijk afschrikwekkend. Het was één ding om te weten dat je het juiste deed, dat je het voor Fleur deed, en jezelf wijs te maken dat dat de bedoeling was. Maar om het ook werkelijk te doen, helemaal in je eentje, was iets heel anders. Het was een grote opluchting dat dat nu niet hoefde.

Nels moeder had Mark altijd beschreven als iemand 'op wie je kon bouwen'. Ze zou van Jake waarschijnlijk hetzelfde zeggen – alleen zou ze het dan natuurlijk mis hebben, dacht Nel, waaruit maar weer eens bleek dat zelfs de doden niet alles weten. Wat zou haar moeder van Simon hebben gevonden? Terwijl ze zich afvroeg waarom ze dit moment koos om zich die vraag te stellen, besloot Nel dat haar moeder zou zeggen dat het een aardige vent was, maar dat er nooit een straat naar hem vernoemd zou worden.

'O, oké,' zei ze. 'En hoeveel moet ik bijdragen aan de rekening? Als ik twintig pond geef, klopt dat dan ongeveer?'

'De zaak betaalt,' besliste Dan. 'Dat zijn ze ons verschuldigd. En we hebben een speciale pot voor feestavondjes waar nog veel te weinig gebruik van is gemaakt. Dus bewaar je geld maar voor de Chill.'

Nel hield haar hoofd schuin. 'Het lijkt wel of je dat antwoord van tevoren al had bedacht.'

'Tja, nou ja, Jake zei dat je wel moeilijk zou doen over het feit dat wij hebben betaald.'

Ze keek hem aan, niet zeker of ze nu verontwaardigd moest doen of niet. 'Hoe kom je erbij!'

'Ervaring,' zei Jake. 'Je doet altijd moeilijk.'

Daarop had Nel niets te zeggen, en ze liet zich door Dan in haar overjas helpen.

Eenmaal buiten kwam er algauw een taxi aanrijden. Jake hield de deur voor Nel open. 'Deze nemen we. Stap in, Nel.'

'Maar ik heb nog geen gedag gezegd!'

Alle vier de mannen kusten haar hartelijk gedag en zij kuste hen terug. Ze waren heel glad geschoren en ze roken fris. Nel vond het prettig om gekust te worden en vroeg zich, terwijl ze zich installeerde in de taxi, af of het een teken was dat ze ouder werd dat ze op jongere mannen viel. Ze hadden nog geen paar meter gereden toen ze besloot dat dat inderdaad het geval was.

'Het is heel aardig van je,' zei ze even later. 'Ik had het alleen ook wel gered, en nu heb ik je hele avond bedorven.'

'Ben je ooit eerder naar zo'n club geweest?'

Nel dacht terug aan haar goedbestede jonge jaren. Dat was het probleem als je jong trouwde; dan had je niet veel tijd om je te misdragen. 'Ach, af en toe een discotheek, je kent dat wel.'

'Juist. En je hebt mijn avond niet bedorven. Ik breng heel veel tijd door met die knapen.'

'Dus je werkt en woont vooral in Londen? Niet op het platteland?'
'Op het ogenblik reis ik veel heen en weer. We hebben een plaatselijke firma overgenomen –'
'O ja, met die fraaie kantoren.'
'Die nu in elk geval geschilderd zijn.'
'En heeft Kerry Anne de kleuren uitgekozen?'
'Luister, ik dacht dat je me vroeg of ik in Londen werkte of op het platteland. Dat probeer ik je te vertellen. Dus val me niet in de rede.'
Nel zweeg, op haar nummer gezet.
'Die plaatselijke firma had het moeilijk. Er bestaat een historische band tussen hun kantoor en dat van ons, dus ga ik proberen de zaken daar weer op poten te zetten, en intussen besluit ik of ik uit Londen weg wil.'
'En heb je al besloten?'
'Nee. Het hangt van een aantal dingen af.'
Nel speelde het klaar om niet te vragen of Kerry Anne een van die dingen was. Hij zou het toch niet toegeven als dat zo was. Kerry Anne was per slot van rekening getrouwd met een van zijn cliënten. Ook al had hij haar zo'n 'enige' avond bezorgd. Ze zuchtte, en berispte zichzelf omdat ze ouderwets en jaloers was.
'Ik heb mijn schoolvakanties daar vroeger doorgebracht, en de vriend bij wie ik logeerde woont daar nog steeds,' vervolgde Jake. 'Hij was diegene met wie ik squash speelde, toen je me voor het eerst zag.'
'O?'
'Ja. We zijn er.'
Nel trok de kraag van haar jas op en probeerde er onaangedaan uit te zien – wat niet meeviel als je in kilo's wol bent gehuld. Ze liet Jake de taxichauffeur betalen, maar ze hield haar portemonnee klaar om ook voor hem een toegangskaartje voor de Chill te kopen.
De uitsmijter bekeek hen keurend, maar gaf geen commentaar, hoewel Nel het gevoel had dat hij zich afvroeg wat zij daar kwamen doen. Het zou zonder Jake duizend keer erger zijn geweest, wist ze. Misschien was ze dan zelfs niet eens toegelaten. Omdat ze wist dat ze binnen niet veel kans zou hebben om met hem te praten, legde Nel haar hand op zijn arm. 'Ik ben echt blij dat je mee bent gekomen. Misschien hadden ze me anders niet eens binnengelaten.'

'Graag gedaan. Laten we je jas wegbrengen, en kijken wat er te doen is.'

Nel was bang geweest dat Fleur haar zou zien en dan razend zou worden. Nu ze daadwerkelijk in de club was, besefte ze dat het heel moeilijk zou worden om Fleur te bespeuren, zelfs als ze heel goed keek. En als het haar al lukte om haar te vinden tussen al die andere blonde meisjes in zwarte broek en kort shirtje, zou ze dan kunnen zien of ze drugs gebruikt had? Haar hele plan leek ineens ongelooflijk stompzinnig. Wat had ze nu eigenlijk gedacht?

'Iets drinken?' schreeuwde Jake boven de muziek uit.

Nel knikte. 'Bronwater, graag!'

Terwijl ze daar alleen stond, inspecteerde ze het publiek en luisterde ze naar de muziek. Niemand leek notitie van haar te nemen, besefte ze, en ze begon iets meer te ontspannen. De muziek stond haar wel aan, maar ze had altijd meer oor gehad voor de muziek die Fleur draaide dan wat er in de kamers van de jongens ten gehore werd gebracht. Hun muziek had geen tekst, geen melodie, veel te veel elektronisch geweld naar haar zin, en die van Fleur was in hun ogen veel te veel 'middle of the road'.

Jake kwam aanlopen met een glas en drukte het in haar hand. Nel lachte dankbaar en nam een slok, terwijl ze bedacht hoe vreemd het was om in een club te zijn met Jake, de man die tot voor kort in haar hoofd had gezeten als degene die haar onder de mistletoe had gekust. En daarna was hij de verpersoonlijking geworden van de duivel die, vrijwel op eigen houtje, het verpleeghuis beroofde van de Paradise Fields.

'Dit is geen water!'

'Nee, wodka-tonic. Ik dacht dat je wel een beetje moed kon gebruiken.'

'Maar ik vroeg toch om water!'

'De volgende keer krijg je water.'

Jake glimlachte. 'Drink maar leeg, dan kunnen we gaan dansen.'

Nel moest ondanks zichzelf lachen. Ze wilde dansen, ze hield van dansen. Een van Marks weinige tekortkomingen was geweest dat hij niet van dansen hield, en het alleen zeer tegen zijn zin deed – en heel slecht.

Nel verloor algauw haar remmingen en ging helemaal op in de muziek toen Jake zijn handen op haar schouder legde en wees. Daar was Fleur. Ze was samen met een lange jongeman die er zowel knap als gezond uitzag, maar in de ogen van Nel niet veel ouder was dan Fleur.

Jake trok Nel dichter tegen zich aan en zei in haar oor: 'Wat wil je doen?'

Nel draaide zich om en Jake boog zich naar haar toe zodat ze in zijn oor kon praten. 'Kijk of iemand probeert haar iets in handen te spelen, of dat er geld wordt overgedragen.'

'Ik betwijfel of dat hier zou plaatsvinden,' zei Jake.

'Ik merk het als ze iets vreemds doet. Althans, dat hoop ik!'

Jake trok Nel in zijn armen. 'Het is gemakkelijker om Fleur te bespioneren als je niet steeds op en neer springt. En de kans is dan kleiner dat ze je ziet.'

'Je gaat me toch niet vertellen dat ik de aandacht trek met mijn manier van dansen?' Ze probeerde zich los te maken, maar hij gaf haar geen kans. Het was in elk geval gemakkelijker om zo dichtbij met elkaar te praten.

'Je hebt een heel eigen manier van dansen,' merkte hij op.

Nel kreunde, en vlijde zich in Jakes armen.

Het was echt heel aangenaam om met Jake te dansen. Als ze haar ogen niet open had hoeven houden om te zien wat Fleur deed, had ze ze gesloten om zich gelukzalig op de muziek te laten meevoeren. Hij rook heerlijk. Zijn aftershave was niet te sterk, maar rook wel heel duur. En zijn jasje voelde heel zacht aan. Waarschijnlijk was het kasjmier. Hij had zijn stropdas afgedaan, en zijn overhemd leek blauwwit in de ultraviolette stroboscooplampen die over de vloer zigzagden.

Ze wist natuurlijk niet of hij er net zo van genoot als zij dat hij haar in zijn armen hield, maar ze had even het idee dat hij met zijn neus tegen haar aan wreef, al kon dat ook wel verbeelding zijn. Maar toen hij zijn vingers in haar haren begroef, wist ze dat ze het niet verkeerd had gehad. En het was een gevoel dat haar meer deed dan ze had willen toegeven. Terwijl ze probeerde aan iets anders te denken dan aan zijn aanraking, vroeg ze zich af of ze zelf misschien zo vaak met haar eigen haar speelde omdat ze Marks strelingen miste. Simon raakte nooit haar haar aan – misschien omdat hij het liever netjes gekamd zag, wat het nooit was.

Vanaf haar positie, waarbij ze langzaam ronddraaide, leek Fleur zich volkomen normaal te gedragen. Ze dronk iets uit een flesje, en het leek erop dat ze met meerdere mensen tegelijk danste, maar dat was prima.

Nels voeten begonnen pijn te doen. Ze had zich niet meer zo gevoeld sinds ze voor het laatst in een club was geweest. Jake verveelde zich waarschijnlijk stierlijk. Ze ging op haar tenen staan om zijn hoofd wat lager te trekken, zodat ze iets tegen hem kon zeggen. Een fractie van een seconde leek het alsof hij haar zou kussen. Maar toen bracht hij zijn oor vlak voor haar mond.

'Ik geloof dat ik genoeg heb gezien. Zullen we gaan?'

'Als je wilt. Het is een beetje lawaaiig.'

'En ik geloof niet dat Fleur iets opzienbarends zal doen.'

'Dan gaan we.'

Hij baande zich een weg door de menigte, net op tijd, zoals bleek. Net voordat ze wegging, keek Nel voor de laatste keer naar Fleur, en zag ze haar dochter fronsen, alsof ze haar moeder had herkend. Ik zal moeten liegen, dacht ze. Ik zal zeggen dat ik in de stad was, dat ik daar heb gegeten met kennissen – een kennis – en dat we toen wilden gaan dansen. Ik zal zeggen dat ik haar helemaal niet heb gezien, en dat ik anders natuurlijk even gedag was komen zeggen.

'Kom op!' mompelde Nel zachtjes, aangezien het uren duurde voordat het garderobemeisje haar jas had gevonden. 'Ik weet zeker dat Fleur me in de gaten had,' zei ze tegen Jake. 'Misschien heeft ze me niet echt herkend, maar ik wil niet dat ze me achterna komt. Dit is niet de juiste plek voor een confrontatie.'

'Nou, ik ben blij dat je daar uiteindelijk achter bent,' zei Jake, terwijl hij een munt van twee pond op het schoteltje legde toen Nels mantel tevoorschijn was gekomen.

'Wat bedoel je?' Nels stem klonk een octaaf hoger dan normaal, het kwam eruit als een schrille kreet.

'Kom mee. We gaan naar huis.'

7

'Ik ga naar Paddington,' zei Nel toen de taxi stopte. 'Kan ik je een lift aanbieden?'

Jake bromde wat en hield het portier open; Nel stapte in. Toen gaf hij de chauffeur een adres op.

'Maar ik wil naar Paddington! Om een trein te halen!'

'Ik ken de vertrektijden uit mijn hoofd, en ik kan je verzekeren dat er om half twee 's nachts geen treinen rijden.'

'Nou, dan kan ik toch wachten tot er wel een rijdt!'

'Nee, dat kun je niet! Ik kan je moeilijk de hele nacht op het perron laten doorbrengen tot god-weet-hoe-laat! Waar zie je me voor aan?' Nel haalde diep adem en probeerde haar woede te onderdrukken.

'Luister, Jake, ik ben je heel dankbaar voor wat je vanavond voor me hebt gedaan. Echt heel dankbaar,' zei ze nog eens, toen ze eraan dacht hoe weinig Simon voor haar had willen doen. 'Maar ik kan geen minuut langer beslag leggen op je tijd. Ik heb je hele avond al verpest. Ik wil nu gewoon naar huis. En als ik daarvoor op een trein moet wachten, dan is dat zo. Ik red me uitstekend.'

'Heb je al eens vaker de hele nacht op een perron doorgebracht, in de winter?'

'Daar gaat het niet om –'

'Jawel, daar gaat het wel om. Je wordt lastiggevallen door dronkaards en bedelaars, of ze roven je dikke mantel.' Zijn mondhoeken trilden even, en tot haar ergernis, die van Nel ook.

'Mijn dikke mantel is een uitstekende tent,' zei ze snibbig, in een poging om niet te reageren op die halve grijns, die ineens ongelooflijk aantrekkelijk was.

'Dat zal best, maar je gaat er niet in slapen. Niet vannacht.'

'Nou, ik blijf niet bij jou!'

'Luister, Nel, ik begrijp best dat je me niet tot last wilt zijn, en dat

91

waardeer ik. Maar eerlijk gezegd ben ik moe, en ik heb geen zin om de hele nacht met jou te zitten bekvechten. Als je weigert met me mee naar huis te gaan, voel ik me verplicht om je zelf terug naar je huis op het platteland te rijden. En ik geloof dat ik daarvoor te veel gedronken heb.'

'O.'

'Of ik kan een minitaxi bestellen, maar dat gaat een fortuin kosten. Ik ben niet gierig, maar ik betaal niet graag meer dan vijftig pond aan iemand die jou misschien niet eens veilig naar huis rijdt.'

'Ik zou een hotel kunnen nemen,' hield Nel koppig vol.

'Ach, hou toch op met dat belachelijke gedoe. Ga lekker zitten en geniet van het ritje. Ik heb een uitstekende bedbank waar je op kunt slapen.'

'Ik heb geen tandenborstel of zoiets bij me.'

Jake zuchtte diep en boog zich naar de chauffeur. 'Wilt u even bij een nachtwinkel stoppen? Mevrouw wil een tandenborstel kopen.'

'Zeg! Nou denkt hij nog dat we samen slapen!'

'Nonsens. Ik heb toch niet gezegd dat je condooms wilde kopen.'

Nel dook weg in haar mantel, trillend van verontwaardiging. Toen er op de hoek van een straat een nachtwinkel in zicht kwam, stapte ze uit en liep ernaartoe, zich afvragend of ze zou weigeren straks weer in te stappen. Toen ze door de gangpaden beende, vond ze dat het iets ongelooflijk goedkoops had om midden in de nacht een tandenborstel te gaan kopen, hoe zuiver je bedoelingen ook waren. Ze zette ook nog een potje nachtcrème in het mandje, en toen dwaalde haar hand langs de condooms. Die hoefde ze niet, ze betwijfelde zelfs of ze nog wist hoe je ze moest gebruiken. Het was zo lang geleden – nog voordat ze getrouwd waren – dat zij en Mark met die lastig te openen zakjes hadden geworsteld. Maar iets opstandigs in haar had zin om zo'n pakje boven op haar legitiemere aankopen te gooien. Het had iets te maken met je gedragen naar je slechte naam, waarvan ze overtuigd was dat ze die nu had.

Ze deed het niet. Als Jake ze zou zien, en je wist maar nooit of hij niet in haar tas zou kijken, zou hij denken dat ze iets met hem wilde, en ze zou nog liever doodgaan, letterlijk, dan dat ze hem dat idee wilde geven.

'Je hebt wel de tijd genomen,' zei hij toen ze weer naast hem ging zitten.

'Ja, ik kon niet besluiten welk tijdschrift ik zou nemen.'

Hij keek in haar tas, precies zoals ze had gedacht. 'Maar je hebt er toch geen gekocht!'

'Nee, en ik heb ook geen tijd verspild door ernaar te zoeken! Het duurde alleen even voor ik de tandpasta had gevonden. Ze hebben daar namelijk niet zo'n speciale afdeling voor de wensen van losgeslagen vrouwen!'

'Ben jij dan een losgeslagen vrouw?'

'Nee, maar in die zaak voelde ik me er wel een. Ik weet zeker dat die man dacht dat ik van plan was om met mijn begeleider te slapen, en dat hij zich afvroeg wie dat in vredesnaam zou willen.'

Jake staarde haar aan. 'Nou, ik weet zeker dat hij dat niet dacht.'

Nel draaide haar hoofd om en keek uit het raampje, zich ervan bewust dat ze veel te veel had gezegd. In Jakes gezelschap veranderde er iets aan haar identiteit, ze werd vrouw in plaats van moeder, en daarbij voelde ze zich niet veilig.

Toen ze bij hun bestemming waren aangekomen, stond Nel erop de taxi te betalen, en duwde Jake zo heftig opzij dat hij bijna omviel.

Zijn flat was piepklein en tot haar geruststelling tamelijk rommelig. Hij deed een tafellamp aan die hij dimde tot hij niet meer licht gaf dan een glimworm, en knipte de hoofdschakelaar uit, maar de rommel was nog steeds duidelijk te zien. Stapels papier lagen op elke stoel; de tafel ging schuil onder een hoop mappen.

Jake gooide stapels kranten van de bank op de grond. 'Sorry voor de rotzooi, ik ben hier niet vaak genoeg om er wat aan te doen.' Hij verontschuldigde zich niet overmatig voor de rommel, en ze vroeg zich af of zij zich ooit zoals hij zou kunnen gedragen.

'Maar één slaapkamer, vrees ik,' ging hij door. 'Ik zou je graag het bed aanbieden en zelf op de bank gaan slapen, maar ik weet nu al dat je dan moeilijk gaat doen.'

'Ik doe niet moeilijk! Ik ben een heel redelijk persoon.'

'Je bent zo gek als een bos uien. Kom, dan neem ik je jas aan.'

Zonder jas voelde Nel zich bloot. Ze trok aan het topje om haar weelderige decolleté aan het zicht te ontrekken.

'Dat moet je niet steeds doen,' zei Jake, nadat hij haar jas over de leuning van een stoel had gehangen. 'Daardoor vestig je er de aandacht op, en het is zeer afleidend. Dat heb je de hele avond gedaan.'

'Echt? Sorry.'

'Dat is niet nodig. Het is een soort afleiding die ik wel kan waarderen.'

'O ja?'

Een ogenblik later waren zijn armen om haar heen en kuste hij haar. Nel was moe en had aardig wat alcohol op. Haar bezorgdheid om Fleur was vervlogen. De angst dat haar dochter aan de drugs zou zijn, sloeg eigenlijk nergens op. Nu had ze geen enkel verweer meer, en het was maar al te gemakkelijk om zich tegen Jake aan te vlijen, haar ogen te sluiten en zijn kus te beantwoorden.

Zonder zijn mond van de hare te halen, leidde hij haar naar de bank en trok haar erop. Toen lagen ze allebei, hij half boven op haar. Toen hij uiteindelijk even ophield om adem te halen, zei ze: 'Waar ben ik in vredesnaam mee bezig?'

'Mij te kussen,' zei Jake resoluut. 'En zeer verdienstelijk, mag ik wel zeggen.'

'Maar ik –' Het was een fatale vergissing om haar mond open te doen; Jake had hem onmiddellijk bedekt met de zijne.

Wat is dit heerlijk, dacht Nel. Verrukkelijk. Ik was vergeten hoe fijn het is om naast iemand te liggen en te zoenen. Maar ik zou dit eigenlijk echt niet moeten doen. Ze probeerde zich los te maken. 'Jake, ik...'

Toen Jake niet langer haar mond kon kussen, legde hij zijn lippen op het decolleté waarover hij had geklaagd dat het hem zo afleidde. Het voelde hemels. Alle seksuele gevoelens die Nel had onderdrukt, kwamen in één keer aan de oppervlakte. Plotseling was het niet genoeg om zijn lippen te voelen op de plek waar haar borsten bij elkaar kwamen, maar wilde ze haar borsten ontbloten, zodat hij ze kon strelen en haar tepels in zijn mond nemen.

Hij trok het zwarte topje (dat in feite ondergoed was) omlaag. O god, dacht Nel, mijn beha. Het was een van die degelijke ontwerpen waarvoor reclame werd gemaakt op tv, en hoewel hij uitermate comfortabel, goed ondersteunend en praktisch was, was hij zo erotisch als een harnas. Maar – Nel dankte God inniger dan ze in lange tijd had gedaan – hij was zwart. Haar witte beha's bleven ongeveer twee wasbeurten lang wit.

Ze ging rechtop zitten, en probeerde de wens te onderdrukken om te doen wat haar zoveel genot verschafte. Hij maakte gebruik van deze positie om haar haar jasje uit te trekken. Toen waren haar armen, die nooit te zien waren, behalve in de zomer, bloot. Hij hield ze stevig vast. Ze wist niet zeker of armen ook tot de erogene zones behoorden, maar zijn greep op de hare, net als al het andere wat hij deed, liet haar smelten.

Nel besloot dat ze te passief was; haar kleren vlogen achter elkaar in het rond. Jakes das zat in zijn zak, maar verder was hij nog helemaal aangekleed. Haar vingers friemelden met de knoopjes van zijn overhemd. Het boordknoopje wilde niet los.

'Hoe deden ze dat vroeger, toen mannen nog manchetknopen droegen,' zei ze, zwaar ademend, en liet het knoopje voor wat het was terwijl hij achter haar rug reikte om haar beha los te maken.

'Ik denk dat het een techniek was waarin ze zich bekwaamden,' zei hij, en gaf blijk van zijn eigen deskundigheid toen hij haar beha afdeed.

Nel slikte, haar ademhaling was onregelmatig. Al heel lang had er geen man naar haar borsten gekeken en eerst voelde ze zich bijzonder verlegen, maar toen ze Jakes reactie zag, voelde ze zich alleen nog maar sexy en sterk.

Ze probeerde opnieuw zijn boordknoopje los te maken, maar hij duwde haar handen weg en trok de boord gewoon los tot het knoopje eraf vloog. Ze vroeg zich even af wie dat er weer aan zou zetten, totdat zijn overhemd en colbert in één keer uit waren en ze zijn borst zag. Als ze er van tevoren over had nagedacht, had ze geweten dat hij goed getraind was door al het sporten. Maar nu ze ineens zijn ontblote borst zag, met de geprononceerde spieren, en een donkere schaduw van haar, snakte ze naar adem. Ze voelde zich overweldigd door het verlangen hem tegen haar eigen lichaam aan te voelen, met haar tepels langs zijn spieren te gaan.

'Zullen we naar bed gaan?' zei Jake hijgend. 'Dat lijkt me wat comfortabeler.'

Nel schudde haar hoofd. Ze was meegesleept door haar hartstocht, maar als ze naar een andere plek zouden gaan, zou haar verstand weer de overhand nemen en dat zou het einde betekenen. Dat wilde ze niet. Ze wilde niet verstandig zijn. Ze wilde, meer dan wat ook in de hele wereld, doorgaan met wat ze deed, ze wilde vrijen met Jake. Het was voor de eerste keer in tien jaar, en ze wilde niet dat haar verstand, of haar geweten, of wat dan ook, tussen haar en deze hemelse ervaring zou komen.

'Wacht even.' Jake boog zich voorover en rommelde aan de zijkant van de bank. Er klonk geknars, en er volgde een schok toen de leuning naar achteren viel en de zitting naar voren gleed. 'Dat is beter.' Hij legde haar neer, zodat ze plat op haar rug lag, en steunend op zijn ene elleboog deed hij alles met haar borsten wat ze wilde.

Even later worstelde hij met de rits van haar broek.

'Je moet de bovenkant een beetje tegen elkaar aan houden, anders blijft hij hangen,' zei ze hijgend. Even later had ze al spijt van haar aanwijzing toen ze eraan dacht wat voor onderbroek ze droeg. Grote onderbroeken moesten nodig eens in de mode raken, dacht ze, maar ze wist intussen dat wie sexy wilde zijn tegenwoordig een string moest dragen.

Jake gaf geen commentaar. Hij keek zelfs niet, terwijl hij haar broek, panty en onderbroek in één keer uittrok. Ze bleven op haar laarzen hangen.

'Dit is waanzin,' zei Nel buiten adem, terwijl ze probeerde overeind te komen.

'Blijf liggen.' Hij duwde haar terug en hield haar in die positie door met zijn ene hand haar buik te strelen terwijl hij met de andere haar laarzen uittrok. Kon hij de striae voelen, vroeg ze zich af? Zou hij daar niet op afknappen?

Ze zuchtte toen ze helemaal naakt was, net als hij. 'God, wat ben jij een lekker ding,' zei hij schor.

Nel maakte zich niet langer druk om haar onderbroek of haar zwangerschapsstrepen en lachte. Ze voelde zich sexy. Ze voelde zich begeerlijk, wulps, een en al vrouw. Ze reikte naar het haakje van zijn broek. Vol ongeduld duwde hij haar handen weg en deed het zelf.

'Je gaat die toch zeker ook niet kapotscheuren?'

'Zoveel pakken heb ik niet, en dit gaat gemakkelijk.'

De gewaarwording van huid op huid was een verrukking. Het was zo lang geleden dat Nel die opwinding had gevoeld. Hij lag even met zijn volle gewicht op haar, voordat hij omrolde en haar boven op hem trok. Ze wachtte even voordat ze naast hem ging liggen om zijn lichaam de aandacht te geven waarvan ze vond dat hij die verdiende. Ze wilde zijn lichaam verkennen met haar vingers, elke welving en holte. In haar hoofd mocht ze dan misschien de vreugde en de schoonheid van een mannenlichaam zijn vergeten, haar zintuigen wisten alles nog precies. Toen ze elke zijdezachte centimeter van zijn bovenlichaam had verkend, volgde ze dezelfde weg nog eens met haar mond. Ze nam zijn tepels zacht tussen haar tanden en voelde zijn reactie onmiddellijk. Hij kreunde zacht en ze ging verder met zijn borsthaar waar ze heel zacht aan trok met haar lippen. Hij zuchtte diep, kwam overeind en nam de leiding over.

Nel had in haar leven slechts met één man de liefde bedreven, maar op de een of andere manier kwamen Jake en zij er heel snel achter hoe ze het elkaar naar de zin moesten maken. Misschien, dacht ze, omdat alles wat hij deed haar een hemels gevoel gaf, en omgekeerd leek alles wat zij met hem deed hem aangenaam te zijn. Pas naderhand, toen hij van haar afgegleden was en ze allebei verhit naar adem lagen te snakken, liet Nel haar verstand weer de overhand krijgen.

'Dat was helemaal het einde,' zei Jake, nog steeds met zwoegende ademhaling. 'Je bent de meest sexy, meest fantastische vrouw die ik ken.'

Nels lichaam was verzadigd door de seks die haar eigenlijk niet zoveel voldoening mocht geven. Maar nu kwamen de emoties boven: twijfel, schuldgevoel, het verschrikkelijke besef dat ze, voor het eerst in tien jaar tijd, naar bed was geweest met een man die ze nauwelijks kende.

'Kan ik iets voor je halen?' vroeg hij, bezorgd om haar stilzwijgen.

Nel ging rechtop zitten, greep zoekend naar kleren en hield die voor haar lichaam, ook al waren sommige kledingstukken van Jake. De verrukking van zonet werd plotseling tenietgedaan door een even diepgaande vertwijfeling. Ze had iets onherroepelijk veranderd in haar leven, zonder erbij na te denken. Het was net zo waanzinnig als jezelf in een impuls van de rotsen gooien. Op de een of andere manier moest ze zichzelf weer in de hand zien te krijgen, terug naar een wereld die ze kende, respecteerde en vertrouwde. Als ze het gebeurde uit haar geheugen had kunnen schrappen, zou ze dat hebben gedaan.

'Luister, Jake.' God, wat moest ze zeggen? Ze probeerde het nog eens. 'Dat was heel aangenaam. Heel, heel aangenaam zelfs, maar het had niet mogen gebeuren. En ik wil niet dat je je verplicht gaat voelen om me te bellen of op wat voor manier ook contact met me te zoeken.' Ze wachtte even, terwijl haar bezorgdheid toenam. 'Je mag het zelfs niet. We houden het hierbij, en gaan elk weer onze eigen weg. En nu wil ik graag even naar de badkamer.'

'Nel – schat, wat is er aan de hand?'

'Ik denk dat je wel weet wat er aan de hand is, namelijk dat we er verkeerd aan hebben gedaan.' Toen ze zijn verbijsterde blik zag, ging haar bezorgdheid over in paniek. Ze moest goed nadenken. 'Kun je me alsjeblieft zeggen waar de badkamer is?'

Jake stond op, en Nel probeerde niet te kijken naar zijn prachtige, gespierde lichaam, toen hij een deur opendeed. 'Hier,' zei hij, en haalde iets uit de kast. 'Een schone handdoek. Wil je ook je tandenborstel en zo hebben?'

Nel knikte, en klemde de kleren uit alle macht tegen zich aan, hoewel niemand van plan was ze van haar af te nemen.

Met de plastic zak in haar hand, en de badkamerdeur veilig achter haar gesloten, barstte ze in tranen uit. Ze kon niet meer nadenken; ze werd overstelpt door emoties. Ze zette de douche aan, ook om haar snikken te camoufleren, en koud water spoot in het rond toen ze de macht over de douchekop verloor.

Uiteindelijk had ze zichzelf weer onder controle en kon ze hem weer op zijn plaats bevestigen, de temperatuur regelen, en eronder stappen.

Het warme water werkte kalmerend. Het was vast een massagedouche, besefte ze, en ze greep een willekeurige fles. Ze zou natuurlijk haar haar moeten wassen; ze draaide een fles teershampoo open. Een afschuwelijke lucht, laat dat maar aan Jake over, dacht ze. Toen begon ze weer te huilen. Mark gebruikte ook altijd teershampoo.

Een kwartier later kwam ze tevoorschijn in een badjas die naar Jake rook, haar haar in een handdoek gewikkeld. Ze hield een bundel kleren in haar handen, hoewel ze wist dat sommige, die van Jake, het gebeuren niet snel zouden vergeten.

Jake droeg nu een spijkerbroek en een sweatshirt, en speelde het op de een of andere manier klaar er nog steeds verontrustend sexy uit te zien. Nel wist dat haar gezicht rood zag. Ze droeg geen make-up, en door de combinatie van tranen en shampoo waren haar ogen waarschijnlijk opgezet en roodomrand.

'Hier,' zei Jake. 'Ik heb een pyjama voor je opgeduikeld. En ik heb rooibosthee voor je gemaakt. Hou je daarvan?'

Nel knikte, ze durfde nog steeds niet goed haar mond open te doen. Jake nam de kleren liefdevol van haar over toen ze ging zitten op de rand van wat nu weer een bank was.

Ze schraapte haar keel. 'Ik ben bang dat ze nogal nat zijn geworden. Ik heb staan worstelen met de douche, en ik won pas in de tweede ronde.'

'Hij doet soms lastig, ja. Waarom had je mijn kleren meegenomen?'

'Per vergissing.' Nel nipte van haar thee met honing, en genoot van de kalmerende, mierzoete drank. 'Het is allemaal een verschrikkelijke vergissing. En daarom wil ik ook dat je me belooft dat je het er nooit, nooit meer over zult hebben. We moeten net doen alsof er niets is gebeurd.'

Jake leek perplex. 'Maar het is wel gebeurd. En het was fantastisch. Hoe kun je nou net doen alsof er niets is gebeurd? Of niet willen dat het nog eens gebeurt? Ik had niet verwacht dat je iemand was voor liefde voor één nacht.'

Ze schuifelde ongemakkelijk heen en weer. 'Dat ben ik ook niet. Ik doe helemaal niet aan seks. Dit was gewoon een misstap.'

'Doe je helemaal niet aan seks? Waarom in vredesnaam niet?'

Nel haalde haar schouders op. 'Ik ben weduwe.'

'Ja, maar je bent ook een vrouw! Een heel sexy, aantrekkelijke vrouw. Hoe lang is het geleden dat je man is overleden?'

'Tien jaar.'

'Tien jaar! En jij wilt me vertellen dat dit de eerste keer was in die tien jaar?'

Nel knikte. Ondanks haar wroeging, die haar dreigde te overspoelen, voelde ze zich toch ook voldaan dat hij dat niet aan haar had gemerkt.

'Nou, je bent het in elk geval niet verleerd.'

Ze haalde haar schouders op. 'Tja, ik denk dat het net zoiets is als fietsen...'

'Lieve schat, als je dit wilt vergelijken met fietsen, dan heb je het al veel langer dan tien jaar niet gedaan!'

Toen moest ze toch even lachen. 'Dat heb ik wel, maar ik geloof niet dat ik het binnenkort nog eens zal doen.'

Hij kwam naast haar zitten en legde zijn arm om haar schouders. 'Kom mee, dan gaan we naar bed, en morgen zien we wel wat je wilt.'

Nel schoof van hem vandaan. 'Nee! Ik meen wat ik zeg. We moeten net doen alsof het niet is gebeurd, het er nooit meer over hebben. Ik slaap hier op de bank.'

'Maar waarom? We zouden het samen fantastisch kunnen hebben!'

'Ja, we zouden fantastische seks kunnen hebben, dat zal best, maar verder niets. Maar ik ben niet iemand die het alleen om seks gaat. Dit was een mistap. Ik wilde er verder niets mee.'

Jake stond op en fronste. 'Je lijkt wel gek.'

'Dat weet ik. Maar toch wil ik je belofte dat je me niet gaat bellen of me wilt zien of zoiets. Het spijt me dat ik zo... zo...'

'Neurotisch doe? Zo bot?' Ze kon niet zien of zijn gezicht gekwetstheid of woede uitdrukte.

Ze knikte. 'Bot kun je het wel noemen, zeker nu jij zo vriendelijk bent geweest. Maar ik vrees dat het niet anders kan.'

'Maar waarom? Waarom kunnen we samen niet iets beginnen? Kijken of we nog meer gemeen hebben dan fantastische seks?' Ze zag het ongeloof op zijn gezicht. Hij kon waarschijnlijk zijn geluk niet op.

'Omdat ik, behalve het feit dat we tegenstrijdige belangen hebben in een kwestie die heel, heel belangrijk voor me is, drie opgroeiende kinderen heb. Ik kan niet zomaar een relatie met iemand beginnen.'

'Jawel, dat kun je wel! Trouwens, je hebt die Simon toch.'

Ze wist niet hoe ze het had. Nu beschouwde hij haar niet alleen als een vrouw die heel gemakkelijk het bed in gesleurd kon worden, maar ook nog eens als iemand die er meerdere mannen tegelijk op nahield. 'Wat weet jij van Simon?'

'Ik zag je bij hem staan op de boerenmarkt, en toen heb ik links en rechts een paar vragen gesteld.'

'Over mij?' riep ze schril.

'Ja, over jou.'

'Je wilde zeker weten met wat voor gek mens je te maken had.'

'Zoiets ja,' mompelde hij met lichte ergernis.

'Nou, ik geloof dat ik maar beter kan gaan slapen.'

'Prima. Ik zal wat beddengoed voor je halen.'

'Ik heb niet veel nodig. Een slaapzak is prima.'

'Ach, hou toch op!' Hij was nu echt boos.

Hij haalde een stel kussens, een dekbed en lakens. 'Wil je dat ik het bed voor je opmaak?'

'Doe niet zo raar! Ga slapen!' Haar poging om gezagvol over te komen werd ondermijnd door de trilling in haar stem.

'Ik ga eerst naar de badkamer, als je het goed vindt.'

'Uitstekend! O, en Jake...'

'Ja?'

'Bedankt dat je me hier laat logeren.'

Hij wierp haar een blik toe waaruit sprak dat ze misschien te ver was gegaan. Maar tot haar opluchting en teleurstelling zei hij niets. Hij mompelde alleen: 'Geen dank. Graag gedaan.'

Toen ze in het donker lag, bedacht Nel hoe vreemd mannen waren. Hij zou dolblij geweest moeten zijn dat zij geen relatie wilde. Hij zat toch niet te wachten op een vrouw die jaren ouder was dan hij. Ze legde hem geen strobreed in de weg. Fantastische seks – ze zuchtte even – maar zonder verdere verwikkelingen.

Ze stond op toen ze dacht dat het ongeveer ochtend moest zijn. Ze knipte een tafellampje aan en vond haar kleren. Sommige waren nog nat, maar ze vond de trui die ze de vorige avond in het restaurant had uitgetrokken in haar tas. Die was gelukkig droog. Daarna trok ze haar jas aan.

Ze had gehoopt er stilletjes vandoor te gaan; ze had niet gezien dat hij de vorige avond het inbrekeralarm had aangezet. Daardoor stond ze al in de lift voordat het oorverdovende kabaal het hele gebouw van .1aar vertrek op de hoogte bracht.

Het was nog donker, en toen ze onder een straatlantaarn op haar horloge keek, zag ze dat het pas vijf uur was. Te vroeg om Jake te hebben gewekt. Dat alarm was jammer, maar er was niets aan te doen; bewoners van Londen waren nu eenmaal erg bezorgd om hun veiligheid. En ze moest echt weg. Ze kon hem niet meer onder ogen komen, niet totdat ze de tijd had gehad om bij te komen. Wat wel eens heel lang zou kunnen duren.

Toen ze verder liep naar de dichtstbijzijnde verkeerslichten, waar de kans om een taxi te krijgen iets groter was, vroeg ze zich af of ze er anders uitzag. Zouden anderen kunnen zien dat ze seks had gehad? En orgasmes? Zouden haar kinderen, Vivian, Simon het kunnen zien? God, ze hoopte van niet! Ze zou het niet overleven. Haar goede naam zou te grabbel liggen. In plaats van de brave, deugde- lijke vrouw waarvoor iedereen haar hield, zou ze gezien worden als de hoer die kennelijk ergens diep binnen in haar school. Ze zucht- te. Nou ja, misschien geen hoer, dat was wel wat hard, maar dan toch zeker wellustig. Hunkerend.

Ze voelde zich op dit moment even verschrikkelijk als je je maar kon voelen zonder dat je echt een vreselijke misdaad had begaan, zoals een oud dametje beroven of een moord plegen. Maar ze had met hem naar bed gewild. Heel, heel graag.

Ze vond een boekenstalletje dat net openging en kocht een platte- grond van de stad. Toen liep ze, op de hooggehakte laarzen waar Jake haar de vorige avond zo haastig van had bevrijd, naar Paddington Station. Ze moest nog uren wachten op een trein.

8

Pas toen de trein in Didcot arriveerde, kwam het bij Nel op dat ze
niet alleen seks had bedreven, maar het ook nog eens onveilig had
gedaan. Ze werd meteen misselijk en ze begon van angst te trillen.
Marks jas om haar lichaam voelde als een verwijt. Hoe had ze zo on-
nadenkend kunnen zijn? Fleur zou dit nooit overkomen. Ze was niet
alleen een seksbeluste slet, maar ook nog stom.
Ze sloot haar ogen en kroop weg in de donkerblauwe wol, maar zich
ontspannen kon ze niet. Stel dat ze zwanger was geraakt?
Het was hoogst onwaarschijnlijk. Ze was al over de veertig; op die
leeftijd neemt de vruchtbaarheid snel af, dat wist iedereen. Het enige
wat ze moest doen was wachten tot de volgende menstruatie, dan
kon ze zich ontspannen.
Nel wist dat ontspannen voor haar op dit moment een onmogelijk-
heid was, laat staan tot aan haar volgende menstruatie. Wanneer was
dat eigenlijk? Ze hield het niet bij; dat was nergens voor nodig. Als
ze een tijdje van huis wegging, rekende ze het wel zo'n beetje uit in
verband met het inpakken van haar spullen, maar meer ook niet.
Ze pijnigde haar hersenen, maar ze kon met geen mogelijkheid bedenken wanneer haar laatste menstruatie was geweest, waarschijnlijk
omdat ze zich zo ongerust maakte.
Wat zouden haar kinderen zeggen? Hoe zouden ze denken over een
alleenstaande moeder op leeftijd die nog een kind kreeg? Natuurlijk
kenden ze haar als alleenstaand, maar niet als de moeder van een baby.
Andere mensen zouden denken dat het Fleurs kind was, en dat zij
dat voor haar grootbracht. Wat oneerlijk! Dat Fleur verstoten zou
worden door de maatschappij, vanwege een stommiteit van haar
moeder! Waarschijnlijk deed de maatschappij tegenwoordig niet
meer aan verstoten, maar het zou toch verschrikkelijk gênant zijn
voor Fleur, voor de jongens, voor hen allemaal.

Het mocht niet gebeuren. Ze zou de morning-afterpil gaan halen, dan hoefde ze zich niet ongerust te maken, slechts tot de trein op de plaats van bestemming was en de apotheek openging.

Ze dacht terug aan de eerste keer dat de kinderen luizen hadden gehad. Ze had ze op Fleurs hoofd ontdekt op een zaterdagochtend, en met z'n allen hadden ze al om negen uur op de stoep bij Boots gestaan. Ze kon wel door de grond zakken van afschuw en schaamte omdat ze ze niet eerder had ontdekt. De vrouw die haar het giftige goedje verkocht, was er volkomen rustig onder gebleven. Ze had haar alleen maar te verstaan gegeven (waarschijnlijk allemaal leugens) dat luizen alleen maar van schone haren houden, en dat ze in alle milieus voorkomen.

Door deze herinnering drong het tot Nel door dat ze onmogelijk zelf de morning-afterpil kon kopen. Ze kende het personeel van Boots, zij het niet persoonlijk, maar wel van gezicht, en een van Fleurs vriendinnen werkte er. Hoe discreet ze er ook waren, Nel wilde niet dat zelfs maar twee mensen wisten dat ze onveilig had gevreeën.

Weer ging er een schok door haar heen. Het was zondag! Hoe had ze dat kunnen vergeten? Nu moest ze erachter zien te komen welke apotheek dienst had. Ze kon natuurlijk ook naar een andere stad gaan, ergens waar niemand haar kende, dan hoefde ze zich niet zo te generen. Maar als ze er nu eens ziek van werd? Wat moest ze dan tegen Fleur zeggen als die uit school kwam en haar moeder kermend op de bank, of erger nog, in bed aantrof?

Nee, ze moest iemand in vertrouwen nemen: Vivian.

Vivian zou de aangewezen persoon zijn geweest om in vertrouwen te nemen als Nel een volstrekt vreemde vent had opgepikt in die club, alle remmen los had gegooid en met hem naar bed was geweest. Maar zodra Vivian wist dat het om Jake ging, zou ze erop staan dat ze hem moest blijven zien en een verhouding met hem moest beginnen, en dat ze Simon moest lozen.

Tja, jammer dan. Nel zou voet bij stuk houden en haar ervan overtuigen dat er geen toekomst zat in zo'n relatie, zelfs niet een heerlijke, kortstondige affaire. Nel zuchtte zo diep dat ze bijna snikte. Ze wilde geen vastigheid, ze wilde alleen maar dat haar leven onverstoord verder kon gaan. En ze wilde seks. Die gedachte was merkwaardig rustgevend. Nel trok haar kraag omhoog en dutte in.

Zodra ze uit de trein was gestapt, belde ze Vivian. 'Sorry dat ik je op dit goddeloze uur al bel, maar ik wist dat je vanochtend vroeg op moest. Zou je zo lief willen zijn om me van het station op te halen?'

'Waar staat je auto dan?'

'Ik ben komen lopen.'

'En je hebt zo'n kater dat je dat niet kunt? Nel, je verbaast me.'

'Daar gaat het niet om, ik moet met je praten.'

'Nou, dat kan, maar ik heb net je honden uitgelaten, en ik wilde nu naar mijn bijen gaan. Dan ga je maar mee.

'Hoe is het met ze?'

'De bijen? Kweenie. Ze hebben de hele winter gepit.'

'Niet met de bijen, met de honden!'

'Prima. Over de gezondheid van mijn bijen ben ik een stuk onzekerder.'

'Ja, sorry.' Nel vond de honing en de bijenwas heerlijk romantisch, en de bijen zelfs heel boeiend – zolang ze ze tenminste vanaf een veilige afstand kon bekijken. En Vivian begreep niets van mensen met een fobie voor vliegende insecten die, ook al zag het er niet naar uit dat ze dat wilden, vaak staken.

'Ik leg wat extra spullen voor je in de auto.'

'Ik kan ook wel lopen. Dan zou je op de weg terug bij me langs kunnen komen.'

'Nee, het is een heel eind en je klinkt alsof je lekker veel te vertellen hebt. Ik ben over vijf minuten bij je.'

'En,' vroeg Vivian, toen Nel voor zichzelf en haar jas een plekje in de auto had gevonden. 'Heb je overnacht bij die vrienden van Simon?'

'Nee.'

'Ben je dan meteen teruggegaan toen de club dichtging?'

'Nee! Ik ben geen robot! Ik heb slaap nodig.'

'Sommige clubs zijn de hele nacht open.'

'Dat weet ik nu ook! Ik had er geen idee van! We waren er pas na middernacht, en toen waren we nog vroeg.'

'We? Is een van de jongens met je meegegaan?'

'Viv, als ik je het hele verhaal vertel, beloof je me dan dat je niet gaat gillen?'
'Natuurlijk. Ik ben een vrouw van de wereld, maar het klinkt goed.'
'Nou...' En Nel begon.

'Heb je met Jake Demerand geslapen?' gilde Vivian. 'Die juridisch adviseur van de Hunstantons, de man die jou heeft gezoend onder de mistletoe?'
'Heb ik jou dat verteld?'
'Ach, schei toch uit! Ik ben niet gek!'
Nel moest dit wel voor waar aannemen. 'Maar goed, ik heb niet met hem geslapen, we hebben gevreeën.'
'Ik kan het niet geloven! Ik wist niet dat je hem zo goed kende!'
'Doe ik ook niet. Het gebeurde zomaar.'
'Lieve schat, je hebt niet "zomaar" seks met een man die zo geweldig is als Jake Demerand. Dat vraagt maanden planning, deskundige strategie. En jij, die praktisch nog maagd bent –'
'Ik ben de moeder van drie opgroeiende kinderen en ik ben jaren getrouwd geweest,' bracht Nel haar geërgerd in herinnering.
'...praktisch nog maagd, in elk geval geen *femme fatale* –'
'Dankjewel!'
'Ik bedoel niet dat je niet razend aantrekkelijk bent, alleen maar dat je niet bepaald de gewoonte hebt om op zaterdagavond aan de zwier te gaan, en het lijkt erop dat je dit hebt kunnen bereiken zonder er moeite voor te doen.'
Nel kreunde.
Vivian reed de poort door die uitkwam op een boomgaard. 'Nou, kom mee, en vertel me er alles over terwijl ik aan het werk ga. En niets achterhouden.' Ze draaide zich om en pakte wat van de achterbank. 'Trek die tent van een jas uit en zet die kap met die sluier op.'
'Zo'n sluier had ik gisteren ook wel kunnen gebruiken...'
'Hier, pak aan,' zei Vivian, en gaf Nel een wit pak en een imkerkap. Nel wachtte onzeker. 'Viv, waarom heb jij een nieuw beschermingspak?'
'Omdat er in mijn oude gaten zitten, en dat werkt niet.'
Dat had Nel al gedacht. 'Kan ik niet gewoon in de auto wachten?'

'Zeker niet! Ik wil elk detail horen, en het wordt hoog tijd dat je op-houdt met dat neurotische gedoe over een paar bijtjes.'

Aangezien Nel een tamelijk grote gunst wilde vragen van Vivian, die misschien ook wel geen zin zou hebben om in haar eigen stad de morning-afterpil te gaan halen, gehoorzaamde ze maar. Ze trok Marks jas uit en verving die door het beschermingspak met de gaten.

'Hier, hou eens vast, wil je?'

Nel pakte braaf een houten kist vol imkerspullen aan, en volgde Vi-vian die charmant als altijd voortstapte in haar rubberlaarzen. De bijenkorven stonden op een kleine helling. Toen ze er een klein stuk-je vanaf waren, gooide Vivian de spullen die ze droeg op de grond.

'Het is de eerste keer dat ik de bijen weer zie na de winter. Ze zijn misschien wel allemaal dood.'

Een klein, lafhartig deel van Nel hoopte dat dat het geval was. 'Ze gaan toch niet dood in de winter?'

'Nee, maar het zou natuurlijk wel kunnen. Ze gaan vaak zonder een duidelijke reden dood. Red je het, met die spullen?'

'Eigenlijk lijkt het me beter dat ik hier maar blijf staan.'

'Je hoeft niet helemaal omhoog te komen naar de korven, maar wel wat dichterbij, dan kun je notities voor me maken.'

Aangezien het erop leek dat Vivian was vergeten dat Nel iets te ver-tellen had, sprak Nel haar niet tegen; ze besloot alleen tegen de wind in te blijven staan, zo ver mogelijk van de bijen vandaan.

Vivian stopte wat jute in haar roker en stak die aan. 'En, waar ben je Jake tegengekomen? Kom op! Had jij dat zo geregeld? Korf num-mer vijf.' Vivian blies in het logge, houten rookgevalletje.

'Nee! Ik kwam hem toevallig tegen. Ik stond etalages te kijken toen er een taxi vol mannen, onder wie Jake, achter me stopte. Hij moet me hebben gezien.'

Vivian pakte een haak, stak die in een kier boven in de korf, en trok voorzichtig.

'O, mijn god, bijen,' zei Nel, toen er een aantal uit vlogen en op haar neer daalden.

'Niet in paniek raken. Ze willen je geen pijn doen. Ik heb een gan-zenveer bij me, als je ze van je af wilt vegen.'

'Ik snap niet hoe jij zo kalm kunt blijven!'

'Door het vaak te doen. Deze korf lijkt prima in orde. Wat schade van muizen onderin, maar verder is alles zoals het moet zijn.'

'En heel lawaaiig!'

'En wat gebeurde er toen? Geef me even dat voer aan, wil je. Ik kan ze maar beter wat te eten geven.'

'Bedoel je dit?' Ze gaf Vivian een blokje dat eruitzag als karamel, waar Nel zelf wel haar tanden in zou willen zetten, als ze ervoor in de stemming was geweest.

'Nou? Je houdt me wel in spanning, Nel!'

'Niet expres. Het komt door die bijen. Die leiden me af.'

'En wat gebeurde er toen?'

'Met Jake? Nou, die anderen waren collega's van hem; het was een soort personeelsfeestje. Ze wilden dat ik me hen meeging. We zijn naar een Italiaans restaurant geweest. Het was heel leuk.'

'Wat had je aan?'

'Wat ik nu aanheb, maar dan zonder imkerkap.'

'Sorry, ik dacht er even niet bij na. Nummer zeven. Geen activiteit waarneembaar. Laten we even naar een prachtexemplaar kijken.' Ze haalde een smalle lat vol was tevoorschijn. 'O. Wat jammer. Je kunt rustig komen kijken, ze zijn allemaal dood.'

Nel wilde niet kijken, maar ze wilde ook niet haar intiemste belevenissen in geuren en kleuren aan Vivian prijsgeven.

'Hoe kon dat nou gebeuren?'

'En daarna zijn Jake en ik naar die club gegaan.'

'Ik snap er niets van. Misschien is het een virus geweest. Ik hoop dat ze het niet allemaal krijgen.'

Nel werd heen en weer geslingerd tussen opluchting omdat ze niet langer aan een derdegraadsverhoor werd onderworpen, en irritatie omdat Vivian geen interesse meer in haar verhaal toonde.

'Ga door,' zei Vivian, terwijl ze een volgende lat vol was en met hier en daar gaatjes aan een onderzoek onderwierp. 'Ze hebben genoeg te eten gehad. Ze zijn gewoon doodgegaan!'

'Ga door waarmee? Welke nummer zei je ook weer dat deze korf had?'

'Zeven. En dat weet je heel goed. Wat gebeurde er toen jullie naar de club waren gegaan?' Viv had haar belangstelling toch niet helemaal verloren.

'O, mijn hemel! Het was er geweldig. Uniseks toiletten, een trilvloer –'
'Genoeg over de vloer. Wat gebeurde er tussen jou en Jake? Heeft hij je gezoend tijdens het dansen?'
'Helemaal niet!' Had ze wel het recht om zo verontwaardigd te doen, vroeg Nel zich af.
'En heb je Fleur trouwens nog gezien?'
'Ja, maar natuurlijk kon ik niet zien of ze iets ongeoorloofds deed.'
'Dat had ik je ook wel kunnen vertellen.'
'Waarom heb je dat dan niet gedaan?'
'Omdat je niet zou hebben geluisterd. Je bent zo gauw in paniek, Nel. Soms.'
Dat was echt unfair. 'Ik vind anders dat ik het heel aardig volhoud met die bijen hier!'
'Die bijen zijn maar half wakker! En wil je nu alsjeblieft verdergaan vanaf het punt dat jullie in de club waren, waar je niet goed kon zien of Fleur cocaïne stond te snuiven, tot het punt waarop jij met Jake hebt geslapen – sorry, dat je seks met hem had. Het is maar net hoe je het noemt. We zijn nu trouwens bij korf nummer tien.'
'Waarom zit er geen logische volgorde in?'
'Omdat ik ze, als ik er een kwijtraak, of hij stort in of zoiets, niet allemaal opnieuw wil nummeren. Nou?'
'Jake stond erop dat ik de nacht bij hem doorbracht. Hij gaf me gewoon geen kans om nee te zeggen,' zei Nel defensief.
'Dat neem ik je ook niet kwalijk. Hemel, je was toch niet van plan om de hele nacht op het perron van Paddington te blijven?'
'Paddington is helemaal opgeknapt. Er is niets mis mee, en het zou heel wat beter zijn geweest als ik daar de nacht had doorgebracht!'
'Onzin! Je had wel ontvoerd kunnen worden, en voor je het weet slaap je in een kartonnen doos.' Vivian was de bijen klaarblijkelijk even vergeten. 'Dus hij zei gewoon: "wat dacht je ervan" en jij zei "waarom niet", en huppetee?'
'Natuurlijk niet! We stonden te kibbelen, en toen kuste hij me, en van het een kwam het ander.'
'Maar nu sla je wel een heel stuk over, Nel.'
'Je weet toch hoe dat soort dingen gaan. Je kunt zelf de rest wel invullen.'

'Dat lijkt me ook. Maar waarom ben je zo vroeg in de ochtend weg-gegaan? Ochtenden kunnen heel gezellig zijn, weet je.'

'Dat weet ik, maar ik lag niet bij hem in bed.'

Vivian keek even stomverbaasd als Jake had gekeken. 'Waarom in vredesnaam niet?'

'Ik voelde me zo opgelaten! Ik heb hem laten beloven dat hij het er nooit meer over zou hebben, en over een minuut eis ik van jou het-zelfde.'

'Waarom over een minuut? Niet dat ik het zou doen. Ik ben juist van plan het er zo vaak mogelijk over te hebben als nodig is om de details –'

Nel onderbrak haar. 'We hebben geen condoom gebruikt.'

'O.' Tot stilzwijgen gebracht keek Vivian naar de korf die ze had staan inspecteren, en zette de plaat terug. 'Dat is niet zo mooi. Hoever ben je in je cyclus?'

'Ik heb geen idee!'

'Echt niet? Ik weet het altijd, maar ik ben dan ook altijd heel stipt op tijd.'

'Daar heb je geluk mee.'

'Op deze leeftijd is de kans dat je zwanger wordt veel kleiner.'

'Er zijn genoeg vrouwen die tijdens de overgang nog zwanger raken.'

'Je bent toch nog lang niet in de overgang!'

'Nou, bedankt, maar dat betekent wel dat ik nog zwanger kan wor-den.' Om een aanval van paniek te onderdrukken, haalde Nel diep adem. 'Viv, ik moet de morning-afterpil hebben. En jij moet hem voor me halen.'

'Waarom?'

'Omdat ik niet naar de apotheek kan!'

'En waarom ik wel?'

'Omdat jij jonger bent, en mooi, en omdat je altijd vriendjes hebt.'

'Ik doe anders niet aan onveilige seks.'

'Dit zou jou ook kunnen gebeuren als het condoom scheurde.'

Vivian zuchtte. 'Goed dan. Ik ga met je mee. We gaan naar Glou-cester, waar niemand ons kent.'

'Hoe weten we welke apotheek open is?'

'Dat staat op de deur van alle apotheken.'

Nel zweeg even. 'Waarom moet ik met je mee?'

'Ik zou kunnen zeggen: "Omdat je de verantwoordelijkheid moet nemen voor je eigen daden,"' zei ze streng, 'maar eerlijk gezegd zijn er instructies aan verbonden. En die moet je horen.'

'O, juist ja,' zei Nel tam.

'Maar waarom wil je hem niet meer zien?'

'Ik dacht dat dat wel duidelijk was!' Ze merkte dat ze zich weer boos begon te maken. 'En als je het niet erg vindt, zou ik er nu graag over op willen houden!'

'Nel –'

'Nee, echt. Ik ben prima in orde, althans binnenkort, maar ik zou het fijn vinden als we over iets anders konden praten.' Ze zweeg even, zoekend naar een geschikt onderwerp. 'Hoe is het met de petitie? Heb je al veel steun kunnen vinden?'

Vivian speurde bij Nel naar tekenen waaruit bleek dat haar seksleven werkelijk niet meer ter sprake mocht komen. Toen ze zich erbij had neergelegd dat dat inderdaad het geval was, zei ze: 'Nee, eerlijk gezegd niet. Ik bedoel, de mensen die ik erover heb verteld, hebben wel het formulier ondertekend, maar we hebben geen publiciteit gehad.'

'Ik denk dat we een campagne moeten starten, de pers erbij moeten betrekken, dat soort dingen,' zei Nel.

'Ja. Het punt is, hoe krijgen we de pers geïnteresseerd? De plaatselijke krant is niet zo'n probleem, maar landelijke aandacht?' Vivian zette haar roker neer. 'Ons vierjarig jubileum, donderdag! Laten we er een groot feest van maken! We kunnen de plaatselijke televisiezender en radiomensen uitnodigen! Alhoewel dat natuurlijk geen garantie is dat ze komen. Maar jij zou een taart kunnen bakken! Daar ben je zo goed in!'

'Een taart?'

'Je weet wel, in de vorm van een stoomboot of zoiets. Zoals je vroeger altijd bakte voor kinderpartijtjes.'

'O ja, goed idee. Dat ga ik doen.'

'Deze week is die buitengewone commissievergadering, maar zo lang kunnen we niet wachten: ik bel iedereen en zorg dat ik toestemming krijg. Ik zie niet in waarom iemand er bezwaar tegen zou hebben.'

'Goed plan, Viv. Het is echt een goed idee. We peppen deze campagne er lekker mee op. Soms denk ik dat we de enige leden van de commissie zijn die echt begaan zijn met die uiterwaarden. De mensen met wie ik heb gesproken lijken er gewoon van uit te gaan dat dat bouwproject onvermijdelijk is.'

'Een chocoladetaart zou lekker zijn. In de vorm van een stoomboot, misschien? Om mensen te herinneren aan de festiviteiten die ze moeten gaan missen als er huizen op dat land komen.'

Nel lachte. Het was een hele troost om weer iemand te kunnen worden die taarten bakte in een speciale vorm. De rol van een vrouw die onveilig had gevreeën met vreemde kerels, lag haar niet echt. Als ze nu maar niet steeds aan Jake moest denken.

'Goed,' zei Vivian. 'Als ik hier klaar ben, rijden we naar Gloucester.'

Nels honden waren dolblij haar weer te zien. En zij was dolblij om hen te zien. Hoewel ze maar een dag geleden was weggegaan, was er intussen zoveel gebeurd dat het wel een heel leven leek – of in elk geval een week. Nadat ze allemaal de kans hadden gehad om bijna een laag van haar huid te likken en weer op hun favoriete plekje op de bank waren gaan liggen, rommelde Nel rond in haar keuken, waar ze alles opruimde waar ze de vorige ochtend niet aan toe was gekomen.

'Ik zet de afgelopen nacht gewoon uit mijn hoofd, zoals ik ook tegen Jake heb gezegd. Ik denk er niet meer aan,' zei ze tegen Villette, de oudste, meest bazige hond, moeder van de twee andere, die de deur van de koelkast had horen opengaan.

Villette kwispelde.

'Jij bent het anders niet vergeten, hè? Na de eerste keer dat jij had gepaard, werd je een echte sloerie. O, mijn god, ik hoop dat dat mij niet overkomt.'

Het idee dat zij zich zo zou gaan gedragen als haar kleine spaniël, die op een charmante maar schaamteloze manier probeerde elke reu die ze tegenkwam te verleiden, wekte haar afschuw. 'Wat zou Simon ervan vinden?'

Het was alsof ze een toverspreuk had gezegd, dacht ze even later toen ze de telefoon had opgenomen.

'Nel, waar zat je? Ik heb je wel duizend keer gebeld.'

'Ik ben met Viv naar haar bijen geweest.'

'O. En gisteravond?'

'Dat heb ik je verteld, toen ben ik uit geweest in Londen.'

'Je bent toch zeker niet gegaan? Ik dacht dat je het idee wel zou laten varen als je niemand had die met je meeging.'

'Simon, jij was degene die me op het idee bracht dat Fleur wel eens drugs zou kunnen gebruiken. Dan kun je niet van me verwachten dat ik niets ga zitten doen.'

'Ja, maar helemaal naar een club in Londen, in je eentje –'

'Ik was niet in m'n eentje. Jake Demerand is met me meegegaan.'

'En wie is Jake Demerand?'

'Behalve voorzitter van de plaatselijke voetbalclub en de jurist die over het bouwproject op het land van het verpleeghuis gaat' – ze wilde hem straffen omdat hij zo weinig toeschietelijk was geweest – 'is hij de man die me heeft gezoend onder de mistletoe. Ik dacht dat je dat allemaal wel wist.'

Er viel een korte stilte. 'Nou, nee. Waarom heb je hem meegevraagd? Je kent hem nauwelijks!'

'Ik heb het jou eerst gevraagd. Maar eerlijk gezegd heb ik het hem niet gevraagd. Hij kwam me toevallig tegen, en bood toen aan me gezelschap te houden.'

'O. Ja, dat is wel aardig van hem.'

'Heel aardig zelfs.'

'Er is toch zeker niets gebeurd? Hij heeft je toch niet onwelvoeglijk betast tijdens het dansen of zoiets?'

'Nee hoor, we zijn naar zijn huis gegaan en hebben daar waanzinnig hartstochtelijk seks bedreven!' De waarheid, gepresenteerd als een leugen, bleef een leugen, maar Nel wist dat Simon deze waarheid toch nooit zou geloven.

Er viel weer even een stilte, toen volgde een zucht en een soort gebrabbel waaruit je een verontschuldiging zou kunnen opmaken. 'Ik ben erg dol op je, weet je, Nel. En ook al zul jij het wel een rotstreek van me gevonden hebben dat ik niet met je meeging, mij leek het een hopeloze onderneming.'

'En daarin mocht ik niet aangemoedigd worden?'

'Precies. Heb je Fleur trouwens nog gezien?'
'Ja.'
'En, gebruikte ze iets?'
'Dat kon ik niet zien. Maar ik heb wel haar vriendje gezien, en dat was een hele geruststelling. Het was geen verspilde tocht.'
'Gelukkig maar. Ik wil je graag mee uitnemen voor een lekker etentje.'
'Waarom?'
'Omdat ik met je over onze toekomst wil praten. Fleur gaat toch reizen als ze haar examen heeft gedaan? Ze neemt toch een jaar vrijaf voordat ze gaat studeren?'
'Ik geloof het wel. Dat weet ik niet zeker. Het hangt ervan af of ze genoeg geld bij elkaar kan krijgen.'
'Dat dacht ik ook al. Het lijkt me een goed moment om onze krachten te bundelen.'
'O?'
'Laten we het er nu niet over hebben, je bent me kennelijk nog niet zo gunstig gestemd. Maar we gaan ergens lekker eten, en dan praten we erover.'
'Dat is een leuk idee,' zei Nel even weinig enthousiast als maar mogelijk was zonder bot te zijn. 'Maar nu moet ik ophangen. Ik heb een heleboel te doen.'
'Natuurlijk. Ik neem nog contact met je op.'
Hoewel ze inderdaad een heleboel te doen had, deed Nel helemaal niets. Ze ging op de bank liggen en wachtte tot de honden bij haar kwamen liggen en haar warmte en troost schonken. Hoe ze ook probeerde, ze bleef maar steeds beelden uit de afgelopen nacht voor zich zien. Ze hoorde steeds nog Jakes stem (hij had een prachtige stem) die in haar oor fluisterde, en ze zag stukjes van zijn lichaam: een pols, een voet, zijn hand op haar middel. Met enorm veel inspanning lukte het haar op dat moment niet te denken aan andere lichaamsdelen, maar het zou bijzonder moeilijk worden om hem helemaal uit haar gedachten te bannen. Zou ze nog wel normaal kunnen functioneren?
Resoluut richtte ze haar gedachten op Simon. Ze wist dat hij meer met haar wilde, maar de gedachte met hem samen te wonen was niet

aangenaam; hij zou nooit de boel in de keuken hebben laten staan om op de bank te gaan liggen nadenken. Aan de andere kant, als ze een vaste relatie had, zou ze waarschijnlijk geen seks meer bedrijven met vreemde kerels. Misschien had ze Simon nodig om orde in haar leven te scheppen. Als haar kinderen uit huis waren, zou het hun niet meer uitmaken met wie ze woonde, of wel?

Simon en Vivian zouden zeggen dat het hun geen snars aanging, het was haar leven, haar huis, en daar mocht ze wonen met wie ze maar wilde. Maar Nel was het niet helemaal met hen eens. Ze had het gevoel dat haar jongvolwassen kinderen evenzeer een basis nodig hadden als jonge kinderen. Of dat alleen haar wens was, of dat ze zo'n basis echt nodig hadden, wist ze niet zeker. Toen haar ogen dichtvielen besefte ze dat ze weer aan Jake dacht. Met hem in gedachten viel ze in slaap.

'Hoi, mam.' Het was Fleur die over haar heen gebogen stond. Het voelde als een verwijt.

'Hallo, lieverd! Waarom heb je niet even gebeld? Ik had je toch van het station kunnen halen?' Nel zwaaide haar benen van de bank en ging rechtop zitten.

'Mijn batterij is leeg, en ik had wel zin in een wandeling.'

'Waarom, schat, wat is er mis?' Fleur was alleen tot wandelen te bewegen als ze ging winkelen of de honden uitliet.

'Mam, heb ik je gisteren in de club gezien?'

Nel trok een gezicht. De schuldgevoelens stapelden zich op, maar ze kon de leugen die ze bij de Chill had bedacht niet uit haar mond krijgen. 'Ja. Ik ben bang van wel.'

'Was je me aan het bespioneren?'

Nel wist dat ze dit niet kon ontkennen. 'Ik maakte me zorgen om je. Simon zei...'

'Ja? Wat zei Simon?'

'Nou ja, niets eigenlijk. Hij dacht alleen dat ik je in de gaten moest houden, voor het geval je in Londen met foute mensen omging.'

'Hij had moeten weten dat je me altijd in de gaten houdt, en dat de mensen met wie ik omga, heel wat beter zijn dan die met wie mijn moeder omgaat!'

'Lieve schat, ik weet dat je boos bent, en je hebt het volste recht, maar laat me even mijn standpunt toelichten. Kom, we gaan eerst een kop thee zetten.'

'Maar spioneren, mama! Dat is iets wat alleen Hannahs moeder zou doen!'

'Zie je haar al in een club?'

Daarop moest Fleur even lachen, wat een goed begin was. Nel en Fleur hadden een goede verstandhouding, Nel vond ruzies niet alleen uitputtend, maar ook erg onaangenaam. Ze hoopte dat ze nu ook een woordenwisseling kon vermijden.

'Ik besef wel hoe het er voor jou uit moet zien. Maar je weet dat ik me zorgen maak, zo ben ik altijd geweest, zelfs al voordat papa stierf, en toen Simon zei –'

'Simon zei: "Ga maar kijken of ze niet aan de drugs is," en dus ging jij me stiekem achterna!'

'Eerlijk gezegd zei Simon dat ik niet moest gaan, en hij zei niet echt dat hij dacht dat je aan de drugs was, hij attendeerde me alleen op een meisje dat een pilletje xtc nam – één pilletje – en daaraan was overleden. Het is nogal beangstigend voor me dat jij een leven hebt in Londen waar ik niets van weet.'

Fleur haalde haar schouders op. 'In Londen is het niet anders dan hier, alleen is het daar leuk. Je zou Jamies moeder echt graag mogen.'

'Vast en zeker, als ik tenminste de kans kreeg haar te leren kennen. Of Jamie. Dat zou al een begin zijn.'

Fleur zuchtte als iemand die een zware beproeving moet ondergaan. 'Oké dan. Ik zal vragen of hij een weekend hiernaartoe komt. Maar je moet niet met Simon over mij praten. Hij is niet mijn vader, en dat wordt hij ook nooit.'

Nel moest de waarheid hiervan onder ogen zien, maar ze moest ook – voor deze ene keer – kordaat optreden tegen haar dochter. 'Ik zal het nooit meer doen, maar dan moet jij mij beloven dat je nooit iets sterkers neemt dan wiet. Dat keur ik ook niet goed, maar ik weet dat mensen dat gebruiken zonder dat ze meteen in kwijlende idioten veranderen.'

'Jemig, mam! Ze denken erover om het legaal te maken! Maar als het je geruststelt: ik heb het een keer geprobeerd, en ik vond er niks aan. Ik ben ook niet van plan om iets anders te gaan gebruiken.'

'Dat is een hele opluchting!' Nel keel werd even dichtgesnoerd van blijdschap. Haar verwarrende ervaring met Jake had haar knagende twijfels aan Fleur overschaduwd, maar slechts tijdelijk: dit was echt goed nieuws.

'Waar je je eigenlijk zorgen over zou moeten maken is hoeveel ik drink. Heeft Simon je niet gewezen op dat artikel over die jongen die op zijn achttiende verjaardag is overleden aan een cocktail die zijn vriendjes voor hem hadden gemaakt?'

'Oké, Fleur, je hebt gelijk! Wil je geroosterd brood bij de thee?'

'Ja! En, mam, vertel me nou maar eens of dat de man was die je vlak voor kerst onder de mistletoe heeft gezoend.'

'Ik weet niet waar je het over hebt, schat.'

'Die man met wie je in de club was.'

Nel zuchtte. 'Oké, ja, die was het. Maar we hadden niets afgesproken...'

'Poe! En jij denkt dat je een oogje moet houden op wat ik uitspook! Ik denk dat je maar beter kunt opletten wat je zelf allemaal doet!'

Nel had het liefst haar hoofd verstopt onder het grootste kussen dat ze kon vinden. In plaats daarvan zette ze de ketel op het vuur.

9

Het was maandagochtend en Nel bestudeerde een foto van een Mississippi-raderstoomboot om zich te laten inspireren voor een taart, toen de telefoon ging. Ze sprong op. Een deel van haar geest hield zich bezig met springvormen, slagroomspuiten en glazuur, maar het grootste deel werd nog steeds opgeslokt door Jake Demerand, en wat er tussen hen was voorgevallen – niet die verschrikkelijke nasleep, maar die heerlijke momenten waarop elke gedachte was uitgebannen en alleen het instinct telde. Het telefoongerinkel herinnerde haar op onaangename wijze aan de werkelijkheid.

'Spreek ik met Nel Innes?' koerde Kerry Anne.

'Klopt.' Nel herkende de stem. Kerry Anne met haar blikkerige stem werkte als een koude douche op al haar ondeugende herinneringen. Ze vertegenwoordigde alles waartegen Nel zich probeerde te verzetten.

'Met Kerry Anne Hunstanton. Ik wil dat je me meeneemt naar die vrouw die haar eigen cosmetische producten maakt.'

'O?' Is dat zo? dacht ze. Nou, dat doe ik niet voor niets, jongedame. Daar wil ik wel iets voor terughebben.

'Ja. Ik kan momenteel niet naar Londen en ik zit zonder reinigingsmiddel.'

'Nou, natuurlijk kan ik je helpen, maar dan zou je iets voor mij doen, weet je nog?'

'Ik heb het met Pierce over de markten gehad, en hij zegt dat die door kunnen blijven gaan tot de werkzaamheden van de bouw beginnen.'

'En wanneer zou dat zijn?'

'God mag het weten! We hebben nog steeds problemen met die plannen. Het heeft iets te maken met het soort stenen dat er gebruikt moet worden.'

Mooi, dacht Nel. Misschien zouden de plannen wel voor altijd verworpen worden, en hoefden Vivian en zij zich niet halfdood te werken om dat land te kunnen behouden. Diezelfde ochtend nog, toen ze op zolder op zoek was geweest naar een oud boek van de kinderen waarvan ze zich vaag herinnerde dat er een plaatje in stond van een raderstoomboot, had ze daar een stuk polytheen gezien waar ooit een matras in was verpakt. Ze had op het punt gestaan om het weg te gooien, toen ze eraan dacht dat het misschien wel van pas zou komen als zij en Viv zich genoodzaakt zagen om Simons suggestie over te nemen en voor de bulldozers te gaan liggen. Uiterwaarden waren behoorlijk vochtig.

'En, wanneer kun je er met me naartoe? Wil je dat doen?'

Nel zei nog steeds niets. Ze had het verschrikkelijk druk – het maken van een taart in een bijzondere vorm was nog wel de minste van haar zorgen – en ze wilde tijd hebben om Kerry Annes gretigheid uit te buiten. Aan de andere kant, als ze wat tijd doorbracht met Kerry Anne en Sacha, zou dat haar gedachten afleiden van juristen die konden toveren alleen al door te ademen, en daar zag ze wel iets in. Het was niet goed om de hoogtepunten van afgelopen zaterdag weer aan haar geestesoog voorbij te laten trekken. Ze moest zich concentreren op de verschrikkelijke gevolgen van haar onbezonnen gedrag. Het probleem was dat de herontdekking van seks na al die jaren net zo werkte als het eerste stukje chocola na een lang en streng dieet; het was zo aangenaam dat je daarna nog meer wilde. Godzijdank bestond in dit geval de kans niet dat Nel die heerlijke, verschrikkelijke ervaring nog eens zou beleven.

'Alsjeblieft?' Kerry Annes zachte, zelfverzekerde toon kreeg iets smekends, waar het moederlijke deel van Nel meteen op reageerde, tegen beter weten in. Ze zuchtte.

'Ik zal een afspraak maken met mijn vriendin, en dan bel ik je terug. Maakt het je iets uit wanneer?'

'Ik heb nu alle tijd, maar eind volgende week ga ik naar mijn familie in Californië.'

'Mooi, geef me je nummer maar, dan bel ik je terug.'

'Dat heb ik je toch al gegeven?'

'Dat ben ik kwijtgeraakt.'

Kerry Anne noemde het nummer.

'Goed, dan probeer ik iets af te spreken voor een dezer dagen.'

'Bedankt. Dat zou heel fijn zijn.'

Nel legde bedachtzaam de hoorn neer, vastbesloten Kerry Anne niets te gunnen waar anderen niet enig profijt van zouden hebben. Ze had al genoeg aangericht. Daarna slaakte ze nog een zucht toen ze eraan dacht dat ze Kerry Anne en Pierce bijna hun gang zou laten gaan met dat land, als zij dan Jake maar voor zichzelf kon houden.

Ze belde Sacha voordat ze het vergat of weer in gedachten verzonken zou raken; het was alsof haar hersenen door de seks waren aangetast.

'Hallo, Nel! Ik heb al eeuwen niets van je gehoord! Hoe gaat het?'

'Gaat wel. En met jou?'

Alle geestdrift stierf weg uit Sacha's stem. 'Hou op. Ik ben nog steeds op zoek naar een huis. Een woonhuis is geen punt, maar iets met extra werkruimte is een heel ander verhaal.'

'Maar ik dacht dat je al iets had gevonden.'

'Dat ging niet door.'

'En kun je geen werkruimte huren? Je hoeft het toch niet thuis te doen, of wel?'

'Ik moet op veel grotere schaal gaan werken om het financieel te kunnen trekken als ik ook nog iets moet huren. Misschien moet ik 'Sacha's Natuurlijke Schoonheid' wel opgeven.'

'O, Sacha, dat zou verschrikkelijk zijn. Net nu alles een beetje begint te lopen! En ik kan niet zonder je antirimpelserum! Maar serieus, je moet vechten voor de dingen die je wilt. Je kunt niet bij de pakken neer gaan zitten.' Ze vroeg zich even af in hoeverre zij in de positie was om dat te kunnen zeggen. Niet dat ze bij de pakken neer was gaan zitten. 'De perfecte plek bestaat, je hebt hem alleen nog niet gevonden.'

'Tja, ach. Je wordt er uiteindelijk wel doodmoe van.'

'Natuurlijk. Als ik niet zo druk bezig was met dat gedoe rond Paradise Fields, zou ik je helpen zoeken naar een huis. Ik zal wel voor je informeren bij de boerderijen die een aanvraag hebben ingediend voor de markt. Iemand heeft vast wel een gebouw leeg staan dat ze je voor niets, of voor bijna niets, willen laten gebruiken.'

'Dat is aardig van je. En, wat kan ik voor jou doen?'

'Ik vroeg me af of ik met een mogelijk zeer goede klant mag komen om te zien wat je doet, maar misschien wil je dat niet.'

'O, ja hoor, kom maar langs met haar. Nu ik nog in zaken ben, kan ik beter zo veel mogelijk zien te verkopen. Wie is het?'

'Kerry Anne Hunstanton. Weet je wel? Die het huis van Sir Gerald hebben geërfd?'

'O ja. Ik heb ze geschreven of ik hun schuur mocht gebruiken. Die is in goede staat en zou ideaal voor mij zijn.'

'En, is dat wat geworden?'

'Niets. Ik kreeg alleen een brief van de notaris met een weigering.'

Nels adem stokte even, ook al wist ze niet zeker of het Jake was geweest die die brief had gestuurd. Het kon net zo goed een ondergeschikte zijn geweest. 'Wat jammer.'

'En hoe heb jij Kerry Anne Hunstanton leren kennen?'

'Ik heb haar ontmoet toen ik bij het notariskantoor was om te vragen of Paradise Fields eigendom was van het verpleeghuis, wat trouwens niet het geval is. Daarna kwam ik haar tegen bij Boots. Ze was wanhopig op zoek naar het een en ander, en toen heb ik haar over jouw producten verteld. Ze had veel belangstelling, en nu wil ze bij je komen kijken. Dus het is goed als ik haar meeneem? Je moet wel een goede prijs vragen hoor, denk eraan.'

Sacha moest lachen. 'Zolang jij het niet erg vindt om er wat voor te doen. Wat dacht je van dinsdag?'

'Morgen?' Het kwam Nel niet echt gelegen, ze moest nog steeds die raderstoomboot maken.

'Ja, de dag erna ga ik naar Oxford. Daar is een huis met een gebouwtje in de tuin dat misschien geschikt is.'

'Maar dat is hartstikke ver!'

'En het huis is nogal klein, maar ik ga overal kijken.'

Aan de andere kant, Nel kon die taart ook vanmiddag ontwerpen en bakken, en morgenmiddag versieren. 'Dan kom ik rond elf uur met Kerry Anne, oké?'

Nel besloot dat bezig blijven de beste manier was om over Jake Demerand heen te komen, en ze vond dat ze blij moest zijn dat hij in haar leven was verschenen op een moment dat ze zoveel te doen had. Helaas had hij zowel met de uiterwaarden als met de boerenmarkt te maken, en kon ze hem dus niet helemaal uit haar hoofd zetten. Natuurlijk was ook Kerry Anne aan dat land verbonden, maar een bezoek aan Sacha was altijd een leuk uitje.

Kerry Anne en Pierce hadden een villa gehuurd aan de andere kant van de stad. Kerry Anne zag er beeldschoon uit toen Nel haar ophaalde. Niet lang geleden zou Nel haar even om haar schoonheid hebben benijd, en het daarna weer zijn vergeten. Sinds haar ervaring met Jake had ze veel meer over zichzelf en haar uiterlijk nagedacht. Het stond vast dat, ook al was het dan misschien een ervaring voor één nacht geweest (Nel dwong zichzelf het als zodanig te zien), het toch een deel van Nel wakker had geschud dat lange tijd uitgeschakeld was geweest. Híj was dan misschien een ervaring voor één nacht geweest, maar misschien moest ze op zoek naar iemand die dat niet was. En die iemand was niet Simon.

'Waar gaan we naartoe?' vroeg Kerry Anne toen ze haar elegante benen in Nels verre van elegante auto had geplaatst.

'Het is niet ver. Een eindje buiten de stad.'

'Wat een klein huisje!' riep Kerry Anne toen Nel voor een rood bakstenen huis stopte dat midden in de weilanden lag.

'Maar daarbinnen gebeurt heel wat.' Nel belde aan.

Sacha was de beste reclame voor haar eigen producten. Ze was jonger dan Nel, ouder dan Kerry Anne, en haar stralende huid deed zelfs Kerry Annes jeugdige uitstraling in het niet verzinken.

'Kom binnen,' zei ze, en ze hield de deur wijd open.

'Sacha, dit is Kerry Anne Hunstanton. Kerry Anne, dit is Sacha Winstone, de maakster van 'Sacha's Natuurlijke Schoonheid'.'

Kerry Anne knikte, maar deed niet zo overdreven als Nel had verwacht.

'Hallo.' Sacha schudde Kerry Anne de hand. 'Willen jullie iets drinken, of meteen maar kijken waar het allemaal gebeurt?'

'Laten we gaan kijken wat je doet,' zei Nel, die de heilzame invloed van Sacha's werkplaats wel kon gebruiken.

'Volg me dan maar, en pas op de trap.'

'Maar wat is het hier klein!' zei Kerry Anne, toen ze gedrieën de trap op liepen naar Sacha's zolder. 'Ik verwachtte een fabriek!'

Een werkbank van wit melamine besloeg het smalle gedeelte van de kamer. Erachter waren rijen planken met daarop flesjes in allerlei vormen, maar allemaal klein. Haaks op de werkbank was een aanrecht, een gasbrander, en er stonden kratjes vol dozen en potten. Tegen de andere muur stonden plastic dozen met etiketten hoog opgestapeld tot aan het plafond. Elke centimeter van de zolder was benut, niets stond ongeordend, alles was keurig netjes en binnen bereik. Steeds als Nel Sacha's zolder zag, besefte ze wat ze met die van haarzelf kon doen als die niet zo vol met troep stond.

'Het is klein, maar het gaat. En alles is op heel kleine schaal gemaakt. Op die manier kan ik garanderen dat de kwaliteit altijd perfect is. Ik zou natuurlijk graag wat meer ruimte hebben, maar hier moet ik het mee doen. Goed, welk product wilde je hebben?'

'Reinigingsmiddel,' zei Kerry Anne. 'Mijn poriën zitten zo verstopt dat ik, als ik ze niet snel schoonmaak, overal puistjes krijg.'

'Nou, ik heb momenteel geen reinigingsmiddel in voorraad, maar dat kunnen we wel maken. Het kost wel wat tijd, en mijn recept is maar voldoende voor vier potjes, maar als jullie me helpen, gaat het twee keer zo snel.'

'Zei je vier potten? Maak je maar vier potten tegelijk?' vroeg Kerry Anne, niet goed wetend of ze onder de indruk of geschokt moest zijn.

'Zoals ik al zei, wil ik er graag van overtuigd zijn dat elk product dat hier de deur uitgaat dezelfde hoge kwaliteit heeft. Oké, meisjes, zet een petje op en trek de handschoenen maar aan.'

Nel zette een papieren muts op haar hoofd en trok handschoenen aan. 'Doe je dit echt elke keer allemaal, zelfs als je alleen bent?'

'Natuurlijk. Wat voor indruk zou het maken als iemand een haar in een van mijn producten aantrof? Ik werk net zoals ik zou doen met voedsel, op die manier weet ik dat alles hygiënisch gebeurt. Goed, wat gaan we maken? Reinigingsmelk.'

Kerry Anne keek geboeid toe toen Sacha een plastic mengschaal pakte, en daarna een klein, beduimeld notitieboekje.

'Hierin staan al mijn recepten. Het heeft wel een tijdje geduurd voordat ik dit middel kon samenstellen. Het is een kopie van wat alle sterren kopen, namelijk –'

Kerry Anne onderbrak haar vol ontzag met de naam van het bewuste merk.

'Ja, dat bedoel ik. Maar ik heb het enigszins verfijnd, zodat het volgens mij nog beter is. Goed, wat hebben we nodig? Sheaboter. Mm! Die geur! Wil jij oplezen wat we nodig hebben, Kerry Anne, dan ga ik het pakken.'

Kerry Anne las de ingrediënten voor en Sacha zocht ze bij elkaar. Nel had Sacha al eerder aan het werk gezien, aangezien zij een van de mensen was die Sacha regelmatig belde als ze achter was met haar bestellingen en een helpende hand nodig had. Nel wist hoe magisch de procedure was, waarbij piepkleine hoeveelheden, zorgvuldig afgemeten, uiteindelijk een product vormden dat even kalmerend en verzachtend was als exclusief.

Kerry Anne raakte met de minuut opgetogener toen ze door het boekje bladerde. 'Lippenbalsem! Kunnen we die ook maken? Mijn lippen worden zo droog en er is maar één merk...'

Deze keer was Sacha degene die de naam noemde. 'Alleen heeft die van mij er nog een of twee etherische oliën in die dat merk niet heeft. En de roze versie is een natuurtint. We kunnen die wel maken als we het reinigingsmiddel klaar hebben. Nel, wil jij zo lief zijn om een paar potten aan te geven? Ze staan onder het werkblad achter je, achter die doos. De grote potten, en de deksels liggen er vlak achter.'

'Ik kan het niet geloven,' Kerry Anne trilde van opwinding. 'Wat is dit leuk!'

'Het ís ook leuk. Ik zal het echt missen als ik ermee moest stoppen. Maar het is wel hard werken.'

'Nou, als je het altijd in je eentje moet doen... Wat kan ik doen?'

'Roer maar even flink terwijl ik de fijngestampte walnootdoppen afweeg.'

'Waarom neem je niemand aan om je te helpen?' vroeg Kerry Anne, terwijl ze de geur van de mengkom diep opsnoof. 'Dit ruikt heerlijk!'

'Zoals je ziet heb ik niet genoeg ruimte, en als ik iets groters huur, zou ik veel meer moeten verkopen om dat op te kunnen brengen.'

'Maar je kunt toch op dezelfde voet doorgaan?' Kerry Anne keek ingespannen toe, met het puntje van haar tong tussen haar tanden, hoe Sacha het maatlepeltje afstreek.

'Helaas niet. Mijn huurcontract loopt af, en de huisbaas wil zijn moeder in dit huis laten wonen, zodat hij een oogje in het zeil kan houden.'

'Dus je moet hier weg?'

'Ja. Eind van de maand. Maar ik ga morgen in Oxford naar een huis kijken. Goed, nu zetten we dit au bain-marie – je weet wel, net als bij het koken? En dan verwarmen we het heel, heel zachtjes...'

's Winters wordt het vrij snel dik,' zei Sacha even later. 'In de zomer moet ik het in de koelkast zetten.'

'Wauw.' Vol ontzag keek Kerry Anne in het blauwe, glazen potje naar het product dat ze had helpen maken.

'Als het volledig is afgekoeld, plakken we het etiket erop.'

'Ik weet niet wat jullie ervan vinden,' zei Nel nadat er een paar uur verstreken waren en er enkele tientallen blauwe potjes, plastic flesjes en piepkleine roze lotionflesjes waren gevuld, 'maar ik zou wel een kopje van het een of ander lusten. Zal ik naar beneden gaan en water opzetten?'

'Dat is een goed idee,' zei Sacha. 'Kerry Anne, je zult wel snakken naar een drankje. Ik ga altijd zo op in mijn werk dat ik dingen als eten en drinken helemaal vergeet. Ik vergeet zelfs om naar de wc te gaan totdat ik het haast niet meer houd.'

'Dat kan ik heel goed begrijpen,' zei Kerry Anne. 'Het is ook zo interessant. Wat kunnen we nu gaan maken?'

'Nou, ik ga iets warms maken,' zei Nel, die zich ervan bewust was dat de andere twee op een heel andere planeet bezig leken. 'Wat willen jullie?'

'Heb je kruidenthee?' vroeg Kerry Anne. Ze keek op van het flesje dat ze vulde. Ze was zo mogelijk nog preciezer met de hoeveelheden dan Sacha.

Sacha noemde verschillende soorten thee. 'Ik weet dat Nel graag pepermunt drinkt.'

'Dat is de enige die ik lekker vind, behalve dan gewone thee, en ik weet dat je die niet hebt.'

'Gebruik jij ook geen cafeïne?' Kerry was verrukt. 'Ik weet hoe slecht dat is voor je huid.'

'Daar ben ik niet zo zeker van, Nel gebruikt heel wat cafeïne en haar huid is prachtig.'

'Dat komt dan zeker omdat ze jouw producten gebruikt. Wat maar weer bewijst hoe goed ze zijn voor een wat rijpere huid.'

Nel, die niet goed wist of ze moest lachen, huilen of met dingen gaan gooien, keek maar even op haar horloge. 'O god! Ik moet racen! Ik moet een taart bakken!'

'Daar draai jij je hand toch niet voor om?' zei Sacha.

'Maar dit is een taart in de vorm van een stoomboot. Ik deed dat soort dingen alleen toen de kinderen nog klein waren. Het is ontzettend leuk om te doen, maar het kost je uren. Ik moet echt rennen! Kerry Anne, wil je meerijden, of wat doe je?'

Kerry Anne zag eruit als een kind dat weggehaald wordt van de snoepkast, vlak voordat ze haar favoriete lekkernij zal krijgen.

'Ik kan je ook later thuisbrengen, als je dat wilt,' zei Sacha, die blij was met de extra hulp. 'Kerry Anne is hier echt goed in. Ik zou het fijn vinden als je nog wat kon blijven. Dan maak ik wat te eten bij de thee die Nel niet gaat zetten.'

'Dat lijkt me enig! Ik heb het in jaren niet meer zo naar mijn zin gehad. Heel erg bedankt dat je me hiernaartoe hebt gebracht, Nel.'

Nel bekeek Kerry Anne, die er roerend jong en kwetsbaar uitzag met die witte muts op. Ze moest Sacha later maar waarschuwen dat ze niet zo onschuldig was als ze eruitzag. 'Dat is prima. Ik ben blij dat je je zo goed vermaakt.'

Terwijl ze de weg op reed, besefte Nel dat ze het gevaar liep om zich milder op te stellen ten opzichte van Kerry Anne. Ze was aandoenlijk geweest in haar enthousiasme, veel zachter dan de ijzige schoonheid die ze bij Jake op kantoor had ontmoet. Maar ze was duidelijk vast van plan om dat bouwproject door te drukken; dat mocht Nel niet vergeten. Het probleem was dat ze altijd weer op mensen gesteld raakte wanneer ze hen beter leerde kennen. Als je meer van hen wist, vergaf je ze ook sneller. Maar, zoals haar zoons vaak zeiden, niet veel mensen deelden die denkwijze. En je kon er ook kwetsbaar door worden. Kijk wat er was gebeurd toen ze opgehouden was Jake Demerand te haten! Was ze daar eigenlijk wel mee opgehouden? Liefde en haat lagen zo dicht bij elkaar.

O god! Ze kreeg een schok toen ze besefte dat ze het woord met de l in haar gedachten had toegelaten. Ze mocht zich dan wel rot gevoeld hebben, maar als ze dat woord in haar bewustzijn toeliet, kwam ze pas echt in de problemen.

Nel moest even langs bij de supermarkt voordat ze naar huis ging. Het maken van zo'n taart vroeg om heel wat extra artikelen. Ze had geen tijd om erg kieskeurig te zijn; alles wat haar van pas zou kunnen komen gooide ze in het karretje. Ze nam grote, ronde koeken, allerlei soorten kleine snoepjes, chocolaatjes, kleurstoffen, cocktail-prikkers, zilveren balletjes, honderden stuks; suikerrozen; eigenlijk bijna alles wat er te koop was, plus zakjes glazuursuiker. Ze had altijd een aardig voorraad van dit soort dingen in huis, maar het was jaren geleden dat ze zo'n ingewikkelde taart had gebakken. Een helikopter was dat geweest. De honden hadden hem opgegeten terwijl Nel snoepzakjes aan het uitdelen was geweest. Fleur was toen nogal van streek geweest, maar Nel was heimelijk opgelucht; ze had op dat moment wel genoeg hyperactiviteit in huis gehad. Maar de eerste de beste hond die hier ook maar even aan wilde ruiken, zou levenslang een bankverbod krijgen.

Haar rug deed pijn, haar tanden vielen bijna uit haar mond van al het glazuur dat ze had geproefd, en de keukenvloer plakte van de suiker, maar het was een meesterwerk, als ze het zelf mocht zeggen. Ze maakte er zelfs een foto van.

Omdat de taart voor een groot aantal mensen was bedoeld en de blikvanger zou worden op het feest, moest hij heel groot worden. Nel had haar grootste bakblik gebruikt voor de onderste helft, die in de vorm van een schip was gesneden. Van een ander stuk had ze een hut gebouwd. De wielen van de raderboot waren gemaakt van chocoladebiscuits, met stukjes Engelse drop voor de kleppen. Hij werd omgeven door een zee van blauw glazuur, met op elk golfje wat schuim. De rivier zou niet snel zo wild worden dat er schuimkoppen op kwamen, maar wat donderde dat, ze was toch zeker kunstenares!

Ze vond het alleen jammer dat geen van de kinderen thuis was om haar creatie te bewonderen. De jongens waren op de universiteit en

Fleur was met haar vriendinnen in de stad. Natuurlijk had ze thuis moeten zijn, om te werken voor school, maar sinds het clubfiasco had Nel besloten daar niet over te zeuren. Fleur zou haar moeder wel eens een paar lastige vragen kunnen stellen, en Nel was niet alleen bijzonder slecht in liegen, maar ze bloosde veel te gemakkelijk voor een vrouw van haar leeftijd.

Met de uiterste zorg zette ze de taart op een hoge plank in de kelder, nadat ze het plafond had geïnspecteerd op spinnenwebben. Daarna legde ze er voorzichtig een stuk vloeipapier overheen. Ze besloot de keukenvloer de volgende dag pas te schrobben, en ging naar boven om een bad te nemen. De honden zouden de vloer trouwens wel schoonlikken.

De volgende ochtend besloot Nel dat het bakken van de taart nog het gemakkelijkste was geweest; het vervoer naar de vergadering in het verpleeghuis zou pas echt lastig worden. Maar verder stond er gelukkig niets in haar auto. Aangezien het feest zelf de dag daarna was, waarvoor ze prijsjes voor de grabbelton (die ze nog moest inpakken) moest meenemen, kleden voor de schragentafels, een tombola, supergrote dobbelstenen en nog duizend andere dingen die nog niet op haar lijstje stonden, besloot ze de taart nu alvast mee te nemen.

Ze zette hem neer op de achterbank alsof het een pasgeboren baby was. Ze had de grootste moeite om toe te geven aan haar opwelling er een autoriem omheen te doen, en zette er uiteindelijk een paar kartonnen dozen omheen, zodat hij nergens tegenaan botste als ze ineens moest remmen.

Het was jammer dat het een formele vergadering was. Meestal ging het er in het verpleeghuis gezellig aan toe, ondanks de ernst van de instelling. Maar af en toe, en dit was zo'n gelegenheid, werden alle begunstigers en hoge omes uitgenodigd. Nel en Vivian kleedden zich dan ook altijd zo netjes mogelijk aan. Het was mogelijk dat er nieuws was over een mogelijk nieuwe directeur. Nel en Viv hadden graag een vrouw gewild, maar ze wisten niet zeker of die wel had gesolliciteerd.

Het gebouw zag er verschrikkelijk gehavend uit, vond Nel toen ze de achterklep van de auto opendeed om haar hoge hakken te pakken. En het pad was even modderig en hobbelig als een landweggetje. Misschien zouden ze van het ingezamelde geld om de kinderen in rolstoelen naar de steiger te kunnen krijgen, en dus naar de boot, beter de oprijlaan opnieuw kunnen laten asfalteren. Maar ze lieten de behoeften van de kinderen altijd voorgaan. Zelfs nu was een groepje kinderen tegen een bal aan het trappen bij de basketbalring. Heel voorzichtig haalde ze de taart achter uit de auto en zette ze hem op de motorkap. Als die hoge pieten haar kunstwerk niet waardeerden, verdienden ze haar niet. Maar ze deed het uiteindelijk niet voor die hoge pieten, maar voor de kinderen.

Ze stond zich af te vragen of ze de taart naar binnen zou brengen voordat ze haar hoge hakken aantrok, die ze dan later zou ophalen, of dat ze de hakken zou aantrekken en riskeren dat ze struikelde in de modder, toen ze merkte dat het groepje kinderen dichterbij kwam. Voor het eerst vroeg ze zich af wat ze daar deden. Het was onder schooltijd, geen van de commissieleden zou zijn kinderen meebrengen om hier een balletje te trappen, niet in de winter. Ze zag dat ze allemaal dezelfde shirtjes droegen; kennelijk hoorden ze bij een voetbalclub. Er liep een man bij hen, die hen gedag riep, en van hen wegliep maar de kinderen volgden hem.

'Oké dan, een kopbal!' riep hij.

De bal miste doel, stuiterde tegen een steen en landde midden in de taart.

'O, nee!' zei iemand.

10

Nel was zo geschrokken dat ze niet onmiddellijk kon reageren. Het was te erg om een bemodderde voetbal midden in haar stoomboot te zien liggen. En het feit dat ze zelf onder de modder zat, drong niet tot haar door totdat ze in een reflex met een hand over haar oog wreef en begreep waarom ze bijna niets meer zag.

'Het spijt me echt verschrikkelijk.'

Natuurlijk was het Jake. Natuurlijk moest hij degene zijn die deze ramp had veroorzaakt. En natuurlijk zag hij er onberispelijk uit terwijl zij eruitzag alsof ze zo uit het moeras gekropen was. Volgens de wet van Murphy (en wie Murphy ook was, die wet van hem was bijzonder onrechtvaardig) was degene die dit soort rampen overkwam degene die het het minst verdiende om een verpeste taart te hebben en onder de modder te zitten, en kon de man die ze had veroorzaakt smetteloos blijven rondlopen met fier opgeheven hoofd.

Was dat wel zo? Nel vloekte en schreeuwde niet, ze zei geen woord. Ze pakte eenvoudig de voetbal, die nu niet alleen vol modder, maar ook vol chocolade, crème de beurre (gemaakt met roomboter) en kleurige snoepjes zat, en mikte hem heel zorgvuldig op Jake Demerands zijden stropdas.

'Oooh, meneer! Sorry, mevrouw!' zei een stemmetje angstig, maar wel nieuwsgierig naar wat er nu zou volgen.

'Jemig! Kijk die taart! Helemaal naar de haaien!' zei een ander.

'Het was een boot, hè? Kijk, die snoepjes!'

Toen Nel om zich heen keek, zag ze alle kinderen staan die aan het voetballen waren geweest. Ze keken van Jake naar haar met een aangename verwachting: dit kon wel eens ruzie worden.

Zover zou ze het dus niet laten komen. Nel zou op een wraak moeten zinnen die kon worden uitgevoerd zonder getuigen, maar wel gauw. Ze huldigde niet de populaire mening dat wraak iets was wat je beter zo lang mogelijk kon uitstellen, om hem nog zoeter te laten smaken; als zij er iets van wilde smaken, moest het zo snel mogelijk gebeuren.

Hij stond te lachen. Hij probeerde het wel te onderdrukken, maar hij moest duidelijk lachen, waarschijnlijk omdat hij besefte wat Nel van plan was geweest en begreep dat daar nu niets meer van kon komen.

Ergens vanbinnen moest Nel ook lachen, alleen verging haar het lachen door alle tijd die ze had gespendeerd aan het bakken van die verrekte taart.

'Niets aan de hand, jongens,' zei ze opgewekt. 'Ik maak binnen de kortste keren weer een nieuwe taart. Gaan jullie je spelletje maar afmaken. Ga je trainer maar zoeken,' voegde ze er een beetje sarcastisch aan toe. Voorzichtig zette ze de taart op een laag muurtje waarop de balustrade steunde, en gooide de voetbal zo ver mogelijk weg. Ze keek toe hoe de jongens erachteraan gingen, en bespeurde een jongeman in een trainingspak met een fluitje om zijn nek die op hen toe liep.

'Het spijt me heel erg, Nel, je moet uren bezig zijn geweest met die taart. Kunnen we nog iets doen om hem te redden?'

Nel gaf geen antwoord; ze keek hem alleen maar recht in zijn ogen en deed toen een greep in de taart. Ze smeerde hem uit over zijn das. 'Eigenlijk zou je hem helemaal met je handen moeten opeten,' zei ze, terwijl ze haar eigen handen afveegde aan een papieren servetje dat over de taart had gelegen.

Het sierde hem dat hij bleef lachen. Een prachtige, zijden das, opzettelijk geruïneerd, en hij lachte erom. In stilte moest Nel hem erom bewonderen. Per slot van rekening was het een ongelukje geweest. Het was jammer dat hij alles bedierf door zijn handen op haar schouders te leggen.

'Nel, het spijt me enorm!'

'Hou op met je spijt!' Ze rukte zich los, greep nog een handvol taart en smeerde dat op zijn gezicht, op zijn kraag en zijn overhemd, zodat hij zich niet langer alleen om zijn das hoefde te bekommeren. Daarna beende ze het gebouw in, met achterlating van de taart en van Jake. Net toen ze de voordeur opendeed, hoorde ze een auto aankomen. Vivian riep iets uit het raampje.

'Wat is hier in vredesnaam gebeurd? Wie bent u, en waarom staat u daar besmeurd met taart? O, nee toch! Ben jij het!'

Nel droeg haar oude, bemodderde schoenen, en ook haar gezicht was niet smetteloos gebleven. Ze kon met geen mogelijkheid de vergadering bezoeken zonder daar eerst iets aan te doen.

'Vraag me niet waarom ik er zo uitzie,' zei ze tegen Karen van de receptie. 'Vraag de man die na mij komt maar wat er is gebeurd. Ik ga nu naar het damestoilet. Hopelijk is daar nu niemand?'

'Ik geloof het niet. De meeste kinderen zitten in de handenarbeidles, en de vrijwilligers zijn bij hen.'

'Ik weet niet,' zei Nel serieus. 'Sommige mensen denken dat ze hier alleen voor de lol zijn.'

Karen lachte en Nel liep de gang door.

Haar spiegelbeeld was niet bepaald bemoedigend. Haar witte, zijden blouse, die ze altijd droeg naar commissievergaderingen, zou een zorgvuldige behandeling nodig hebben om hem schoon te krijgen. Toen de jongens begonnen waren met rugby, had ze geleerd dat modder de eigenschap had om vlekken achter te laten die er nooit meer uitgingen. Haar marineblauwe jasje, dat hoorde bij een pakje dat ze voor dit soort gelegenheden had gekocht bij een liefdadigheidswinkel, reageerde nog wel aardig op het papieren handdoekje waarmee ze eroverheen wreef, net als de rok. Het was jammer dat de helft van haar oogmake-up verdween met de modder. Na wat gerommel in haar tas, op zoek naar een oogpotlood, gaf ze het op. Ze hoopte dat de modder hetzelfde effect zou hebben als eyeliner en mascara. Daarna droogde ze haar handen af met nog meer papieren handdoekjes, kneedde haar haar zo'n beetje in model en vertrok naar de bestuurskamer, waar ze zich excuseerde omdat ze zo laat was.

'Je bent niet te laat, Nel,' zei een vrouw van in de zeventig, een trouwe aanhangster van het verpleeghuis en vriendin van Nel. 'We zitten te wachten op Vivian, en natuurlijk op onze raadsman.'

Raadsman? Daarom was Jake zeker hier. Maar waarom?

'Waarom hebben we iemand als Ja- eh, een raadsman nodig? Ik dacht dat we zouden praten over het verlies van de inkomsten van de boerenmarkt? Ik ben wel voorzichtig optimistisch over het vinden van een nieuwe locatie, mits we het eens kunnen worden over de reglementen.' Alsof Nel het nog niet druk genoeg had, had ze onderzoek gedaan naar nieuwe locaties en een lijstje gemaakt van de meest geschikte mogelijkheden, maar geen ervan was zo aantrekkelijk als Paradise Fields. 'Dus waarom zouden ze – een – raadsman hebben gevraagd?'

'Misschien kan hij ons vertellen hoe we onze middelen maximaal kunnen benutten?'

'Dat denk ik niet! Hij is juridisch adviseur van de Hunstantons! Ik kwam hem buiten tegen,' voegde ze eraan toe.

Nel zat diep in de put. Waarom was hij hier, dook hij overal op waar zij was, als een donkere, afschuwelijk aantrekkelijke nemesis, waardoor ze niet normaal kon functioneren? Ze onderdrukte een zucht. Ze zou er gauw genoeg achter komen.

Vivian en Jake kwamen lachend binnen. Een fractie van een seconde wist Nel wat jaloezie was toen ze haar beste vriendin, jonger en oneindig veel mooier dan zij ooit was geweest, pret zag maken met een man naar wie ze, ook al had ze taart op zijn overhemd gesmeerd, met heel haar wezen verlangde.

Nel friemelde wat met de papieren voor haar. Als Jake en Vivian iets met elkaar wilden, kon ze dat niet tegenhouden. Viv zou het misschien niet toegeven als Nel haar ernaar vroeg, maar wat zou het voor zin hebben? Jake zou Nel geen blik meer waardig keuren nu hij Vivian had gezien, die er, dacht ze bedroefd, vandaag bijzonder goed uitzag.

Tot Nels grote opluchting konden ze niet naast elkaar zitten aangezien de voorzitter, Chris Mowbray, een man van middelbare leeftijd die ooit in Londen een hoge piet was geweest, maar vroeg met pensioen was gegaan zodat hij een hoge piet in de liefdadigheidswereld kon worden, opstond om Jake te begroeten. Hij deed dat op een, in Nels ogen, nogal vleierige manier.

Nel en Vivian waren nooit erg dol geweest op Chris Mowbray. Zodra hij in de stad was gekomen, had hij zich in alle besturen gestort, en hier was hij in hoog tempo voorzitter geworden. Het probleem was, zo hadden ze destijds gezegd, dat het niet gemakkelijk was om mensen te vinden op zulke posities, zodat iedereen die zich beschikbaar stelde, meteen verkozen werd.

Nu drong hij Jake de stoel naast zich op. Nel zag hem smoezen, maar kon niet horen wat hij zei. Jake ving Nels blik en grijnsde haar zo'n beetje toe. Zeker weer zo'n verontschuldigend lachje.

Nel keek neer op haar papieren om haar eigen lach te verbergen. Het was te vroeg om hem al te vergeven, maar hoe zelfingenomen Jake ook mocht zijn, hoe kruiperig de andere leden ook tegen hem deden (die kennelijk een beetje verbaasd waren hem zonder das te zien, en met een hoop vetvlekken op zijn overhemd en pak), het was duidelijk dat hij eruitzag alsof hij met eten had staan gooien. Wat natuurlijk ook zo was.

'Zijn we allemaal aanwezig?' vroeg de voorzitter. 'Ik geloof dat we kunnen beginnen. Kunnen jullie allemaal even tekenen, dan laat ik het boek rondgaan.'

Nels buurvrouw gaf haar het gebonden boekje en ze zette haar handtekening, waarbij ze intussen opmerkte dat er nog taart onder haar nagels zat.

'Welnu, dit is een buitengewone vergadering, hebben we allemaal ons financiële verslag bij ons?'

Nel besefte dat ze dat vergeten was. Ze was zo druk bezig geweest om de taart in de auto te krijgen dat ze was vergeten dat het nog op de keukentafel lag. Haar buurvrouw legde haar verslag zo dat Nel mee kon kijken.

'Zijn er nog absentiemeldingen? Alleen Michael en Cynthia? Niemand iets van de anderen gehoord?'

Nel vond een pen in haar tas en begon op haar agenda te krabbelen. Konden ze niet meteen ter zake komen en vertellen wat Jake hier kwam doen, behalve taarten verpesten?

'Voordat we beginnen, moet ik u eerst meedelen waarom de heer Jake Demerand hier aanwezig is.'

'Ja,' zei Nel. Ze flapte het er uit.

'Er is helaas een ongelukje gebeurd met de taart van mevrouw Innes,' zei Jake, alsof hij Nels botheid wilde verklaren. 'Er kwam een voetbal in terecht.'

'Het was niet mijn taart,' zei ze, nog steeds harder en strijdlustiger dan ze eigenlijk wilde. 'Hij was bedoeld voor het jubileum van het verpleeghuis, voor het feest morgen.'

'O hemel. Wat jammer.' Chris Mowbray tuurde naar haar. 'Nel bakt heel lekkere taarten voor het verpleeghuis en wat die opleveren, ook al is het niet veel, is zeker de moeite waard. Maar ik weet zeker dat je zo weer een nieuwe in elkaar kunt flansen.'

Nels stekels kwamen meteen overeind. Op de een of andere manier was het hem gelukt te suggereren dat taarten bakken het enige was wat ze deed voor het verpleeghuis. En wat betreft het 'in elkaar flansen', ze zou het hem wel eens willen zien doen!

'Tja, ik heb niet de gelegenheid gehad hem te zien voordat hij werd geruïneerd door de voetbal,' zei Jake. 'Maar ik weet wel hoe heerlijk hij smaakt.' Hij keek naar Nel. 'Ik heb er ongewild wat van kunnen proeven.'

Nel maakte nog een paar extra doornen aan de stengel van de roos die ze zat te tekenen en beet op haar lip. Ze kookte van woede, maar ze kon niet reageren op Jakes woorden. Wraak smaakte absoluut bitter en niet zoet. Niet zo zoet als seks, in elk geval.

Ze voelde dat ze begon te blozen bij die gedachte. Niet aan denken, hield ze zichzelf streng voor. Niet doen! Je bent hier voor het verpleeghuis! Hij is de vijand! Alles wat er tussen jullie is gebeurd, is voorbij! Trouwens, nu hij Vivian heeft leren kennen, keurt hij straks jou geen blik meer waardig. Alleen nu dan nog, en ze bloosde nog erger bij het idee dat hij haar gedachten zou kunnen lezen.

'Nou,' wilde ze weten, 'waarom is hij hier? Ik bedoel, is het wel ethisch verantwoord om meneer Demerand hier in het bestuur te laten komen, terwijl hij de belangen van de familie Hunstanton behartigt? Je kunt hem niet bepaald onpartijdig noemen.'

'Zou ik even mogen uitleggen –?'

Nel, die zich meestal heel netjes gedroeg tijdens de vergaderingen, merkte dat ze steeds kwader werd bij elk woord dat de voorzitter zei. 'Het is niet democratisch om mensen bij deze commissie te halen zonder de rest van ons te raadplegen, alleen omdat – omdat ze zich willen inlikken in de gemeenschap! We hebben toch een stem als het gaat om mensen met wie we willen werken?'

'Nel! Zou je je opmerkingen tegen de voorzitter willen richten!'

'Ze heeft wel gelijk,' zei Vivian. '*Meneer de voorzitter.*'

Jake stak een hand op. 'Mag ik het even uitleggen? Ik ben hier om mijn cliënten te vertegenwoordigen, om ervoor te zorgen dat hun belangen geen gevaar lopen. Vindt u dat goed, mevrouw Innes?'

Nel bloosde. Hij had haar niet op die manier mogen aankijken. Het was niet eerlijk.

Chris Mowbray maakte een gebaar waaruit de aanwezigen konden opmaken dat hij nooit in staat was geweest om zakelijk met vrouwen om te gaan. Nel merkte het tot haar afgrijzen op. Chris had haar al meer dan eens te dicht tegen zich aan gedrukt op de dansvloer.

'Ik zie niet in hoe de belangen van uw cliënten gevaar zouden kunnen lopen. Zij zijn de eigenaar van Paradise Fields, het land waarop we een hoop geld kunnen inzamelen voor het verpleeghuis, en daarvoor hebben ze een bouwvergunning aangevraagd. Wat willen uw cliënten dan nog meer, *meneer Demerand*?'

Jake keek naar Chris Mowbray alsof hij hem iets wilde laten zeggen. De voorzitter schraapte zijn keel en stond op. 'Ik geloof dat alle leden van de commissie op de hoogte zijn van de situatie. Natuurlijk is het heel jammer voor het verpleeghuis dat we niet langer gebruik kunnen maken van dat terrein...' Hij zweeg even en zond een akelige grijns in de richting van Nel. 'Maar ik ben ervan overtuigd dat uw heerlijke taartjes de gederfde inkomsten voor een aardig deel kunnen opvangen.'

Nel wilde het liefst op hoge poten vertrekken. Nog nooit had iemand haar zo behandeld. Maar ze kon niet zomaar weglopen. Ze moest hier zijn, om erachter te komen wat er ging gebeuren.

'Maar we zullen ons voorjaarsfeest wel gewoon kunnen houden,' zei Vivian. 'Tegen die tijd is er nog niets gebeurd met die velden.'

'Dat zal natuurlijk afhangen van het besluit van meneer en mevrouw Hunstanton,' zei Chris Mowbray, met een lichte buiging in de richting van Jake.

'Kunnen jullie me vertellen waar het precies om gaat?' vroeg Jake.

'Het gaat om onze inzamelingsactie, die we twee keer per jaar houden,' legde Muriel uit, die naast Nel zat. 'We houden twee keer per jaar een groot feest, een keer in het voorjaar en een keer in het najaar. Het zou ontzettend jammer zijn als we dat land dit jaar niet meer mogen gebruiken.'

'We kunnen er niet zonder meer van uitgaan dat dat mag. Het is niet langer van ons,' hielp Chris hen herinneren.

'Dat weten we,' mompelde Nel, die als een razende zat te krassen.

'Ik ben niet in de positie om te kunnen zeggen of meneer en mevrouw Hunstanton toestemming geven om dat land weer te gebruiken –'

Nel stak haar hand op. 'Maar Kerry Anne zei dat het mocht! Dat heeft ze me zelf gezegd.'

Jake keek haar streng aan. 'Maar ik zal hen ervan overtuigen dat het voor de laatste keer is, en dat het verpleeghuis geld moet inzamelen.'

'We willen geen speciale gunsten,' zei Chris.

'Ja, die willen we wel!' riep Viv. 'We zijn een liefdadigheidsinstelling!'

Muriel stak haar hand op. 'Meneer de voorzitter? Kunnen we even bevestigen: is het absoluut onvermijdelijk dat die velden worden volgebouwd? Kunnen we er niets tegen doen?'

'Ik ben bang van niet.' Chris Mowbray glimlachte op een manier die Nel deed vermoeden dat hij in werkelijkheid in zijn nopjes was. Hij wilde blijkbaar dat die velden volgebouwd werden. Waarom in vredesnaam?

'Hebben jullie een plattegrond die we kunnen bekijken?' vroeg Vivian. 'Zodat we weten wat er precies gaat gebeuren?'

Chris schudde bedroefd zijn hoofd. 'Ik ben bang van niet –'

'Jawel,' zei Jake, 'die heb ik hier.'

'O!' riep Chris. 'Ik besefte niet dat die plannen al klaar waren. Nou, bekijk ze dan in elk geval, als je denkt dat je er uit wijs kunt.' Hij pakte ze op, en hield ze dichtgevouwen. 'Maar ik moet u dringend vragen, vooral de dames, om geen stunts uit te halen, zoals voor bulldozers gaan liggen.'

Nel keek verbaasd op – waarom gebruikte hij precies die uitdrukking die Simon ook had gebruikt? Maar ze was te boos om te reageren, en voelde zich te ellendig om er lang bij stil te staan. Het was gewoon een uitdrukking. Was dit het einde van haar campagne? Was er geen enkele manier om dat land te redden?

'Kunnen we de plattegrond nou zien?' drong Vivian aan. Ze greep hem uit Chris Mowbrays handen, en vouwde hem open. Na een ogenblik zei ze: 'Wacht even. Zo te zien zijn dit meer huizen dan er ooit op Paradise Fields passen.'

Chris Mowbray graaide de plattegrond weer uit haar handen. 'Ik geloof dat je dat niet goed ziet, Vivian.'

'Wie gaan er bouwen?' vroeg Muriel. 'Mensen uit de buurt?'
'Gideon Freebody,' zei Chris Mowbray. 'Een zeer gerenommeerde aannemer.'
'Poe!' zei een oudere man, die nog niets had gezegd, en die nooit veel zei. 'Gerenommeerd! Vertel mij wat!'
'Net een figuur uit *The Archers*,' fluisterde Chris tegen Jake. Zijn opmerking was hoorbaar voor Nel, maar ze hoopte niet voor de oudere man.
Ze schreef snel iets op in haar agenda. Hoe heet hij?
Abraham nog wat, schreef Muriel terug. Aardige kerel.
'Wilde u iets opmerken?' vroeg Chris Mowbray hard. 'Zo ja, zou u dan zo vriendelijk willen zijn dat via de voorzitter te doen?'
Abraham kwam overeind. 'Ik zei alleen dat Gideon Freebody geen gerenommeerde aannemer is. Zijn huizen storten als kaartenhuizen in elkaar en hij is een afzetter!'
'Dat is laster!' zei de voorzitter verontwaardigd.
'Niet als het waar is,' zei Abraham.
'Nou, we zijn hier niet om de verdiensten van de aannemers te bespreken,' vervolgde Chris Mowbray.
'Zou u mij die plannen alstublieft willen laten zien?' hield Abraham aan.
'O, best hoor, als dat u gelukkig maakt. Maar nu vind ik echt dat we moeten voortmaken. Het belangrijkste punt op de agenda is het dak,' zei de voorzitter.
'Wat dacht u van een nieuwe directeur?' vroeg Vivian. 'Ik had gedacht dat dat ook wel vrij belangrijk was.'
'Belangrijk, zeker, en we doen er alles aan, maar tot dusver hebben zich geen geschikte kandidaten gemeld. Als ik nu weer terug mag gaan naar wat ik zei over het dak: ik heb offertes ontvangen van drie aannemers, maar de bedragen ontlopen elkaar niet veel.' Hij noemde drie astronomisch hoge bedragen.
'Mijn hemel!' zei Vivian.
'Nou, zeg dat wel!' zei Nel.
'En hoe krijgen we dat geld bij elkaar?' vroeg iemand anders.
'We kunnen er wel subsidie voor aanvragen,' zei Chris. 'Maar in wezen is het iets om geld voor in te zamelen. Wat de kwestie van de

bebouwing van de uiterwaarden in de schaduw plaatst.' Chris keek beurtelings naar Vivian en Nel. 'We zullen de festiviteiten van morgen gebruiken om een nieuwe campagne te lanceren, maar ik moet zeggen dat ik niet veel hoop koester. Mensen hebben heel hard gewerkt om geld in te zamelen voor de pier en de weg, wat volkomen tijdsverspilling bleek te zijn, en ik weet niet of we op zo korte termijn alweer zo'n inzameling kunnen houden. Er is een grens aan het aantal rommelmarkten en loterijen dat je kunt houden.' Hij keek Nel bijna beschuldigend aan, alsof zij louter loterijen en rommelmarkten organiseerde om mensen te ergeren. 'En natuurlijk zijn er de taarten die Nel bakt.'

'En inzamelen wordt er ook niet gemakkelijker op als we dat geld van de boerenmarkt kwijtraken,' zei Nel. 'U schijnt te vergeten dat we niet alleen geld binnen krijgen van de festiviteiten. De boerenmarkt levert elke keer aardig wat op. En als het een officiële markt wordt, die elke veertien dagen plaatsvindt, zou het nog veel meer opbrengen. Maar er is nog geen garantie dat dat inderdaad lukt, of dat ik kan regelen dat de opbrengst voor het verpleeghuis is. Ik vind dat u het verlies van het land totaal niet serieus neemt.'

'Luister, ik begrijp dat je erdoor van streek bent, gezien die twee jaar inzameling die volkomen verspild zijn –' begon Chris ongeduldig.

'Ik geloof niet dat die pier tijdsverspilling is geweest,' zei Vivan. 'Ik denk dat de twee zomers waarin de kinderen die boot hebben kunnen gebruiken, de moeite waard zijn geweest. Ze vonden het heerlijk. En ik kan het niet helpen dat ik het idee heb dat iemand van de financiële commissie had moeten weten dat dat land niet van ons was. Nel en ik zijn van de inzamelacties, wij hebben geen inzage in de aktes van eigendom of zoiets, dus het is niet onze schuld dat het tijdsverspilling zou blijken te zijn. Wat is het alternatief voor de vervanging van het dak? Plastic zeil en emmertjes onder de gaten?'

'Het alternatief is sluiting van het verpleeghuis, verkoop van het gebouw en een andere locatie proberen te zoeken,' zei Chris Mowbray. Er viel een verbijsterde stilte.

'Dat is ondenkbaar!' zei Nel vol afschuw. 'Het verpleeghuis maakt deel uit van de gemeenschap! Buiten alle commotie, het dichtgaan, misschien voor lange tijd, om een nieuwe locatie te zoeken, zou het eeuwen duren om het verpleeghuis op de eerste plaats te krijgen om geld in te zamelen! Een verhuizing zou fataal zijn!'

'Ik moet het met Nel eens zijn,' zei Nels vriendin Muriel. 'Zo'n overstap zou minstens een jaar kosten. En wat zouden onze kinderen in de tussentijd moeten doen?'

'Tenzij we helemaal sluiten,' zei een man die meestal zijn mond hield. Niemand wist precies wat hij deed, aangezien hij alleen bij commissievergaderingen aanwezig was en nooit bij andere gelegenheden. 'Ik bedoel, er zijn nog meer verpleeghuizen voor kinderen.'

'Over mijn lijk!' Muriel sprong overeind.

'En het mijne!' stemde Nel in.

'Ik sluit me aan!' zei Vivian.

'U hoeft niet zo van streek te raken, dames,' zei Chris, op een bedillerig toontje waardoor Nel nog woedender werd. 'Niemand is van plan om het verpleeghuis te sluiten.'

'O nee?' vroeg Nel. 'Ik dacht anders dat dat wel het plan was dat meneer – die meneer daar – voorstelde!'

'Het is maar een idee,' zei de meneer in kwestie.

'Een slecht idee,' vond Vivian.

'Nou, wat gaan we doen?' vroeg een gepensioneerde geestelijke met een zwak hart.

'We gaan geld inzamelen voor een nieuw dak,' besliste Nel, en besefte toen pas dat ze dat niet had mogen zeggen. 'Ik bedoel, ik geloof dat ik dat wel namens de liefdadigheidscommissie kan zeggen.' Ze keek bezorgd rond naar de andere leden, en zag tot haar opluchting dat die, hoewel ze niet bepaald opsprongen van enthousiasme, in elk geval erkenden dat er geld moest worden ingezameld.

'En hoe zou u dat willen doen? Taarten verkopen?' De voorzitter deed niet eens meer zijn best om beleefdheid voor te wenden.

'Pardon,' zei Abraham, en stond op. 'Ik heb een voorstel.'

De voorzitter maande tot stilte en zuchtte. 'Wat is er, meneer – eh – ik hoopte dat ik de vergadering snel kon beëindigen.'

'Ik zou huizen kunnen bouwen op dat land – niet zo veel, maar wel van een betere kwaliteit – en een stukje aan de rivier vrijlaten waar de kinderen op kunnen spelen. En bovendien, als ik daar toch bezig ben, zou ik een nieuw dak op het verpleeghuis kunnen maken.'

'Ik ben ervan overtuigd dat het heel aardig zou zijn voor de kinderen om daar te kunnen spelevaren, maar u schijnt te vergeten, meneer...' – hij schraapte zijn keel om te verbergen dat hij de naam van de man niet wist – 'dat meneer en mevrouw Hunstanton er al mee hebben ingestemd dat Gideon Freebody de opdracht krijgt. Ze willen veel geld verdienen aan deze zaak. Ze zullen geen belangstelling hebben voor een paar kleine huisjes van twee onder een kap.'

'Ik heb het niet over kleine huisjes van twee onder een kap – althans, niet alleen.'

'Hoe zou iemand als u in vredesnaam het geld bij elkaar kunnen krijgen voor een project van deze omvang?' wilde de voorzitter weten.

'Dat is voor u een vraag en voor mij een weet,' zei Abraham. 'En nu moet u mij excuseren, ik heb werk te doen.'

Terwijl hij (tot Nels voldoening) de plannen meenam, liep hij de deur uit.

'Nou, de brutaliteit!' zei Chris Mowbray. 'Hij is ervandoor met die plannen! Iemand moet hem achterna!'

'Niet nodig,' zei Jake rustig. 'We kunnen toch kopieën krijgen.'

'Ik had er zelf nog wel een blik op willen werpen,' mompelde Vivian. 'Ik had net niet genoeg tijd, maar ik weet zeker dat al die huizen nooit op Paradise Fields hadden kunnen staan.'

'Ik geloof niet dat er tuinen bij zaten, of zoiets. Het is allemaal zo deprimerend,' zei Nel.

'Stom gezwets. Maar ik neem aan dat we beter door kunnen gaan.'

Daarna luisterde Nel niet echt meer naar wat er werd gezegd. Het leek toch alsof alles al beklonken was. De velden waren verloren. De enige troost was de hoop dat Abraham met een alternatief zou komen. Als die velden werden volgebouwd, was het minder erg als het door een aardige oude baas werd gedaan die iets gaf om het verpleeghuis, en niet door een of andere onbekende aannemer met een rare naam die, volgens Abraham, slechte huizen bouwde.

Eindelijk verklaarde de voorzitter de vergadering voor gesloten en volgde er veel geschuif met stoelen waarna mensen de deur uit renden. Nel en Vivian wachtten tot de drukte voorbij was voordat ze iets tegen elkaar zeiden.

'Je hebt zeker geen zin om even mee naar mijn huis te gaan en hier-

over te praten?' vroeg Nel. 'Ik moet nog zo'n verdomde taart bakken, en het zou me beter afgaan als ik iemand had om intussen een
fles wijn mee soldaat te maken. Fleur komt niet thuis; we zouden
wat ideetjes kunnen bespreken terwijl ik die taart maak. En daarna
misschien Indisch eten bestellen?' Ze probeerde het zo verleidelijk
mogelijk voor te stellen, maar ze zag al dat Vivian waarschijnlijk nee
zou zeggen.

'O, het spijt me zo!' zei Vivian, en legde haar hand op Nels arm. 'Ik
heb mijn moeder beloofd dat ik met haar zou gaan winkelen zodra
de vergadering afgelopen was, en ik kan haar niet laten zitten, aangezien ik die afspraak al drie keer heb moeten verzetten. Ik kom
morgen zo vroeg mogelijk, als dat helpt.'

Nel schudde haar hoofd. 'Geeft niet. Ik zal die taart nu moeten bakken, anders is het glazuur niet op tijd hard.'

'Sorry dat ik je moet laten zitten. Wat erg, Nel, we zullen eens goed
moeten nadenken hoe we een flink bedrag kunnen inzamelen, niet
zo maar wat te hooi en te gras.'

'Dat doen we, en we komen er wel uit. Het lukt ons altijd. Doe de
groeten aan je moeder en zeg haar dat ik nog wat boeken heb die
ze mag lezen, en dat ik ze eerdaags wel even bij haar langs breng.'

Vivian gaf Nel een zoen. 'Dat is echt aardig van je. Jij weet wat ze
graag leest, in tegenstelling tot haar goedbedoelende buurvrouw die
vindt dat ze geen boeken mag lezen waar seks in voorkomt.'

Nel omhelsde Vivian. 'Tot gauw, oké?'

11

Nel was bezig het portier van de auto open te maken toen Jake in-
eens achter haar stond. 'Ik ga met je mee naar huis en help je met
die taart.'
Nel draaide zich om. 'Nee hoor, dat hoeft niet. Ik red me wel.'
'Maar ik wil het. Het is mijn schuld dat die taart is verpest. Het min-
ste wat ik kan doen is je helpen.'
'Ik heb je hulp niet nodig! Ik heb die vorige taart ook alleen ge-
bakken. Bovendien, als je meeging, zou je auto hier moeten blijven
staan.'
'Ik zou achter je aan kunnen rijden.'
'Liever niet.'
'Dan rijd ik nu met je mee.'
'Nee,' piepte Nel toen hij omliep naar de andere kant, terwijl ze zich
tegelijkertijd afvroeg of het portier daar was afgesloten.
Niet dus. Jake zat al in de auto voordat ze zelf was ingestapt.
'Kun je alsjeblieft mijn auto uit gaan?'
'Dat zou ik wel kunnen, maar ik doe het niet. Ik heb je taart ver-
knald. En nu ga ik je helpen een andere te bakken.'
Nel ging naast hem zitten. Ze had zich vaak afgevraagd hoe vrou-
wen het aanpakten als ze zeiden dat ze 'hun man eruit zouden gooi-
en'. Per slot van rekening was hij veel groter dan zij, en het zou echt
geen zin hebben te proberen hem uit de auto te duwen. Ze had om
hulp kunnen roepen, maar wilde geen publieke aandacht trekken.
'Dat is heel aardig van je, maar ik vergeef je dat je die taart hebt ver-
knald, en ik wil dat je nu uit mijn auto stapt.'
'Nou, bedankt, maar ik stap niet uit, dus je kunt net zo goed naar
huis rijden.'
Toen ze Chris zag, met de man die had voorgesteld het verpleeghuis
te sluiten, kennelijk om iets tegen Jake te zeggen, startte Nel de auto.

Ze wilde geen van hen allen de gelegenheid geven om nog meer achterbakse streken uit te halen. 'Heel goed. Als je erop staat met me mee naar huis te gaan, dan kan ik je niet tegenhouden.'

'Nee.'

'Maar je zult er spijt van krijgen. Het is een heel rommelig huis, vol honden en katten die allemaal haren op je kleren achterlaten.'

'Dat is mijn favoriete soort huis.'

'Dat zal wel!'

Ze reed met een scherpe bocht de parkeerplaats van de supermarkt op. 'Ik zal nog wat ingrediënten moeten kopen. Wacht hier maar.'

'Ik duw het karretje.'

'Nee! Misschien komen we wel iemand tegen die ik ken! Stel je voor hoe gênant dat zou zijn! Straks denken ze dat we een stel zijn! Maar dat zal wel niet, want al mijn vriendinnen weten dat ik met Simon ben.'

'O, die.'

'Er is niets mis met Simon!' Nel was zo gewend om hem te verdedigen tegenover Vivian en Fleur dat ze het ook nu weer voor hem opnam.

'Dat zal wel. Je zult alleen een manier moeten bedenken om mij te beschrijven als we een kennis van je tegenkomen. Ik voel wel wat voor "extra minnaar".'

Nel beet op haar lip. Haar gevoel voor humor dreigde het van haar boosheid te winnen. 'O ja. Ik hoor het mezelf al zeggen.'

Jake glimlachte even, en leek zich totaal niet te bekommeren om haar reputatie. Hij trok een karretje uit de rij. 'Is deze groot genoeg?' Nel griste het geïrriteerd uit zijn handen. 'Ik moet een stoomboot maken, niet de *Queen Elizabeth 2*.'

'Wat maakt het uit, voor een taart. Nou, wat moet je hebben?'

'Het lijkt wel alsof ik met de jongens inkopen doe!' zei ze even later, toen het karretje vol spullen lag waarvan ze niet zeker wist of ze ze wel nodig had. 'Die pakken allerlei spullen met de vraag: "Mogen we dit?" Alleen zijn de dingen die zij pakken meestal goedkoop.' Ze keek met enig berouw naar de heerlijke olijven die niets op haar taart te zoeken hadden. 'O, hallo!' zei ze tegen een bekende.

Jake, die een stukje achter haar liep, en daar had moeten blijven en net doen alsof ze niet samen hier waren, kwam erbij staan.

'Dit is Jake,' zei Nel toen maar.

'Ik ben van het verpleeghuis,' lichtte Jake toe. 'Ik ga Nel helpen een taart te bakken.'

De kennis, wier naam Nel even kwijt was, bekeek Jake vol verbazing, en Nel besefte dat ze niet bang had hoeven zijn dat mensen zouden denken dat ze een stel waren. Niemand zou dat ooit geloven, Jake was daarvoor veel te goddelijk. Nel voelde ineens de behoefte om deze vrouw te vertellen dat ze, hoewel ze er momenteel uitzag als een wrak, niet alleen met uitgelopen oogmake-up, maar ook nog met modder op de vreemdste plaatsen, met Jake naar bed was geweest. Ze kneep haar lippen op elkaar om zich te bedwingen.

'Je hebt me niet voorgesteld,' zei Jake toen ze verder liepen.

'Ik ben haar naam vergeten. Sorry. En je had er niet bij hoeven komen staan.'

'Schaam je je voor me, Nel?'

'Nou, jij was ook niet echt blij dat je me mee uit eten moest nemen met al die collega's van je!'

'Dat is volkomen logisch. Die maken het me echt niet gemakkelijk.'

'O, dus jij kunt het wel een ander aandoen, maar zelf wil je het niet!'

'Weet je, je bent zo aantrekkelijk, zelfs als je kribbig doet.'

Ze kneep haar ogen samen. 'Je weet toch zeker wel dat ze scherpe messen en grote scharen in deze supermarkt verkopen, hè?'

'Je wordt steeds opwindender. Laten we chocoladeflikken kopen. Die heb ik al in jaren niet gegeten. O, en spuitslagroom. Heerlijk!'

Ze hadden even flink ruzie gemaakt bij de kassa, omdat Jake erop stond te betalen. Toen Nel uiteindelijk het onderspit moest delven, zei ze: 'Nou, als ik had geweten dat jij zou betalen, had ik een fles Baileys in het karretje gelegd.'

'O, hou je van Baileys? Ik kan nog wel even een fles gaan halen.'

Nel merkte dat ze bloosde. Het was een lief gebaar, iets wat Simon nooit zou hebben gedaan. Simon zou wanneer zij iets echt belangrijks was vergeten waarvoor hij terug moest lopen, een zucht slaken en vragen wat het voor zin had om een boodschappenlijst te maken als ze er toch niet op keek.

Ze legde haar hand op zijn arm. 'O nee, ik maakte maar een grapje!'

'Weet je het zeker?'

'Ja! Het is me een beetje te zoet, maar Fleur is er dol op.'

'Oké. Hier, laat mij die kar maar duwen, hij loopt niet zo soepel.'

Toen ze over het parkeerterrein naar de auto liepen, vroeg Nel zich af waarom ze, als Simon dat soort dingen zei, hem zo irritant en bedillerig vond, maar dat ze dat van Jake juist prettig vond.

Toen ze de sleutel in de voordeur stak, besefte ze dat het binnen een grote troep was. Ze was die ochtend, nog voor de vergadering, in grote haast vertrokken naar iemand die misschien een kraam wilde op de boerenmarkt. Het zou hun eerste officiële markt worden, en Nel wist dat het nog wel enige overredingskracht zou kosten. Maar een minimum aantal kramen was nodig, anders zou de gemeente er niet over peinzen. De markt zou nu nog belangrijker worden voor het verpleeghuis, als ze ervoor kon zorgen dat hij een bron van inkomsten bleef.

Ze wilde haar mond al opendoen om dit allemaal aan Jake te vertellen, maar bedacht zich toen. Waarschijnlijk interesseerde het hem niet, en waarom zou zij haar verontschuldigingen aanbieden voor de rommel in haar huis? Als zij het te druk had om huishoudelijk werk te doen, wat had hij daar dan mee te maken? Haar huis was haar domein, en als het hem niet beviel, dan vertrok hij maar weer.

'Sorry voor de rommel,' zei ze. De woorden waren eruit gerold voor ze er erg in had.

Maar Jake had de boodschappentassen al neergezet en praatte tegen de honden, die tegen hem opsprongen, zachtjes jankend, alsof er nooit iemand tegen hen praatte. Hij hoorde haar verontschuldiging niet eens. Kennelijk kon de rommel hem niets schelen, aangezien hij niet in een geschokt stilzwijgen om zich heen stond te kijken, zoals Simon de eerste keer dat hij onaangekondigd op bezoek was gekomen.

Terwijl Jake toeliet dat de honden het glazuur van zijn broekspijpen likten, zette Nel de tassen op de tafel, en constateerde dat een van de dieren had overgegeven in de zitkamer. Ze pakte een veger en blik en een paar rubberhandschoenen. Het gebeurde zo vaak, dat dit een routineklusje was.

'Zet jij even water op?' riep ze, terwijl ze op haar knieën zat te schrobben, om Jake in de keuken te houden waar het weliswaar rommelig, maar wel tamelijk hygiënisch was. 'Ik kom zo.'

'Als ik nog eens buiten ga wonen, neem ik ook honden. Dat is een van de dingen die me niet bevallen aan een baan in Londen.'

Ze hoorde dat hij de ketel vulde. Ze moest alleen nog even een paar dingen onder de kussens schuiven nu het nog kon. 'Wat zijn die andere dingen dan?'

'O, het levenstempo. De prijzen van de huizen. Ik huur momenteel een woning, maar het is zo'n geldverspilling.'

Ze kwam weer de keuken in. 'Maar zou je dan liever op het platteland willen wonen? En de cultuur dan? Het theater, de bioscoop, exposities?'

'Het is maar anderhalf uur met de trein. Ik zou al die dingen kunnen blijven doen.'

'Ja, dat denk ik ook wel. Goed, laten we de bakoven aansteken.'

'Maar je hebt toch een fornuis? Ga je daar de taart niet in bakken?' Nel schudde haar hoofd. 'Als je over alles wat ik doe vragen gaat stellen, kun je beter gaan. Nou, was even je handen, alsjeblieft.'

Hij wierp haar een blik toe die duidelijk maakte dat orders krijgen hem niet echt beviel. Zijn smeulende blik beloofde wraak, en daar zat Nel niet op te wachten. 'Wat wil je in je thee?' ging ze snel door.

Fleur kwam thuis toen de taart in de oven stond. Ze stormde de deur door en liep al te ratelen voordat ze goed en wel binnen was, zonder te merken dat haar moeder niet alleen was.

'O,' zei ze, halverwege een schimprede op een tijdrovende onderzoeksopdracht, 'voor kunstgeschiedenis, nota bene!' Ze bleef stokstijf staan toen ze zag dat haar moeder niet alleen was, en helemaal toen ze zag wie haar gezelschap hield. 'Eh — bak je alweer een taart, mam? Was die van gisteren niet goed?'

'Daar is een ongelukje mee gebeurd. Mijn schuld,' zei Jake, die aan tafel letters zat te snijden uit Engelse drop. 'Daarom help ik je moeder nu bij het bakken van een nieuwe.'

Nel was blij dat Fleur hun samenzijn onderbrak; ze was bang dat Jake juist had willen beginnen over de afgelopen zaterdagavond. Er waren heel veel redenen waarom ze daar niet over wilde praten, vooral omdat ze niet wilde dat hij haar zou bedanken voor haar begrip dat het niet meer was dan een eenmalige actie. Ze wist hoe het zat, maar daar wilde ze niet met Jake over praten.

'Fleur, dit is Jake Demerand. Jake, mijn dochter Fleur.'

Jake stond op en greep Fleurs hand. 'Hallo.'

'Hallo.' Fleur was niet snel stil te krijgen, maar nu ze in hun eigen keuken de man zag die ze laatst nog als 'verrukkelijk' had omgeschreven, waar haar moeder bij was – was het toch gelukt – althans, voor een paar seconden.

'Kopje thee, lieverd?' vroeg Nel. 'Jake, nog wat?'

'Ik heb genoeg gehad. Zal ik een flesje wijn opentrekken?'

Een glas wijn was erg aanlokkelijk. Nel keek naar de keukenklok. Het was al over zessen. 'Beter van niet. Ik moet je straks nog terugrijden naar je auto. Dat kan ik nu eigenlijk wel doen. Fleur helpt me verder wel met de taart.'

'Als jij denkt dat ik het leukste karweitje aan mijn neus voorbij laat gaan, nadat ik al die letters heb uitgesneden, kun je nog voor verrassingen komen te staan. Ik neem straks wel een taxi naar huis.'

'Mm, glaasje wijn, goed idee,' zei Fleur. 'Ik pak even de kurkentrekker van mijn slaapkamer.'

Simon zou Nel hierna een blik hebben toegeworpen waaruit sprak 'ik weet dat je je best doet, maar het moet wel heel moeilijk voor je zijn om tieners groot te brengen zonder de zorg van een vader'. Jake ging gewoon op zoek naar wijnglazen. Het was echt vreemd, vond Nel, terwijl ze in de kast liep om nootjes en chips te pakken, hoezeer ze zich op haar gemak voelde met Jake. Hij was een jurist uit Londen, iemand met aanzien, en zij had met hem gevreeën. Dat niet alleen, hij vertegenwoordigde de vijand, letterlijk, in haar strijd om de uiterwaarden. En toch was het op de een of andere manier gezellig om hem hier in haar keuken te hebben, waar hij met de honden kletste en in haar kasten rommelde.

'Waarom ben je eigenlijk zo laat thuis?' vroeg Nel toen Fleur weer opdook.

'O, ik was in de stad. Ik heb een zwarte broek gekocht.'

148

'Hoeveel heb je er nu wel niet?'

'Elf,' zei Fleur meteen. 'Ik kon gisteravond niet slapen, en toen heb ik ze geteld. Ik heb een heleboel oude exemplaren waar ik klusjes in kan doen.'

'Wanneer is de taart genoeg afgekoeld om hem te glazuren?' vroeg Jake.

'Nog lang niet,' zei Fleur. 'Maar we kunnen hem wel buiten zetten. Dan koelt hij sneller af.'

'Goed. Ik draag hem wel, zeg jij maar waar ik hem neer moet zetten.'

'Niet ergens waar de vossen erbij kunnen!' riep Nel toen Jake en Fleur door de achterdeur verdwenen.

Toen ze alleen was, zocht ze als een razende in de vrieskast. Ze moest een maaltijd voor hen koken, maar wat?

Gelukkig had ze op de boerderij die ze had bezocht een heleboel eieren gekregen, en ondanks de taartenbakkerij waren er nog genoeg over.

'Zal ik een Spaanse omelet bakken voor het avondeten?' vroeg Nel, toen Jake en Fleur terug waren nadat ze een geschikte plek hadden gevonden voor de taart, die ze vanuit de keuken in de gaten konden houden.

'O, heerlijk, mam! Mijn lievelingseten!' zei Fleur, en omhelsde even haar moeder op een manier waar niet alleen affectie, maar ook goedkeuring uit sprak. Daarna liep ze naar de zitkamer om de televisie aan te zetten. Nel had deze reactie nooit eerder meegemaakt van haar dochter, en ze wist niet zeker of ze het grappig moest vinden of zich opgelaten moest voelen.

'Die vind ik ook heel lekker,' zei Jake. 'Houdt dat in dat ik je ook even mag knuffelen?'

Nel voelde dat ze bloosde en hoopte dat hij het niet zag. 'Nee. Jij mag aardappelen schillen. Wil je een mesje of een dunschiller?'

'Een dunschiller. Denk je echt dat je net kunt doen alsof er zaterdag niets is voorgevallen?'

'De wereld is verdeeld in mensen die aardappelen schillen met een mesje en mensen die de voorkeur geven aan een dunschiller. Ik gebruik zelf graag een dunschiller.'

'Hou op met dat gezwets, en geef eens antwoord op mijn vraag.'

Nel hield op met het opvegen van kruimels. 'Nee. En ik doe niet net alsof er niets is voorgevallen. Ik heb het er gewoon niet meer over.'

'Maar waarom niet? Het was fantastisch. Tenminste, voor mij, en ik kreeg de indruk dat jij het ook wel aangenaam vond.'

'Vond ik ook! Maar kunnen we er nu alstublieft over ophouden?' Ze gebaarde naar de zitkamer.

'Ik ben ervan overtuigd dat zij alles van het leven weet.'

'Ja! Maar niet van het mijne!'

Hij moest lachen. Deed hij dat nou maar niet. Zijn ogen trokken er zo leuk door samen en zijn wimpers leken er wel nog meer door te gaan krullen.

'Serieus,' ging ze door. 'We kunnen het er nu niet over hebben. En ook niet op een ander moment!'

'Dat is belachelijk. We moeten erover praten. We hebben onveilig gevreeën.'

Nel schopte de deur dicht. 'Toe zeg! Zeg zulke dingen niet waar mijn dochter bij is! Het is al moeilijk genoeg om haar normen bij te brengen zonder dat ze erachter komt dat haar moeder een sloerie is!'

'Jij bent geen sloerie!'

'En jij moet niet met mij bespreken wat er tussen ons is gebeurd waar mijn dochter bij is!'

'Daar zit wat in. Ga dan met mij mee naar huis om wat te drinken.'

'Nee!'

'Je stelt je vreselijk aan! Of we hebben het er nu over, of je gaat met mij mee en we hebben het er ergens anders over.' Tot dit moment was hij opmerkelijk goedgehumeurd gebleven onder haar koppigheid, maar nu klonk er toch enige irritatie door in zijn stem.

'We kunnen er' – toen ze merkte dat ze geagiteerd werd, ging ze zachter praten – 'geen relatie op nahouden. Het heeft geen zin om het over afgelopen zaterdag te hebben.'

Jake liep de keuken door en deed de deur van de zitkamer open. 'Ga met mij mee, anders vertel ik Fleur alles.'

'Dat is chantage! Je kunt niet verwachten dat ik daarop inga!' Ze schrok wel, maar Jake zou niet zover gaan alles Fleur te vertellen.

'Fleur!' zei Jake. Nel sloeg de schrik om het hart. 'Zeg eens tegen je moeder dat je het helemaal niet erg vindt als ze een keer met mij uit eten gaat.'

Fleur draaide zich om en probeerde een grijns op haar gezicht te onderdrukken. 'Natuurlijk vind ik dat niet erg, mam. Je bent oud en wijs genoeg om zelf je beslissingen te nemen. Als je maar niet te laat thuiskomt en ervoor zorgt dat je eerst je huiswerk af hebt.'

Nel maakte een geluid als een tennisspeelster die net een keiharde bal heeft geslagen. Het drukte niet helemaal uit wat ze voelde, maar het hielp. Het maakte Jake en Fleur ook duidelijk hoe ze over hen dacht.

'Nou, pak je agenda, dan prikken we een datum,' zei Jake.

'En wat moet ik dan tegen Simon zeggen?' vroeg ze, zonder een antwoord te verwachten.

'Dat je een afspraak hebt met de juridisch adviseur van de Hunstantons,' opperde Jake.

Fleur stond op en kwam de keuken in. 'Vertel hem maar dat jullie een tactiek gaan bespreken.'

'Wat? Ik zou de jurist om hulp gaan vragen om dat land te redden? Ik dacht het niet.'

'Waarom moet je hem alles vertellen?' vroeg Fleur, terwijl ze een stukje aardappel uit de pan pikte. 'Je bent toch niet met hem verloofd of zoiets? Ga gewoon uit met wie je wilt!'

Jake trok een wenkbrauw op en lachte zo'n beetje. Die combinatie was te veel. Ze wilde haar mond opendoen om te zeggen dat ze niet uit wilde met Jake, maar ze bleef zonder een woord te zeggen met open mond staan.

'Ik denk echt dat het belangrijk is dat je op de hoogte blijft van alle ontwikkelingen,' zei Jake.

'Dat denk ik ook,' zei Fleur.

'Heel goed,' snauwde ze, en probeerde niet te reageren op hun geamuseerde blikken. 'Maar die kunnen dan maar beter komen, die ontwikkelingen – en goede ook!'

'O, maar dat kan ik wel garanderen.'

Nel bloosde hevig en probeerde fronsend naar Jake te kijken zonder dat Fleur het zag.

Hij trok heel even zijn wenkbrauwen op, om te bevestigen dat hij inderdaad had bedoeld wat zij had gedacht dat hij bedoelde. 'Juist, waar is de kalender.' Jake pakte de gezinskalender, die werd gebruikt voor het noteren van afspraken met de tandarts, de dierenarts en besprekingen van Nel, en vond een leeg plekje. 'Zo te zien heb je volgende week vrijdag niets te doen. Ik werk dan in Londen, maar ik kan om zeven uur hier zijn. Zullen we afspreken om acht uur? Komt dat jou uit?'

Nel haalde haar schouders op. 'Best. Mijn gevoelens hierover tellen kennelijk niet.'

'Mam!' zei Fleur geschokt. 'Zoiets zeg je niet!'

'Sorry. Ik maak me alleen een beetje zorgen. Weet je dat het dak van het verpleeghuis vervangen moet worden en dat dat duizenden ponden gaat kosten?' zei ze tegen Fleur.

'Wat verschrikkelijk. Zal ik een salade maken?'

'Dat lijkt me heerlijk. De aardappelen en de uien zijn gaar, ik moet er alleen nog wat vlees door doen.'

Tegen de tijd dat ze konden gaan eten, hadden ze nog een fles wijn opengemaakt die Fleur ergens had opgediept. Nel legde haar hand over haar glas. 'Ik moet de taart nog glazuren. Ik moet mijn verstand erbij houden.'

'Maar je hebt ons toch, mam, om je te helpen. Een leuk werkje. Denk je dat ik er een foto van kan maken voor mijn portfolio? Taart is toch kunst?'

'O, vast en zeker. Een schone kunst, zelfs,' zei Nel, voor wie de kunst op dit moment op het dak kon gaan zitten. Ze was moe en bezorgd.

'Neem nog een glaasje wijn,' drong Jake aan. 'IJzer is goed voor vrouwen.'

Nel keek hem meesmuilend aan. Ze vond het maar niets dat hij zoveel van vrouwen afwist. Het zou hem wel eens te veel inzicht in haar eigen karakter kunnen geven, en het wees op een veelbewogen verleden. Dat maakte hem niet minder aantrekkelijk, maar gaf haar nog meer het gevoel dat ze bij hem achterbleef. 'Neem nog wat salade. Dat is goed voor mannen.'

Jake moest alweer lachen. Deed hij dat nou maar niet, dacht Nel.

Na het eten zei Jake tegen Nel: 'Ga jij maar lekker zitten. Wij zetten koffie en doen de afwas. Ja toch, Fleur? Daarna kunnen we met de taart doorgaan.'

'Ja, zitten jij, mam,' vond ook Fleur. 'Wil je gewone thee of munt?'

'Munt,' zei ze. 'Ik geloof dat mijn maag gaat opspelen.'

'Ik vind het vreselijk om te zeggen,' zei Nel een paar uur later, 'maar ik denk dat deze taart nog mooier is dan de eerste.'

'Ik maak er absoluut een foto van,' zei Fleur. 'Ik kan nog wel wat gebruiken voor mijn portfolio. Ik zou er zelfs mijn eindproject van kunnen maken.'

'Nou, ik ben heel trots daaraan meegeholpen te mogen hebben,' zei Jake. 'Ik heb nog nooit eerder zo'n fantastische raderboot gezien. Hij is prachtig.'

'Jullie hebben allebei ontzettend goed geholpen,' zei Nel. 'Zonder jullie was hij niet half zo mooi geworden.'

Jake ving haar blik en hield hem vast. 'Ik ben bijna blij dat die eerste naar de maan is gegaan.'

Aangezien ze ook al iets dergelijks dreigde te denken, sprak Nel hem haastig tegen: 'Nou ja, het is goed dat we daardoor de kans kregen een nog mooiere te maken.' Ze gaapte, plotseling uitgeput.

'Je bent moe. Wil je dat ik ga?'

Nel had genoten. Het was leuk geweest om de taart te maken met Jake en Fleur, die het bijzonder goed met elkaar leken te kunnen vinden, maar het was niet de werkelijkheid. Voor een avondje kon hij zich wel vermaken met glazuur en chocoladeflikken, maar hij zou de dagelijkse sleur die bij haar leven hoorde al gauw beu worden. Hij was iemand voor restaurants in Londen, vrijgezellenflats en stijlvolle kostuums, geen banken vol haar en honden die braakten op het tapijt. Uiteindelijk zou haar manier van leven hem irriteren en zou hij haar hart breken. Het was hard, maar het was de waarheid. De werkelijkheid was soms een bittere pil die goed gekauwd moest worden, niet doorgeslikt en daarna vergeten.

'Nou, het was heel leuk en je hebt ontzettend goed geholpen met de taart. Maar morgen is het jubileumfeest en ik heb nog vreselijk veel te doen.'

'Ik heb je wel met extra werk opgezadeld, hè?'

Fleur was verdwenen, waarschijnlijk in bad, en ze zaten nu alleen. 'Dat heb je niet met opzet gedaan.'

Hij kwam op haar toe maar ze hield hem op een afstand, zodat hij alleen haar polsen kon vastpakken. Het was voldoende om haar hart weer te laten bonzen en haar ademnood te bezorgen. Hij keek alsof hij erover dacht haar te kussen. Afgeschrikt door wat er zou gebeuren als hij dat deed, rukte ze zich los. 'Kom je morgen ook naar het feest?'

'Ik kan niet,' antwoordde hij. 'Ik moet de hele dag in Londen zijn. Ik moet de eerste trein hebben.'

'Dan kun je beter gaan. Laten we een taxi bellen.'

'Nee, laat maar, ik loop wel. Goed om al die chocola te verbranden. Nel —'

'Ik wil er echt niet over praten.'

'Ik wilde alleen iets afspreken over vrijdag.'

'Ik geloof niet dat we moeten gaan.'

'Ik vind dat we absoluut moeten gaan.'

Ze was te moe om zich tegen hem of zichzelf te verzetten. 'Nou, oké dan.'

'Ik haal je hier om acht uur op. Doe Fleur de groetjes van me.'

Daarna kuste hij haar op haar wang en vertrok.

Nel sloot haar ogen en bleef doodstil zitten, alsof ze op die manier het ogenblik kon vasthouden. Daarna rende ze de trap op en schreeuwde door de badkamerdeur tegen Fleur: 'Laat je het water erin? Ik zit nog vol modder en suiker.'

'Oké. O, en mam?'

'Ja?'

'Heb je iets voor me achtergehouden?'

'Wat bedoel je?'

'Met Jake? Hij is toch de man die je hebt meegenomen naar de Chill? Je hebt me nooit verteld dat je hem beter hebt leren kennen.'

'Ik ga hier niet met je over praten door een dichte deur.'

Nel beende weg naar haar studeerkamer en zette de computer aan. Een paar spelletjes Freecell terwijl ze wachtte tot Fleur klaar was, konden haar misschien kalmeren. Terwijl de computer opstartte, deed ze haar uiterste best om niet aan Jake te denken. Als hij niet in functie was, was hij zo aardig, zo grappig, zo ongelooflijk sexy. En eigenlijk, als ze eraan terugdacht, was hij ook behoorlijk sexy geweest toen ze hem op zijn kantoor had ontmoet. Hij straalde seks uit al zijn poriën. Niet aan hem denken was bijna onmogelijk.

Ze moest nog een en ander op haar computer doen voordat ze aan het spel kon beginnen. Ze wist dat de instellingen niet goed stonden, en dat ze die moest veranderen om sneller te kunnen starten, maar op de een of andere manier kwam ze er nooit toe. Terwijl ze met de muis klikte en een paar toetsen indrukte, besefte ze dat ze alle handelingen automatisch deed terwijl ze intussen met haar gedachten bij Jake was. Ze dwong zich niet te denken aan de lachrimpeltjes rond zijn ogen, de manier waarop zijn polsen uit zijn manchetten tevoorschijn kwamen, het gevoel van zijn handen op haar armen. Ze besefte dat ze vanaf zaterdag, ook al deed ze vreselijk haar best om het niet te doen, alleen maar aan hem had gedacht.

Fleur kwam tevoorschijn met een witte badhanddoek om zich heen gewikkeld. 'Je kunt in bad. Het is nog lekker warm.'

'Bedankt, ik maak alleen dit spelletje nog even af...'

'En je hebt beslist iets voor me achtergehouden. Hoe heb je Jake leren kennen?'

'Ik heb hem ontmoet op het notariskantoor toen ik daarheen ging om te zeggen dat dat land van het verpleeghuis was. Helaas is dat niet zo. Nu gaan ze er huizen bouwen.'

'We hadden het over Jake.'

'Nou, jij had het over hem, ik probeerde dat te vermijden.'

'Eerst ga je met hem uit in Londen –'

'Dat was puur toeval! Ik was van plan er alleen naartoe te gaan.'

'Dan kom ik thuis en vind ik jullie knusjes samen in de keuken.'

'Zo knusjes was het niet. Hij stond erop met me mee naar huis te gaan na de vergadering, terwijl ik helemaal niet wist dat hij daar zou zijn en daarna –'

'Rustig maar, mam...'

'Het kwam erop neer dat hij in mijn auto stapte en er niet meer uit wilde. Daar kon ik niets tegen doen.'

'Het lijkt wel of je alleen maar uitvluchten zit te bedenken.'

'Zo is dat vaak met de waarheid.'

'Dat is altijd mijn tekst.'

'Zeg even, wie van ons is hier de volwassene?'

'Ik,' zei Fleur. 'Je weigert namelijk antwoord te geven op volstrekt redelijke vragen over je vriendje.'

'Hij is niet mijn vriendje, dat is Simon!'

'Ik zou die afgrijselijke Simon dumpen voor Jake, als ik jou was.'

'Simon is niet afgrijselijk!' protesteerde Nel. 'Hij is heel aardig! Hij maakt de dakgoten schoon.'

'Jake heeft je geholpen met de taart.'

'Jullie hebben me geholpen met de taart. Jullie maken geen goten schoon.'

'Je weet niet of Jake dat niet zou doen. Trouwens, je kunt niet alleen maar iets hebben met mensen die handig in huis zijn.'

'Dat is de voornaamste reden voor me om met iemand uit te gaan,' verklaarde Nel. 'Na het jarenlang zelf te hebben gedaan, ben ik op zoek naar iemand die me kan helpen planken ophangen.'

'Ik weet zeker dat Jake dat zou kunnen.'

'Maar goed, dat doet er allemaal niet toe. Jake heeft totaal geen belangstelling voor me, hij vond het alleen heel rot dat hij mijn taart had verknoeid.'

'Waarom vroeg hij je dan mee uit eten?'

'Uit beleefdheid. Hij is heel beleefd.' Nel geloofde er zelf niet in, maar ze hoopte dat Fleur er intrapte.

'Nou, bij jou in de auto stappen en weigeren eruit te gaan klinkt anders niet bepaald ongeïnteresseerd. Of beleefd.'

Fleur kon heel sarcastisch zijn, vond Nel, en ze bedacht dat ze altijd had geprobeerd dat zelf niet te zijn in gesprekken met haar kinderen. Ze zuchtte.

'En hij heeft je ook gezoend onder de mistletoe,' ging Fleur door, die wist dat ze de zwakke plek gevonden had.

'Ik wou dat je daar niet steeds over doorging. Het is al weken geleden, en het kwam alleen door de kerstsfeer.'

'En wat is er gebeurd nadat jullie uit zijn geweest naar die club? Zijn jullie toen naar zijn huis gegaan?'

Het omkeren van de rollen werd steeds minder aangenaam. Dit leek op een serieuze ondervraging. 'Ik heb die nacht bij hem geslapen, ja. Maar ik ben 's ochtends met de eerste trein vertrokken.'

'Ik begrijp dat je met de trein teruggekomen bent, maar wat ik wil weten is wat er is gebeurd toen jullie bij hem thuis waren.'

Nel besloot op dezelfde manier te reageren als tegenover Simon. 'Nou, Fleur, we hebben hartstochtelijk gevreeën op zijn bank – wat denk je dat er is gebeurd?'

'Ik vroeg het alleen maar. Nu weet je eens hoe het is om aan een derdegraads verhoor onderworpen te worden.'

'Goed, ik zal je nooit meer iets vragen. Ga nu maar gauw voordat je hier doodvriest. Ik ga in bad.'

Fleurs bad, ook al zat het vol giftige chemicaliën, was een verstandige keuze om een lange dag af te sluiten. Ze moest nu echt aan het feest van morgen gaan denken. En aan Simon, die toch haar vriend was.

Ze trok haar kleren uit en stapte in het bad. Terwijl ze zich onderuit liet zakken, besefte ze dat ze aan geen van beide dacht, maar nog steeds aan Jake. Hij was de foutieve instelling van haar gedachtewereld geworden.

12

De volgende dag begon slecht. Er was een brief van de gemeenteraad waarin stond dat ze alleen toestemming voor de markt kregen
als Nel kon garanderen dat er elke keer minstens twintig kramen
stonden. Dus ze moest minstens twintig brieven van potentiële
kraamhouders hebben, en liefst nog een stuk of tien extra, om ervoor te zorgen dat de markt een feit werd.
Ze deed een schietgebedje als dank voor het feit dat ze ten minste
vorderingen had gemaakt in haar zoektocht naar een nieuw onder-
komen voor de markt. Tegen Fleur zei ze: 'Het is zo onredelijk. Die
mensen hebben al zo'n druk leven, ze kunnen niet ook nog allemaal
een brief schrijven! Aan de andere kant, als we elke keer zoveel
kraampjes hadden, zou het wel een aardig bedrag opleveren voor het
verpleeghuis.'
'Jamie komt volgend weekend,' zei Fleur, die niet luisterde.
'Dat is leuk,' antwoordde haar moeder, die zich afvroeg wanneer een
van haar zoons met 'Kan ik (met een of ander lief meisje) komen logeren?' een bezoek zou aankondigen. 'Ik zal graag kennis met hem
maken,' voegde ze eraan toe.
'Mm. Wil jij even aan de melk ruiken? Volgens mij is hij niet meer
goed.'
'Dan ruik ik er niet aan. Geef maar aan de honden, en kijk of er al
verse melk buiten staat.'
'Mam! Je weet dat ze van melk diarree krijgen! Mam – luister je
wel?'
'Nee,' zei Nel. Ze maakte zich zorgen over de brief van de gemeente. 'Vandaag is dat feest, en als ik ook nog alle boerderijen af moet,
kom ik tijd tekort voor mijn werk. Als ik niet genoeg mensen heb,
krijg ik die toelage niet, en die heb ik nodig om te adverteren, voor
publiciteit – dat soort dingen.' Ze zette een ketel water op, en pro-

beerde zich weer op haar dochter te concentreren. 'Zal ik vrijdag iets lekkers koken als Jamie komt?'

'Vrijdag ga jij uit eten. Met Jake, weet je nog wel?'

Nel zuchtte. 'Ik probeerde het te vergeten.' Dat was een leugen. Ze vroeg zich af of ze die afspraak zou afzeggen. Niet dat ze niet wilde, maar ze kon het niet met haar geweten in overeenstemming brengen.

'Je bent toch niet verloofd met Simon,' zei Fleur, die haar moeder verontrustend goed kende.

'Jij bent niet verloofd met Jamie, maar je zou niet met een andere jongen uitgaan.'

'Dat is iets anders. Simon is de enige met wie je bent omgegaan sinds de dood van papa. Je zou nog eens verder moeten kijken voordat je je weer aan iemand bindt.'

'Heb je met Viv zitten kletsen?'

'Nee, maar zij zal wel hetzelfde zeggen.'

'Dat weet ik wel zeker, daarom vroeg ik het ook.' Nel voelde zich iets kalmer na haar eerste slokje pepermuntthee. 'En zaterdagavond? Of zondag bij de lunch?'

'Bedankt, mam, dat is echt een leuk idee. Maar we gaan zaterdagavond uit, en hij moet zondags om een uur of twaalf weg. Hij heeft veel werk te doen.'

'Dan zal ik niet echt de gelegenheid krijgen om hem te leren kennen. De lunch op zaterdag?'

'Maak je geen zorgen. Je zult hem wel zien. Wat ga je vrijdag aantrekken?'

'Fleur! Sommigen hebben wel belangrijker dingen aan hun hoofd dan wat ze aan moeten trekken voor een etentje over een week!' Maar ondanks dat stonden ze er nu bij stil, dacht ze met wroeging.

'Natuurlijk,' ging Fleur door, 'heb je een kok nodig voor de markt, iemand die de producten bereidt die er te koop zijn. Ik heb er iets over zien staan in een tijdschrift op school. Dat hebben ze op een boerenmarkt in Schotland ook.'

Nel dacht hier even over na. 'Wat een goed idee. Maar wie zouden we daarvoor kunnen krijgen? Ik ken helemaal geen koks.'

'Jake kent er vast wel een. Hij is echt zo'n gast die allerlei jong talent uit Londen kent die dolgraag van een vervallen pub een goed-lopend restaurant willen maken.'

'Ik wou dat je niet "gast" zei. Het klinkt vulgair. Hoe komt het dat je dat allemaal weet, trouwens?'

'Dat zei ik toch. Het stond in een tijdschrift. Maar ik kan niet blij-ven kletsen, ik moet naar school. Ik kan zeker niet met je meerijden?'

Nel keek snel op de klok. 'Lieverd, op dit uur van de dag ben je er sneller als je gaat lopen. Het verkeer is nu afgrijselijk.'

'Dat geeft niet, ik vind het niet erg om te laat te komen. Ik zeg ge-woon dat we in de spits vastzaten.'

Nel zuchtte. 'Goed dan, zet de honden maar in de auto, dan ga ik daarna nog snel even met ze in het bos lopen. En daarna kan ik door met het feest. Ik vraag me af of ik die theekist nog heb die ik de vo-rige keer heb gebruikt voor de grabbelton. Of heb ik hem als re-kwisiet laten gebruiken voor *Jane Eyre*?'

'Als rekwisiet voor *Jane Eyre*,' wist Fleur. 'Iemand is erdoorheen ge-trapt.'

'Ook dat nog! Hoe kom ik nu nog aan een grabbelton?'

'Dan gebruik je toch gewoon de vuilnisbak, mam!'

'O, wat een goed idee. En waar is Villette? Op mijn bed, veronder-stel ik. Haal jij de andere twee, dan ga ik Villette halen.'

'Nou, ik geloof dat het wel goed ging, dacht je niet?' zei Vivian. 'De pers was voltallig aanwezig en ze hebben foto's genomen.' Ze droog-de nog een glas af.

Nel spoelde een glas af onder de kraan. 'Ja, en we hebben hen er maar net van kunnen overtuigen dat het altijd bedoeld was als een campagne om geld in te zamelen voor het dak, en niet om de grond te behouden.' Ze schudde haar hoofd toen ze eraan dacht hoeveel leugens ze had verteld, zo snel na elkaar.

'O, maak je over dat soort dingen toch geen zorgen!' Viv zette de glazen in de dozen. 'Ze weten toch al nauwelijks meer waarom ze daar waren.' Ze zette een doos met glazen op een tafel. 'Het was wel jammer dat Jake niet kon komen. Is hij nog met je mee naar huis ge-gaan om die taart te bakken?'

'Ja. Fleur heeft ook geholpen. Ze heeft er een foto van gemaakt voor haar portfolio. Ik geloof dat ze overweegt om een taart als examen-stuk te doen. Eetbare kunst of zoiets.'

'Gaan we nu over op een ander onderwerp?'

'O ja, dat is waar ook, Viv, ken jij een kok? Fleur stelde voor dat we er een op de markt laten komen om demonstraties te geven en de klanten te stimuleren tot aankoop.'

'Ik zou er zo gauw niet een weten, daar moet ik even over naden-ken. Je zou het aan Jake kunnen vragen. Die weet vast wel iemand.'

'Jake en ik gaan niet op die manier met elkaar om, en zou jij nu even willen afwassen? Mijn handen worden helemaal rimpelig.'

'Je moet ook handschoenen aandoen.'

'Ja, maar die liggen hier al eeuwen, en ze zijn half vergaan.'

Vivian draaide de heetwaterkraan open. 'Je weet dat hij veel beter bij je past dan Simon –'

'Viv! Jake heeft geen belangstelling voor me, en Simon is oké. Ik ben al op een zekere leeftijd, en ik zal nu alleen nog maar een bepaald type man aantrekken.'

'Klets. Ga je Simon vertellen dat Jake je heeft geholpen met die taart?'

'Als het zo uitkomt. Ik ga er geen toestand van maken. Hij zou nog denken dat ik probeerde hem jaloers te maken. Voor zulke spelletjes ben ik te oud.'

'Geen vrouw is daar ooit te oud voor,' zei Vivian resoluut. 'Trou-wens, waarop baseer je je stelling dat Jake geen belangstelling voor je heeft? Hij is toch met je naar bed geweest?'

Nel kromp ineen en keek achterom om te zien of niemand dat had gehoord. 'Dat betekent helemaal niets! Tenminste, niet voor de lange termijn! Het was iets dat op dat moment gebeurde, een spontane –'

'Lekker?'

'– opwelling. Het heeft geen toekomst. Vrouwen zoals ik gaan niet met mannen als Jake. Duidelijk?'

'Nee.'

Nel zuchtte. 'Ik ben een moeder, ik ben over de veertig, ik ben te zwaar! Jake is jong, prachtig en ongebonden. Hij kan iedere vrouw krijgen. Hij kiest echt geen oude sloof als ik. En kunnen we dit onderwerp nu laten rusten? Ik word er een beetje akelig van.'

'Goed. Wat je wilt. Maar volgens mij overdrijf je. En wat was je nu van plan?'

'Morgen ga ik alle potentiële kraamhouders af. Ik moet zorgen dat ze de gemeente schrijven en garanderen dat ze regelmatig op de markt zullen staan. Als ik er niet minstens twintig heb, krijg ik geen toestemming. Ze zijn zo verdomde voorzichtig! Als ze ons een langzame start zouden gunnen, konden we mettertijd meer mensen krijgen.'

'En twintig is heel wat. We hadden er nooit meer dan een stuk of tien.'

'Dat weet ik! Ik zou het waarschijnlijk wel redden als ik er handwerkslieden bij mocht vragen, maar daar doen ze een beetje moeilijk over. Ik weet niet waarom. Gwen Salisbury – je weet wel, die pottenbakster die al die prachtige blauwe schalen maakt – is getrouwd met een boer. En ze komt uit deze omgeving. Ik denk dat ik er zelf op afga en ze het mes op de keel zet.' Nel droogde haar handen af aan een doornatte theedoek. 'Ik had naar de planningsambtenaar moeten gaan, maar dat heeft nu niet veel zin meer. Er worden toch wel huizen gebouwd op die grond. Maar wie dat gaat doen, is de enigste vraag.'

'Moet dat niet de enige vraag zijn?'

Nel haalde haar schouders op. 'Ik ben alleen maar taartenbakster, enig of niet.'

Nel plantte Fleur de volgende ochtend in de auto nadat ze had besloten de gemeenteraad meteen na negen uur te spreken te krijgen, voordat ze een lijst met uitvluchten kon bedenken om niet te gaan. Ze had de vorige avond met Simon gesproken en hij had voorgesteld om met haar mee te gaan, maar Nel had zijn vriendelijke aanbod afgeslagen. Als hij meeging, wilde hij het woord doen en zouden haar argumenten en angsten niet duidelijk worden. Ze vond het wel een beetje zuur dat hij met haar mee wilde wanneer zij alleen wilde gaan, en dat hij, als ze hem smeekte met haar mee naar Londen te gaan, weigerde.

Ze schrok even toen ze langs een deur kwam met daarop PLANOLOGIE, terwijl ze een ellenlange gang afliep naar de afdeling die ze moest hebben voor de boerenmarkt. Maar ook al leek de bouw op de velden nu onvermijdelijk – een gedachte waar ze heel beroerd van werd – als ze toestemming kreeg om de markt in de stad zelf te houden, zou het verpleeghuis daar nog regelmatig inkomsten van blijven ontvangen.

Tot haar verbazing liep ze na een uur iets opgewekter het gemeentehuis uit. Niet alleen had de vrouw die hierover ging (Nels vorige contactpersoon was naar een andere afdeling verhuisd) bevestigd dat de gemeente achter het plan stond en haar een soort starterstoelage wilde geven, ze noemde ook een aantal cijfers met betrekking tot voetbal, toerisme, de bijkomende voordelen voor de huidige zaken. Bovendien vond ze dat ambachtelijke beroepen iets extra's zouden toevoegen. Ze was zeer enthousiast over het idee om een kok de aangeboden producten te laten bereiden.

'Wat we nodig hebben,' had ze gezegd, 'is iemand als Jamie Oliver, supersnel. En ik ken de juiste persoon! Het is een neef van me. Hij heeft in een restaurant in Londen gewerkt, maar is hierheen verhuisd zodat hij met zijn vriendin kan trouwen. Hij huurt nu nog een huis, maar als we die starterswoningen hebben... Maar goed, misschien is hij wel de man die je zoekt. Hij is fantastisch. De vrouwen zullen dol op hem zijn. Laat mij maar begaan, ik neem wel contact met hem op.'

'Bedankt,' zei Nel, die zich afvroeg of de vrouw ook zo behulpzaam was geweest als ze had geweten dat Nels oorspronkelijk van plan was geweest die starterswoningen tegen te houden. Maar de realiteit stond voorop. 'Dat zou heel prettig zijn. Als hij tenminste de nodige diploma's heeft en hygiënisch werkt.'

'Natuurlijk,' zei de vrouw. 'We nemen dit soort dingen op deze afdeling heel serieus.'

En zo kwam het dat Nel, toen ze haar wagen van de parkeerplaats reed, moest erkennen dat ze in een beter humeur was geraakt. Een deel van haar plannen verliep goed. Ze had ook een afspraak met Jake waar ze naar uit kon kijken, en hoe ze ook probeerde zich te beschermen tegen onvermijdelijk hartzeer, ze kon er niets aan doen dat hij haar gedachten volledig in beslag nam.

Ze besloot eerst naar een boerderij te gaan waarvan ze wist dat ze er welkom zou zijn, een kop koffie zou krijgen en misschien een stuk zelfgebakken cake. Ze leverden niet alleen verschillende biologische vleesproducten, zoals Nels favoriete burgers, maar ze kon er ook op rekenen dat ze een brief zouden schrijven om hun deelname toe te zeggen.

'Heb je eraan gedacht om een borg te vragen?' vroeg Catherine, een knappe brunette.

'Wel aan gedacht, maar ik heb het niet gedaan omdat het te ingewikkeld zou worden. Ik zou dat geld dan apart moeten houden. Het zou zo'n gedoe worden.'

'Je moet het toch ooit serieus opzetten, Nel.'

'Ik heb de toelage. Daarvan kunnen we advertentiekosten betalen. Hoewel ik weet dat ik blij moet zijn dat we een nieuwe locatie hebben voor de markt, blijft het me toch spijten van Paradise Fields.' Ze zweeg. 'Je bent toch op de hoogte van de bouwplannen daar?'

'Natuurlijk. Wat voor huizen worden het? Weet je dat?'

'Nou, dat hangt in feite af van degene die de opdracht krijgt. Er is een aannemer bij die er dure woningen en konijnenhokken wil neerzetten, en een ander, een echt aardige man, wil er minder huizen hebben, van veel betere materialen.'

'O!' Catherine was opgewonden. 'Ik heb nog een roddel! Misschien heb je daar wel iets aan!' Ze begon zacht en op vertrouwelijke toon te praten, hoewel alleen haar man en Nel haar konden horen. 'Blijkbaar is die juridisch adviseur van de Hunstantons... Hoe heet hij ook alweer?'

'Jake Demerand,' zei Nel – te snel, besefte ze te laat.

'Die, ja. Het blijkt dat een aannemer, een kennis van een vriend van me – geen goede bekende, maar ze zijn allebei lid van dezelfde golfvereniging – ik weet niet precies meer wie. Wie was het ook weer, Robin?' vroeg ze aan haar man terwijl Nel haar nagels afkloof en de vrouw in gedachten aanspoorde verder te gaan met haar verhaal.

'Nou ja,' vervolgde Catherine, nadat haar man haar niet-begrijpend had aangekeken, 'het blijkt dat die aannemer heeft gezegd dat die jurist, Jake...'

'Demerand,' snauwde Nel.

'...dat die betrokken is geweest bij een hachelijke kwestie. Iets met een bejaardenhuis, waarvan hij de grond zou hebben gebruikt om andere woningen op te bouwen. Hij schijnt er veel geld aan verdiend te hebben.' Catherine keek triomfantelijk. 'Dat is toch goed? Ik bedoel, als die Hunstantons een onbetrouwbare adviseur hebben, staan ze minder sterk voor hun vergunning, nietwaar?'

Nel kreeg een eigenaardig gevoel. Ze voelde onmiddellijk aan dat die roddel op leugens berustte; er was geen sprake van dat Jake Demerand onbetrouwbaar was. Ze kende hem technisch gesproken niet goed genoeg om daarvan uit te gaan, maar ze wist het met elke vezel in haar lichaam. Aan de andere kant, als hij, door een of ander bizar toeval, oude mensen dakloos had gemaakt, zou het de moeite waard zijn om de protestactie die ze had gestaakt na de vergadering van woensdag, weer nieuw leven in te blazen. Een ogenblik lang, waarop ze zich echt even misselijk voelde, overlegde ze bij zichzelf wat er belangrijker voor haar was: het redden van die grond of haar vertrouwen in Jakes integriteit.

'Is er iets, Nel?'

Nel glimlachte en nipte van haar koffie. 'O nee, niks. Ik voel me alleen een beetje flauw. Ik denk dat het van de honger is.'

'Neem nog wat cake. Ga je nog steeds naar de Weight Watchers?'

'Al eeuwen niet meer. Ik voel me zo schuldig.'

'Allemaal onzin,' vond Robin.

'Dus, wat denk jij ervan?' Tot Nels spijt was Catherine nog niet uitgepraat over Jake. 'Als die jurist niet te vertrouwen is, zou dat helpen?'

Robin, die niet zoveel praatte als zijn vrouw, zei: 'Ik betwijfel het. Als ze erachter zouden komen dat er iets mis is met die man, nemen de Hunstantons gewoon een andere adviseur.'

'Maar misschien moeten we het hun wel vertellen,' meende Catherine. 'Per slot van rekening hebben ze er recht op om dat te weten.'

'Maar het zijn maar roddels,' wierp Nel tegen. 'Als we het aan de Hunstantons vertellen, en het blijkt allemaal niet waar te zijn, zou hij ons kunnen laten vervolgen wegens laster of zoiets.'

'Dat is waar,' zei Catherine. 'Maar ik dacht alleen dat ik het beter kon vertellen. Jammer dat je er niets mee kunt doen. Nog wat koffie?'

'Nee, bedankt. Ik heb genoeg gehad.'

'Blijkbaar heeft deze aannemer ingeschreven op die klus,' zei Catherine. 'Hij denkt dat het al in kannen en kruiken is. Wat een van de redenen is waarom ik je over die juridisch adviseur vertelde.'

'Heb je mijn petitie getekend? Ik had de hoop om die velden te redden min of meer opgegeven, maar nu denk ik dat het misschien wel een gokje waard is.'

Catherine zuchtte. 'Dat betwijfel ik. Geen van onze protestbrieven heeft effect gehad, toch?'

Nel moest erkennen dat dit waar was.

'Hé,' zei Catherine ineens. 'Heb je al gedacht aan zelfgemaakte karamel? Er is een vrouw in de Forest, die maakt goddelijke karamel, ik meen het.'

Robin dronk zijn koffie op en zette zijn beker met een klap op tafel. 'Maar dat doet ze onder zeer onhygiënische omstandigheden. Je vindt er vaak hondenharen in terug, haar pannen zijn antiek en de keukenvloer plakt zo erg dat je er nauwelijks op kunt lopen.'

'Mm, klinkt als bij mij thuis,' zei Nel. 'Ik kan er wel eens naartoe gaan, al was het maar om te proeven.'

'Over proeven gesproken, neem dit stuk vlees mee. Iemand heeft het besteld, maar daarna afgezegd.'

'Nou, dan moet je me er gewoon voor laten betalen, hoor –'

'Doe niet zo raar!'

Nel had die dag geen tijd om naar nieuwe kraamhouders op zoek te gaan, maar ze besefte dat zelfs als alle mensen die ze al kende een brief ter ondersteuning van de markt zouden schrijven, het er nog lang niet genoeg waren. Ze zou er andere producten bij moeten zoeken. Het probleem was dat ze, hoewel het volkomen acceptabel was om meer dan één kaasboer te hebben, het een beetje trouweloos vond tegenover haar vriendin als ze uitkeek naar een concurrent. Aan de andere kant, als de markt niet door kon gaan omdat ze niet genoeg mensen had, waren de gevolgen nog vervelender. Was ik maar een dier, dacht Nel, die hoofdpijn voelde opkomen, dan zou ik geen moraal hebben. Dan volgde ik gewoon mijn instinct. Maar toen ze zich herinnerde wat er was gebeurd toen ze inderdaad een keer 'gewoon haar instinct' had gevolgd, besloot ze die dag – en de week – af te sluiten bij Sacha, en haar om een kalmerende lotion te vragen.

Sacha was verrukt haar te zien. 'Nel! Schat! Je bent een engel! Heel erg bedankt!'

'Het is enig om zo begroet te worden,' zei Nel, en pakte een stoel.
'Maar dank waarvoor?'

'Dat je me aan Kerry Anne hebt voorgesteld! Ze is fantastisch! Ze is me de dag nadat jij met haar was gekomen, weer komen helpen – ik besloot niet naar Oxford te gaan – en ze heeft gisteren hele ladingen meegenomen naar Amerika. En ze is ervan overtuigd dat ze binnenkort met stapels bestellingen terugkomt! Het is fantastisch!'

'Maar kun jij dat allemaal produceren?'

'Het zal niet makkelijk zijn, maar als Kerry Anne terug is, gaat ze me helpen.'

'Dus ik kan geen hekel meer aan haar hebben? Viv zal razend zijn.'
'Waarom?'

'Ze zegt dat het zo vervelend is dat ik nooit meer een hekel aan iemand heb. Ze zegt dat mensen die altijd aardig doen over anderen, vervelend zijn. Ik moet van haar oefenen om wat gemener te worden. Als ik weet dat Kerry Anne jou heeft geholpen –'

'Dat heeft ze! Maar ik moet echt naar een grotere woning uitkijken als ik binnenkort producten ga maken voor haar gezondheidscentrum. Dat huis in Oxford was niet geschikt .'

Maar Nel had iets gehoord waar ze meer van wilde weten. 'Een gezondheidscentrum!' onderbrak ze Sacha.

'Ja. In het oude huis. Het wordt fantastisch.'

'Maar ik dacht dat dat verbouwd zou worden tot weekendappartementen!'

'Nou, een gezondheidscentrum is haar laatste plan. Ik denk' – Sacha kuchte bescheiden – 'dat ze zich een beetje door mijn spullen heeft laten inspireren. En het past ook wel bij haar.'

Nel fronste ineens. Ze zag ineens weer Kerry Anne voor zich, met Sacha's recepten in haar hand. 'Je denkt toch niet dat ze snode plannen heeft? Ik bedoel, ze zou de samenstelling kunnen stelen, aan een ander verkopen, en de winst opstrijken!'

Sacha schoot in de lach. 'Tja, dat zou kunnen, als ze die samenstelling kende. Maar die kent ze slechts gedeeltelijk.'

'En Kerry Anne wordt toch niet je zakenpartner, hè? Je weet toch dat zulke overeenkomsten even lastig te ontbinden zijn als huwelijken?'

'Ik zou zoiets nooit doen zonder eerst advies in te winnen. Ik zou een goede advocaat in de arm nemen.'

'Dat lijkt me verstandig. Kerry Anne heeft er per slot van rekening ook een.' Tenminste, ze ging ervan uit dat Jack Demerand een goede advocaat was. Vertelde haar verstand haar dat? Of haar hart? Ze beet op haar lip. 'Zeg, Sacha, heb ik jou al gevraagd om een brief naar de gemeenteraad te sturen? Voordat ze me groen licht geven voor een grotere markt, moet ik kunnen aantonen dat ik genoeg kraamhouders heb die eraan meewerken. O, en ken je niet nog iemand die iets kan produceren dat een beetje eetbaar is?

13

Nel was aangenaam verrast toen ze de volgende maandag werd opgebeld door de vriendelijke vrouw van de gemeente.

'Ik heb het telefoonnummer van die jonge kok, mijn neef dus, van mijn zus gekregen. Zal ik het je geven?'

'Nou, dat zou heel handig zijn, maar zal hij niet raar opkijken als er een vreemde vrouw opbelt?'

'Nee hoor, ik heb hem al op de hoogte gebracht. Hij vindt het leuk.' Om meteen maar de koe bij de horens te vatten, toetste ze zijn nummer in. Ze had geluk. Ze kon bij de jonge kok terecht, en dat kon ze mooi doen terwijl ze op weg was naar een potentiële ijsverkoper, een schuttingbouwer, en een boer die zelf niet mee wilde doen maar wiens vrouw bruiloftshoeden maakte. Nel had niet bepaald het idee dat bruiloftshoeden erg veel aftrek zouden vinden op een boerenmarkt, maar aan de andere kant zou het geen kwaad kunnen om er een kijkje te nemen. Ze besloot eerst de kok te bezoeken, omdat ze vond dat die echt noodzakelijk was. De anderen waren nog twijfelgevallen.

Zodra hij de deur opendeed, wist Nel dat hij perfect was. Hij was heel groot, blond en knap, en had een onmiskenbare, jongensachtige charme. Alle vrouwen zouden als een blok voor hem vallen. Hij zou zelfs meisjes als Fleur interesse voor koken kunnen bijbrengen.

'Ben Winters.' Hij schudde haar de hand. 'Kom binnen. Sorry dat het hier zo'n troep is.'

'Nel Innes.' Terwijl ze achter Ben aan door de gang liep, wierp ze een blik door de openstaande deur van de zitkamer. Een afschuwelijk vertrouwde aanblik ontnam haar de moed. Nel had haar zoons bezocht op de universiteit; ze was gewend aan de manier waarop studenten woonden. In feite had ze het gevoel dat ze zelf ook ongeveer zo woonde, maar de woonkamer in dit huis was wel heel erg, zelfs gemeten naar haar vrije normen. De vloer was zo bezaaid met gedeukte bierblikjes dat je nauwelijks de laag chips zag die over het opkrullende, rode tapijt verspreid lag. Computerspelletjes lagen rond een stapel video's en cassettes, en overal stonden borden met aange-koekte tomatensaus en restjes pizza. Elke centimeter werd in beslag genomen door voedselresten, flessen, sigaretten en elektronische ap-paratuur.

Het was een ramp. Hij zag er zo volmaakt uit, hij gedroeg zich char-mant, en het zou heel goed kunnen dat hij kookte als Gordon Ram-say, maar als hij niet hygiënisch kon werken, had het geen zin. Hoe kon ze dit uitleggen aan de vrouw van de gemeente die hem had voorgedragen? Het zou gênant zijn. 'Sorry, maar de woning van uw lievelingsneef' – of wat hij ook was – 'lijkt wel een voorbeeld uit een documentaire over vervuilde huishoudens, of een kunstwerk dat in aanmerking kan komen voor de Turner-prijs.'

'Loop maar mee naar de keuken, dan zet ik een kop koffie voor je. En misschien lust je er wel een kaneelbroodje bij. Ze zijn gemaakt van korstdeeg, maar niet te zoet, hoop ik. Ze komen net uit de oven.' Nel fleurde meteen op toen ze constateerde hoe onberispelijk de keuken eruitzag. Hij was even schoon en opgeruimd als de kamer smerig en chaotisch was.

'Wat een opluchting!' Ze schoot in de lach. 'Ik dacht al dat ik je zou moeten afwijzen.'

'Wat? Mijn kaneelbroodjes bedoel je?' Zijn teleurstelling was aller-charmantst. 'Dat zou dan voor het eerst zijn!'

'Nee. Als kok voor de boerenmarkt. Alles wat daar gebeurt, moet voldoen aan de hygiënische normen. Ook al zou je hier niets koken, ik denk dat je keuken toch door de inspectie wordt bekeken.'

'Ik ben een gekwalificeerde kok! Ik heb alle mogelijke papieren op zak!'

'Dat is dan in orde. Mag ik gaan zitten?'

Nel ging aan de keukentafel zitten en keek toe terwijl de lange, knappe jongeman aan de gang ging met koffie, borden pakte, en poedersuiker door een theezeef schudde op de kaneelbroodjes. Hij had de bouw van een rugbyspeler, en toch bezat hij een zekere gra-tie. Het was alsof hij van alles tevoorschijn kon toveren door een simpele handbeweging. Nel wist niet veel van dit soort dingen, maar ze had het gevoel dat hij met het grootste gemak van alles kon koken zonder dat het er ingewikkeld uitzag.

Het kaneelbroodje smolt op haar tong. 'Heerlijk!' zei ze. 'Wat ben ik blij dat ik niet meer naar de Weight Watchers ga.'

'De Weight Watchers? Waarom ging je daarnaartoe?'

'De gebruikelijke reden. Vertel eens, wat kun je zoal nog meer bereiden? Je hebt geen oven tot je beschikking op de markt. Het zal allemaal op gaspitten moeten gebeuren.'

'Nou, ik heb veel met korstdeeg gewerkt, omdat ik daar altijd een voorliefde voor heb gehad, maar eerlijk gezegd werk ik het liefst met verse ingrediënten, die ik heel even kook, en dan eet zonder sauzen en zo. Ik ben dol op roerbakken. Ik wil binnen tien jaar mijn eigen restaurant beginnen.'

'Wauw! En zou je het leuk vinden om demonstraties te geven op de boerenmarkt?'

'O ja, Helen — die ken je? — heeft me er alles over verteld. Ze zei dat jullie me waarschijnlijk niet kunnen betalen, maar dat ik de ingrediënten niet zelf hoef te kopen, en dat het een goede manier zou zijn om naamsbekendheid te krijgen in de regio.'

'Nou, ik hoop dat we je wel wat kunnen betalen. Als ik genoeg kraamhouders heb, die allemaal zo'n twintig pond betalen, kan ik daar best iets van aan jou geven. Ik ben trouwens niet degene die betaalt. Ik krijg opeens een idee!' riep ze uit. 'Waarom zouden we geen boerenmarkt houden tijdens de voorjaarsactie voor het verpleeghuis?'

'Sorry?'

'Je zult wel denken, waar heeft ze het over, maar ik bedacht net dat we best een openingsmarkt kunnen houden tijdens de inzamelingsactie die ik altijd organiseer. Het zou de actie ten goede komen, en dan weet iedereen meteen dat de boerenmarkt voortaan op een andere locatie is! Het zou een geweldig succes kunnen worden!'

'En dan zou ik daar een kookdemonstratie geven? Te gek!' Hij glimlachte, een brede, stralende glimlach waarmee hij bier zou kunnen slijten aan brouwerijen, water aan de zee, ijs aan eskimo's. 'Wil je wat van mijn paté proeven? Die zou ik op de boerenmarkt kunnen verkopen.'

Doordat ze zelf zoons had, was Nel niet zo gevoelig voor jongemannen, althans dat dacht ze. Ze probeerde professioneel over te komen. 'Alleen als je het van lokale producten maakt. Als je paté wilt maken, zou je contact moeten zoeken met iemand die het hoofd-ingrediënt levert –'

'Eend.'

' – en daarmee samenwerken.' Toen vergat ze haar zakelijke manier van doen. 'Ik ken iemand die eenden heeft! Ik zal je zijn adres geven. Ik geloof dat ze daar ook zeldzame soorten fokken. Al weet ik niet precies welke. Ik kan hen ook vragen voor de markt. Ik was hun be-staan vergeten totdat jij me eraan hielp herinneren. Je moet beslist contact met ze opnemen.'

Nel had nog geen zin om Bens keuken en zijn jongensachtige en-thousiasme te verlaten, maar als ze bleef zitten, zou ze nog meer eten, en aangezien ze zich al een beetje misselijk voelde, besloot ze toch maar op te stappen. Ze reed over smalle slingerweggetjes naar de schuttingbouwer.

'De meeste boerenmarkten verkopen alleen eetbare producten,' ver-telde ze hem, nadat ze had gezien wat hij allemaal van wilgen maak-te. 'Maar ik probeer de gemeente zover te krijgen dat ze ook andere ambachten toelaten: een pottenbakker, een smid, dat soort dingen. Ik denk dat dat heel goed mogelijk is naast al dat voedsel. En als het spullen zijn die in de omgeving gemaakt worden, waarom dan niet?'

'Nou, bedankt.' De man was ergens in de dertig, met een baard. Hij droeg een overall. Een stel jonge kinderen dromden om hem heen en in de keuken was zijn vrouw thee aan het zetten. 'Het zou niet gek zijn om regelmatig wat spullen te verkopen. Ik ben de meeste tijd bezig met het bouwen van schuttingen, maar je moet ook iets te doen hebben als het slecht weer is. Kom binnen, daar is het lekker warm.'

Het was een aardig gezin. De keuken was gezellig en niet al te opge-ruimd, zodat Nel zich er thuis voelde. 'Ik neem aan dat jullie weten dat de markt weg moet van Paradise Fields,' zei ze uiteindelijk. 'Ik weet dat jullie net iets te ver weg wonen om daar erg in te hebben, maar het is zo jammer. Het is een heel bijzonder stukje land. Het is de plaats waar de inzamelingsacties voor het verpleeghuis worden gehouden.'

Ewan bekeek haar aandachtig. 'Dat is jammer, maar mensen hebben ook huizen nodig om in te wonen. Wie is de aannemer?'

'Op het ogenblik ene Gideon-nog-wat.' Ze zuchtte. 'Een aardige oude baas in onze commissie – Isaac of Abraham, een bijbelse naam – zei dat hij waarschijnlijk iets beters kon bouwen, maar eerlijk gezegd –'

'Abraham? Die ken ik! Ik heb voor hem gewerkt. Het is een goeie kerel. Een goed vakman ook.'

'Maar hij is wel op leeftijd.'

'Hij is met vervroegd pensioen gegaan. Maar toen had hij al zijn schaapjes op het droge, bedenk dat wel. Heeft hij belangstelling voor dat stukje land? Dat is mooi. Hij bouwt mooie huizen.'

Dit kwam onverwacht. Ewan was een milieufanaat, van zijn laarzen tot zijn wollen muts met oorkleppen; Nel had durven zweren dat hij tegen de bouw van zelfs een bushokje zou zijn geweest als het op een stuk grasland was, laat staan zo'n groot huizenproject.

'We gaan er soms met de kinderen naartoe in de zomer,' zei zijn vrouw. 'Ze kunnen daar heerlijk spelen. Het zou jammer zijn als die uiterwaarden volgebouwd worden.'

Ewan schudde zijn hoofd. 'Nee. Mensen moeten ergens wonen. Zijn er starterswoningen gepland? Daar kun je geen bezwaar tegen hebben. Maar Gideon Freebody is een foute kerel.'

'Je schijnt er wel wat van af te weten. Hoe komt dat?'

'Ik was metselaar totdat ik hier kwam wonen. We hebben geld gespaard en dit stukje land met die bomen gekocht, en nu werk ik voor het grootste deel op het land. Maar Gideon Freebody zou achter slot en grendel moeten. Zijn huizen storten al in elkaar voordat de verf droog is.'

'O?'

'Hij heeft een hoop geld verdiend door huizen van oude mensen te kopen, ze te laten vervallen en daarna te slopen, om ze te vervangen door dure huizen. Een slinkse jurist heeft ervoor gezorgd dat hij daarmee wegkwam.'

Nel had het gevoel alsof ze een stomp in haar maag had gekregen. Ze durfde niet te vragen naar de naam van die slinkse jurist voor het geval ze die kende. Ze mocht dan Catherines verhalen afdoen als roddelpraatjes, maar als dezelfde informatie uit twee verschillende bronnen kwam, werd dat moeilijker.

Ewan dronk zijn beker leeg. 'Je zou Abraham op moeten zoeken om zijn plannen te bekijken.'

'Weet je waar hij woont?'

'Niet ver hiervandaan. Ik zal hem even bellen, als je dat wilt. Kijken of hij thuis is. Hij werkt thuis, dus de kans is groot.'

Nel wist helemaal niet zo zeker of ze wel een bezoek aan Abraham wilde brengen. Ze wist niets van aannemers, en ze zou niet weten wat ze moest zeggen. Ze wilde Ewan tegenhouden, maar hij had de telefoon al gepakt. Ewan was, ondanks zijn vriendelijke manieren en liefde voor de natuur, vast van plan om anderen te laten doen wat hij goed achtte, ook al hadden zij daar zelf andere ideeën over.

Nel luisterde terwijl hij een afspraak voor haar maakte. Nu kon ze er niet meer onderuit. Toen hij had opgehangen, draaide hij zich opgetogen naar haar toe. 'Het is wel stomtoevallig. Hij heeft geprobeerd om contact met jou op te nemen. Hij wil zo gauw mogelijk met je praten – kun je zo meteen bij hem langsgaan?'

Nel zuchtte. 'Goed. Kan ik dan nu even van het toilet gebruikmaken?'

Abraham woonde in een groot, nieuw huis dat meer charme en elegantie uitstraalde dan ze had verwacht. Ze zag geen lelijke voorzetramen, geen kanten gordijntjes of sentimentele beeldjes van kinderen met vogelbadjes in de tuin, en de deurbel liet ook niet de eerste paar maten van de ouverture van Wilhelm Tell horen. Terwijl ze voor de deur wachtte, bestrafte Nel zichzelf om haar vooroordelen; zelfs aannemers die huizen bouwden waar zij zelf nooit in zou willen wonen, konden best smaak hebben.

Abraham leek verheugd haar te zien. Nel merkte dat ze verontrustend snel smolt voor zijn ouderwetse manier van doen.

'Kom binnen, lieve kind. Mijn vrouw is naar de kapper, maar ze komt zo terug en dan zet ze thee voor ons. Ik snap dat je verknocht bent aan dat stukje land, maar als je ziet wat ik van plan ben, zul je daar wel anders over gaan denken.'

Het was moeilijk om zich niet te laten vermurwen door zijn vaderlijke toon. Nel volgde hem de eetkamer in, waar de tekeningen op tafel uitgespreid lagen.

Nel had ze eerder gezien, in het kantoor van de gemeente, tijdens de vergadering voor Kerstmis, maar ze vond het fijn dat ze de kans had om ze nu in een minder beladen omgeving te bekijken. Ze waren ook groter. Ze tuurde. Het leken niet meer dezelfde tekeningen.

'Je ziet dat het nogal een ambitieus plan is,' zei Abraham.

'Heel kostbaar, natuurlijk.' Nel wist niet precies wat ze ervan moest denken, en probeerde te bekijken of het dezelfde tekeningen waren die ze al eerder had gezien. Die grotere schaal maakte natuurlijk verschil. Maar toch...

'Wacht eens, Abraham. Sorry als ik een domme opmerking maak, maar hoe kunnen ze al die huizen kwijt op Paradise Fields?'

'Door het verpleeghuis te slopen en de grond daarvan ook te gebruiken.'

Ze voelde het bloed uit haar gezicht wegtrekken; even dacht ze dat ze flauw ging vallen.

'Daarom wilde ik contact met je opnemen. Ik besefte dat je geen idee had wat Gideon Freebody precies van plan was.'

Ze ging op een stoel zitten. 'Maar waarom wist niemand daar iets van?'

Abraham haalde zijn schouders op. 'Omdat ze niet wilden dat jij het wist.'

'Wie? Gideon Freebody?'

Abraham schudde zijn hoofd. Hij leek over informatie te beschikken die zij nodig had, maar blijkbaar voelde hij er niet veel voor om die haar te verstrekken.

'Je bedoelt iemand van het verpleeghuis?' Ze kreeg het ineens bloedheet. 'Chris Mowbray?'

De oude man knikte. 'Ik geloof het wel. Je ziet wat bleek, liefje. Wil je een glaasje water?'

Nel knikte. Ze had tijd nodig om haar gedachten op een rijtje te zetten.

Dat was haar nog niet gelukt toen hij terugkwam met het glas.

'Denk je dat hij van plan is het verpleeghuis te verkopen als bouwgrond?' vroeg ze, nadat ze een slokje had genomen.

175

Abraham knikte.

'Dat zou verklaren hoe ze al die huizen op dat stukje land kwijt kunnen, maar waar is de toegangsweg?'

'Hier,' wees Abraham.

'Waarom is die in een andere kleur? Sorry als ik stomme vragen stel.'

'Het is geen stomme vraag. Het is een heel goede vraag. Die andere kleur geeft aan dat dit terrein geen eigendom is van de Hunstantons. Althans, niet meer.'

'Van wie is het dan?'

'Dat is niet helemaal duidelijk.'

Nel keek nog zorgvuldiger, en draaide de tekening een slag. 'Dat is het verpleeghuis!'

'Ja, zeker weten. Was dat het huis van Hunstanton Manor?'

'Ja. Sir Gerald heeft het hun jaren geleden geschonken. Daarom dachten wij dat dat land ook bij het verpleeghuis hoorde.'

'Ik zou zeggen dat hij niet te veel van zijn zoons erfgoederen kon weggeven. Maar dat stukje land, met recht van overpad, zou heel goed van pas kunnen komen voor het verpleeghuis.

'Hoe dan? Zo groot is het niet.'

'Ja, maar zonder dat lapje grond zouden die nieuwe, grotere plannen van Gideon Freebody nooit een bouwvergunning krijgen. Zonder dat lapje grond is de toegangsweg niet groot genoeg.'

'En u denkt dat het misschien van het verpleeghuis is.'

'Juist.'

'Maar waarom?'

'Iemand heeft het me ingefluisterd. Ik zal niet zeggen wie, ik zeg alleen dat ik denk dat jij erachteraan moet. Voordat iemand anders het doet. Wie dat land in zijn bezit heeft, heeft een flinke vinger in de pap. Zonder dat lapje grond heeft het geen zin om het verpleeghuis te slopen.'

Even gloorde er weer hoop. 'Zouden we dat bouwproject niet helemaal kunnen tegenhouden?'

Abraham schoot in de lach. 'Nou, meisje, dat lukt je niet. De Hunstantons hebben er hun zinnen op gezet, en ze hebben al een bouwvergunning voor Paradise Fields. Maar je kunt misschien wel Gideon Freebody tegenhouden.'

Het duizelde Nel. Ze kon niet geloven dat Chris Mowbray tot zoiets smerigs in staat was. Kon ze nog wel iemand vertrouwen 'En u? Wat zijn uw plannen? U hoeft er toch niet iets vreselijks voor te veranderen aan uw plannen?'

Abraham grinnikte. Hij was opmerkelijk rustig, wat maar goed was ook, nu Nel bijna in paniek raakte. 'Nee hoor! Mijn plannen zijn veel kleinschaliger, en de toegangsweg aan de andere kant zal ruim genoeg zijn.

Ik geloof in kwaliteit. Dat loont altijd. Ha, daar komt mijn vrouw. Zin in een kopje thee of koffie en een stuk zelfgebakken zandkoek?'

Eigenlijk wilde ze nee zeggen, ze wilde weg om na te denken over alles wat ze had gehoord. Stel dat het verpleeghuis niet op de monumentenlijst stond, en dus gemakkelijk gesloopt kon worden? Stel dat het echt te kostbaar voor hen werd om het te onderhouden? Konden ze erop rekenen dat Abraham daar altijd voor bleef zorgen? Konden ze voor een huis in deze vervallen staat genoeg geld krijgen om een nieuw verpleeghuis te bouwen? En als ze dat lapje grond verkochten, zou dat dan genoeg geld opleveren om het verpleeghuis nog een tijdje in stand te houden? Maar voor hoe lang? Hoe ze het ook bekeek, de situatie was en bleef ingewikkeld.

Maar mevrouw Abraham, Doris genaamd, kwam al aandraven met thee en koek, en Nel kon toch geen nee zeggen. Doris was even moederlijk als haar man vaderlijk was, en hun hartelijkheid had iets geruststellends.

'Vertel eens over dat verpleeghuis,' zei Doris, alsof ze aanvoelde dat Nel het nodig had om enigszins tot rust gebracht te worden. En met haar verstandige, vriendelijke manier van doen speelde ze dat inderdaad klaar. 'Abraham vertelt me veel te weinig over alles wat er gebeurt. Ik hoor dat jullie prachtig werk doen.'

Het was maar goed dat ze wel moest antwoorden, op een even verstandige manier, terwijl ze zich het liefst op het tapijt had geworpen om luidkeels te janken. 'O, ja. Ik hoop alleen dat we het kunnen blijven doen.'

'Waarom zou dat niet kunnen?'

Bezield vertelde Nel over het werk, de problemen met de velden (met de nodige censuur, om het verhaal netjes te houden) en de problemen met het gebouw zelf. Ze had halverwege nog een kop thee nodig om haar verhaal af te kunnen maken.

'Ziet u,' besloot ze, 'we hebben die weilanden nodig om elk jaar geld in te kunnen zamelen. We hebben ook de weg naar de rivier nodig om de kinderen bij de boten te laten komen.'

Abraham knikte net niet goedkeurend, maar het scheelde niet veel. 'Laat het maar aan mij over,' zei hij. 'Vergeet niet dat de kinderen in mijn ontwerp nog steeds bij de rivier kunnen komen.' Hij dronk zijn theekop slurpend leeg. 'Maar je moet de aktes van het verpleeghuis even nakijken om erachter te komen wie precies wat beheert. En, als ik zo vrij mag zijn, kijk dan ook wie er iets bij te winnen heeft.'

Nel vertrok naar de ijsmaker, terwijl ze intussen diep nadacht over wat Abraham had gezegd over de aktes. Ze had hem lang genoeg meegemaakt om met zekerheid vast te kunnen stellen dat hij een eerlijk man was, en zijn aanbod om het dak te vernieuwen maakte haar duidelijk dat zijn hart op de juiste plaats zat. Natuurlijk wilde hij ook geld verdienen, maar dat was geen zonde. Geld verdienen aan zwakkeren was dat beslist wel: oude mensen, of kinderen met een levensbedreigende ziekte.

Ze besloot de ijsmaker nog even te laten wachten. Ze keerde bij een uitrit en reed terug naar de stad. Ze wilde doen wat ze zo vaak had gedaan toen ze hier pas was komen wonen: naar het verpleeghuis.

Ze had geluk, een kleine jongen wilde voorgelezen worden, en dus had Nel een excuus om samen met hem gemakkelijk in de kussens te gaan zitten met een stapel boeken. Door de omgang met kinderen kreeg het leven weer een ander perspectief. Bij kinderen kon je niet doen alsof, je moest jezelf zijn. En je hoefde je ook niet af te vragen wat hun eigenlijke motivatie was. Als ze een verhaaltje wilden, wilden ze een verhaaltje, en Nel las maar al te graag voor. Toen haar kinderen nog klein waren, had ze vaak meegemaakt dat die al in slaap gevallen waren terwijl zij nog zat voor te lezen, maar ze ging dan gewoon door tot het verhaal uit was. In boeken voor volwassenen had je niet vaak de gelegenheid om allerlei stemmetjes na te doen. Toen de jongen er genoeg van kreeg, kwam Nel overeind en liep naar het kantoor.

'Karen,' zei ze, en ze probeerde zo gewoon mogelijk te doen, terwijl ze zich eigenlijk een spion voelde, 'is het mogelijk dat ik een kijkje neem in de aktes? Ik wil even iets nakijken over de bouwplannen.' Er was geen woord van gelogen, maar toch voelde het als een ónwaarheid.

'Ik geloof niet dat die hier liggen, Nel,' zei Karen, terwijl ze de dossierkast opendeed en tussen de mappen keek. 'Ik geloof dat ze bij Christopher liggen. Hij heeft ze mee naar huis genomen om ze zelf in te kijken.'

'O, nou, dan had hij zeker hetzelfde idee als ik. Dat alternatieve bouwplan zou wel eens heel gunstig voor ons kunnen zijn.'

'Waarom ga je niet even bij hem langs? Waarschijnlijk heeft hij die eigendomspapieren daar liggen, want hij heeft ze nog maar een paar dagen geleden meegenomen.' Karen lachte. 'Misschien is hij wel aan het golfen. Hij is daar de laatste tijd verzot op. Wil je dat ik hem even bel om te zien of hij thuis is?'

'Nee, laat maar. Ik waag het er gewoon op. Als hij niet thuis is, kan ik hem later wel bellen om alsnog een afspraak te maken.'

Christopher Mowbray bleek thuis te zijn, maar de eigendomsakte niet. Het verbaasde Nel niet, aangezien ze er vrijwel zeker van was dat hij iets in zijn schild voerde. Waarschijnlijk had hij al eeuwen een kopie, en had hij de papieren uit het verpleeghuis meegenomen zodat niemand er verder in kon kijken.

'O, nee,' legde Chris ongewoon vriendelijk uit. 'Ik heb ze uitgeleend aan een vriend. Die is geïnteresseerd in plaatselijke historie, en wilde ze graag zien.'

Nel kon hier nauwelijks iets tegen inbrengen. De papieren vielen niet onder haar verantwoordelijkheid, en ze zouden waarschijnlijk wel interessant zijn voor een historicus.

'Maar kom even binnen voor een glaasje sherry.'

'Dat lijkt me heerlijk,' zei ze.

De zitkamer van Christopher Mowbray, zo moest Nel wel constateren, was typisch voor zo'n nieuw huis als ze had verwacht maar niet had aangetroffen bij Abraham, de aannemer. Het had lelijke voorzetramen, een haard van nepnatuursteen, en hoekjes die volgepropt waren met Capodimonte-beeldjes. Er was ook een audiosysteem dat een hele muur besloeg, maar ze zag geen boeken. Het rook er naar een of ander chemisch middel, waardoor de atmosfeer iets heel kils en ziekenhuisachtigs kreeg. Nel herinnerde zich dat hij gescheiden was. Ze vroeg zich af of het wel verstandig was dat ze op de bank was gaan zitten, waar hij naast haar kon plaatsnemen.

In plaats van haar eigen zorgen te uiten, zei Nel, zodra ze het glas Tio Pepe in haar hand hield: 'En, vertel eens, wat vind jij van de bouw van die huizen op het land? Vind jij ook dat het voor het verpleeghuis de beste optie is als Abraham die opdracht krijgt?'

Hij kwam naast haar zitten, waardoor de leren zitting doorzakte en zij onherroepelijk zijn kant op helde. 'Nou, Nel, daar moet ik je ongelijk in geven. Ik denk niet dat Abraham – is dat trouwens zijn achternaam of zijn voornaam?'

'Ik weet het niet. Iedereen noemt hem Abraham.'

'Maakt niet uit. Maar ik denk niet dat Abraham met een plan komt dat ook maar enigszins aantrekkelijk is voor de Hunstantons. Hij is een oude man. Hij weet niets van de nieuwste snufjes. Nee, ik denk dat het verpleeghuis voor Gideon Freebody moet kiezen.'

'Maar als Abraham nu zegt dat hij de route naar de rivier voor ons vrij kan laten? Ik weet dat we dat land toch wel kwijtraken, maar het zou beter zijn dan niets. Zou in dat geval het verpleeghuis behouden blijven?'

Chris Mowbray schudde zijn hoofd. Nel nam een slokje sherry, waar ze niet zo dol op was, en schoof iets van hem vandaan. Ze vond het vreselijk als de afstand tussen haar en een ander niet klopte, of die nu te dichtbij of te ver weg zat. Christopher Mowbray zat duidelijk te dichtbij.

'Het is te kleinschalig, vrees ik. Het zou veel beter zijn voor het tehuis om voor het grote plan te kiezen,' zei Chris.

'Maar waarom?'

Nel ging nog wat verder van hem vandaan zitten. Ze was niet iemand die zichzelf beschouwde als een vrouw op wie mannen af doken, maar zelfs zij kon de signalen die hij uitzond niet verkeerd begrijpen.

'Ik vrees, Nel,' – hij schoof naar haar toe en legde zijn hand op haar knie. Ze stelde zich voor dat die een vettige afdruk op haar broek achterliet – 'dat er een paar dingen zijn die ik je niet kan vertellen.

Maar neem maar van mij aan dat de plannen van Gideon Freebody het worden.'

'Dat klinkt heel verdacht, Christopher!' zei Nel lachend, zonder dat ze het ook maar een klein beetje leuk vond.

'Ik weet dat het zo zal overkomen, maar echt, het is beter voor het tehuis.' Hij boog zich vertrouwelijk naar haar toe. Ze rook zijn slechte adem. 'We slepen er misschien wel een splinternieuw tehuis uit. Wat zou je daarvan zeggen?'

Als ze niet beter wist, zou ze er opgetogen van raken, maar Nel wantrouwde hem met iedere vezel van haar lichaam. Ze wist nu dat Viv gelijk had gehad. 'Maar dat zou schitterend zijn! Je moet het aan de commissie voorleggen. Mijn zorg is alleen wel wat er zou gebeuren met de bewoners tijdens de bouw van het nieuwe pand. En mogen we dit soort beslissingen wel nemen terwijl we geen directeur hebben? De nieuwe directeur heeft over zo'n grote verandering toch zeker iets te zeggen.'

'O, maak je daar maar geen zorgen over, Nel. Ik weet zeker dat we daar wel uitkomen. En ik denk dat het een stuk gemakkelijker is om een nieuw directeur te benoemen als we een nieuw gebouw krijgen.'

Nel kreunde inwending. Ze nam nog een slokje sherry. 'Denk je dat? Tja –'

Precies op tijd ging de telefoon, zodat Nel even de tijd kreeg om na te denken over wat ze moest zeggen, en hoe ze hier weg kon komen zonder hem voor het hoofd te stoten. Hij mocht zich dan bijzonder onbeschoft tegen haar gedragen, Nel was niet van plan hetzelfde te doen.

Christopher stond met zijn rug naar haar toe en sprak zachtjes in de hoorn. 'Wat leuk dat je belt. Een etentje? Wanneer? Dat lijkt me heerlijk. Luister, is – is je man daar? Ik zou graag iets afspreken om te gaan golfen.'

Christopher mocht dan zacht praten, maar de persoon aan de andere kant deed dat bepaald niet. Het klonk weliswaar gedempt, maar het was duidelijk een vrouw – een Amerikaanse. Kerry Anne?

Tegen de tijd dat Christopher Mowbray had opgehangen, had Nel zich uit de bank gehesen en stond ze rechtop, klaar om naar de deur te lopen.

14

'Ik ga niet. Ik zeg het af. Ik heb een puist.' Nel had de hele dag al uitvluchten lopen bedenken om niet uit te hoeven met Jake. Ze was de hele regio doorgereden op zoek naar mogelijke kraamhouders, en had bijna gebeden om autopech midden in de bossen van Dean.

'Doe er wat tandpasta op en smeer daar make-up overheen,' zei Fleur hardvochtig.

'Echt? Helpt dat?'

'Dat zeggen ze. Ik heb gelezen –'

'Nee, vertel het maar niet, je hebt het in een tijdschrift gelezen.' Nel tuurde in de spiegel. 'Lees je ooit wel eens wat anders dan tijdschriften?'

'Alleen in vliegtuigen en op het strand. O ja, en schoolboeken. Het is niets voor jou om puistjes te hebben, mam.'

'Het komt door mijn hormonen. Ik word binnenkort zeker ongesteld, wel vervelend, maar dat betekent in elk geval dat ik niet zwanger ben.' Het was eruit voordat ze het wist. O god, dit is niets voor mij! Je moest kennelijk ervaring hebben als vrouw van lichte zeden om geslepen te zijn.

'Mam!' riep Fleur vol afgrijzen, maar ook geamuseerd. 'Hoe zou je nou zwanger kunnen zijn? Of je moet met Simon hebben geslapen zonder het tegen ons gezegd te hebben.'

'Het was zomaar een uitdrukking,' zei Nel, en ze bloosde zo dat haar puistje onzichtbaar werd. 'Zoiets zeg je uit gewoonte. Ik bedoel, ben jij niet altijd opgelucht als je menstrueert?'

'Niet echt.' Fleur inspecteerde een oude mascararoller. 'Ik ben aan de pil. Dan weet je dat je niet zwanger kunt zijn.'

Fleurs kalmte zou een opluchting voor Nel geweest moeten zijn, maar in plaats daarvan werd haar eigen paniek er nog groter door. Want hoewel ze de morning-afterpil had gebruikt, wist ze pas zeker of die effect had gehad als de natuur haar het bewijs leverde. 'En ik ben een celibataire ouwe tante, dus ik weet dat ik het ook niet ben!' zei Nel. 'Maar ik heb nog wel een afgrijselijke puist op mijn kin,' vervolgde ze, om de aandacht van het onderwerp af te leiden.

'Het is een piepklein pukkeltje en je mag mijn camouflagestift lenen. Gebruik die maar na de tandpasta. Nu moet ik zorgen dat ik zelf toonbaar word. Ik ga Jamie van het station afhalen.'

'Weet je zeker dat je niet wilt dat ik hem ga halen? Ik vind het niet erg om wat later te gaan, of zelfs die hele afspraak af te zeggen.'

'Als je dat doet, mam, zeg ik nooit meer een woord tegen je! En nee, we gaan wel lopen, of we nemen een taxi. Het is jammer dat hij zo laat aankomt.'

'Nou ja, nu kun je tenminste zeggen of ik er goed uitzie. Jij bent tenminste kritisch. De jongens zeggen altijd dat ik er prima uitzie zonder dat ze ook maar even van de televisie wegkijken. Je vader deed dat ook altijd. Behalve als hij vroeg of ik van plan was te dragen wat ik aanhad, wanneer het al te laat was om me nog te verkleden.'

'Soms schilder je papa wel erg onvolmaakt af.' Fleur klonk verontwaardigd.

Nel lachte. 'Lieverd! Je houdt niet van iemand omdat hij volmaakt is! Een van de bewijzen van liefde is dat je al zijn fouten kent, en dat je hem toch de liefste van allemaal vindt.'

'En jij houdt van Simon?'

Nel zuchtte. 'Waarschijnlijk niet. Maar ik ben wel erg op hem gesteld.'

'Je maakt er anders nooit erg veel werk van als je met hem uitgaat.'

'Dat komt omdat we al eeuwen met elkaar bevriend zijn. Hij had me al vaak gezien als ik er niet op mijn best uitzag voordat we samen iets kregen.'

'Heb je hem verteld dat je vanavond met Jake uitgaat?'

'Zo ongeveer.' Ze had tegen Simon gezegd dat ze een afspraak had met de jurist, om de plannen door te spreken. Ze had hem niet precies verteld onder wat voor omstandigheden dat zou gebeuren. Op zijn beurt had hij toen verteld dat hij die bewuste jurist had gezien in een restaurant met Kerry Anne. Hoewel daar niets achter hoefde te schuilen, had die gedachte hetzelfde effect op haar als een steentje in haar schoen. Hoe vaak je ook met je voet schudde, dat steentje werd steeds pijnlijker.

'Wat bedoel je met "zo ongeveer"?'

'Ik dacht dat jij moest opschieten? Je moet nog kiezen welke zwarte broek je aantrekt bij welk topje.'

'Puh! Jij bent even erg! Je slaapkamer lijkt wel een slagveld! Overal kleren op je bed! Maar ik vind wel dat je er leuk uitziet. Die broek staat je heel goed, en dat jasje is super.'

Nel omhelsde haar dochter en wilde even dat Fleur nog een klein meisje was, en zij een moeder die alleen aan haar kinderen dacht. Ze was natuurlijk nog steeds moeder, daar kon je niets aan veranderen, maar haar gedachten waren wat afgeleid.

'Het heeft me uren gekost om die hondenharen eraf te krijgen. Maar bedankt voor je compliment.'

'Graag gedaan. Mag ik je oogschaduw lenen?'

Jake kwam haar een kwartier later ophalen. Nel bedacht net dat ze zich best nog even kon ontspannen voor de tv om zich daarna te storten op Fleur en Jamie als die terug waren, toen de bel ging.

'Sorry dat ik zo laat ben. Ik werd opgehouden in het verkeer. Het is een ramp op vrijdagmiddag.' Hij kuste haar op haar wang. 'Je ziet er schitterend uit.'

'Je bedoelt dat je uit Londen bent gekomen om met mij uit te gaan?' Nel bloosde, zowel door het compliment als door het feit dat zijn kus, hoe kuis die ook was, haar hart sneller deed slaan. 'Je had het beter af kunnen zeggen en daar kunnen blijven. Morgen is het een stuk rustiger op de weg.'

'Maar ik wilde dit niet afzeggen. Als we het hadden uitgesteld, wie weet wanneer je dan pas weer met me uit had gewild. Dit afspreken was al moeilijk genoeg. Zullen we gaan?' Jake stond intussen alledrie de honden tegelijk te aaien.

'Ik haal even mijn jas.' Nel voelde zich net een meisje dat door haar eerste vriendje mee uitgenomen wordt. Ze wilde dat ze eerst een glas wijn had gedronken, om haar zenuwen wat te kalmeren. Toen Fleur dat had voorgesteld, had Nel het idee gehad dat ze helder moest blijven. En als ze zenuwachtig was, kreeg ze na een glaasje ook snel een rood hoofd.

'Dag, meisjes,' zei Jake ernstig tegen de dieren. 'Ik zal wel voor het vrouwtje zorgen.'

Dat klonk zo genoeglijk dat Nel straalde, maar ze hoopte dat Jake het niet had gezien. Hij nam haar bij de arm en leidde haar naar de auto, waarvan hij het portier opendeed. Terwijl ze zat te wachten tot hij achter het stuur zat, hield ze zich voor wat Catherine had gezegd. Hij was ervoor verantwoordelijk dat oude mensen op straat waren komen te staan; ze mocht hem niet vertrouwen.

De auto rook naar leer en naar zijn aftershave. Het dashboard bevatte genoeg instrumentarium voor een heel vliegtuig. Het was zwaar en glimmend, en het was bekleed met walnotenhout, heel anders dan de auto's die Nel gewend was. Misschien was hij wel gekocht van het geld dat hij had opgestreken door oude mensen op straat te zetten, dacht ze, en hield zich toen voor dat niet meer dan roddels waren. Maar toch is hij een gladjanus, ging het stemmetje in haar hoofd door, en jij mag dan geen meisje meer zijn, maar je komt wel van het platteland en je bent vreselijk naïef. Je bent er niet op toegerust om uit te gaan met gladde jongens uit de stad, die een vrouw al kunnen verleiden door alleen haar arm aan te raken. Schuldgevoelens overweldigden haar. Waar was ze mee bezig, uitgaan met Jake terwijl ze min of meer een vaste relatie had met Simon?

De vorige avond, toen hij had gebeld, had ze Simon het idee gegeven dat haar iets ter ore was gekomen over Jake wat ze nader moest onderzoeken. Maar, zo moest ze toegeven, als hij ooit weer met haar uit wilde, had ze wel al een excuus tegenover Simon klaar. Ze zuchtte. Ze had nog minder besef van normen dan Villette.

'Wat een zucht,' merkte Jake op. 'Ben je moe?'

'Een beetje. Ik heb de hele dag lopen rennen om mensen te vinden die mee willen werken aan de boerenmarkt. Wat heb jij gedaan? Groene weiden omgetoverd in bouwterrein?' Ze had niet over de grond willen beginnen, maar in haar zenuwen had ze bijna gezegd 'bejaarden op straat gezet'. Gelukkig had ze dat niet gedaan.

'Eh, tja, zullen we het niet over werk hebben?'

'Maar waar moeten we dan over praten? We hebben verder niets gemeen.'

Hij moest lachen. 'We hebben genoeg andere dingen gemeen, alleen wil jij daar niet over praten.'

Nel bloosde in het donker. 'Nee, inderdaad.'

'Dan zal ik neutrale onderwerpen aansnijden die je niet aan het blozen maken.'

Ze keek hem geschokt aan. Hoe wist hij dat ze bloosde? Zijn blik was op de weg gericht. Hij moest ernaar geraden hebben.

'Wat vind je van opera?' stelde hij voor.

'Ik weet helemaal niets van opera. Je kunt niet zomaar een onderwerp aansnijden. Een gesprek moet ergens op slaan.' Ze zweeg even.

'Waar neem je me mee naartoe?' Het was veiliger als zij het gespreksonderwerp koos.

'Naar een nieuw restaurant, het is pas open, bij Frampton. Het schijnt heel goed te zijn. Ik had geluk dat ik nog een tafel kon reserveren op vrijdagavond.'

'Leuk.' Ze haalde diep adem om rustig te worden, en zorgde ervoor dat ze langzaam uitblies, zodat hij het niet merkte.

'De Hunstantons hebben er ook gegeten.'

'O.'

'Of valt dat ook onder "praten over het werk"?'

'Je hoeft er niet zo raar over te doen.'

'Hoe is het met je kinderen? Met Fleur? Dat is een bijzonder slim meisje.'

'Ik weet het. Misschien wel te slim. Maar ik zal haar verschrikkelijk missen als ze gaat reizen, volgend jaar. Ik zou niet weten wat ik aan moet trekken zonder haar advies.'

'Vraag je haar dan vaak om advies?'

'O, zeker. Ze weet veel meer van dat soort dingen dan ik. En het is heel handig om een dochter te hebben die iets van mode weet. Ze zorgt ervoor dat ik geen vreselijke flaters op dat gebied bega.'

'Nou, vanavond heeft ze je in elk geval goed advies gegeven. Zoals ik al zei, je ziet er schitterend uit.'

'Dank je.' Nel bloosde alweer en vroeg zich af of Fleur haar niet een snelle cursus kon geven om op een aardige manier complimentjes te aanvaarden. Of beter, hoe ze kon voorkomen dat ze bloosde. 'Hou jij van opera?' vroeg ze, uit onmacht om een ander onderwerp te bedenken.

'Ik dacht dat jij zei dat je er niets van afwist?'

'Maar als jij wel een expert bent, kun je er mij over vertellen, en mij de moeite van het praten besparen.'

'Ik wil het je absoluut niet moeilijk te maken. Laten we gewoon in stilte zitten tot we er zijn. Je kunt best je ogen even sluiten en een dutje doen.'

'Het lijkt me dat jij eerder aan een dutje toe bent, na die lange rit uit Londen. Ik had beter voor je kunnen koken.'

'Nel! Ik wil jou mee uitnemen! En nu mond dicht, en genieten. Het is niet ver meer.'

Tot haar afgrijzen merkte Nel dat ze het wel prettig vond om de les gelezen te worden. Het gaf rust.

'Juist, ik geloof dat ik hier van de weg moet. Ja, dat is het, The Black Hart.'

Nel had niet echt geslapen, maar haar gedachten waren alle kanten op gegaan. Nu was ze ineens weer in paniek. Dat is een voorteken, dacht ze. Harten zijn altijd wit! Ik wist niet eens dat er zwarte harten bestonden. Hij is een oplichter! Black Hart betekent natuurlijk zwart hart. Wat heb ik gedaan?

'Ik kijk even waar we kunnen parkeren op een plek waar je niet in een plas terechtkomt bij het uitstappen,' zei de snoodaard, en klonk verdacht veel als een heer.

Terwijl Jake een geschikte plek zocht, meende Nel dat ze Simons auto zag staan. Ze was enorm slecht in het herkennen van auto's, maar in kentekens was ze iets beter. Het was absoluut Simons auto. Wat moest ze doen? Het meteen tegen hem zeggen? Eisen dat hij haar ergens anders mee naartoe nam? Nee, Jake wilde hierheen, hij had moeite gedaan om een tafel te reserveren, hij had al honderden kilometers gereden. Het zou niet eerlijk zijn om hem ergens anders naartoe te laten rijden, vooral als ze geen idee had waarheen. Als ze Simon tegenkwam, zou ze hem gewoon zeggen dat ze hun bespreking hadden moeten vervroegen en dat vanavond de enige optie was geweest. Dat klonk wel aannemelijk; Jake was een drukbezet man uit Londen. En misschien zagen Simon en zij elkaar niet eens. Dit leek haar een ruime pub, die was opgeleukt tot een restaurant. Misschien was het niet eens nodig om een leugentje te verzinnen.

'Het is hier een beetje modderig,' zei Jake nadat hij had geparkeerd en omliep om Nel uit te laten stappen. 'Maar een beter plekje kon ik niet vinden. Wil je dat ik je naar de deur draag?'

'Nee! Ik ben de hele dag bij boerderijen langs geweest. Ik heb wel erger meegemaakt dan modder!'

'Maar niet met die schoenen, denk ik zo.' Hij pakte haar arm. 'Maar ik dacht dat we het niet over werk mochten hebben?'

Nu hij haar arm vasthield, was het moeilijk voor Nel om sowieso ergens over te praten. Het zou beter zijn als hij haar losliet zodra ze binnen waren.

Nel zag Simon zitten terwijl Jake haar uit haar jas hielp. Hij zat met zijn rug naar haar toe aan een tafeltje voor twee. Tegenover hem zat een vrouw die volgens Nel wat jonger was dan zij.

'Dit is niet dezelfde jas als die je vorige week droeg,' constateerde Jake. 'Hij is een stuk lichter.'

Een knap serveerstertje in spijkerbroek, een hemdachtig topje (waar Fleur ook altijd in liep) en een klein wit schortje liep om hen heen, zodat Nel Jake niet kon berispen voor dat 'vorige week'. 'Die is van mijn overleden echtgenoot geweest,' zei ze wreed. 'Ik heb deze vorig jaar bij de Oxfam gekocht.'

'Ook heel leuk,' zei Jake geamuseerd. Hij was er niet door uit het lood geslagen, zoals Nel half had gehoopt.

'Wilt u meteen doorlopen naar uw tafeltje?' vroeg het meisje, dat ongeveer even oud was als Fleur. 'Of eerst naar de bar?'

Jake keek vragend naar Nel. De bar lag vlak achter de tafel waar Simon zat. Als ze daarheen gingen, zou ze hem recht in zijn gezicht kijken. 'Ik kan het je maar beter zeggen,' zei ze, 'Simon is hier. Ik ga liever meteen aan tafel.'

'Prima.' Jake nam het kalm op. Toen ze naar hun tafeltje liepen, vroeg hij: 'Heb je hem verteld waar we vanavond naartoe gingen?'

'Zo ongeveer.'

'Wat bedoel je met "zo ongeveer"?'

'Je bent net zo erg als Fleur! Ik heb gezegd dat er een paar dingen over het tehuis besproken moesten worden. Ik heb niet gezegd dat we op een bepaalde tijd een afspraak hadden of zoiets.'

'Dus als hij op me af komt om me in elkaar te slaan, zeg ik dat we aan het werk zijn.'

'Dat doet hij niet. Hij is aardig. Hij slaat niet.'

'Is hij alleen?'

'Nee. Met een vrouw.'

'O, wil jij hem dan in elkaar slaan?'

Nel schoot in de lach. 'Nee! Ik ben om te beginnen niet beter dan hij, en bovendien ben ik niet jaloers.'

Op het moment dat ze dat zei, herinnerde ze zich haar reactie toen ze Jake op zijn kantoor naar Kerry Anne had zien kijken. Toen Jake en Vivian samen bij de vergadering aankwamen. En toen Simon haar vertelde dat Jake met Kerry Anne uit was geweest. Misschien was ze toch wel jaloers. Maar, interessant genoeg, niet als het Simon betrof.

Hij trok haar stoel naar achteren en ze ging zitten. 'Je bent een heel bijzondere vrouw, Nel.'

Dat was een iets te ernstige toon voor Nel. Ze hield van Jakes gezelschap als hij gek deed en een beetje confronterend was, maar ze wist niet hoe ze om moest gaan met zijn diepe blikken, niet in het openbaar tenminste. Ze pakte de menukaart. 'Laten we Simon vergeten en een keuze maken. Wauw, dat ziet er fantastisch uit.'

'Goed, ik verga van de honger. Ik heb niet geluncht,' zei Jake. 'Heb jij honger?'

Nel had niet veel trek, doordat ze nogal zenuwachtig was, maar ze zei: 'Nou ik eraan denk, ik heb ook niet geluncht. Alleen een flink stuk cake bij Amanda. O, die ken je niet: ze is veehoudster. Sorry, dat is werk.'

'Concentreer je maar op de menukaart,' zei Jake. 'Straks kunnen we nog wel ruziemaken over de regels.'

Nel vergat Simons aanwezigheid totdat hij aan hun tafeltje stond terwijl ze haar steak zat te eten, een filet mignon die helemaal voldeed aan de beschrijving: mals, heerlijk en niet te groot. Ze vroeg zich af of ze zou durven vragen wie het vlees had geleverd.

'Hallo, Nel!' Simon klonk half boos en half schuldig. Zijn begeleidster tond half achter hem. Beslist jonger dan ik, dacht Nel, maar zonder tienerdochter. Haar kleding was afzichtelijk.

Nel stond op, ontspannen na twee glazen rode wijn. 'Wat toevallig dat jij hier ook bent! Ken je Jake Demerand? Hij is de juridisch adviseu r van de Hunstantons.'

Jake ;tak zijn hand uit, die Simon drukte. 'Ja. Nel wilde iets bespreken ver dat stuk grond, en dit was het enige tijdstip waarop ik kon. Het is heel tijdrovend om twee kantoren tegelijk te bemannen.'

'O,' zei Simon. 'Dit is Penny. Wij zijn ook aan het werk. Ze heeft verscheidene huizen bezichtigd en kan niet besluiten welk het geschiktst voor haar is.'

'Hallo, Penny,' zei Nel, terwijl ze zich afvroeg waarom Simon naar haar toe was gekomen als hij er zich kennelijk zo schuldig over voelde. Hij had net zo goed ongezien met Penny uit het restaurant weg kunnen glippen zonder dat zij daar iets van had hoeven zien. 'De aankoop van een huis is een zware beslissing. Zwaarder dan de keuze van een echtgenoot, in sommige opzichten.'

'Dat zou ik niet willen zeggen. Als je het verkeerde huis koopt, kun je altijd nog verhuizen,' meende Simon. 'Een huwelijk sluit je voor het leven.'

'Of tot het onherstelbaar kapot is,' vulde Nel aan.

'Het verbaast me jou dat te horen zeggen, Nel,' zei Simon. 'Nel is weduwe,' zei hij iets zachter tegen Penny.

Nel ergerde zich. Ze was weduwe, maar gaf dat extra informatie over haar, zoals de titel kunstenaar of leraar? 'Het is geen beroep, hoor,' zei ze. 'Wat doe jij, Penny, of ben je een gescheiden vrouw, of een jonge moeder, of grootmoeder misschien, al zie je er daar nog veel te jong voor uit?'

'Ramen brandschilderen,' antwoordde Penny, die al even weinig op haar gemak leek als Simon.

'Luister, waarom gaan jullie niet even zitten?' zei Jake. 'Jullie kunnen best koffie nemen terwijl wij verder eten.'

Het was een beleefde geste en Nel hoopte met heel haar hart dat Simon het zou afslaan, Maar dat deed hij niet.

'Nou, dat is heel vriendelijk,' zei Simon. 'Kun je nog even blijven, Penny?'

Penny haalde haar schouders op. Ze ging op de stoel zitten die Jake voor haar onder de tafel vandaan had getrokken.

'En, wat voor huis zoek je?' vroeg Nel, die medelijden met haar had.

'Klein, met een tuin op het zuiden, en een grote zolder waar ik kan werken. Niet te ver van de stad.'

Nel lachte. 'Een juweel, met andere woorden. Heb je al iets gezien dat aan die omschrijving voldoet?'

'Nee, overal is wel iets mis mee.'

'Om nog even terug te komen op de vergelijking met echtgenoten,' zei Nel, die te laat tot het besef kwam dat ze misschien wat te veel had gedronken, 'ik denk dat je verliefd moet worden op een huis. Als je denkt: dit is het! Zelfs al is een van de slaapkamers hokkerig, of staat de keuken op instorten.'

'Ben jij op die manier aan jouw huis gekomen?' vroeg Simon, en ging door: 'Nels huis is echt een juweel. Het heeft vier slaapkamers, een woonkamer, een eetkamer en een ruime keuken. O, en een bij-keuken. En de tuin is ook heel flink. Groot genoeg om achterin een schuur te bouwen.'

Nel lachte om haar ergernis te verbergen. Simon mocht dan make-laar zijn, hij werd niet geacht aan volslagen onbekenden de intiem-ste geheimen van haar huis prijs te geven. 'Maar helaas ben ik niet van plan om mijn huis te verkopen. Ik heb er mijn hart aan verpand, en we wonen er nog steeds met veel plezier.'

'Sorry, Nel,' zei Simon. 'Ik vergat even waar ik mee bezig was.'

De serveerster verscheen en keek vragend naar Simon en Penny.

'We willen alleen koffie,' zei Nel. 'Jullie ook allebei?' Ze had haar vlees niet meer opgegeten, het leek haar wel genoeg.

Maar Jake had andere plannen. 'Nee, we willen graag ook de dessert-kaart. Nel moet een beetje bijgevoerd worden.'

'O nee! Juist niet! Ik moet het bij zwarte koffie houden.'

'Maar je kunt toch moeilijk in slaap komen als je 's avonds laat kof-fie drinkt?' flapte Simon eruit.

O god, dacht Nel, nu denkt iedereen dat hij dat allemaal uit de eer-ste hand weet. 'Je hebt gelijk. Ik neem pepermuntthee.'

De serveerster krabbelde het op.

'Wacht even,' zei Jake. 'Ik sta erop dat je een toetje neemt. Mijn moeder heeft me geleerd dat het heel onbeschoft is om een vrouw mee uit eten te nemen zonder haar een dessert aan te bieden.'

'Echt waar?' vroeg Nel geïnteresseerd.

'Nou nee, niet echt, maar het is wel iets wat ze me zou hebben kunnen bijbrengen, als ze eraan had gedacht. Ik heb zin in tiramisu. Ik weet dat het alweer vreselijk uit is, maar ik vind het toch lekker. En jij, Nel?'

'Ik neem chocolademousse.' En als Simon zegt dat ik zeker chocola neem omdat ik gauw ongesteld ga worden, waardoor ik ook een puistje heb, kan hij een hoek krijgen. Toen herinnerde ze zich opgelucht dat Simon dat soort dingen niet opmerkte. 'Willen jullie nog iets toe eten, of hebben jullie al een dessert gehad?'

'O nee, bedankt. Ik heb meer dan genoeg gehad,' weerde Penny af.

'En ik neem aan dat je je zorgen maakt over de keuze van je huis,' zei Nel vriendelijk.

'Ik weet zeker dat Nel graag met je mee zal gaan kijken, als je haar dat vraagt,' zei Simon.

'Simon! Ik heb het razend druk op het ogenblik!'

'Maar je vindt het enig om huizen te kijken, en je zou het vreselijk vinden als Penny de verkeerde beslissing nam.'

'Ik denk dat Nel waarschijnlijk wel aanvoelt dat alleen Penny kan weten of ze haar hart aan een huis heeft verpand of niet,' zei Jake. 'Dus het zal niet veel uitmaken of Nel meegaat. Ze zijn tenslotte geen oude vriendinnen.'

'Dat is waar. Je hebt vast wel een vriendin die met je mee zou kunnen gaan.' Nu ze niet meer onder druk werd gezet, voelde Nel zich schuldig dat ze niet wat toeschietelijker was geweest.

'Nee,' zei Simon. 'Daarom vraag ik het aan jou.'

'Maar Nel heeft het vreselijk druk,' zei Jake. 'Haar agenda is overvol. Nu we het erover hebben, Nel, zijn we klaar met ons werk?'

Nel wist niet of ze moest lachen, huilen of zich terugtrekken op het damestoilet. 'Ik geloof het wel. Excuseer me, dan ga ik even naar achteren.'

Toen ze Fleurs camouflagestift nog eens had gebruikt en nieuwe lipstick had aangebracht, zag ze toen ze terugkwam dat Simon en Penny waren vertrokken.

'Wat een opluchting,' zei ze zonder erbij na te denken.

'Ja. Het spijt me dat ik hen vroeg om bij ons te gaan zitten.'

'Je kon moeilijk anders, gezien de omstandigheden. Maar ik ben blij dat je ze hebt kunnen lozen. En bedankt dat je me hebt gevrijwaard voor die huizenjacht met Penny. Simon heeft wel gelijk, ik ga dolgraag huizen kijken, maar ik heb het op dit moment veel te druk.'

'Weet ik,' zei Jake. 'Bovendien had hij niet het recht om te beschikken over jouw tijd, zonder vooraf met je te overleggen.'

'Ach, ik neem aan dat we als goede vrienden...'

'Ik ben het eens met Fleur, wat Simon betreft.'

'Wat?'

'Je moet absoluut niet met hem gaan trouwen.'

'Je hebt het niet eens met Fleur over Simon gehad!' Nel was verbijsterd.

'Nee, maar ik neem aan dat zij zegt dat je niet met hem moet trouwen.'

Nel beet zich op haar lip om niet te laten zien dat ze moest lachen. 'Zover is het nog niet gekomen.'

'Dat komt nog wel.'

'Dat hoeft niet per se! Heus, ik heb geen zin om te speculeren over mijn privé-leven met iemand die me nauwelijks kent!'

'Ik heb het niet over jou. Maar over Simon. Hij heeft een oogje op je huis.'

Nel schoot in de lach. 'Nee, niet waar! Wat een onzin! Hoe kom je daar in vredesnaam bij?'

'Hij is makelaar. Het is een heel gewild pand.'

'Maar hij weet dat ik het nooit zou verkopen. Ik ben dol op dat huis. De kinderen zijn er dol op. Het is mijn thuis.'

'Goed. Maar Simon is er ook dol op.'

Nel dacht er even over na. 'Dat heeft hij nooit gezegd. Hij vindt het meestal vooral een puinhoop.'

'Maar ik wed dat hij je helpt met allerlei klusjes.'

'Ja! Dat doet hij omdat hij een behulpzaam mens is, en omdat hij dol is op mij – op ons. Daar schuilt niets achter.'

Jake maakte een gebaar waaruit sprak 'dan moet je het zelf maar weten'. 'Aha, daar is het dessert.'

'O, wat is dit slecht,' kreunde Nel even later.

'Nonsens. Het is wetenschappelijk bewezen dat chocola heel gezond is.'

'Dat hoef je mij, of welke vrouw ook, niet te vertellen. Dat weten we instinctief.'

'Dus straks word je helemaal relaxed en tevreden?'

'Heel waarschijnlijk.'

'En dan ben je wel bereid om over afgelopen zaterdag te praten?'

Nel liet haar lepeltje vallen. 'Nee. Zo relaxed en tevreden word ik nooit.'

'Je kunt niet ontkennen wat er tussen ons is voorgevallen. Het was explosief, spontaan en geweldig.'

'Ik ontken ook niet dat het is gebeurd! Ik weet dat het is gebeurd, maar ik wil er niet over praten!'

'Maar wil je de ervaring niet nog eens hebben?'

'Nee! Ja! Maar dat kan niet! Ik heb iets met Simon. Ik wil geen verhoudingen.'

'Waarom niet?'

Nel keek hem stomverbaasd aan. 'Nou – daarom niet! Ik ben een respectabele vrouw, een moeder. Bovendien denk ik dat jij wel eens jonger zou kunnen zijn dan ik.'

'Nou en? Ik heb altijd van oudere vrouwen gehouden. Die hebben meer ervaring.'

Daar moest Nel echt om lachen. 'Deze oudere vrouw anders niet. Ik denk dat Fleur misschien wel meer ervaring heeft dan ik, hoe erg ik het ook vind om dat te zeggen.'

'Nou, ik denk dat het tijd wordt dat je anders gaat denken over een verhouding. Ik denk dat je er best een zou willen.'

Nel pakte haar lepel weer op en nam nog een hapje van de ideale combinatie van chocolade en room. Het was hemels. Hemelser nog dan een vrijpartij met Jake. Een volgend hapje kon haar niet langer overtuigen, en ze slaakte een diepe zucht.

'Ik geloof dat jij aan een cognacje toe bent. Een paar cognacjes,' zei Jake.

'Nee, nee. Ik geloof dat we het maar over het werk moeten hebben.'

15

Hij zuchtte. 'Oké, waarover wil je me aan mijn hoofd zeuren?'
Nel grinnikte. 'Ik wil je niet aan je hoofd zeuren. Ik wil het alleen met je over veilige dingen hebben.'
'Juist. Je wilt er niet met me over praten hoe aantrekkelijk je bent, en hoe dom het van Simon is dat hij je niet allang naar het altaar heeft gesleept?'
'Nee!' piepte ze. 'Echt niet! Trouwens, waaruit maak jij op dat Simon mij naar het altaar zou willen slepen?'
'Uit het feit dat hij de afmetingen van je huis uit zijn hoofd kent, onder andere.'
'Dat zegt niets! Makelaars weten dat soort dingen altijd. Trouwens, hij weet dat ik helemaal niets serieus met hem wil zolang de kinderen nog thuis wonen.' Ze fronste even, in de hoop dat Simon dit inderdaad wist en het jaar reizen van Fleur niet beschouwde als echt uit huis gaan.
'O, en waarom dan?'
Hij leek oprecht geïnteresseerd, dus antwoordde Nel: 'Ik zou er niet tegen kunnen als een andere man hen de les zou lezen. Ik vond het al niet prettig als Mark dat deed, terwijl het zijn eigen kinderen waren.'
'Dat is dan simpel, dan moet je een man zoeken die ze hun gang laat gaan. Ze zijn toch ook bijna volwassen.'
'Zo simpel ligt het niet. In mijn ervaring zijn alle mannen bazig, zodat het maar goed is dat ik er geen nodig heb en ik het uitstekend in mijn eentje red.'
'Ho ho, jij hebt maar liefst twéé mannen die achter je aan lopen, en een van hen speelt ook nog eens voor doe-het-zelver bij je thuis.'
Ze lachte, totdat het bij haar opkwam dat Jake misschien wel geld verdiende door oude mensen van hun huis te beroven. Het bedierf

haar vrolijke stemming. Maar dat was alleen maar roddel. Kon ze hem erop aanspreken? Ze zou het moeten doen, maar op de een of andere manier, als hij naar haar keek met ogen die ondeugend schitterden, bleven de woorden in haar keel steken. Ze probeerde het zo goed mogelijk. 'En de andere werkt mee aan dubieuze projecten, waarbij kinderen van hun speelplaats worden beroofd. Zieke kinderen nog wel.'

'En die met je naar bed gaat zonder een waarschuwing vooraf – hoewel, om eerlijk te zijn geloof ik dat dat van twee kanten kwam.'

Nel zag al een beetje rood, maar nu bloosde ze nog dieper. 'Jake!'

'Ik weet dat je er niet over wilt praten. Maar je kunt me niet verbieden eraan te denken. Of te willen dat het nog eens gebeurt.'

Hij keek haar aan met een mengeling van begeerte en geamuseerdheid, en ondanks haar beste bedoelingen reageerde ze daar op dezelfde manier op. 'Dat kan niet! Geen denken aan. Ik heb het je uitgelegd!'

'Niet naar genoegen, eerlijk gezegd. En je kunt me niet voor eeuwig de mond snoeren. Ik zal je wat tijd geven om na te denken, maar ik sta erop dat we het er nog over hebben.'

De serveerster kwam met een glas cognac en een glas water. Ze zette de cognac voor Nel neer, die zich niet kon herinneren dat er drankjes besteld waren.

'Je probeert me toch niet dronken te voeren, zodat je je lage lusten op me kunt botvieren?'

'Nee.' Hij hield haar blik gevangen. Hij glimlachte, spottend bijna, maar het had tot gevolg dat Nel moest slikken en de andere kant opkijken. 'Ik beloof je, de volgende keer dat we de liefde bedrijven, en zo noem ik het het liefst, heb je de volledige controle' – hij wachtte even, haar in dodelijke spanning latend – 'over al je zintuigen.'

Nel keek gauw in haar glas cognac, en twijfelde of ze ooit weer controle zou hebben over haar zintuigen.

'En, wat heb je de afgelopen week allemaal gedaan?' vroeg hij.

'Ik heb mensen gezocht voor kraampjes op de boerenmarkt. En ik heb Abraham gesproken.'

'Abraham? O, die aannemer.'

'Ja.'

196

'Heeft hij die tekeningen van Gideon Freebody nog? Voor het bouw-project?'

'Ja.'

'En heb je er goed naar gekeken?'

'Nogal. Waarom vraag je dat?'

Hij keek haar recht aan; zijn glimlach was totaal verdwenen. 'Ik denk gewoon dat je er eens goed naar moet kijken. Heel goed.'

Ze fronste. 'Waarom? Is er iets wat ik moet weten?' Wist Jake iets van dat lapje grond dat met een andere kleur was getekend? Wat pro-beerde hij haar duidelijk te maken?'

Jake gebaarde met zijn handen. 'Ik kan niet vrijuit spreken. Het is vertrouwelijk. Maar ik denk echt dat jij en Abraham die tekeningen heel goed moeten bekijken. Het is van belang. En bedenk, waar een wil is, is een weg – of liever gezegd, een erf.'

'Wat?'

'Waar een wil is, is een erf.' Jake vouwde het gouden wikkeltje van zijn chocolaatje tot een ring en ontweek haar blik.

Nel vroeg zich af of hij extra alcohol in haar glas had gedaan. Het leek wel alsof hij geheimtaal sprak en haar iets duidelijk wilde maken.

'En bedenk goed, mensen laten wel eens iets na.'

'Jake! Wat zit je nou te kletsen! Probeer je me iets duidelijk te ma-ken? Als dat zo is, zou je je dan wat helderder kunnen uitdrukken?'

'Ik heb al te veel gezegd. Wil je nog iets drinken? Nog een cognacje?'

'Nee, bedankt. Het was heerlijk, echt. Heel erg bedankt. Maar ik moest nu maar naar huis gaan.'

'Ik heb ook genoten, maar ik geef je nog een beetje huiswerk mee.'

'Huiswerk? Waar heb je het over?'

'Ik wil dat je heel goed nadenkt over ons, over waarom je geen ver-houding wilt. Als je geen verhouding mag hebben als je alleenstaand bent, wanneer dan wel?'

'Daar zeg je zo wat. Dus jij hebt wel verhoudingen?' Ze hield de toon licht, maar het liefst had ze hem willen vragen naar Kerry Anne, en duidelijker kon ze niet worden.

'Alleen tussen de echtgenotes in.'

Ze glimlachte, hoewel het niet het antwoord was dat ze wilde horen. 'En hoeveel echtgenotes heb je gehad, Blauwbaard?'

'Eentje maar. Maar er waren wel een paar langdurige relaties. Ik denk niet dat ik ooit nog trouw.'

'O.' Haar vrolijke stemming zakte ineens een kilometer, onverklaarbaar, aangezien ze zelf ook absoluut niet met hem wilde trouwen. Ze wist een glimlach tevoorschijn te toveren. 'Maar goed dat ik geen oogje op je heb, hè?'

'Zeker,' zei hij lachend. 'Het is maar gelukkig dat ik de gemene jurist ben met zijn twijfelachtige moraal, die werkt in opdracht van de slechteriken.'

Nel knikte. 'Dat klopt wel zo ongeveer.'

Op weg naar huis zeiden ze niet veel. De anticlimax trof Nel al. Ze had een heerlijke avond gehad, maar zo was het leven niet. Het was slechts een enkel, glanzend juweel tussen de keien geweest. Het leven bestond hoofdzakelijk uit keien.

Na een uitputtende dag – en een tamelijk veelbewogen avond – verwachtte Nel dat ze onmiddellijk in een diepe slaap zou vallen. Maar zodra ze in bed lag, merkte ze tot haar ergernis dat ze wakker bleef. Alles wat zij en Jake hadden besproken tolde door haar hoofd. Kon ze hem vertrouwen? Kon hij ooit een rol spelen in haar leven? Hij was zo aantrekkelijk, maar er was te veel aan hem dat ze niet wist. En wat bedoelde hij met die geheimtaal? Of had ze die zich alleen maar ingebeeld?

Het antwoord kwam rond vier uur bij haar boven. Jake had inderdaad in geheimtaal gesproken. Hij had het over een erfenis gehad. Al dat gedoe over 'erf' en 'nalaten' was bedoeld om haar een aanwijzing te geven. Ze moest het testament van sir Gerald erop nakijken. Ze zou Abraham de volgende ochtend bellen. Eindelijk sliep ze in.

Doordat ze zo laat was ingedommeld, sliep ze nog toen, tot haar grote ergernis, de volgende ochtend vroeg de telefoon rinkelde. De honden hadden het een keer uit hun hoofd gelaten om tegen de keukendeur aan te duwen om bij Nel op bed te komen liggen, zodat ze nog diep lag te slapen. Ze nam op. Het was Simon. 'Ik belde alleen even om te vragen of je gisteren goed bent thuisgekomen.'

Ze slikte nog net een razend 'Moet je me daar in vredesnaam op dit tijdstip voor wakker bellen?' in omdat ze begreep waarom. Hij ging haar gangen na. 'Wat aardig van je. Ja hoor, ik ben goed thuisgekomen. En jij?'

'Natuurlijk. Ik wilde even zeker weten dat die man je veilig heeft thuisgebracht.'

'Hij is niet hier, hoor, als je dat soms wilde weten.'

'Nee, nee! Ik wilde niet suggereren –'

'Mooi, want het gaat je niets aan.'

'O nee? Ik dacht dat we samen iets hadden, Nel.'

Nel zuchtte toen ze zijn verwijtende toon hoorde. 'Ja, dat is zo. Sorry, ik ben nog zo moe, ik lag nog te slapen.'

'En ik heb je wakker gemaakt. Het spijt me. Maar nu ik je toch spreek, je moet het echt zeggen als ik je kan helpen met de boerenmarkt. Heb je er bijvoorbeeld al aan gedacht om in de Gouden Gids te zoeken naar alle boeren en die op te bellen?'

Nel was nog te duf om verder te kunnen denken dan een kop thee. 'Nee, en het lijkt me een doodsaaie klus, maar het is wel een goed idee.' Ze gaapte.

'Ik doe het wel voor je,' zei Simon. 'Ik zoek alle namen op, en dan bel ik ze.'

Nu werd ze pas echt wakker. 'Simon! Dat zou fantastisch zijn! Wil je dat echt doen?'

'Natuurlijk. Ik geloof dat ik je bij dit alles niet erg veel heb geholpen. Gisteravond, toen ik Penny hielp beslissen bij de keuze van haar huis' – het leek wel alsof deze woorden onderstreept werden – 'dacht ik dat ik misschien wel meer doe voor mijn klanten dan voor jou. Per slot van rekening is ze niet meer dan dat. Penny, bedoel ik. Een klant.'

'Laat maar. Dat had je al gezegd.'

'En jij was alleen met Demerand uit omdat je hem een en ander wilde vragen over Paradise Fields?'

Nel haatte Simons gewoonte om mensen bij hun achternaam te noemen. Het had iets puberaals. 'Ja.'

'En heeft hij je iets wijzer gemaakt?'

'Niet echt.' Op de een of andere manier wilde ze tegenover Simon niets loslaten over nieuws met betrekking tot de plannen. 'Het was

toch wel zinvol. Maar ik geloof niet dat ik er notulen van zal maken.'
Simon lachte. 'Gekke meid! Ik zal je nu je schoonheidsslaapje gunnen, dan bel ik later nog wel.'
'Veel later, graag, Simon. Na tienen, in elk geval.'
Ze keek even op haar horloge en stapte uit bed. Het was niet te
vroeg om Abraham te bellen en hem op de hoogte te brengen van
wat Jake haar had verteld. Met een beetje geluk zou hij weten hoe je
erachter kon komen wat er in iemands testament stond. Dat klopte.
'Het is heel eenvoudig, je belt gewoon naar het kantoor voor erf-
recht, en die maken een kopie voor je. Ik heb het een tijdje geleden
voor een vriend moeten doen. Ze waren heel efficiënt.'
'En denk jij dat we erachter kunnen komen van wie dat lapje grond
is?'
'Een goed verstaander heeft aan een half woord genoeg,' zei hij raad-
selachtig. 'We kunnen eruit opmaken wat sir Gerald aan wie heeft
nagelaten. Laat het maar aan mij over. Ik zoek het wel uit.'
Opgelucht door Abrahams positieve reactie ging ze naar boven om
zich aan te kleden. Ze bedacht dat de vorige avond toch wel zijn nut
had gehad, ook al was dat niet haar opzet geweest. Simon zou voor
haar een paar honderd telefoontjes plegen, en ze wist dat Abraham
op het juiste spoor zou komen met betrekking tot het bouwproject.
Ze keek op haar horloge. Terwijl ze erover nadacht wat de meest
constructieve volgende stap zou zijn, kon ze intussen best een lunch
bereiden voor Jamie en Fleur. Ze wist dat Fleur bij de aanblik van
geroosterde aardappelen met jus beslist zou willen blijven eten, wat
op dit moment prioriteit leek te hebben.
Toen een bijzonder verlegen Fleur en een enigszins beschaamd kij-
kende Jamie in de keuken verschenen, hing daar een geur van geroosterd vlees. Er stonden aardappelen en yorkshirepudding in de
oven, en de ramen waren beslagen. Er hing echt een huiselijke, knus-
se sfeer.
'Hallo! Hallo, Jamie.' Nel glimlachte opgelucht naar de aardige, respectabel uitziende jongen die ze zelf voor haar dochter uitgekozen
had kunnen hebben. Had ze zich om hem zo druk gemaakt? 'Ik ben
bang dat jullie te laat zijn voor het ontbijt, maar de lunch is bijna
klaar. Ik ben jus aan het maken.'

'Mam, wat lekker! Een warme lunch! Rundvlees of lams?'

'Lamsvlees. Ik kreeg een stuk van Catherine; ik moest het invriezen, maar het is nog goed. En wees maar niet bang, ik heb ook yorkshire-pudding gemaakt.'

'Ik vind het zo suf dat je alleen met rundvlees yorkshirepudding zou kunnen maken,' zei Fleur tegen Jamie. 'Mijn moeder maakt het altijd van allebei.'

'Ik ben dol op yorkshirepudding, maar mijn moeder is er niet zo goed in,' zei Jamie, terwijl hij naar het blad met goudkleurige beslagbolletjes keek dat Nel uit de oven haalde.

'O, die van mij ook niet, hoor,' zei Fleur. 'Ze gebruikt een pakje.'

'Toe maar, geef mijn geheimen maar prijs. Wees eens lief, en dek de tafel, ja? Wat wil je drinken, Jamie? Jus d'orange, omdat het je ontbijt is? Of wijn, omdat het je lunch is?'

Jamie keek vragend naar Fleur.

'Of wil je eerst een glas jus d'orange, en daarna een glaasje wijn?' ging Nel door.

'Dat lijkt me echt heerlijk, mevrouw Innes,' zei Jamie. 'Als het niet te veel moeite is.'

'Ach, zeg toch Nel,' zei Fleur. 'Dat doet iedereen.'

'Laten we dan maar gaan zitten. Het is wel jammer dat de jongens er niet zijn. Dan zou het echt een familiemaal zijn.'

'Mijn moeder vindt dat er meestal te veel drukte over gezamenlijke maaltijden wordt gemaakt, dus doen we het alleen bij speciale gelegenheden. Maar bedenk wel,' zei Fleur een beetje verwijtend, 'ze heeft me hier niet van tevoren over ingelicht.'

'Lieverd, je kunt toch niet verwachten dat je Jamie uitnodigt zonder ten minste één fatsoenlijke maaltijd samen te gebruiken. Wat zou zijn moeder daar niet van zeggen?'

'O, die werkt fulltime,' zei Jamie, 'dus we eten vaak kant-en-klare maaltijden. Ik kan goed koken, net als mijn vader.'

'Neem nog een aardappel. Ik heb er genoeg. En ook liters jus. Heb je ook broers of zusjes?'

'Ga Jamie nu niet onderwerpen aan een derdegraadsverhoor!'

'Dat doe ik niet! Ik geef hem de aardappelen aan!'

Een paar uur later, nadat Jamie op eigen verzoek met Fleur de afwas had gedaan, inclusief (en daarmee in aanmerking komend voor een gouden medaille) alle vette pannen, stuurde Nel hen op pad met de honden.

Omdat ze niet de rust had om te gaan zitten, besloot ze het huis schoon te maken. Ze ging tekeer met een grondigheid die haar ergerde. Schoonmaken was, zo vond ze normaal gesproken, zonde van je tijd, en de volgende dag kon je weer opnieuw beginnen. Nu deed ze het als therapie, om intussen goed na te denken. Maar haar gedachten waren niet te ontwarren en doortrokken van emotie. Haar gevoelens voor Jake, hoe die ook mochten zijn, hielpen daar niet veel aan. Al was hij geen oplichter, ze was er vrij zeker van dat hij niet meer wilde dan een oppervlakkige verhouding, en zij geloofde daar niet in. Daar was ze behoorlijk zeker van. Dat zou ze ook niet gewild hebben toen Mark nog leefde, en nu nog steeds niet.

Het probleem was, besefte ze, dat ze niet vaak zo'n begeerte voelde. Ze had voor Mark slechts een korte vakantieliefde gehad. Daarna kwam Mark, en nu was Jake er. Simon mocht ze graag, het was een tijdje zelfs wel meer geweest dan dat, maar ze reageerde niet op hem zoals op Jake. Naast Simon op de bank was het gezellig; naast Jake op de bank was het super. Ze wrong de dweil uit en wenste dat ze rubberhandschoenen had aangetrokken. Nu moest ze straks een hele lading van Sacha's crème op haar handen smeren.

Ze reikte weer in de emmer. Maar was een dergelijke hartstocht wel nodig voor een relatie? Of konden minder opwindende, bedaardere emoties zich ontwikkelen tot liefde en vriendschap van een duurzamer soort?

Een grote spin kroop uit haar schrobber. 'Voor Kerstmis had ik ja gezegd, absoluut,' zei ze hardop. 'Maar nu ik weet dat ik tot zo'n passie in staat ben, zou ik dan zonder nog gelukkig kunnen worden?'

Vroeg op de avond, toen ze uitgeput was en de meubels nog maar voor de helft op hun plaats stonden, belde ze Vivian. Als ze met haar praatte over de nieuwe crisissituatie met het terrein, zou ze even niet denken aan haar eigen emoties. Emoties waren, net als schoonmaken, zeer vermoeiend.

'Hoi, Nel! Hoe is het?'

'Eerlijk gezegd heb ik me wel eens beter gevoeld. Ik heb nog niet eerder kans gezien om je op de hoogte te brengen, maar als je zou weten wat ik heb ontdekt over dat bouwproject, zou je haar in de krul schieten.'

'Mijn haar zit al in de krul.'

'Ik meen het echt! Luister!'

'O, shit!' zei Vivian, een paar minuten en een aantal vragen later. 'Wat kunnen we daaraan doen?'

'Niets, totdat Abraham heeft ontdekt van wie dat lapje grond is, en dan kunnen we een plan bedenken. Intussen denk ik dat we kunnen proberen de Hunstantons ervan te doordringen dat het nieuwe, grote bouwplan – waarbij het tehuis is betrokken – echt geen goed idee is. We zouden kunnen beginnen met Kerry Anne.' Nel klonk niet enthousiast. Haar gevoelens tegenover Kerry Anne gingen heen en weer tussen koelte en echte haat. 'Hoewel ik daar persoonlijk niet veel voor voel.'

'Maar wat heeft het voor zin om met Kerry Anne te praten? Zij heeft het niet voor het zeggen. We zouden met Pierce moeten praten.'

'Viv! Ik krijg zonet een geweldig idee!'

'Wat, wil je Pierce gaan verleiden om te zorgen dat hij zijn hebzuchtige dromen opgeeft?'

'Nee, jij!'

'Nel –'

'Ach, kom, Viv. Zo weerzinwekkend is hij niet, en het zou voor een goed doel zijn. Het moet een peulenschil voor jou zijn om hem te verleiden.'

'Luister eens, mevrouw Innes, misschien heb ik wat meer mannen gehad in mijn leven dan jij, maar ik ben geen slet. Let wel, jouw aantal veroveringen heeft zich onlangs verdubbeld, nietwaar?'

'Hou je kop.'

'Trouwens, het zou volslagen immoreel zijn. Ik ben gek op seks, maar ik stook niet in huwelijken.'

'Nee,' zei Nel opgewekt. 'Dat hoeft ook niet, als je er maar voor zorgt dat zijn hoofd niet meer naar bouwprojecten staat!'

Vivian zuchtte. 'Heel grappig. Ik vind je wel erg defaitistisch. We hoopten dat hele bouwproject tegen te houden. Dus wat heeft het voor zin om de Hunstantons aan onze kant te krijgen?'

'Misschien heb ik het mis, maar volgens mij zou het gemakkelijker zijn om de strijd aan te binden met Pierce en Kerry Anne, individuen dus, dan met iemand als Freebody, die waarschijnlijk honderden van dat soort bouwplannen heeft uitgevoerd.'

'En het heeft niets te maken met een zekere jurist?'

'Nee!'

'En heb je onlangs nog iets gehoord van een zekere jurist?'

'Niet veel! We zijn gisteravond alleen uit geweest. Ik zal naar zijn kantooradres een bedankje mailen. Simon heeft me trouwens vanmiddag bloemen gebracht.'

'Echt? Waar voelt hij zich dan schuldig over?'

'Nergens over! Hij had alleen tientallen telefoontjes voor me gepleegd en bracht even de gegevens langs.'

Vivs antwoord bestond uit een diepe zucht. Ze was duidelijk niet onder de indruk.

16

Later die week reed Nel terug na een bezoekje aan een vrouw die bijzonder lelijke tassen maakte die Nel onder geen beding op de markt wilde hebben, ondanks het feit dat ze als kraamhoudster voldeed aan alle voorwaarden. Onderweg zag ze ineens dat ze in de buurt was van het restaurant waar Jake haar mee naartoe had genomen.

Hoewel ze zichzelf constant voorhield uit zijn buurt te blijven, besloot ze toe te geven aan de sentimentele opwelling erlangs te rijden. Per slot van rekening zou ze zich de komende jaren misschien tevreden moeten stellen met alleen die paar herinneringen aan hun korte samenzijn, om de donkere dagen en nachten door te komen.

Er waren wegwerkzaamheden vlak naast het restaurant, en terwijl ze voor het provisorische verkeerslicht stond te wachten, kreeg ze de kans om het parkeerterrein te bekijken. Ze dacht eraan dat hij speciaal had gezocht naar een parkeerplek waar zij niet in een plas zou uitstappen. Zo attent.

Toen zag ze zijn auto. Hij was daarbinnen! Haar hart maakte een sprongetje. Ze dacht er half over om naar binnen te gaan om hem te zoeken. Ze kon wel een uitvlucht bedenken; als hij druk bezig was met klanten hoefde ze hem niet aan te spreken, dan kon ze alleen even de weg vragen of gebruikmaken van het toilet en weer weggaan. Plotseling was de behoefte hem te zien overweldigend. Ze keek net in het achteruitkijkspiegeltje, fronsend omdat ze door de opgebroken oprit en de wegwerkzaamheden naar de volgende rotonde moest rijden om van daar af het parkeerterrein op te rijden, toen hij naar buiten kwam. Hij was met Kerry Anne.

'Niet in paniek raken,' hield ze zich voor, terwijl het zweet al op haar haargrens en haar rug stond. 'Pierce zal zo wel tevoorschijn komen. Het is gewoon een zakenlunch, maar misschien is het beter als ik niet naar binnen ga.'

Het verkeerslicht stond nog steeds op rood. Ze dwong het in haar gedachten op groen te springen zodat ze niet langer de martelende aanblik hoefde te verdragen van Kerry Anne en Jake samen. Ze kon haar blik niet van hen losmaken. Ze zag hem met Kerry Anne naar een andere auto lopen – haar auto, blijkbaar. Dus ze waren niet samen hierheen gereden. Zei dat iets? En waar was Pierce?

Natuurlijk was het een zakelijke bespreking. Maar drie dingen kwamen tegelijkertijd bij haar op en botsten met elkaar: het beeld van Kerry Anne, flirtend met Jake toen Nel haar in zijn kantoor had ontmoet; Simon die haar terloops meedeelde dat hij Jake en Kerry Anne samen had zien lunchen; en de herinnering aan de Amerikaanse stem aan de telefoon bij Chris Mowbray.

Kerry Anne. Jake. Chris. Chris, die zo weg was van de plannen van Gideon Freebody. Jake die zo dol leek op Kerry Anne, die zoveel mogelijk geld wilde halen uit de erfenis van haar man. Als juridisch adviseur van de Hunstantons verkeerde Jake in een goede positie om Pierce en Kerry Anne ervan te overtuigen dat de verkoop van de grond aan Gideon Freebody de beste optie was. Als ze het aan Abraham verkochten, of Abraham het project lieten uitvoeren, zou Gideon Freebody niets krijgen. En als Jake samenwerkte met Gideon Freebody, zou dat wel het laatste zijn wat hij wilde.

Het zweet brak Nel uit. Ze was misselijk, en haar hoofd tolde alsof ze echt ziek was. O god, ik ben zo'n stommeling! Ze had zin om te huilen, niet de sentimentele tranen die ze een paar keer per dag wegpinkte, maar echt, hartverscheurend snikken, wat ze al een tijd niet had gedaan. Jake maakte haar het hof, had haar zelfs verleid, omdat zij het meest te maken had met het bestuur van het verpleeghuis. De andere leden, behalve natuurlijk Vivian, leken geneigd om Chris Mowbray te volgen. Chris moest ervan uitgegaan zijn dat hij Freebody wel aan hen kon opdringen, maar niet aan haar. Jake was ingeschakeld om haar rustig te houden, zodat ze geen problemen kon veroorzaken.

Misschien zag ze wel altijd het goede in mensen, maar ze was niet helemaal gek, ze wist wanneer ze werd bedonderd. Ze veegde in een opwelling van wroeging en wanhoop langs haar voorhoofd. Even had ze het gevoel dat ze de nagedachtenis aan Mark en hun geluk-

kige tijd had onteerd, door haar zinnen de kans te geven haar verstand zo te versluieren. Ze wreef krachtig tussen haar ogen, alsof ze
probeerde uit te wissen wat ze had gedaan.

Kerry Anne stond nu in haar tas naar haar sleuteltjes te zoeken. Jake
pakte ze aan en opende het portier voor haar. Ze draaide zich naar
hem toe, ging op haar tenen staan, legde haar armen rond zijn nek
en trok zijn hoofd naar zich toe.

De automobilist achter haar maakte haar duidelijk dat het licht op
groen gesprongen was. Hij toeterde hard, stak zijn hoofd uit het
raampje en schreeuwde. Ze zette de auto in de eerste versnelling en
reed weg, zonder dat ze had kunnen zien hoe Jake reageerde. Het
was vreselijk om niet te weten of hij dat tedere, liefdevolle gebaar
had beantwoord.

Maar of hij dat nu wel of niet of niet had gedaan, dit zei genoeg. Er
was absoluut iets gaande tussen Jake en Kerry Anne. Ze was gek geweest dat ze zichzelf had aangepraat dat het niet zo was. Nu had ze
het gezien, met haar eigen ogen.

Op een vreemde manier was het een opluchting. Haar gedachten en
dromen waren in één klap weggevaagd bij het zien van de lange man
die zich bukte om een tenger, knap, gretig vrouwtje te kussen, maar
nu had ze in elk geval zekerheid. Ze was uit haar lijden verlost. Ze
beet op haar lip om niet in huilen uit te barsten. Als ze huilde, zou
ze de auto moeten stoppen en zich laten gaan, en ze wilde nu naar
huis. *Uit haar lijden verlost.* Wat een uitdrukking. Wat het in dit geval
betekende, was dat ze zo diep in de put zat dat ze er misschien nooit
meer uit zou kunnen kruipen.

Fleur was thuis toen Nel binnenkwam. 'Hoi, mam, een kopje thee?'
'Nou schat, eerlijk gezegd heb ik liever iets sterkers. Hebben we
whisky in huis? Kijk eens achter de cornflakes, misschien staat daar
wat.'
Nel ging de woonkamer in en trok de eerste de beste spaniël op
schoot. Er was niets wat zoveel instant troost gaf als een spaniël. Al
kon ze op dat moment wel een heel asiel vol spaniëls gebruiken om
haar wanhoop te verzachten. Maar het was goed dat Fleur er was om
tegen te praten, om normaal tegen te doen.

'Simon heeft gebeld!' riep Fleur uit de keuken. 'Ik heb de fles gevonden. Hoe wil je het drinken?'

'In een glas. Heel simpel. Wat zei Simon?'

'Niets bijzonders. Hij vroeg alleen of je hem terug wilt bellen.'

Nel kreunde, harder dan haar bedoeling was. De laatste tijd kreeg ze bij de gedachte aan Simon alleen al een gevoel als vlak voor de menstruatie: nerveus en geïrriteerd. Nu wist ze zelfs niet of ze nog beleefd tegen hem kon doen. Fleur kwam binnen en gaf Nel een glas.

'Wil je hem niet terugbellen?'

'Oeps, wat een groot glas. Nee, niet meenemen! Ik drink het wel op. Ik bel hem later wel, niet nu. Ik heb zo'n rare dag gehad. Ik denk dat ik Viv zo meteen even bel.' Nel wist niet of ze dat wilde doen om Viv om de oren te slaan met 'heb ik het niet gezegd' of voor een klaagzang over het leven in het algemeen, over mannen en Kerry Anne. Waarschijnlijk allebei.

'Nou, Simon had het over een krantenknipsel of zoiets, dat volgens hem van nut kan zijn voor de campagne tegen het bouwproject.'

Nel ontspande toen de eerste slok whisky in haar maag gleed.

'Vreemd. Ik dacht dat hij zei dat er niets meer aan te doen was.'

'Mam! Nee toch! Dat land is toch van ons!'

'Ik wist niet dat het jou iets kon schelen! En nee, het land is niet van ons, het is van de Hunstantons, en zij gaan er nieuwe huizen op zetten.' Nu ze geen enkele hoop meer had dat Jake een rol in haar leven zou spelen, was dit feit nog onverteerbaarder geworden. 'Nu willen we proberen de Hunstantons ervan te overtuigen dat ze die aardige aannemer inhuren, en niet iemand die het kapitalisme een nog slechtere naam bezorgt.'

'Waar heb je het in vredesnaam over?' Fleur ging op de leuning van de bank zitten, met een glas water in haar hand.

'Er zijn twee aannemers. De een zal een nieuw dak aanbrengen op het verpleeghuis, tegen materiaalprijs, en de andere wil er tientallen konijnenhokken neerzetten en ons beroven van de doorgang naar de rivier.'

'Konijnenhokken kunnen best leuk zijn. Ik hou wel van konijnen.'

'Fleur!'

'Oké. Ik weet wel wat je bedoelt.'

Nel zuchtte en sloot haar ogen. 'En alsof dat nog niet erg genoeg is, is het ook nog heel goed mogelijk dat we het tehuis kwijtraken. Ik heb zo'n afgrijselijk voorgevoel dat onze voorzitter van plan is het te verkopen aan de aannemer – die inhalige, niet die aardige.'

Fleur knikte wijselijk. 'Lastig.'

Nel kon een flauw glimlachje forceren. 'Dat verklaart waarom ik behoefte had aan een borrel, en waarom ik Viv wil spreken.' Het was niet de werkelijke reden, maar die wilde ze niet aan Fleur vertellen. Fleur had al geen belangstelling meer. 'Ik barst van de honger. Zullen we vragen of Viv komt eten, dan halen we Indiaas. Als jij nu bestelt, dan kan zij het ophalen. Hoef je niet te koken.'

Nel moest nu echt lachen, hoe ellendig ze zich ook voelde. 'Ik dacht dat jij misschien een lichte, caloriearme maaltijd zonder vrije radicalen en anti-oxidanten in elkaar wilde flansen?'

Fleur schudde haar hoofd. 'Ik maak pasta of pasta, iets moeilijks doe ik niet.'

'O! Dat heb ik je nog niet eens verteld! Ik heb vorige week een geweldige kok ontmoet!' Het was fijn om met Fleur over gewone dingen te kunnen praten. 'Hij gaat koken op de boerenmarkt. Zo'n engel! Misschien kan hij jou zelfs inspireren om eens wat vaker de keuken in te gaan.'

'Mam! Je wilt toch geen gigolo, hè?

'Natuurlijk niet! Het idee!' zei Nel, terwijl ze zich afvroeg hoeveel jonger een man moest zijn om voor die benaming in aanmerking te komen, en besloot dat Jake veel te gevaarlijk was voor die positie. Ze zuchtte diep. Zijn armen om haar heen te voelen, nog één keertje maar. Het was allemaal zo pijnlijk. Ze nam snel een slok whisky, zodat Fleur haar niet kon horen kreunen.

Fleur, bang dat ze nooit wat te eten zou krijgen, stond op. 'Zal ik de telefoon pakken, zodat jij Viv kunt bellen? Ik sterf hier nog eens van de honger.'

'Je bent een dure kostganger, weet je dat, Fleur.'

Fleur grinnikte. 'Ja, maar ik ben het waard.'

Viv wilde graag komen, gaf haar bestelling op aan Fleur en Nel verliet de comfortabele bank om de keuken toonbaar te maken. Het vooruitzicht van een gezellig avondje met Viv en Fleur deed haar haar ellende even vergeten. Ze was tenslotte volkomen gelukkig geweest voordat ze Jake ontmoette. Er was geen reden om aan te nemen dat ze dat niet weer kon worden. Terwijl Nel voorbereidingen trof voor de Indiase maaltijd en kranten over het geplastificeerde tafelkleed legde, zodat er geen verwoestende curryvlekken konden komen, ging de telefoon. Ze haalde de borden uit de oven voordat ze opnam. Dat zou Simon zijn. Het schuldgevoel knaagde even omdat ze hem niet had gevraagd mee te eten.

Het was Jake.

Ze kreeg onmiddellijk een droge mond. 'O, ben jij het.' Hoe kon ze ooit nog normaal tegen hem doen?

'Wie verwachtte je dan?'

'Simon.'

'O, juist ja.'

Met enige inspanning kon ze wat speeksel aanmaken, om iets te zeggen. Als hij haar nu eens naar hem had zien kijken op het parkeerterrein? Dat zou zo vernederend zijn. 'Ik had je moeten bellen om je te bedanken voor het etentje...'

'Waarom heb je dat dan niet gedaan?'

'Ik heb je telefoonnummer niet.'

Hij lachte. 'Dat is een verklaring. Zal ik het je geven?'

'Nou, nee, doe geen moeite. Ik kan je nu wel bedanken, nu ik je toch aan de lijn heb. Heel erg bedankt voor het etentje van vorige week. Ik heb echt een leuke avond gehad. Ik hoop dat je mijn e-mail hebt ontvangen.' Haar stem klonk vlak en gekunsteld en ze hoopte dat hij het niet hoorde. Het laatste wat ze wilde, was dat hij wist hoeveel pijn hij haar had gedaan.

'Nou, ik ben blij dat te horen. Wat ben je aan het doen?'

'Viv komt zo langs met Indiaas eten. We gaan over het verpleeghuis praten.'

'O, mag ik ook komen?'

Hoeveel vrouwen wilde hij er tegelijk op nahouden? Kerry Anne bij de lunch – en het was vast een lange lunch geweest – haar en Viv en Fleur bij het avondeten. 'Nee. Het is alleen voor dames. En mensen wie het verpleeghuis ter harte gaat.'

'Dat gaat mij ook ter harte.'

Maar niet zoveel als Kerry Anne. 'Niet genoeg, anders zou je anderen niet stimuleren daar huizen neer te zetten.'

'Ik stimuleer helemaal niemand, ik verleen alleen mijn diensten aan iets wat niet tegen te houden is.'

'Hoe je het ook wilt noemen, je bent nog steeds de vijand als het om het verpleeghuis gaat.' Ze kneep haar ogen stijf dicht, in de hoop dat hij niet nog meer diensten verleende aan de Hunstantons, of aan Gideon Freebody. Nu ze iets kalmer was, herinnerde ze zich zijn merkwaardige hints tijdens het etentje, en ze raakte in de war.

'Dus dan zal ik maar niet langskomen?'

'Liever niet, nee.' Waarom kon ze niet gewoon 'nee' zeggen als ze dat meende? Waarom wilde ze hem nog steeds zien, ondanks alles? 'Viv en ik moeten echt aan het werk. Die curry is alleen om Fleur een plezier te doen.'

'Hebben jullie er ook gebakken uitjes bij?'

'Ik denk het wel. Fleur heeft de bestelling doorgegeven.' Hoewel het gesprek in feite afgelopen was en hij misschien wel model stond voor de grootste oplichter op aarde, wilde ze zijn stem blijven horen. 'Ik ben dol op gebakken uien.'

'O ja?'

'Nel, is alles wel goed? Je klinkt een beetje raar.'

'O ja? Ik denk dat ik gewoon moe ben.'

'Je was laatst ook moe, maar toen klonk je niet zoals nu.'

'Misschien een ander soort vermoeidheid. Maar eh, ik moet nu ophangen. Tot ziens.'

'Mam! Was dat Jake? Waarom deed je zo raar tegen hem?'

'Zoals ik al zei, ik ben moe.' Ze draaide zich om zodat Fleur niet kon zien dat ze bijna in tranen was.

Ze had diep in haar hart altijd geweten dat Jake haar geen tweede blik zou gunnen als er een jongere, knappere vrouw in beeld kwam. Nu had ze daar met eigen ogen het bewijs van gezien. En ze was zo buiten zinnen geweest dat ze met hem naar bed was gegaan. Wanhoop bekroop haar. Ze kon in gedachten al horen hoe Chris Mowbray, de Hunstantons en Gideon Freebody erover zouden praten.

'Zij is een grote hinderpaal,' zou Chris hebben gezegd. 'Sleur haar het bed in, Jake, en zorg dat ze uit je hand eet. Ze is al over de veertig, ze is weduwe, dus ze zal je dankbaar zijn. Je hoeft het maar één keer te doen. Het zal de moeite lonen om haar rustig te houden...'

Het was een pijnlijke gewaarwording dat zij, een steunpilaar voor de gemeente, iemand die voor iedereen klaarstond, zichzelf het bed in had laten lokken (er bestond een kernachtiger uitdrukking waar ze niet eens aan wilde denken) door iemand die haar voor zijn eigen doeleinden gebruikte. Ze had nog wel een whisky willen inschenken, als Fleur haar niet zo bevreemd had aangekeken, en ze kreeg ook niet de tijd om haar verdriet te verdrinken.

Viv kwam binnen, beladen met dampende plastic zakken, zodat ze zich niet meer kon overgeven aan haar ellende. Ze zou moeten wachten totdat Fleur naar bed was, voordat ze Viv in vertrouwen kon vertellen wat ze had gezien. En zelfs de immer optimistische Viv zou daar moeilijk nog iets positiefs over weten te zeggen.

Terwijl Viv langs de honden liep, die dol op haar waren en de tijd namen om haar dat te laten blijken, had Nel even de gelegenheid om te bedenken dat hij, zelfs als hij haar niet had verleid om haar koest te houden, een zeer intelligente, aantrekkelijke man was, en dat hij het waarschijnlijk nooit lang bij een en dezelfde vrouw kon houden. Hij was waarschijnlijk als kind aandacht tekortgekomen. Ze kon niet verwachten dat ze hem langer dan een paar weken kon boeien. En ze wist dat dit niets te maken had met het feit dat ze over de veertig en weduwe was.

Onder het genot van enkele duizenden calorieën en talloze papadums bespraken Nel en Viv de kwestie van het verpleeghuis, waarbij Nel bewust geen woord zei over Jake.

'Ik kan niet zeggen dat ik op het ogenblik nog veel hoop heb,' zei Nel, toen ze merkte dat Viv haar aandachtig zat op te nemen, wat haar het gevoel gaf dat ze een reden moest geven voor haar moedeloosheid die ook Fleur zou accepteren. 'Ik bedoel dat Christopher en de Hunstantons en Gideon hoe-heet-ie-ook-weer allemaal onder een hoedje spelen. Ik durf te wedden dat zij weten van wie dat lapje grond is en dat ze alles al bedisseld hebben. Wil jij thee, of nog een biertje?'

'Thee, graag –' Viv zweeg toen de deurbel ging. 'Verwacht je iemand, Nel?'

'Als dat Jake is,' zei Nel kwaad terwijl ze over de honden struikelde toen ze op weg ging naar de deur, met een hart dat alsof ze een tiener was in haar keel klopte, 'dan vermoord ik hem.'

'Hoezo?' riep Viv. 'Houd je iets voor me achter?'

'O, hallo, Simon,' zei Nel. 'Hadden we iets afgesproken? Heeft Fleur vergeten een boodschap van je door te geven?'

Ze wist dat dit niet eerlijk was. Fleur vergat nooit iets door te geven. (De jongens vergaten het vaak genoeg.)

Simon schudde zijn hoofd. 'Nee, ik kwam alleen even langs om je nog een lijstje met adressen uit de Gouden Gids te geven van boeren die misschien een kraam willen. Mensen die ik nog niet te pakken had kunnen krijgen. En ook...' hij zweeg even. 'Misschien wil je dit ook wel weten.' Hij zwaaide met een vel papier. 'Dit heb ik van internet gehaald.'

'Nou, heel erg bedankt voor al die namen, Simon. Dat is echt heel lief van je. Het moet je uren hebben gekost. Kom binnen.' Ze plakte een hartelijke glimlach op, vele seconden te laat, besefte ze schuldig. Hij had al dat werk voor haar gedaan, en zij was niet eens dankbaar, ze deed niet eens alsof. En Simon wilde haar alleen om wie ze was, en verder niets. 'Viv is er ook. We zitten net curry te eten en over het verpleeghuis te praten.'

Simon kwam de keuken binnen. Hoewel hij zijn best deed om het niet te laten blijken, was de afkeer duidelijk van zijn gezicht af te lezen toen hij de berg folieschaaltjes zag, de vuile borden, plastic zakken waar nog salade en uien uit staken, stukjes papadum en flesjes bier.

'Hallo, Simon,' zei Vivian. 'Kom zitten en eet wat mee, er is nog genoeg.'

'Nee, bedankt, ik heb al gegeten. Ik kwam dit alleen even aan Nel laten zien. En aan jou ook, neem ik aan.'

Nel pakte het papier tussen duim en wijsvinger aan, maar kon niet voorkomen dat er meteen een vetvlek op kwam. 'Toe, ga zitten, Simon,' zei ze.

Het was een kopie van een artikel uit een plaatselijke krant. Ze nam het snel door. Het was het verslag van een rechtszaak waarin een aannemer en een advocaat werden vrijgesproken van het illegaal slopen van een groot bejaardencomplex met de bedoeling woonhuizen op die grond te zetten. Nel kon het niet opbrengen alles te lezen; de boodschap was erg genoeg. Jake Demerand werd niet genoemd, maar er was een foto van hem waarop hij het gerechtsgebouw verliet. Het was een wazige foto, maar hij was het onmiskenbaar.

'Laat eens kijken.' Viv pakte het papier van haar aan. 'Het lijkt Jake wel. O, gelukkig. Hij is vrijgesproken.'

'Ik vond dat Nel dit moest zien,' zei Simon. 'Het zou haar kunnen helpen bij de campagne tegen de bouwplannen.'

'Het is niet alleen Nels campagne, Simon. Het hele bestuur is tegen die bouw,' zei Vivian. 'Al onze inzamelingsacties hebben we op dat terrein gehouden. En we moeten een doorgang hebben naar de rivier.'

'Ik ga maar eens thee zetten,' zei Nel, die het niet meer over Jake en het verpleeghuis wilde hebben. 'Heb ik jullie dat al verteld? Ik heb vorige week een geweldige kok leren kennen voor de boerenmarkt. Hij is er geknipt voor. En koken kan hij ook.'

'Je mag wel uitkijken, Simon,' zei Fleur. 'Volgens mij heeft mama plannen om een gigolo te nemen.'

'Wat een goed idee!' zei Vivian. 'Een man die goed is in bed én in de keuken! Een betere combinatie bestaat er niet.'

Simon schoof ongemakkelijk heen en weer op zijn stoel. Nel zuchtte. Vivian was te grof voor Simon, en ze wist zeker dat ze dat expres deed. Ze wist zich uitstekend te gedragen, maar als Simon in haar buurt was deed ze altijd haar best om hem te shockeren. Kon ze zich binden aan een man die niet kon opschieten met haar beste vriendin? Ze kon niet zonder die vriendin, dat was duidelijk; geen enkele man was dat waard.

'Je weet niet of hij goed is in bed,' zei Fleur, waarop Simon nog minder op zijn gemak leek.

'Nou, misschien moet je hem het een en ander bijbrengen,' zei Vivian. 'Geef hem een paar aanwijzingen. Maar al die jeugdige energie, wauw! En daarna een heerlijk hapje. Klinkt perfect.'

'Ik zal je zijn adres geven,' zei Nel, die wenste dat ze in de juiste stemming was voor dit soort praatjes. 'Laten we het nog even over het tehuis hebben.' Ze dronk een flesje bier leeg, zich ervan bewust dat Simon het vreselijk vond als vrouwen uit een flesje dronken. Ze was er zelf eigenlijk ook niet zo dol op, maar ze had geen schone glazen meer. 'Wat we van plan zijn, Simon, is de Hunstantons ervan te overtuigen dat ze moeten instemmen met het plan van Abraham, namelijk een nieuw dak voor het tehuis, en niet met het plan van Gideon-hoe-heet-ie, dat in alle opzichten een ramp belooft te worden.'

Simon schudde alwetend zijn hoofd, waardoor Nel zich meer aan hem ergerde dan ooit. 'Ik heb onlangs golf gespeeld met Chris Mowbray, en volgens hem zijn de Hunstantons beter af met die grote aannemer.'

'Nou, laten we hopen dat ze zijn advies niet opvolgen!' vond Vivian fel.

'Ze zouden het slechter kunnen treffen. Hij weet een heleboel van zakelijke investeringen.'

'Maar als jij dan zo goed bevriend bent met Chris Mowbray,' hield Vivian vol, 'waarom kom je dan bij ons aan met ideeën om de bouw tegen te houden?'

'Wie wil er thee?' vroeg Nel. Ze vond ruzie al vreselijk onder normale omstandigheden maar nu ze met een gebroken hart zat kwam alles nog harder aan dan anders. Ze wist dat Viv Simon niet vertrouwde.

Simon wierp een blik op Nel. 'Ik dacht alleen dat jij dit moest weten, meer niet.'

Het ging om Jake, besefte Nel. Dit is zijn manier om me te laten weten dat het een schoft is. Nou, bedankt, Simon, maar daar was ik zelf al achter gekomen.

'Nog iemand thee, of ben ik de enige?'

'Ik graag vrouwenthee,' zei Vivian, 'als je dat in huis hebt. Ik heb iets sterks nodig. Ik zou wel een whisky willen als ik niet moest rijden.'

'Simon?'

'Ik drink dat heksenbrouwsel niet waar Viv zo dol op schijnt te zijn. Liever een kop koffie. Oploskoffie is goed.'

'Best,' mompelde Nel in zichzelf, 'iets anders is er niet.

Fleur?' zei ze hardop. 'Wil jij iets met gekookt water?'

'Nee, dank je, mam. Ik houd het bij bier.'

'Is er morgen geen school?' vroeg Simon. Niemand sloeg er acht op. 'Je moet het je niet zo aantrekken van dat bouwproject. Mensen moeten toch ergens wonen, Nel.'

'Dat weet ik wel. En er mogen ook best woningen komen. Alleen willen wij de juiste woningen,' zei Nel, terwijl ze theezakjes op en neer bewoog en het liefst naar boven was gegaan om eens flink te huilen. 'Dus, als we allemaal accepteren dat er huizen worden gebouwd op Paradise Fields, waarom krijgt Jake Demerand dan de volle laag?' Ze had het niet willen zeggen. Waarschijnlijk kwam het door de whisky dat ze dingen zei waar ze spijt van zou krijgen.

'Hij is mij een te gladde jongen. Ik zei nog tegen Kerry Anne...'

'Wat?' vroeg Vivian verontwaardigd. 'Wat zei jij tegen Kerry Anne?'

'Dat Demerand misschien niet de beste adviseur voor hen is.'

'Nou snap ik het niet meer,' zei Fleur.

'Dat krijg je als je bier drinkt op een doordeweekse avond,' zei Viv. Fleur negeerde haar peetmoeder. 'Je komt hier met een uitdraai van internet voor mama, om haar te helpen bij die campagne, en dan zeg je dat je denkt dat de Hunstantons de verkeerde adviseur hebben ingehuurd. Dat is dan toch juist goed, als mama geen huizen op Paradise Fields wil hebben?'

Simon lachte. 'Dat bedoelde ik niet precies, Fleur. Er is al jaren een bouwvergunning. Dat is niet meer tegen te houden.'

Fleur genoot ervan met Simon te redetwisten als niemand haar iets in de weg kon leggen. 'Ik weet zeker dat dat zou kunnen, als we maar genoeg ons best doen. Onszelf ingraven of vastketenen, dat kan toch?' Ze pakte Simons vel papier van de groenteschotel. 'Kan dit ons van dienst zijn?'

'Ik denk het niet,' zei Nel, die de bekers ronddeelde. 'Als we de Hunstantons laten zien dat hun juridisch adviseur betrokken is geweest bij een kwalijk zaakje, nemen ze gewoon een andere...'

'En de volgende zou wel eens niet zo aantrekkelijk kunnen zijn,' vulde Vivian weinig behulpzaam aan.

'... dus het maakt niets uit,' besloot Nel.

'Het punt is, we weten geen van allen wat de Hunstantons gaan doen,' zei Vivian, terwijl ze haar thee dronk. 'We kennen ze eigenlijk helemaal niet.'

'Chris wel,' zei Simon. 'Hij heeft onlangs kennis met ze gemaakt. Ik denk dat hij hen wel tot de juiste beslissing kan brengen.'

'Ja, in jouw ogen,' zei Fleur. 'Als makelaar zul jij er wel belang bij hebben dat er veel huizen worden verkocht.'

Nel keek haar fronsend aan. Voor je mening uitkomen was een ding, grof worden iets anders.

'Nou, ik geloof niet dat we buiten het bestuur om over dingen moeten praten die het verpleeghuis aangaan,' zei Vivian, die anders altijd wel te porren was voor een roddelpraatje.

'Juist,' zei Nel, en begon de tafel af te ruimen. Ze wilde dat iedereen wegging, zodat zij kon nadenken.

Ze begonnen allemaal weer te praten. Nel hield zich afzijdig, ze was veel te somber gestemd.

'Moe, Nel?' vroeg Simon even later.

Viv en Fleur ruimden de vaatwasmachine in en Nel liep naar de woonkamer, ogenschijnlijk om vuile kopjes en glazen te halen, maar eigenlijk om rust te hebben. Ze vond het niet erg prettig dat ze was gevolgd, maar ze had niet de energie om Simon ervan te weerhouden haar in zijn armen te nemen.

'Een beetje,' mompelde ze tegen zijn jasje. 'Ik heb een razend drukke dag gehad.' Ze probeerde zich los te maken, maar dat stond hij niet toe.

'Laat mij het voor je goedmaken,' zei hij zwoel en maakte aanstalten om haar te zoenen.

Ze kromp ineen in zijn armen en draaide haar mond weg. Niet nu; ze kon nu zijn liefkozingen niet verdragen. 'Sorry, Simon. Ik ben niet zo in de stemming.'

'Ik dacht dat we eigenlijk eens over onze toekomst zouden moeten praten, nu Fleur bijna uit huis is...'

Ze maakte zich los. Ze had niet graag dat hij het over Fleur had alsof ze een of andere kleverige substantie was die met een speciaal reinigingsmiddel verwijderd moest worden.

'Het spijt me,' ging hij verder, en legde zijn handen op haar schouders. 'Ik ben te overhaast bezig. Je hebt meer tijd nodig om na te denken. Maar ik wil dat je weet wat ik voor je voel. Als dat gedoe met het verpleeghuis achter de rug is, dan neem ik je ergens mee naartoe, een weekendje uit, en dan zal ik je herinneren aan...'

'Waaraan? Waar ga je me aan herinneren?'

Hij lachte, om haar te laten merken dat hij wist dat ze hem plaagde en het niet erg vond. 'Ik zal je eraan herinneren dat je een vrouw bent, met de behoeften van een vrouw.'

Nel deed een paar stappen naar achteren en ging op de bank zitten; 'behoeften van een vrouw' deed haar denken aan een reclame voor maandverband of intieme-verzorgingsproducten. 'Het spijt me. Ik reageer niet erg aardig. Ik denk dat ik me te veel heb laten meeslepen door het verpleeghuis en de boerenmarkt om nog aan iets anders te kunnen denken.'

Viv kwam binnen. 'Het ziet er in de keuken al een stuk beter uit, dus ik ga er nu vandoor zodat jullie tortelduifjes rustig naar het nieuws kunnen kijken.'

Nel stond snel op. 'Je krijgt nog geld voor de curry!'

'Ik trakteer. Laat maar zitten.'

'Nee, nee.' Nel liep snel langs Viv naar de deur. 'Ik haal mijn tas. En ik moet even wat met je bespreken,' ging ze door toen ze buiten Simons gehoorveld stonden.

'Wat is er?' vroeg Vivian op fluistertoon.

'Ik heb iets gezien. Het is waarschijnlijk niet heel erg belangrijk...'

'Maar kennelijk wel voor jou. Kom morgen langs, dan praten we erover.'

'Dan ga je toch niet naar de bijen, hoop ik? Ik kan niet nog meer spanning aan.'

'Nee, ik ben gewoon thuis. Ik heb geen afspraken tot morgenmiddag. Ga nu maar gezellig bij Simon op de bank zitten.'

'Daar heb je me nooit eerder toe aangezet.'

'Ik weet nu dat je buiten gevaar bent. Iemand die met Jake naar bed is geweest, zal waarschijnlijk niets meer met Simon op touw willen zetten.'

'Viv! Ik ben rond negen uur bij je. Ik heb daarna een hele lijst met namen af te werken, maar ik moet toch eerst de honden uitlaten.'

Toen Nel weer in de woonkamer kwam, zat Simon daar, zoals Viv al had gedacht, verdiept in het nieuws. Hij tikte op de bank naast hem. 'Kom hier zitten. Het is gezellig om hier samen tv te kijken.'

Nel keek niet graag naar het nieuws. Ze vond het weinig opwekkend en ze kon er toch niets aan veranderen. Daarom keek ze alleen naar onzinprogramma's, en vulde ze haar leven met hulp aan anderen.

Ze ging naast Simon zitten, sloot haar ogen en liet toe dat hij zijn arm om haar schouders legde, ook al zat ze daardoor een stuk minder lekker.

'Hè, gezellig,' zei Simon. 'Ik zou hier best aan kunnen wennen. Jij en ik samen, voor de tv. Per slot van rekening zijn we te oud voor hartstochtelijke toestanden, wat jij?'

Nel had haar ogen nog dicht. Misschien was ze daar inderdaad wel te oud voor. Misschien was hartstocht wel ongezond op haar leeftijd. Misschien moest ze Simon maar bij haar laten intrekken, en Jake vergeten. Tot haar ergernis kroop er een traan onder haar stijf dichtgeknepen oogleden door. Ze snifte.

17

'En, wat kon je me nou gisteravond niet vertellen?' vroeg Viv toen
ze de deur opendeed. 'Waar Simon bij was?'
Nel nam de tijd om Hazel, Vivs whippet, te begroeten, die zo vaak
bij Nel en haar honden logeerde dat ze praktisch deel uitmaakte van
het gezin. 'Jij laat er geen gras over groeien, moet ik zeggen!' klaagde ze. 'Niet eerst even "Hallo, Nel, wil je een kopje thee" of zoiets.'
'Hallo, Nel, wil je een kopje thee of zoiets, en vertel me dan in vredesnaam waarom je gisteravond zo raar deed.'
'Deed ik raar? Ik was waarschijnlijk aangeschoten. Ik heb een half
glas whisky achterover geslagen toen ik thuiskwam.'
'Je was niet aangeschoten, lieverd, je was nerveus. Kom, vertel alles
maar aan tante Viv.'
Ze liepen de keuken in, die helemaal was zoals Nel hem zelf zou
willen hebben, alleen kleiner. De onderkant van de kasten was van
hout, de bovenkant van glas. Daarin stonden alle glazen en kom-
metjes netjes in rijen of opgestapeld. De bijpassende porseleinen bekers hingen eronder aan haakjes. Het werkvlak zelf, ook van massief
hout, glom van de bijenwas en er stonden alleen een Alessi ketel en
een Dualit broodrooster op. Zelfs Vivs vaatbenodigdheden waren
stijlvol en elegant. Een prachtige, houten schaal vol verse vruchten
stond op de ronde keukentafel, maar meer ook niet. Waar Viv haar
post opende, haar giro's schreef, de krant las en de kruiswoordpuzzel
oploste, wist Nel niet, maar het was kennelijk niet op dezelfde plek
als waar zij dat zelf deed.
'Ga zitten. Dan maak ik een lekker sapje voor je,' zei Viv. 'Je hebt een
oppeppertje nodig zonder cafeïne. Wat vind je lekker? Appel en
mango kan ik aanraden. Misschien met wat wortelsap?' Viv pakte
een sapcentrifuge uit de kast en zette die op het werkblad.
'Zal ik de wortel voor je schillen?' vroeg Nel, terwijl ze zich, niet

voor de eerste keer, afvroeg hoe Vivian zo tolerant kon zijn tegenover Nels chaotische levensstijl, terwijl ze zelf zo ordelijk was.

'Nee hoor. Het staat allemaal klaar in de koelkast. Nou, wat heb je te vertellen?'

'Eigenlijk een heleboel. Zo weet ik bijvoorbeeld dat er iets speelt tussen Kerry Anne en Jake.'

'Dat kun je niet weten! Tenzij je met je eigen ogen hebt gezien –'

'Dat heb ik! Ze kuste hem. Ze had haar armen om zijn nek en hij boog zich naar haar toe.'

'Wat zei hij toen hij jou zag? Hoe gedroeg hij zich? Schuldig? In verlegenheid gebracht?'

'Hij zag me niet. Ik zat in de auto, op de terugweg van een vreselijke vrouw die weeft – misschien ook wel haar eigen haar – en toen zag ik ze op het parkeerterrein van het restaurant waar hij met me heeft gegeten.'

'O.'

Nel zuchtte. 'Rotkerels! Je zou toch denken dat dat een heilige plek is, niet?'

Vivian schudde haar hoofd. 'Ik ben bang dat zij alleen maar denken dat het een mooie plek was om te eten, en meer niet.'

'Goed, nu weet ik dat hij me met een slinks motief het bed in heeft gesleurd.'

'Waarom zeg je dat? Zelfs als je het goed hebt gezien dat hij en Kerry Anne –'

'Ik héb ze gezien, Viv.'

'Maar wat zou dan het motief zijn? Ik begrijp niet wat je bedoelt.'

'Om me koest te houden! Ik bedoel, wie van het bestuur, behalve jij dan, zou de meeste problemen maken, protest aantekenen, ruziemaken met Christopher over de verkoop van die grond?'

Viv leek weinig overtuigd. 'Muriel kan ook heel lastig zijn,' grapte ze.

'Nou, hij zal niet met Muriel naar bed gaan, dacht je wel? Ze is ruim over de zeventig en ze heeft twee plastic heupen!'

'En ik ben er ook nog.'

'Natuurlijk, en ik ben ervan overtuigd dat jij eerste keuze zou zijn geweest.'

'Dus, als hij dan niet verkikkerd was op jou, waarom is hij dan niet met mij naar bed geweest? Ik voel me beledigd!'

'Omdat jij, leeghoofdje, duidelijk een bevredigend seksleven leidt! Jij bent geen weduwe, niet te dik, niet ouder dan veertig of radeloos, en dus geen dankbaar slachtoffer.'

Viv schudde haar hoofd. 'Ik weet zeker dat je het mis hebt.' Ze drukte op een knop en perste een wortel tot sap.

'Ik verzin het heus niet. Ik heb hem echt gezien met Kerry Anne en – heb ik je dat al verteld? – toen ik bij Chris was, om de akte te zien, belde Kerry Anne op. Dus tenzij ze ook een verhouding heeft met Chris, bewijst dat min of meer dat er contact is tussen Chris en de Hunstantons.'

'Ik moet toegeven dat je na Jake nooit iets met Chris zou willen.' Een paar appels ondergingen hetzelfde lot als de wortel.

'Persoonlijk zou ik liever dood neervallen dan dat ik iets met Chris zou hebben.'

'Dus zo wanhopig ben je niet.'

'Niemand kan zo wanhopig zijn. De gedachte alleen al – dat hij me aan zou raken – is echt weerzinwekkend.'

Viv haalde een mes langs een mango, sneed hem doormidden en verdeelde de ene helft in blokjes, zodat hij eruitzag als een egel in gevechtshouding. 'Het is zo vreemd. Het idee om in bed te liggen met iemand die je aantrekkelijk vindt kan heerlijk zijn, terwijl het idee dat je hetzelfde met iemand anders doet je misselijk kan maken.' Nog een haal met het mes, een afgrijselijke herrie, en de blokjes waren verleden tijd.

Nel zuchtte terwijl ze toekeek hoe Vivian de inhoud van de kan in een glas goot.

'Hier, drink maar op.'

Nel nam het dankbaar aan. 'Heerlijk. Ik zou dat soort dingen ook wel willen maken, alleen moet ik er niet aan denken om zo'n sapapparaat te moeten afwassen.'

'Het is geen punt als je het meteen doet.'

'Dat zal best. Maar ik zou het nooit meteen doen. Iets zou me ervan weerhouden. En de kinderen zouden alle mango's opeten.'

'Dat is het voordeel van alleen wonen. Dus we denken te weten dat er iets onverkwikkelijks gaande is tussen Jake en Kerry Anne: zeer onethisch. En vinden we dat hij in andere opzichten ook onethisch bezig is?'

'Dat vinden we niet alleen, we weten het praktisch zeker! Denk maar aan dat artikel dat Simon van internet heeft geplukt. Als hij in het geniep voor Gideon Freebody werkt, krijgen de Hunstantons niet bepaald onpartijdig advies!'

'Heb je die uitdraai bij je?'

'Nee, die zat vol vetvlekken. Ik heb hem moeten weggooien.'

Vivian ging met haar glas sap aan de tafel zitten. 'En we denken dat Chris Mowbray ook met hen onder een hoedje speelt, wat betekent dat wij, en Muriel, de enigen zijn die het opnemen voor het verpleeghuis.'

'Als Chris en die andere man in het bestuur hun zin krijgen, wordt het gebouw gesloopt en komen er huizen op dat stuk grond.'

'En hoeveel geld we er ook voor zouden inzamelen, het zou nooit genoeg zijn om een nieuw gebouw neer te laten zetten; dat zou nooit lukken. Dat is de reden waarom oude gebouwen nooit verzekerd kunnen worden. Dat sap is echt zalig,' vervolgde Nel. 'Het zou wel schelen als we wisten hoe ver Abraham is met zijn onderzoek naar het testament. Als we zeker wisten van wie dat lapje grond is, zouden we veel sterker staan. Ik neem aan dat we gewoon maar moeten wachten totdat hij een kopie van het testament heeft.'

'En, wat gaan we dan doen?'

'Nou, als het waar is dat Christopher geniepig bezig is, moeten we voorzien wat hij gaat doen en een plan klaar hebben.'

'Dat kan wettelijk gezien heel lastig worden. Ik neem aan dat we geen hulp aan Jake kunnen vragen?'

'Ik dacht het niet! Niet als we min of meer weten dat hij niet te vertrouwen is.' Nel plantte haar ellebogen op de tafel en steunde haar hoofd in haar handen.

Viv klopte haar op de schouder. 'Ach, arm kind!'

'Nee hoor, ik red het best. Ik zit alleen te denken.' Waarover ze zat te denken was hoe vreselijk moeilijk het was om je te concentreren wanneer je hart, zo niet gebroken, dan toch ernstig beschadigd is.

'Ik denk toch dat je het waarschijnlijk mis hebt wat Jake betreft.'

'Vivi, ik heb hem toch gezien –'

'Je zag dat Kerry Anne hem een zoen gaf. Het kan ook best een on-schuldig kusje op zijn wang zijn geweest. Iedereen zoent elkaar te-genwoordig.'

'Dat hoef je mij niet te vertellen,' zei Nel, nog steeds met haar hoofd in haar handen. 'Die verrekte mistletoe!'

Vivian haalde haar schouders op. 'Het was kerst. Hij vond je leuk.'

'Dat denk ik niet, Viv. Denk eens na. Waarom zou hij mij uitkiezen? Waarom niet gewoon een tak mistletoe kopen en weggaan? Omdat iemand hem had verteld dat ik in de inzamelingscommissie van het verpleeghuis zit. Misschien hebben ze zelfs wel gezegd dat ik invloed heb.' Ze zweeg even. 'Lach maar niet. Ik ken inderdaad een heleboel mensen, en zolang we zonder directeur zitten, bevindt het verpleeg-huis zich in een kwetsbare positie. Ideaal voor iemand die er korte metten mee wil maken.'

Vivian ging met haar vinger langs de rand van haar lege glas. 'Ik zie nog steeds niet in waarom jij verleid zou moeten worden om je con-tacten, hoeveel dat er ook mogen zijn. Bovendien, waarom zou Jake dat doen? Hij werkt voor de Hunstantons.'

'Ja, maar als hij en Gideon Freebody, en Chris Mowbray en weet-ik-wie-nog-meer iets verschrikkelijks van plan zijn, wie kan dat dan beter in gang zetten dan Jake? Hij verkeert in de juiste positie om de Hunstantons ertoe over te halen met Gideon Freebody in zee te gaan. En, mochten ze de commissie nodig hebben om aan hem de grond van het verpleeghuis te verkopen, om mij uit zijn hand te laten eten, met me naar bed te gaan, te maken dat ik verliefd op hem word' – er schoot een pijn door haar heen die voelde alsof ze wer-kelijk in haar borst werd gestoken – 'zodat ik geen stennis maak.'

'Ben je verliefd op hem, Nel?' Vivian vroeg het fluisterend.

Nel beet op haar lip en knikte. 'Ik geloof het wel. Ik weet niet waar-door ik me anders zo beroerd voel.'

'Verliefdheid zou je gelukkig moeten maken.'

'Maar niet in dit geval. O, in het begin wel, toen ik me alleen maar zorgen hoefde te maken over het feit dat ik Simon ongelukkig maak-te, en zelfs dat ging niet erg diep. Maar nu! Het is vreselijk, Viv! Ik weet niet wat ik met mezelf aan moet, al helpt het wel als ik steeds bezig blijf. Ik kan alleen maar aan hem denken. Ik haat hem, maar ik kan hem niet uit mijn hoofd krijgen. Het is net een sf-film uit de jaren vijftig van de vorige eeuw.'

'Wat?'

'Je weet wel, dat de macht over je hersenen wordt overgenomen door buitenaardse wezens; je ziet er vanbuiten hetzelfde uit, maar vanbinnen ben je een wirwar van slangen.'

'Ach, arme meid!'

'Maar even terug naar de praktijk. Wat gaan we doen?'

'Nou, het ergste scenario is dat Jake met je naar bed is gegaan omdat hij iets wilde, en dat hij ontdekt dat hij met nog een heleboel vrouwen naar bed zal moeten, onder meer met Muriel.'

'Wacht even, er schiet me ineens iets te binnen. Toen Jake met me uit eten ging, gaf hij een aanwijzing waaruit ik afleidde dat ik goed moest letten op wat er in het testament stond. Wat zou hij bedoeld hebben?'

'Nel, liever, neem een besluit. Of hij is een slinkse crimineel of een fantastische jurist, maar je kunt niet steeds het ene en dan weer het andere beweren.'

'Waarom niet? Heel veel mensen zijn dubbelspion.'

'Niet echt heel veel.' Viv keek Nel onderzoekend aan, en toen ze besefte dat die op dit moment niet logisch kon nadenken, kwam ze terug op het oorspronkelijke onderwerp. 'We moeten een plan bedenken. Weet je, in een bepaald opzicht is het wel goed dat dit allemaal is gebeurd nu je het zo druk hebt. Dan heb je geen tijd om je in je verdriet te storten.'

'Ja, alleen lijkt het wel erg op mijn trouwerij met Mark.'

'Ik ben niet traag van begrip, maar soms kan ik je maar moeilijk volgen, Nel.'

Nel zuchtte. 'Ik dacht toen steeds: ik zou al dat gedoe van die trouwerij niet willen als het niet om Mark ging. En dan dacht ik weer: ik zou al dat gedoe met die trouwerij niet hoeven ondergaan als ik Mark niet had.'

'En wat wil je daarmee nou zeggen?'

'Ach, weet ik veel. Mijn hoofd is een kluwen van slangen.' Ze fronste. 'Ik bedacht net iets.'

'Iets positiefs?'

'Bij judo gebruik je het gewicht van je tegenstander tegen hem.'

'En waar slaat dat op?'

'Als Chris Mowbray en Jake dit plan al heel lang geleden hebben beraamd, is Chris ervan uitgegaan dat ik iets te vertellen heb bij het verpleeghuis.'

'Daar heb ik zo mijn twijfels over, eerlijk gezegd,' zei Vivian, maar niet onvriendelijk.

'Maar ik denk niet dat het alleen om mij gaat. Ik neem aan dat Chris denkt dat jij ook invloed hebt, maar dat ze misschien hebben besloten dat ik een gemakkelijker prooi was. Jij hebt overduidelijk een rijk gevarieerd liefdesleven. In tegenstelling tot mij.'

Vivian zuchtte, en vroeg zich duidelijk af of ze weer eens op de proppen moest komen met een opsomming van Nels aantrekkelijkheden, of moest zeggen dat haar seksleven in feite zeer discreet was.

'Ik wou dat je jezelf niet zo omlaag haalde. En ik mag dan genoeg aandacht op dat gebied krijgen, maar ik zou Jake niet hebben afgescheept als hij iets had geprobeerd.'

'O nee?'

'Nee. Hij is bijzonder aantrekkelijk. Echt heel aantrekkelijk.'

'Dus je vindt me geen volslagen idioot dat ik voor hem ben bezweken?'

'Nee! Maar we moeten ons concentreren op de zaak. Wat zou volgens ons de volgende stap zijn die Chris zet?'

'Nou, hij weet dat ik de akte wilde bekijken; dus hij vermoedt wellicht dat ik meer weet dan wenselijk is. Hij scheepte me wel af, maar ik denk dat hij een vergadering gaat beleggen. Hij zal dit geregeld willen hebben voordat ik een manier kan bedenken om hem tegen te houden.'

'We zouden zelf een vergadering kunnen beleggen. Hem het vuur aan de schenen leggen, en het bestuur vertellen wat we weten,' opperde Vivan.

'Dat kan, maar het zou gemakkelijker gaan als hij die belegt. Om te beginnen is dat zijn taak, en niemand vindt het vreemd als hij dat doet. En ten tweede, als wij het doen, weet hij op voorhand al dat we het hem moeilijk gaan maken.'

'Dat is waar. Maar stel dat hij ermee naar buiten komt, de plannen voor het bouwproject op tafel legt en alles wat daaruit volgt – het land verkopen aan Gideon Freedbody – en het bestuur stemt daarmee in? Dat zou een aantrekkelijke optie lijken. Geen zorg meer over het onderhoud van het gebouw, geen lastige inzamelingsacties, en tot op zekere hoogte de beschikking over geld voor een splinternieuw gebouw. Het zal ons heel wat werk schelen.'

'Wat hij moet doen is mensen ervan zien te overtuigen dat het niet geeft dat het verpleeghuis een paar jaar dicht moet,' zei Nel. 'Heb jij pen en papier? Ik wil wat noteren.'

Vivian haalde ze tevoorschijn uit de eerste la die ze opentrok.

'Alles heeft hier een vaste plaats, hè,' constateerde Nel met spijt. 'Mijn grote zorg is, onder meer, dat ze niet van plan zijn om een nieuw gebouw neer te zetten, dat het geld meteen verdwijnt in de zakken van Chris Mowbray en zijn handlangers.'

Vivian zuchtte. 'We hebben echt de hulp van een jurist nodig. Ik weet het, niet van Jake, natuurlijk, al ben ik ervan overtuigd dat je hem verkeerd beoordeelt.'

'Viv! Ik heb hem gezien met Kerry Anne. En hij stond op die foto! Ik weet wel dat camera's een vertekend beeld kunnen geven, maar in dit geval was het duidelijk.'

'Goed, dus moeten we lobbyen. We moeten nadenken over wie van het bestuur aan onze kant staat, en dan ons eigen plan opstellen.' Vivian ruimde de glazen op en begon de sapcentrifuge om te spoelen. Nel pakte het potlood en begon te krabbelen.

Vivian keek over haar schouder. 'Toen je zei dat je iets wilde noteren, dacht ik dat je echt iets ging opschrijven.'

Nel negeerde haar. 'Wacht even. Ik bedenk net iets!'

'Alweer,' zei Viv sarcastisch.

'Wacht, laat me het uitleggen. Ik moet het even helder krijgen. Als wat Abraham zegt klopt, en Gideon Freebody zoveel mogelijk huizen wil bouwen, dan zal hij het tehuis moeten slopen.'

'Ja. Het leken verschrikkelijk veel huizen toen ik die plannen even kon bekijken.'

'Maar zonder dat ene lapje grond kan hij niets beginnen met de grond van het verpleeghuis. Het heeft geen zin om dat gebouw te slopen als hij er niet bij kan komen.' Nel dacht even na. 'Niemand schijnt te weten van wie dat lapje grond is –'

'Daarom is Abraham op zoek naar dat testament,' onderbrak Vivan haar. 'Daarin moet staan aan wie dat terrein is nagelaten.'

'Ja, dat bedoel ik,' ging Nel opgetogen door. 'Sir Gerald heeft me voor zijn dood verteld dat hij een voorziening voor ons had getroffen, zodat het verpleeghuis kon blijven bestaan. En als dat stukje nou eens van óns is? Als hij dát nou eens bedoelde? Hij heeft het verpleeghuis een lapje grond nagelaten om het te veilig te stellen.'

'Maar dat zou het bestuur toch zeker wel weten?' vond Vivan.

'Niet per se. Aangezien we op het ogenblik geen directeur hebben, zouden de juristen alleen Chris Mowbray hoeven informeren. En als we gelijk hebben wat betreft zijn belangen in dat bouwproject, zal hij ons die informatie niet graag toespelen.'

Vivian zweeg. 'Maar het gebouw is toch van het verpleeghuis? Wat is het verschil?'

'Het verschil is dat we dat stukje land kunnen verkopen! Aan andere mensen! We delen het op in kleine stukjes en die verkopen we, stuk voor stuk! Op die manier heeft Chris Mowbray er niets meer over te zeggen, en kan hij het bestuur niet overhalen het aan Gideon Freebody te verkopen!'

'Hoe voorkomen we dat Chris Mowbray – of Gideon – ze allemaal zelf koopt?'

Nel fronste. 'We maken ze heel duur – we moeten erachter zien te komen hoeveel we redelijkerwijs kunnen rekenen. Dat zouden we aan Simon kunnen vragen.'

Vivian droogde haar handen af, kwamen naar haar toe en greep Nel bij haar pols. 'Ik weet dat dit echt afgrijselijk klinkt, maar zouden we Simon wel vragen? Ik weet dat je hem vertrouwt als geen ander, maar ik heb gewoon het gevoel...'

'Je hebt hem nooit gemogen.'

'Ik heb het geprobeerd. En ik zal het blijven proberen. En als je met hem gaat trouwen, zal ik echt heel erg mijn best doen! Maar zouden we hem in dit stadium nog even in het ongewisse kunnen laten over onze plannen?'

Nel zuchtte. 'Hij is de aangewezen persoon als het gaat om de waarde van onroerend goed, maar als je er zo over denkt, vinden we wel iemand anders.'

'Er moeten toch andere mensen zijn aan wie we dit kunnen vragen. Ik vraag me af of we het zo kunnen regelen dat er maar één stukje per persoon kan worden gekocht.'

'Het is wel een goed idee! Alleen zou dat natuurlijk wel betekenen dat we veel meer kopers moeten zien te vinden. Ik vraag me af hoeveel we er nodig zouden hebben. Of hoe we dat voor elkaar moeten krijgen.'

'Je bedoelt dat we de grond in een vastgesteld aantal stukken moeten verdelen voor we ze verkopen, of dat we eerst moeten uitrekenen hoeveel we er waarschijnlijk zullen verkopen en naar aanleiding daarvan de prijs bepalen.'

Nel knikte. 'Ik wou dat ik beter was in wiskunde.'

'Zijn je jongens daar niet goed in?'

Nel fleurde op. 'Ja, eigenlijk wel! Sam is heel goed in dat soort dingen. Dat heeft hij van Mark. Ik zal vragen of hij volgend weekend hierheen komt. Het kost me een treinkaartje, maar dat is het wel waard.'

'Als we goed voorbereid naar die vergadering gaan, en weten wie we aan onze kant hebben, dan loopt het prima. Tjonge, en dat terwijl we er alleen maar van uitgaan dat dat lapje grond van ons is. Ik hoop dat Abraham gauw helderheid schept. Wat moet je nog meer doen vandaag?'

'Nou, ik moet naar die ijsmaker naar wie ik laatst al toe zou gaan. En jij?'

'Ik moet –' Ze zweeg toen de telefoon begon te rinkelen. 'Ik neem even op. Met een beetje geluk is het mijn klant van vanmiddag die afzegt, wat inhoudt dat we een goed plan kunnen bedenken en misschien al kunnen gaan lobbyen. Hallo! O, Chris.'

Nel keek met een blik vol afgrijzen toe toen haar vriendin een gezicht trok waaruit bleek dat het inderdaad Chris Mowbray was.

'Een vergadering? Waarom?'

Het was veel te vroeg. Ze waren nog helemaal niet zover.

'De zevenentwintigste?' zei Vivian. 'Maar dat is al over een week. Ja. Ik red het wel. Het lijkt me alleen zo gauw. Waar gaat het over? Het bouwproject?' Ze trok wanhopige gezichten naar Nel, om ervoor te zorgen dat ze luisterde. 'Maar wat heeft het verpleeghuis daarmee te maken? O, juist. Ja, tot dan.'

'Wat zei hij toen je hem vroeg wat het verpleeghuis met dat bouwproject te maken heeft? Wat is de officiële agenda?'

'Hij zei dat hij ons die tijdens de vergadering zou meedelen.'

'O, mijn god!' riep Nel. 'Hij heeft vast iets waarvan hij denkt dat we het wel zullen slikken. En wat kunnen wij doen in een week? Ik kan me niet eens alle namen herinneren van degenen die in het bestuur zitten, laat staan erachter komen of ze wel of niet aan onze kant staan.'

'Als we goed nadenken, weten we er vast een heleboel.'

'Op Muriel kunnen we bouwen,' zei Nel. 'En vader Ted?'

'Hij heet geen vader Ted, maar vader Ed.'

'Ik ben ontzettend slecht in namen.'

'Je moet eens wat van die supplementen nemen die ik gebruik. Zou je echt goed doen.'

Nel zette haar ellebogen op de tafel en steunde haar gezicht weer in haar handen. 'Zijn we geen water naar de zee aan het dragen?' Toen ze Vivian fronsend zag kijken, ging ze door: 'Ik bedoel, zijn we wel goed bezig met nadenken over wie we aan onze kant kunnen krijgen terwijl we eigenlijk iets veel belangrijkers zouden moeten doen?'

'Zoals wat?' Viv haalde een hagelwitte theedoek tevoorschijn en veegde een piepklein spatje sap van de tafel.

'Zoals Pierce ervan overtuigen dat hij beter af is met Abraham dan met Gideon-hoe-heet-ie.'

'Maar dat is toch niet zo!'

'Nou, misschien niet. Maar als Abraham mooie, dure huizen bouwt, is dat toch veel leuker voor Pierce om naar te kijken,' zei Nel. 'Zo zou ik er tenminste over denken.'

'Ik geloof dat jouw prioriteiten niet die van Pierce zijn. Je beseft toch wel dat als ze hun ware plannen gaan onthullen, de Hunstantons er waarschijnlijk bij zijn, en Jake ook. Hoe zou je dat vinden?'

'Oké! Nu de schellen me van de ogen zijn gevallen, weet ik wat voor een adder hij is.'

'O ja?'

Nel haalde haar schouders op. 'We delen het aantal bestuursleden door twee en nemen elk de helft. Ik probeer zoveel mogelijk mensen zover te krijgen dat ze een stukje land kopen... Maar er is er één die jij moet bewerken, Viv.'

'Wie?'

'Pierce Hunstanton. Jij moet hem ervan overtuigen dat hij helemaal geen enorm groot woningcomplex voor zijn deur wil, hoe rijk hij er ook van zou worden. Het is heel goed mogelijk dat hij niet weet wat Gideon allemaal van plan is.'

'Laten we het onder ogen zien, Nel, wij weten ook niet wat hij allemaal van plan is. Het is pure speculatie.'

'Maar misschien is het wel waar. En jij moet Pierce ervan overtuigen –'

Weer ging de telefoon. 'Verdomme! Wie nou weer?' Viv greep de hoorn van de muur. 'Hallo!' zei ze boos. Toen veranderde haar uitdrukking. Ze zei niets, maar slaakte slechts ontstelde zuchten. Na een poos zei ze: 'Goed, ik ben er over een uur,' en hing op. 'Mijn moeder! Dat was haar buurvrouw. Ze is gevallen en ligt in het ziekenhuis.'

'O, Viv! Die arme Florence! Hoe is het met haar?'

'De buurvrouw weet het niet precies. Ik ga nu wat dingen ophalen om naar haar toe te brengen.'

'Ik zal haar de boeken brengen die ik heb beloofd. Waar ligt ze?'

'Hier in het stadsziekenhuis, gelukkig.'

'Dan kan het niet al te ernstig zijn. Als het iets ernstigs is brengen ze je naar het Royal.'

'Dat is waar. Maar ik ben bang dat ik dan niet in staat zal zijn om –'

'Om met het bestuur te praten en Pierce te spreken. Geeft niet. Ik doe het wel.'

'Weet je alle namen dan nog?' Intussen pakte Vivian dingen uit kasten, een rol biscuit, dropjes en verschillende gezonde hapjes. Ze vulde een plastic mand met fruit.

'Ik red het wel. Maar jij? Wil je dat ik met je meega?'

'Nee, hoor. Ik bel je wel als er iets is. Arme mama! Het is voor het eerst dat zoiets gebeurt. Ze zal er vreselijk door uit haar doen zijn. Goed, heb ik alles?'

'Zal ik Hazel mee naar huis nemen? Voor het geval je laat thuis-komt?'

Bij het horen van haar naam keek de whippet met haar donkere, be-zorgde ogen op naar haar bazinnetje.

'Dat lijkt me een goed idee. Ik kom haar dan later wel ophalen, maar dan is ze niet alleen, en jij kunt haar eten geven.'

'Ja, maar geen pens, hoor. Ik kan die lucht niet harden.'

'Het is zo goed voor ze!'

'Weet ik. Maar ik moet ervan overgeven.'

'Nou, je hebt geluk. Ik had nog niets uit de diepvries gehaald. Kom mee. Ik sluit de deur af.'

'Viv, ik geloof dat je iets vergeet.'

'Nee, hoor. Ik haal nog het een en ander op bij mama thuis.'

'Heb je je agenda wel bij je?'

'Nee, waarom zou ik?'

'Om die afspraak met je klant vanmiddag af te zeggen?'

Vivian sloeg zich voor haar hoofd. 'O, god! Hoe kan ik dat vergeten?'

'Ik kan je heel goede supplementen aanraden...'

18

Nel pakte het hondje, haar deken en haar speeltjes, en reed met haar naar huis. Pas toen de andere honden haar hadden begroet, en ze allemaal voor de kachel lagen, zag ze dat het lichtje van het antwoordapparaat knipperde.

Er klonk een hoop gemompel en er werd een keel geschraapt voordat iemand zei: 'Jammer dat je er niet bent, meid, en ik moet zelf ook weg, maar ik dacht dat je wel zou willen weten dat de kopie van het testament binnen is, en dat dat lapje grond echt van het verpleeghuis is! Sir Gerald heeft het nagelaten...'

Abraham werd onderbroken door de pieptoon voordat hij zijn verhaal af kon maken, maar hij had genoeg gezegd. Het was fantastisch nieuws! Nel danste rond in de keuken en riep een paar keer keihard 'yes!' voordat een verwijtend stilzwijgen van de honden haar tot kalmte bracht. Ze moest het aan iemand kwijt. Ook al zat Vivian in een crisis, Nel zou haar toch bellen. Misschien vrolijkte ze daar wat van op.

Ze belde haar op haar mobiel.

'Viv! Lieverd! Sorry dat ik je stoor, ik weet dat je heel veel aan je hoofd hebt, maar ik moest het je gewoon vertellen! Er stond een boodschap van Abraham op het antwoordapparaat toen ik thuiskwam. Dat lapje grond is van ons! Sir Gerald heeft het ons nagelaten!'

'O, wat geweldig!'

'Ik kan het niet geloven, het is zulk goed nieuws!' Nel stond nog steeds te springen van blijdschap.

'Maar je moet Pierce zover zien te krijgen dat hij met Abraham in zee gaat, en niet met die verrekte Gideon Freebody. Anders kunnen we niet meer bij de rivier komen.' Vivian, die al een tijd voor een rood licht stond te wachten en zich zorgen maakte om haar moeder, klonk minder euforisch.

Toen ze dat merkte, vroeg Nel: 'Hoe is het ermee?'

'Nou, ik heb mijn moeder natuurlijk nog niet gezien. Ik ben nog op weg naar het ziekenhuis, maar dit is zulk goed nieuws. Dan heb ik haar in elk geval iets leuks te vertellen. Als we tenminste de rest van het bestuur kunnen overhalen –'

'We hoeven ze niet allemaal over te halen, ik denk dat vijfenzeventig procent al genoeg zou zijn –'

'O, ik moet ophangen. Het is groen. Tot later!'

Het duurde een hele tijd om Pierce Hunstanton zover te krijgen dat hij met Nel wilde afspreken, deels omdat hij niet meer wist wie ze was, en deels omdat hij, toen hij het eindelijk wist, aannam dat ze hem zou lastigvallen over de nieuwbouw.

Nel besloot met hem af te spreken in de plaatselijke wijnbar, om zes uur. Ze wist dat ze de hele dag hard moest werken, niet alleen om kraamhouders te zoeken, maar ook om mensen bereid te vinden een niet nader omschreven stukje land te kopen voor een niet nader omschreven prijs. Ze moest dan gewoon een glas wijn drinken, eventueel kon ze naar huis lopen. Ze kende ook de mensen die er werkten en voelde zich er thuis. Hoewel ze opgetogen was door het feit dat het lapje grond inderdaad van het verpleeghuis was, wilde ze Pierce zover krijgen dat hij voor de juiste aannemer zou kiezen, hoewel hij en zijn vrouw uit hebzucht wel eens anders zouden kunnen besluiten. Ze had haar eerste glas witte wijn met water al op toen Pierce arriveerde, dus zei ze geen nee toen hij haar nog een glas aanbood. Natuurlijk was het niet goed om alcohol te gebruiken, maar dat had ze nu eenmaal nodig. Het was niet altijd voldoende om het recht aan je kant te hebben.

'Drink je dat met water, of limonade?'

'Water, graag. Ik probeer minder calorieën te gebruiken, niet meer.'

Hij glimlachte naar haar als iemand die weinig gevoel voor humor had, dat wist van zichzelf, en daarom maar glimlachte bij elke stilte in het gesprek, al was dat soms totaal ongepast. Hoe het kwam dat hij helemaal niets had geërfd van zijn vaders grote charme, was haar een raadsel. Ze bespeurde wel vaag enige gelijkenis, maar toen Pierce Hunstanton terugkwam met de drankjes, vervloekte Nel het water dat op de vloer had gelegen bij de moeder van Vivian. Als ze daar niet over was uitgegleden, zou ze niet in het ziekenhuis liggen en had Vivian daar niet heen gehoeven, maar zou zij hier hebben gezeten met haar fraaie decolleté en haar fladderende handjes. Vivian was zo aantrekkelijk en had zo veel zelfvertrouwen dat ze Pierce Hunstanton binnen een paar minuten uit haar hand had kunnen laten eten. Nel moest het hebben van vriendelijke manieren en veel glimlachjes. En hoewel deze methode haar in het verleden wel vaak succes had opgeleverd, wist ze niet zeker of ze Pierce Hunstanton ermee kon overtuigen dat hij maar een klein kapitaal wilde, en niet een heel groot kapitaal.

Met een geniale inval die voortkwam uit paniek, herinnerde ze zich een essay over theaterstudies waar ze Fleur bij had geholpen. Het ging over *method acting*, waarbij je leerde je te identificeren met de rol die je speelde. Als Nel net deed alsof ze Vivian was, werd ze misschien net als zij, en dus charmant, overtuigend en sexy. Het sexy aspect was belangrijk, besloot ze, omdat iedereen wist dat je daarmee iets kon bereiken, en Nel wilde bewerkstelligen dat Pierce haar plannen overnam.

'Het is verschrikkelijk aardig van je om hierheen te komen,' koerde ze toen ze een slokje had genomen. 'Is Kerry Anne er niet?'

'Ze is in Londen. Morgen verwacht ik haar terug. Goed, waarover wilde u me spreken, mevrouw Innes? U weet ongetwijfeld dat ik een drukbezet man ben.'

'Zeg toch Nel.' Ze lachte, naar ze hoopte hartelijk genoeg. 'Ik word alleen mevrouw Innes genoemd op school. Anders denk ik dat u het tegen mijn schoonmoeder heeft, en die is al jaren dood. Het punt is,' ging ze op zakelijker toon door, toen ze besefte dat het misschien niet zo slim was om over haar dode schoonmoeder te beginnen, 'dat ik u iets wil vragen.'

'O, waarom?'

'Hoe bedoelt u, waarom?' Nel vergat te doen als Vivian en fronste. Hij moest zeggen: 'Wat?'

'Wat wilt u mij vragen? Ik weet dat u tegen de nieuwbouw in de uiterwaarden bent, maar ik ben toch echt van plan dat door te laten gaan. Wat kunt u daar dan nog over te vragen hebben?' Hij schraapte zijn keel. 'Als u hierheen bent gekomen om te vertellen dat u daar een of andere veldbloem of een zeldzaam insect hebt bespeurd, kunt u dat beter melden bij de betrokken autoriteiten.' Hij lachte weer, al had Nel geen idee waarom.

Ze probeerde niet langer een ander te zijn. 'Nee, nee, zoiets is het niet! Ik ben zelfs helemaal niet meer tegen die plannen. Althans, tot op zekere hoogte.'

'Wat? Wat is er in vredesnaam gebeurt dat u van gedachten bent veranderd? U was er faliekant tegen!'

'Ik was er niet faliekant tegen, maar ik ben gaan inzien dat de bouw daar min of meer onvermijdelijk is.' Ze schoof haar glas rond op het bierviltje. 'Ik wil het alleen met u hebben over een bepaalde ontwikkeling daar.'

'Ik zie absoluut niet in wat u daarmee te maken hebt.'

'Ik woon heel dicht bij dat land. Iedereen in de buurt krijgt daarmee te maken. En daarom denk ik dat het het meest betamelijk is –'

'Wat?'

'Dat u verplicht bent de minst ingrijpende optie te kiezen. Denkt u ook niet?' voegde ze eraan toe, om haar woorden minder dreigend over te laten komen.

Hij fronste en woelde verward door zijn haar, en het kwam bij Nel op dat hij wel een beetje op Hugh Grant leek, alleen dan met minder hersenen en zonder een greintje van diens sex-appeal. 'Nou, dat is een heel andere benadering. Ik dacht dat u tegen elke vorm van nieuwbouw was – althans, dat begreep ik van Chris Mowbray.'

Nel glimlachte, zodat niemand haar kon horen sissen van woede. 'Chris Mowbray kent me niet zo goed als hij wel denkt.'

'Nou, dat is mooi. Ik bedoel, dat u niet mordicus tegen de bouw bent.'

Nel glimlachte weer, zich ervan bewust dat het mogelijk was dat ze Pierce' gewoonte op ongepaste momenten te glimlachen had overgenomen; haar eigen gevoel voor humor leek weg te lekken bij zijn gebrek eraan. 'Ik vraag me af of u echt hebt nagedacht over hoe het zal worden, al die kleine huisjes voor de deur die al het zicht op de rivier wegnemen.' Ze zei niets over de duurdere huizen, omdat ze daar later nog op kon wijzen als ze over Abraham begon.

'Ach, dat zal wel meevallen vanuit het penthouse.'

Nel deed nog een poging. 'Maar denk eens aan al het lawaai: schreeuwende kinderen, kettingzagen, grasmaaimachines. In de zomer zal het vreselijk zijn met de ramen open.'

'We zijn niet van plan om daar veel tijd door te brengen. De familie van Kerry Anne woont in Amerika.'

'En zoekt ze hen vaak op?' Wat Nel betrof kon Kerry Anne niet vaak genoeg bij ze op bezoek gaan.

'O ja. Ze is een actief persoontje.'

En waar ze zo actief mee was, zou Pierce misschien liever niet weten, dacht Nel bitter.

'Ze is dol op Sacha's cosmeticaproducten, wist u dat?' Dit was waarschijnlijk wel een veilige opmerking. 'Het is leuk voor haar om iets om handen te hebben wanneer ze hier bivakkeert. Anders gaat ze zich misschien vervelen.'

Pierce' ogen werden spleetjes. 'Vervelen?' Hij klonk verontrust. 'Hoezo? Ze is een getrouwde vrouw. Ze heeft een man om voor te zorgen.'

'Maar nog geen kinderen. En met zo'n grote, sterke man denk ik niet dat er veel is om voor te zorgen.' Ze glimlachte, een beetje verlegen, en niet zeker of dit wel de juiste manier was om hem aan te pakken.

Hij lachte gevleid. 'Nou, nee.'

'En u bent veel van huis, toch?' Nel wist dit niet zeker, maar gelukkig bevestigde hij dit met een knikje. Ze haalde diep adem, ze wist niet goed wat ze moest zeggen om hem ertoe over te halen met Abraham in zee te gaan. Ze boog zich naar hem toe. 'Daarom heeft Kerry Anne iets nodig om zich mee bezig te houden.'

'Waar hebt u het over?'

Nel wist het ook niet precies, maar ze hoopte dat dat niet opviel. 'Ik bedoel dat Kerry Anne zeer veel belangstelling aan de dag legt voor Sacha's schoonheidsproducten. Als ze in de buurt van Sacha wil zijn, zal ze wel op een leuk plekje willen wonen, denkt u niet?'

Ze glimlachte weer, en visualiseerde zichzelf als een knappe, jonge vrouw, die kreeg wat ze wilde door op het juiste moment op de juiste manier te glimlachen.

'Eerlijk gezegd geef ik niet veel om het landgoed, en ik geloof Kerry Anne ook niet. Ik ga het huis hoogstwaarschijnlijk verkopen als het werk klaar is. Om te verhuizen naar een andere plek, waar het rustiger is. Kerry Anne kan wel een andere hobby zoeken.'

Nel verslikte zich bijna in haar drankje, en wenste dat ze pure witte wijn had gevraagd, om haar moed te geven. 'Maar Pierce,' zei ze radeloos, 'begrijp je dan niet...'

'Wat?'

Tja, wat eigenlijk? Wat moest ze in vredesnaam zeggen waardoor hij de juiste beslissing zou nemen? O, Viv, was jij hier nou maar. 'Het is niet alleen een hobby die haar bezighoudt. Die hobby houdt haar niet tegen om...' Ze aarzelde, voornamelijk om meer tijd te hebben om na te denken, maar ze merkte dat Pierce alweer zat te fronsen.

'Pierce, wat ik wil zeggen, als vriendin, als een vrouw die al wat ouder en wijzer is dan Kerry Anne...'

'Ja? Kom er nu maar mee voor de dag.'

Dat wilde Nel wel doen, maar ze had nog niet besloten wat ze moest zeggen. 'Als ze niets omhanden heeft wat haar bezighoudt, gaat ze zich waarschijnlijk vervelen. En je weet toch wat er gebeurt met knappe, jonge vrouwen met een hoop geld die zich vervelen?'

Hij wist het kennelijk niet.

'Die vallen in de handen van jonge, aantrekkelijke mannen.'

Dit klonk nogal hysterisch en ze geloofde er zelf ook niet in. Ze wist dat knappe jonge vrouwen in de handen vielen van mannen die 'op leeftijd' genoemd werden. Jonger dan Nel, natuurlijk.

'Waar heb je het in vredesnaam over?'

Nel besloot dat ze niets te verliezen had. Jake wilde niets met haar, en had ook nooit iets met haar gewild. En misschien gedroeg ze zich als een afgewezen vrouw, maar ze vond dat ze het Pierce net zo goed kon vertellen, als ze daarmee de schending van Paradise Fields tot een acceptabel niveau kon terugbrengen.

Ze boog zich voorover en dempte haar stem zodanig dat Pierce zich naar haar toe moest buigen om haar te kunnen horen. 'Ik vind het echt vreselijk om je dit te moeten vertellen, en ik weet zeker, als ze meer omhanden had, dat je het dan in de kiem zou kunnen smoren voor er iets gebeurt, maar Jáke Demerand –'

'Hoor ik daar mijn naam ijdel gebruiken?' hoorde ze Jake vol gezag vragen, en Nel keek omhoog, recht in zijn ogen. Deze keer lachten ze nu eens niet sexy, maar stonden ze kil. Nel werd getroffen door een vertrouwde steek vlak onder haar borstbeen. En ze voelde zich schuldig omdat ze praatjes over hem rondstrooide, en zo ellendig dat ze ter plekke dood wilde blijven. Op de een of andere manier slaagde ze erin haar wanhoop te verbergen.

'Ja,' zei ze luchtig. 'Ik wilde Pierce net vertellen dat je betrokken bent geweest bij een zeer netelige bouwtransactie, dat ik vond hij dat maar beter kon weten.'

O nee, dat had ze helemaal niet willen zeggen. Ze was nooit van plan geweest Pierce iets te vertellen over Jakes mogelijke connectie met deze zaak. Ze had er geen idee van of die geruchten op waarheid berustten, en ze was niet iemand die maar praatte zonder zich op de hoogte te stellen van de feiten. Pierce waarschuwen om Kerry Anne bij Jake vandaan te houden was één ding – ze had hen tenslotte samen gezien – maar nu Jake en Pierce hier allebei voor haar neus zaten, kon ze zich er niet toe zetten om hem ervan te beschuldigen dat hij Pierce' vrouw had verleid. En nu had ze zich dus nog erger in de nesten gewerkt.

Jake stak zijn hand op om de aandacht van de barkeeper te trekken. 'Een cola light, alstublieft. En vertel eens, Nel, wat zou ik dan hebben gedaan?'

Nel keek omlaag naar het tafeltje, haar hersenen werkten op volle toeren terwijl Jake zijn drankje ging halen, waarna hij terugkwam en een stoel onder het tafeltje uit trok.

'Nou,' drong hij aan toen hij was gaan zitten.

Nel had een paar kostbare seconden gehad om iets te bedenken. 'Ik heb, uit welingelichte bronnen, vernomen dat je wellicht niet alleen een juridisch adviseur bent die de Hunstantons bijstaat bij de verkoop van hun land.'

'En wat heb je dan precies gehoord?' Ze had hem nog nooit zo geïrriteerd gezien.

'Dat je ternauwernood bent ontkomen aan vervolging vanwege een netelige kwestie met huizen van bejaarden.'

'O, nou, dat gerucht heeft snel de ronde gedaan. Ik had wel gedacht dat het me hier uiteindelijk zou bereiken, maar niet dat het zo snel zou gaan.'

'Dus je ontkent het niet?' vroeg Nel, verbijsterd door zijn onaangedane reactie.

'Neu. En, was dat alles waarvoor je Pierce wilde spreken? Hij heeft me verteld dat jij een afspraak wilde. Was dat alleen om hem die ongefundeerde verhalen over mij aan zijn neus te hangen?'

Het was alsof het hem allemaal ijskoud liet. Ze wilde wel door de grond gaan. 'Ik wilde hem eigenlijk zeggen dat er een vergadering is gepland door het bestuur van het tehuis, maar ik was er nog niet toe gekomen.'

'Nee, ze was bezig me nonsens op de mouw te spelden over mijn vrouw! Alsof ik niet weet wat ze wil!'

'Wat voor nonsens?'

Nel keek Jake recht aan. Hij weerstond haar blik. Geen seconde keek hij weg of toonde hij iets van schuldgevoel of onbehagen. Hij was geprikkeld, boos zelfs, maar voelde zich in de verste verte niet schuldig. Wat nogal vreemd was, als je naging wat zij had gezien. Ze keek zelf als eerste weg. Dat gaf haar het gevoel dat zij degene was die er een onoorbare relatie op nahield, niet hij.

'Dat is niet van belang,' verklaarde ze, zo opgewekt mogelijk. 'Wat ik eigenlijk wil is Pierce en Kerry Anne ervan overtuigen dat ze veel beter af zouden zijn met de plannen van Abraham.'

'Chris Mowbray zegt dat die van Gideon Freebody worden gekozen, en ik respecteer zijn oordeel,' zei Pierce. 'Hij heeft een heleboel ervaring met dit soort projecten.'

Dat zal best, dacht Nel. 'Maar goed, er komt dus een vergadering, in het verpleeghuis, over de bouw. Wat nog niet duidelijk is – althans, voor mij – is waarom het verpleeghuis daarbij betrokken wordt.' Ze keek naar de twee anderen, in de hoop dat zij haar duidelijkheid konden verschaffen. Niets.

'O, nou, ik geloof niet dat ik daarbij hoef te zijn.' Pierce had zijn belangstelling verloren en stond op om naar de wc te gaan. 'Chris zal wel de juiste beslissingen nemen.'

'Juist, ja,' zei Jake toen ze alleen waren. 'En mij wilde je niet op de hoogte brengen van die vergadering in het verpleeghuis?'

'Nee! Het is toch niet mijn taak om je daarvoor uit te nodigen! Je bent de adviseur van Pierce. Als hij jou erbij wil hebben, moet hij dat maar zeggen.'

'Dus je zou het me niet gezegd hebben als vriendendienst?'

'Nee! Wij zijn geen vrienden!' En ze slaakte een zucht, veel te diep. Hij zweeg een poosje en zei toen: 'Zal ik nog wat te drinken voor je halen?'

Ze knikte. Ze had moeten weigeren, maar ze voelde zich te ellendig om een discussie aan te gaan. Terwijl hij naar de bar ging, liet ze zich achterover vallen op haar stoel, vechtend tegen de wanhoop.

Hij zette een glas whisky voor haar neer. 'Nou,' begon hij ferm, 'laat me je het een en ander zeggen. Je zou niet naar dat geroddel moeten luisteren. Mensen doen het constant, maar het brengt ze vaak op het verkeerde spoor.'

'O ja?' Ze nam een slokje, zich ervan bewust dat ze, als ze niet oppaste, binnen de kortste keren aangeschoten zou zijn. Ik word nog een zuipschuit, dacht ze.

'Ja. Nou, omdat ik zelf last heb gehad van roddel doe ik er niet aan mee, maar ik zou graag willen dat jij je ogen openhoudt, je hersenen gebruikt en goed nagaat wie er wel en wie niet te vertrouwen is.'

Nel keek hem aan. Hij was zo aantrekkelijk, zo knap. Het zou zo fijn zijn om hem te zien als een sprookjesprins en elk woord te geloven dat uit zijn sexy mond kwam met die sexy stem van hem. Maar ze wist dat ze dat niet kon. Hem vertrouwen zou waanzin zijn, en zij mocht dan misschien voor negentig procent getikt zijn, helemaal stapelgek was ze nu ook weer niet.

Pierce was onbedoeld haar redder. 'Nog iets drinken? Nee? Ober, mag ik nog een bier?'

'Nou, Pierce,' zei Nel, vechtend tegen de opwelling om diep weg te kruipen in haar jas en te verdwijnen. 'Kom je naar die vergadering? Ik vind echt dat je erbij zou moeten zijn. En Kerry Anne ook.'

Pierce zuchtte. 'Als je erop staat. Maar het is alleen maar tijdverspilling.'

'Ik weet zeker van niet. Ik ben ervan overtuigd dat het heel nuttig zal zijn om tot een besluit te komen. Ik vind dat je moet weten hoe vreselijk de gevolgen kunnen zijn van dat plan van Gideon Freebody. Tot ziens. Bedankt voor het drankje.'

Toen pakte ze haar jas en liep ze de bar uit, in de wetenschap dat de het personeel en de vaste klanten die haar kenden nog wel een tijd-je gespreksstof hadden. Ze voelde Jakes beschuldigende blik in haar rug branden.

Terwijl ze zo snel mogelijk de heuvel op liep, om de pijn en de wan-hoop niet te hoeven voelen die ze aan de ontmoeting had over-gehouden, kwam er iets bij haar op dat Vivian ooit had gezegd: 'Aar-dige schoften zijn moeilijker te vergeten dan gemene schoften.'

Fleur liep in huis rond te struinen, op zoek naar iets wat ze niet kon vinden. 'Mam, gelukkig dat je er weer bent. Ik kan het pakketten-plakband niet vinden.'

Sam, had dit voorwerp 'plakband dat ook voor pakketten gebruikt kan worden' gedoopt. Nel en Fleur haalden er de hondenharen mee van hun kleren af.

'Laat me even mijn jas ophangen, dan kan ik meezoeken.'

'Schiet op, mam! Ik heb met Jamie afgesproken bij de bus!'

'Maar het is toch geen weekend! Zijn moeder zal hem doordeweeks toch niet laten gaan?'

'Hij heeft studieverlof of zoiets. En wie maakt het trouwens wat uit? Ik moet het hebben voor mijn zwarte topje!'

Nel zei maar niet dat ze zich een tikje bezorgd maakte om haar dochters opvoeding, en dacht diep na.

'Het zit waarschijnlijk in een of andere tas,' ging Fleur door. 'Je ver-geet die altijd leeg te maken als je weg geweest bent.'

Dat was waar. Nel ging bij zichzelf na wanneer ze voor het laatst een nacht weg geweest was, en liep snel de kamer uit. Boven aan de trap liet ze haar hoofd tegen de leuning zakken en stond toe dat de tra-nen uit haar dichtgeknepen ogen liepen. Het ging gepaard met diepe, heftige snikken die ze niet meer had gehad sinds haar huil-buien om Mark. Zo voelde het als je hart gebroken was. Ze was al in de veertig, en nog nooit had ze zich zo gevoeld. Dat betekende dat ze geluk had gehad. Maar toen ze de slaapkamer in liep en het plakband tevoorschijn haalde uit de tas met spullen die ze bij zich had gehad toen ze bij Jake sliep, vond ze niet dat ze geluk had. In-tegendeel.

'Nou, vertel eens, wat is er gebeurd!'

Vivian zat bij haar moeder op het voeteneinde van het bed. Nel zat op de stoel. Vivians moeder, Florence, zat rechtop in het ziekenhuisbed en wachtte ongeduldig op het nieuws.

'Vertel eerst eens hoe het met u gaat,' zei Nel, aangemoedigd door het feit dat haar oude vriendin er patent uitzag, ondanks het feit dat ze in het ziekenhuis lag.

'Er is helemaal niets met me aan de hand!' zei de oude dame verontwaardigd. 'Alleen omdat ik ben uitgegleden over een plasje water, waarbij ik mijn teen stootte en ben gevallen, hebben ze me hiernaartoe gebracht "ter observatie". Poe! Het lijkt wel of er geen tekort aan bedden bestaat in de ziekenhuizen. Nou, kom maar op met je verhaal.'

'Ik heb iets te lezen meegebracht. Ik dacht dat u zich zou vervelen.'

'Dank je, lieverd, dat is heel aardig. Maar Vivian heeft me verteld dat je met die vreselijke man moest afspreken.'

'Ja,' zei Vivian, 'en ik kan niet wachten om te horen hoe het is gegaan.'

Nel moest lachen. Op de een of andere manier maakte het idee dat ze haar vernederende ervaringen aan Florence en Viv op zou biechten in de felverlichte, kille sfeer van het ziekenhuis, haar eigen ellende minder.

'Jij zou het veel beter hebben aangepakt, Viv. Ik bleef steeds op twee gedachten hinken.'

'Praat me niet over hinken,' zei Florence.

'Hoe bedoel je?' vroeg Viv aan Nel.

'Nou, eerst dacht ik dat ik moest proberen net als jij te doen en hem te verleiden' – Florence lag krom van het lachen – 'maar dat voelde helemaal niet goed. Dus dacht ik: dan neem ik mijn toevlucht tot chantage.'

'Chantage! Jij! Nel!' Vivian was onder de indruk.

'Ja, ik zei hem dat als Kerry Anne niet aan de slag kon met de cosmetische producten bij Sacha, ze zich wel eens kon gaan vervelen en rare dingen kon gaan doen.'

'En hoe viel dat bij hem?'

'Het viel helemaal niet, ik bedoel, ik kon mijn verhaal niet afmaken.'

'Waarom niet?' Florence leunde naar voren om het nog beter te kunnen volgen.

'Nou, ik was juist begonnen te suggereren dat er iets tussen Jake en Kerry Anne speelt, maar ik kreeg niet de kans om mijn zin af te maken.'

'Waarom niet?' vroeg Viv.

'Hè, val haar toch niet steeds in de rede! Het wordt nu net spannend. Het enige waar ze hier over praten is over darmgassen. Een beetje sensatie, dat heb ik nodig.'

'Omdat Jake ten tonele verscheen. Pierce had hem kennelijk gevraagd om ook te komen.' Nel zweeg even om duidelijk te kunnen maken wat er in haar was omgegaan. 'Maar ja, toen hij eenmaal stond mee te luisteren, kon ik moeilijk tegen Pierce zeggen dat Jake volgens mij op Kerry Anne loopt te azen. Dus zei ik toen maar dat hij betrokken was bij een slinkse bouwtransactie.'

Vivian lachte, veel te hard. 'Dit is geen sensatie, mam. Het is laster, dat ligt meer in Nels lijn. Of is het smaad?'

'Ik weet wel dat ik dat niet had mogen zeggen! En ik zou het ook nooit gedaan hebben als ik niet onder druk was gezet. Ik weet ook niet wat me bezielde.'

'Dat zeggen winkeldieven ook als ze gepakt worden,' zei Florence stellig.

'Mam! Hoe weet jij dat?' Nel zag de afschuw op Vivians gezicht toen die zich voorstelde dat haar moeder in de kraag werd gegrepen door een potige bewakingsbeambte.

'De vrouw in het andere bed heeft het me verteld.'

'O, dan is het goed.' Nel keek even naar het bed, dat nu leeg was. 'Is ze naar huis gegaan?'

'In zekere zin, ja. Ze is overleden.'

'O,' zei Vivian giechelend. 'Niet aan onderkoeling, hoop ik.'

'Nee,' zei Florence. 'Ik geloof dat ze het aan haar hart had. Hoezo onderkoeling?'

'Van die bevroren kippen die ze onder haar jas verstopt had,' zei Vivian.

Nel moest onbedaarlijk lachen, en weet het aan de opluchting na alle doorstane spanning. Al haar emoties leken de laatste tijd extreem.

'Dus Pierce komt naar de vergadering?' vroeg Vivian, terwijl ze Nel een tissue aanreikte.

'Ik geloof het wel. En Jake ook, denk ik. Dus als hij een slinks plan op touw heeft gezet met Gideon Freebody, zitten we in de problemen. Hij zal ons apart nemen en ons allemaal overhalen om te stemmen voor de sloop van het verpleeghuis.'

'We weten niet zeker dat ze van plan zijn het verpleeghuis te slopen, dat is maar speculatie.'

'Maar ik heb er geen goed gevoel over. Ik denk dat Chris Mowbray dit soort dingen al eerder heeft gedaan. Daarom heeft hij waarschijnlijk in het bestuur plaatsgenomen.'

'Nou, we moeten gewoon zoveel mogelijk mensen aan onze kant zien te krijgen,' zei Vivian resoluut, die vermoedde dat Nels lachbui van zojuist een teken was van latente hysterie. 'Hoe ver ben je opgeschoten met de lijst?'

'Ik heb eerst de makkelijkste doelen genomen. De predikant stond aan onze kant, en hij gaat proberen zoveel mogelijk mensen te bewerken om een stukje land te kopen.'

'Dat zou ik ook kunnen doen,' zei Florence. 'Hoeveel kosten die stukjes? En hoeveel land krijg je dan? Genoeg om een rijtje bonen te kweken?'

Nel en Vivian keken elkaar aan. 'Het probleem is dat we dat niet weten. We hebben nog geen tijd gehad om dat soort dingen uit te pluizen. We zullen het goed moeten nameten. Dan moeten we bedenken of het beter is om de potentiële kopers te tellen en het land te verdelen in even zoveel stukjes, of andersom,' zei Nel.

'Mmm,' zei Florence. 'Dat maakt het wel wat lastiger. Maar er zitten wel een paar vermogende weduwes in de bridgeclub. Ik zal zien of ik ze een poot kan uitdraaien.'

'Maar u moet eerst zorgen dat u weer beter wordt,' zei Nel.

'Onzin! Er is niets mis met mij. Ik heb alleen maar mijn teen gestoten, potdorie!'

'En hoe kom je dan aan die blauwe plekken. Waarom dachten ze hier aan een heupfractuur?' wilde Vivian weten. Ze schikte de kaarten met beterschapswensen op het nachtkastje opnieuw.

'Ik mag hier volgende week weg,' ging Florence door. 'Mag ik ook bij die vergadering aanwezig zijn?'

'Nee,' antwoordde Vivian.

'Dat wordt moeilijk,' zei Nel, iets milder. 'Je moet deel uitmaken van het bestuur of zoiets.'

'Poe! Ik zit mijn hele leven al in besturen. Dat is toch niet niets!'

'Natuurlijk, mam, en we vinden het heel fijn als je ook wilt mee-helpen met de verkoop van stukjes land, maar je kunt die vergade-ring niet bijwonen.'

Florence leunde weer naar achteren in de opgeschudde kussens.

'Goed, je zult wel gelijk hebben. Vertel eens, meisjes, wat gaan jullie aantrekken?'

Verrast dacht Nel na. Ze zou het nooit als iets belangrijks hebben beschouwd, maar nu Florence ernaar vroeg, besefte ze dat het dat toch wel was.

'Ga jij weer met moddervlekken lopen, Nel?' vroeg Vivian.

'Het is heel belangrijk dat je je goed voelt!' zei Florence. 'Altijd als ik naar een lastige vergadering moest, wist ik het juiste aan te trek-ken, van mijn ondergoed tot mijn hoofddeksel.'

'Aan een hoed had ik nog niet gedacht,' biechtte Vivian op.

'Ik weet dat niemand tegenwoordig hoeden draagt. Jammer is dat,' vervolgde Florence. 'Maar met de juiste kleding voel je je een stuk zelfverzekerder.'

'Misschien moeten we op speurtocht in tweedehands winkels,' zei Viv. 'Vind je dat een goed idee, Nel?'

Nel zuchtte, oneindig vermoeid. 'Ik zou het enig vinden, maar ik heb er gewoon geen tijd voor. Maar ik beloof je,' voegde ze er op geruststellende toon aan toe, toen ze de twee vrouwen kritisch naar haar zag kijken, 'dat ik overal de hondenharen af zal halen, wat ik ook draag, en dat ik niet eerst in de modder zal vallen.'

'Aha!' riep Florence triomfantelijk. 'Dus jij valt ook wel eens! En niemand stopt je daarvoor in een ziekenhuis!'

'Ik ben eerlijk gezegd niet gevallen. Ik kreeg alleen een voetbal vol modder op mijn taart... Ach, laat ook maar. U had erbij moeten zijn.'

Vivian zat te lachen. 'Zoals ik!'

19

Toen Fleur over de vergadering hoorde, stond ze erop om met haar moeder te gaan winkelen.

'Ik weet hoe druk je het hebt, ik weet dat je probeert mensen te krijgen voor de markt, en om die stukken land te kopen, blablabla, maar als je een beetje indruk wilt maken tijdens die vergadering, kun je daar niet komen aanzetten in die marineblauwe jurk waarin je eruitziet als een versie van Mary Poppins.'

'Je wilt alleen met me gaan shoppen omdat ik dan mijn creditcard meeneem en omdat je je verveelt omdat Jamie weer weg is.' Normaal gesproken vond Nel het enig om kleren voor Fleur te kopen, het was altijd een gezellig uitje, maar op dit moment was ze er niet voor in de stemming. 'Het is een leuke jongen, hoor.'

'Pas op, mam, prijs hem niet het graf in.'

'Nou ja, zo leuk is hij nu ook weer niet,' zei Nel snel. 'Hij heeft een verschrikkelijke muzieksmaak.'

'Het kan je geen donder schelen naar wat voor muziek hij luistert, maar ik ben blij dat je niet meer zo moeilijk doet over het feit dat hij in Londen woont. Nou, gaan we dan?'

'Ik heb tegen Florence en Viv gezegd dat ik geen tijd had om te winkelen. En dat heb ik ook niet. Je zult van je eigen geld moeten gaan kopen waar je op zit te azen.'

'Nou, ik zit inderdaad te springen om een spijkerbroek, maar echt, mam, dit doe ik voor jou. Als Jake daar ook komt, moet je er fantastisch uitzien.'

'Ik heb geen belangstelling voor Jake. Dat beetje belangstelling dat ik misschien voor hem had, is allang verdwenen.' Dit was ver bezijden de waarheid, maar als ze het maar vaak genoeg zei, zou ze het zelf nog gaan geloven. Bovendien raakte ze aan het liegen gewend; ze kon het al zelfs zonder blikken of blozen.

'Ja, zeg! Maar zo zit het niet! Je wilt dat hij spijt krijgt van wat hij ook heeft gedaan waardoor je hem niet meer aardig vindt!'

'Maar dat heeft hij gedaan voordat ik hem leerde kennen, schat. Dat heb ik je verteld. Simon kwam met die print hier, en toen ik hem daarover aansprak in de wijnbar, heeft hij niets ontkend. Hij is een ongelooflijke zwendelaar.'

'Nou, ik vind hem aardig. Hij doet helemaal niet bemoeizuchtig of bazig.' Bijna onhoorbaar voegde ze eraan toe 'zoals Simon', maar hardop zei ze: 'En Viv vindt dat ook.'

'Nu niet meer, hoor. Niet nu ze weet wat voor een doortrapte ploert hij is.'

'Je gebruikt wel rare uitdrukkingen, mam, maar luister. Je meent misschien oprecht dat je hem niet meer aardig vindt' – Fleurs opgetrokken wenkbrauwen gaven te kennen hoeveel ze van dat verhaal geloofde – 'maar je wilt hem ook laten boeten.'

'Schat, dat soort spelletjes speel ik niet.'

'Gelul,' zei Fleur botweg. 'Ik heb hiermee veel meer ervaring dan jij. Haal me nou maar op na school, dan bestormen we de winkels. Ik ben om twee uur uit.'

Toen ze besefte dat ze verslagen was, niet zozeer door de bedilzucht van haar dochter, maar door haar eigen behoefte om even lichtzinnig te doen, pruttelde Nel nog wat door over vroeger, toen ze de hele dag school hadden, of er nu les werd gegeven of niet, en Fleur sputterde terug dat het nu niet meer vroeger was.

Nel belde Viv om te bekennen dat ze die middag ging spijbelen, nadat ze zichzelf had voorgenomen dat ze, als Viv ook maar iets van afkeuring liet horen, niet zou gaan.

'Wat een goed idee! Je kunt toch niet de godganse dag werken. En mam heeft gelijk, je voelt je veel zelfverzekerder in zo'n vergadering als je er fantastisch uitziet.'

'Ik voel me wel een beetje schuldig. Een hele middag. Ik zou in die tijd twee komma vier potentiële boeren kunnen strikken voor de markt. De huur die dat opbrengt wordt veel belangrijker voor het verpleeghuis als we die velden kwijtraken.'

'Je kunt best even vrijaf nemen. Bovendien ga ik een aantal vriendinnen van mijn moeder bellen, om ze te vertellen dat ze in het ziekenhuis ligt, en dan vertel ik terloops ook iets over het verpleeghuis. Een aantal van hen zit in de haakclub. Wat zouden ze met hun tijd moeten doen als er geen verpleeghuis was om te steunen?'

'De dierenbescherming steunen, denk ik, of iets waar hun niet gevraagd wordt om stukjes land te kopen waar ze niets mee kunnen beginnen.' Nel zweeg even, en Viv wist wat ze dacht.

'Luister, ik weet dat je denkt dat Jake om foute redenen met je naar bed is gegaan.'

'Er zijn geen goede redenen, Viv. Wat zijn motieven ook waren, ze deugden niet.'

'Onzin! Wat dacht je van begeerte? Dat is volkomen acceptabel.'

'Begeerte is een te mooi woord. Het was gewoon lust.'

'Nou, wat dan nog, wat is er mis met eerlijke lust –'

'Dat er niets eerlijks aan was!'

'Dat weet je niet. En op een dag zul je eraan kunnen terugdenken als iets fijns, gewoon om wat het was, zonder pijn of verbittering.'

Nel dacht hier even over na. 'Dat zou misschien kunnen, als het lust was geweest, of begeerte of iets dergelijks, maar niet als ik denk dat het gebeurd is omdat hij me koest wilde houden. Godnogaantoe! Ik zou nog liever verleid worden om mijn geld! Dat is tenminste nog iets positiefs.'

'Behalve dan dat je geen geld hebt.'

'Daar gaat het niet om.'

'Nou, volgens mij heb je het mis. Ik denk dat hij net zo naar jou verlangde als jij naar hem.'

Nel dacht na terwijl haar hart even een sprongetje maakte. 'Misschien.'

'En je hebt toch genoten? Was het niet fantastisch?'

'Jawel. Maar wat dacht je van dat fiasco met die morning-afterpil? Dat was toch vreselijk.'

'Niet echt. Hij werkte toch? Die pil? Je bent niet zwanger. Ik zeg ook niet dat je je er onmiddellijk goed over zult voelen. Maar op een dag kun je het beschouwen als een heel fijne ervaring.' Viv zweeg even. 'Per slot van rekening loop je, als je alleen Simon hebt, de kans dat je nooit meer iets aan seks doet.'

'Viv!' jammerde Nel. 'Ik ga nu.'

'Goed. Vergeet je creditcard niet, en maak je geen zorgen over hoeveel je uitgeeft. Daarvoor zijn creditcards nu eenmaal. O, en kunnen we op iets kleurigers overstappen dan alleen zwart of donkerblauw? Ik weet dat jij het idee hebt dat je maatje olifant hebt, maar verder vindt niemand dat.'

Fleurs eerste vereiste voor een middagje Cheltenham was eten. 'Je hebt energie nodig om te winkelen, mam. Als je honger hebt, kies je vast het verkeerde. Ik weet een leuk tentje.'
Het was een goede keus. De eigenaar maakte zelf soepen, heerlijke salades en, wees Fleur, hij had een drankvergunning. 'Neem een glaasje wijn, mam. Toe.'
'Maar ik heb de hele dag nog niet gegeten! Dat stijgt me regelrecht naar het hoofd. En ik moet rijden.'
'Wijn met water, en dan drinken we dat samen. Je hebt een klein beetje alcohol nodig om nieuwe kleuren en modellen te proberen. Viv heeft me op het hart gedrukt dat je niet met zwart of blauw thuis mag komen.'
'Dan heb ik de keuze uit flessengroen en bruin,' zei Nel. 'Of misschien donkergrijs.'
Fleur trok een lelijk gezicht en glimlachte toen naar de serveerster. 'Twee soep en een caesarsalade, alstublieft.'
Terwijl ze de soep aten, met besmeerde broodjes en af en toe een hapje salade, nam Fleur haar moeder kritisch op. Nel werd er zenuwachtig van.
'Ik wil geen metamorfose. Begin er maar niet over! Daar hebben we helemaal geen tijd voor. Als je je te veel met me gaat bemoeien, koop ik helemaal niets.'
'Ik dacht alleen dat je een iets lichtere kleur lippenstift zou moeten nemen. Die bruine tint die je nu hebt is wel aardig, maar hij spreekt te weinig.'
'Dat is niet bruin! Het is zachtroze! En het zijn mijn lippen maar! Mijn mond, daar moeten de woorden uit komen!'
Fleur trok een gezicht en scheurde nog een stukje brood af.

'Het punt is,' zei Nel terwijl ze de rekken met kleding inspecteerden, 'dat ik niet kan zeggen wat me bevalt als er zo veel hangt. In een winkel van een liefdadigheidsinstelling vind je meestal één ding leuk, en dat past of het past niet. Ik raak de kluts kwijt als ik al die rijen met dezelfde jasjes zie hangen. Ik voel me net een vos in een kippenhok die niet kan besluiten welk kippetje hij zal pakken.'

Fleur keek met een frons naar haar moeder en schudde haar hoofd om aan te geven dat ze aan haar verstand twijfelde. 'Er hangen geen rijen vol! Van elke maat maar één paar!'

'En dan nog wat! Het idee dat je' – ze keek vol afschuw op een prijskaartje – 'al dat geld uitgeeft en er dan achter komt dat een ander hetzelfde draagt. In maatje zesendertig.'

'Dat gebeurt niet, mam,' zei Fleur stellig. 'Niemand met maat zesendertig draagt zoiets. Of je moet echt heel oud en triest zijn.'

Nel keek om zich heen om te zien of niemand die oud en triest was dit had kunnen horen. 'Fleur!'

'En voor jou vind ik het ook niet geschikt. Kom mee, hiernaartoe.'

'Lieverd!' Nel bleef stokstijf staan. 'Dit T-shirt kost bijna honderd pond!'

'Ze hebben uitverkoop! Net als altijd! Doe nou niet zo moeilijk.'

'Je bent wel bazig.'

'Nou, iemand moet dat toch zijn. En, wat vind je hiervan?'

Onder druk gezet door Fleur om het kledingstuk te gaan passen, dook Nel even later weer op zonder echt te kunnen zeggen hoe ze zich voelde.

Het was een lang vest van merinowol, dat prachtig viel. Het was bedoeld voor over een rok, maar dat idee deed Fleur met een verachtelijk gebaar af. 'Ik weet wel dat we je niet meer in een zwarte broek wilden zien, maar daar zou dit juist wel heel mooi bij staan.'

'Maar is het wel gekleed genoeg voor een vergadering?'

Tegen die tijd was er een winkeljuffrouw bij hen gekomen en tot Nels lichte ergernis was ze het helemaal met Fleur eens. 'Natuurlijk! U kunt er overal mee voor de dag komen. Als u er eenmaal aan gewend bent, is het een vest om in te wonen. Het is elegant, praktisch, chic, warm en het kleedt af.'

'En verschaft het ook nog lekkere hapjes en een hondenuitlaatservice?' vroeg Nel sarcastisch, terwijl ze constateerde dat ze zich er heerlijk in begon te voelen.

'Als je daar de honden op laat liggen, doe ik je wat!' zei Fleur. 'Het is een schitterend vest. Maar voel je je er ook lekker in?'

Fleur, die genoeg kleren had om alle liefdadigheidswinkels van de stad mee te vullen, hanteerde een strikte norm. Als ze zich ergens niet goed in voelde, kocht ze het niet. Nel had de neiging om dingen te kopen als ze ook maar enigszins pasten en als ze ze kon betalen, zonder er verder op te letten hoe ze zich erin voelde. Viv dreigde voortdurend dat ze de helft van haar garderobe ging wegsmijten.

Nel zuchtte. 'Ja, eerlijk gezegd wel. Ik wil het niet meer uittrekken.'

'Uitstekend! En, wat wil je erbij dragen?'

'Ik dacht dat je zei dat een zwarte broek goed was.'

Fleur zuchtte. 'Niet die zwarte broek! Je moet een mooiere hebben!'

Met tegenzin stemde Nel daarmee in. Bovendien was de broek die ze nu aanhad, en bijna altijd aanhad, onlosmakelijk verbonden met Jake. Ze herinnerde zich hoe hij die met tartende routine had uitgetrokken. Als die herinnering niet elke keer dat ze naar de wc ging terugkwam, zou ze hem veel sneller kunnen vergeten.

Fleur haalde Nel over om naar de afdeling cosmetica te gaan. 'Kijk, je krijgt een heleboel kleine verpakkingen cadeau als je twee artikelen koopt.'

'Lieve schat, ik heb geen twee artikelen nodig! Ik heb al een onverantwoord kapitaal uitgegeven aan kleren. Ik heb niet ook nog make-up nodig.'

'Jawel, dat weet je best. Die oogschaduw kan echt niet meer. Die maakt je oud. Ik vind dat je die niet meer moet gebruiken.'

'Maar je pikt hem altijd van me!'

'Jij hebt ons altijd geleerd om alles te delen, mam, en ik vind dat je gewoon een nieuwe nodig hebt. Die je gezicht meer uitdrukking geeft. Nou, laten we eens kijken wat ze hebben.'

Nel, die net als ieder ander van koopjes hield, moest toegeven dat er een heleboel nuttige flesjes en tubes zaten in het make-uptasje dat je gratis kreeg als je een weekloon uitgaf aan een oogschaduw en een getinte dagcrème.

'U hebt een prachtige huid,' zei de verkoopster, die geruststellend oud was, maar, minder geruststellend, witte lipstick droeg. 'Dit is precies wat u nodig hebt om uw teint een natuurlijke uitstraling te geven. Kijk maar hoe goed hij wordt opgenomen. En daarbij hebt u ook dit nodig...'

Tien minuten later verlieten Fleur en Nel de winkel met twee fraaie draagtassen, en ontelbare middeltjes tegen 'fijne lijntjes' (het woord 'rimpel' werd niet gebezigd in de wereld der cosmetica), grove poriën en gesprongen adertjes.

'Niet te geloven dat ik zo veel geld heb uitgegeven. En dat ik schoonheidstips heb aangenomen van iemand met witte lipstick. Ik moet wel gek zijn. Alleen omdat ze zei dat ik een mooie huid heb!'

'Ze was wel heel vrijgevig met die extra tubetjes, en die oogschaduw heeft een prachtige tint...'

'Ik wil het allemaal best met je delen, maar het blijft wel bij mij in huis, oké?

'Oké. En, gaan we nu theedrinken? Of naar huis?'

'Naar huis. Ik heb thuis thee, met een stukje van de citroencake die ik van iemand heb gekregen.'

'O, lekker.'

Toen Simon belde om te vragen of ze meeging om wat te drinken, wilde ze niet toegeven dat ze daarvoor te moe was na een hele middag winkelen, dus zei ze ja. Ze had veel liever een stel oude afleveringen van *Sex and the City* gekeken met Fleur, die ze allemaal op video had. Toen ze de nieuwe oogschaduw aanbracht en de dagcrème op haar gezicht smeerde, vroeg ze zich af of dat geen bewijs was dat ze tegen Simon moest zeggen dat het uit was tussen hen. Maar ze had hem nodig. Wilde ze haar oude dag doorbrengen in haar eentje? Het was toch logisch dat ze de voorkeur gaf aan een avondje met Fleur als die eens thuis was. Waren oude afleveringen van *Sex and the City* ook zo aanlokkelijk als ze er alleen naar keek en niemand had om samen commentaar te geven op de kleding? En kon ze tegen nog meer onrust? Simon zou er misschien wel kapot van zijn, vooral nu hij zoveel voor haar had gedaan. Wilde ze hem aandoen wat Jake haar had aangedaan? Absoluut niet! Simon was een lieve, eerlijke man. Als ze over die emotionele deuk met Jake heen was, zou ze hem kunnen zien voor wie hij was, en misschien wel met hem willen trouwen.

Terwijl ze haar haar in model bracht met wax voor blond haar, die ze van Fleur had geleend, herinnerde ze zich wat Viv over mannen had gezegd toen Fleur haar eens had gevraagd waarom ze nooit was getrouwd. 'Mannen zijn net olifanten, mijn lievelingsdieren. Maar je moet ze niet in huis nemen.'

'Wil ik er een in huis?' vroeg ze, terwijl ze in de spiegel staarde om te zien of haar poriën echt minder grof leken met die nieuwe make-up, of dat ze even grof waren als altijd, en dronk haar thee van het schoteltje.

'Je ziet er moe uit, Nel,' zei Simon toen ze aan een veel te klein tafeltje zaten op tamelijk ongemakkelijke stoelen.

Nels haren gingen overeind staan, misschien was het wel te zien. 'Nou, dat is niet de bedoeling! Ik heb nieuwe make-up, waardoor ik er juist heel goed uit moet zien.'

'Nieuwe make-up kan geen slaapgebrek of stress verhullen, stouterdje.' Hij pakte haar hand en kneep er zachtjes in.

Nel keek naar hem. Het was attent van hem dat hij zich zorgen om haar maakte. Ze was inderdaad moe en had last van stress, en inderdaad, een andere make-up kon daar niets aan veranderen. Ze zou zijn zorgzaamheid op prijs moeten stellen, maar ze voelde zich er eerder door verstikt.

'Ik vind dat je wat rustiger aan moet doen. Waarom richt je je aandacht niet alleen op de boerenmarkt, en geef je die onzin met dat verpleeghuis op... Ik bedoel geen onzin!' zei hij haastig. 'Ik bedoel, dat verpleeghuis is bijzonder belangrijk. Maar je kunt in feite niets beginnen tegen dat bouwproject. En als het land van het verpleeghuis wordt verkocht, bedenk dan maar wat een mooi, nieuw gebouw er van dat geld kan worden gebouwd.'

Nel kon zich niet herinneren dat ze Simon dit allemaal had verteld. Maar dat moest ze toch wel hebben gedaan, hoe kon hij het anders weten? Het kon geen kwaad dat hij op de hoogte was. Die informatie was niet vertrouwelijk, toch?

'Ik begrijp wat je bedoelt. We stuiten op een heleboel verzet. Maar ik heb zo'n idee dat het nieuwe verpleeghuis er nooit komt. Dat het geld gewoonweg verdwijnt in de zakken van een paar mensen.' Ze zei niet: in die van Jake Demerand of van Chris Mowbray, maar ze dacht het wel.

'Ik geloof niet dat je daar bang voor hoeft te zijn. Per slot van rekening ben jij niet verantwoordelijk voor het verpleeghuis. Je bent gewoon een van de bestuursleden. Ik vind echt dat je wat rustiger aan moet doen met al dat liefdewerk, Nel. Ik weet dat je je daarmee over de dood van Mark heen hebt kunnen zetten, maar dat is nu achter de rug. Je hoeft je nu niet meer zo op goede doelen te storten.

Even, heel even kwam het bij haar op dat het wel leek alsof Simon verborgen bedoelingen had. Ze deed dit af als een beginstadium van paranoia, en ze wilde dat ze tegen Simon kon zeggen dat hij op een bepaalde manier ook een goed doel was, dat hij ook tijd in beslag nam, tijd die ze heerlijk ontspannen had kunnen doorbrengen met haar dochter. Ze glimlachte. Hij greep haar hand nu steviger vast.

'Lieveling, ik wou dat je me meer voor je liet zorgen.'

'Simon! Je zorgt al zo goed voor me! Je repareert altijd van alles, je maakt mijn auto schoon, al dat soort dingen.'

'Maar ik zou het graag fulltime doen. Ik wil met je trouwen, Nel. Ik denk dat je dat best weet.' Hij liet haar hand los en hief de zijne. 'Nee, ik weet wat je wilt zeggen! "Wacht tot de kinderen het huis uit zijn," maar dat zijn ze feitelijk al bijna. Ik wil niet langer wachten, ik wil nu met je trouwen, nu we nog tijd in het verschiet hebben.'

Enigszins radeloos probeerde Nel de stemming wat meer lucht te geven. 'Zo oud zijn we niet! We hebben heus nog wel wat jaartjes voor de boeg voordat we achter een rollator strompelen. Althans, ik.'

'Ja ja, doe het maar weer met een grapje af, maar ik meen het serieus. Ik hou van je en ik wil met je trouwen. Nu.' Toen, tot Nels toenemende afgrijzen, stak hij zijn hand in zijn zak en haalde er een doosje uit. 'Ik weet dat alle meisjes dol zijn op een romantisch gebaar. Dit is een dingetje dat ik onlangs in Cirencester heb gevonden. Doe hem eens om.'

De ring paste niet alleen, maar was ook fantastisch. Het was een kolossale, ovale aquamarijn, met piepkleine diamantjes eromheen. Nel staarde ernaar, voor een moment gehypnotiseerd. Mark had geen geld gehad voor diamanten, en haar verlovingsring was best mooi geweest, maar een halfedelsteen, en een paar jaar geleden had ze hem afgedaan toen ze besefte dat hij niet echt bestand was tegen het roerige leven van een echtgenote en moeder. Plotseling leek haar hand compleet, het smalle gouden ringetje won aan schoonheid door de grotere ring. Dus waarom moest ze dan denken aan het moment waarop Mark een verfrommeld zakje uit zijn jaszak had gehaald en haar een ring had gegeven die in het begin zo ruim zat dat ze er watjes onder moest proppen om hem te laten passen? Het sieraad kleiner laten maken was duurder geweest dan de aanschaf van de ring zelf. Zou Mark het trouweloos vinden als ze opnieuw in het huwelijk trad?

Ze drong al haar gedachten weg en zei: 'Simon, ik zou onmogelijk met je kunnen trouwen zonder eerst met de kinderen gesproken te hebben.'

'Zouden ze het tegen jou vertellen als zij zich gingen verloven?'

'Waarschijnlijk niet, maar dat is wat anders. Ik ben hun moeder.'

'Daardoor hoef je nog geen verantwoording aan hen af te leggen.'

'Jazeker wel! Ze zijn nog jong! Ze wonen nog thuis! Ik kan niet zomaar gaan trouwen en hun leven op zijn kop zetten zonder eerst met hen te overleggen!'

'Natuurlijk moet je het ze wel vertellen, maar je hoeft hun niet om toestemming te vragen. Het zijn jongvolwassenen, ze hebben hun eigen leven. Ze kunnen jou niet vertellen wat je moet doen.'

'Nee! Natuurlijk niet. En ze zouden dat ook niet in hun hoofd halen. Maar ik zou hen tijdig op de hoogte moeten stellen. Ik kan niet zomaar thuiskomen met zo'n knots van een ring aan mijn vinger.' Ze keek er naar. 'Hoe mooi hij ook is.'

'Draag hem dan nog maar niet meteen. Geef hun de kans om aan het idee te wennen, en dan pas draag je de ring.' Hij glimlachte, waarbij vriendelijke rimpeltjes om zijn ogen verschenen. Zijn glimlach was een van de redenen geweest waarom Nel ja had gezegd toen hij haar de eerste keer mee uit had gevraagd. Ze had daarvoor alle uitnodigingen afgeslagen. Toentertijd had ze het als een teken gezien dat ze nu wel toe was aan een nieuwe relatie.

'Per slot van rekening,' zei hij nu, 'zal er voor de kinderen helemaal niet zoveel veranderen. We hoeven niet te verhuizen naar een ander huis, ik zou bij jou in kunnen trekken. Daar zou ruimte genoeg zijn voor ons twee, zeker als de kinderen uit huis gaan.'

Nel kreeg het ineens vreselijk benauwd. Ze probeerde er geen aandacht aan te besteden. Ze deed alleen maar neurotisch omdat ze zo gestresst was. Simon zou haar veiligheid bieden. Simon zou niet met haar naar bed willen omdat hij haar nodig had om haar invloedrijke positie. Hij zou geen misbruik maken van haar leeftijd of haar radeloosheid, of van het feit dat ze een sensuele vrouw was die haar verlangens jarenlang had onderdrukt. Hij wist dat waarschijnlijk niet eens; ze was er zelf nog maar net achter. Ze was helemaal de kluts kwijt. Zou het stom van haar zijn om Simon af te wijzen, met alles wat hij vertegenwoordigde, omdat ze zo stom was geweest om verliefd te worden op Jake?

'Zeg nu maar niets. Denk erover na. Praat erover met de jongens – niet meteen met Fleur. Ze is zo verwend dat ze er zeker tegen zal zijn.' Zoals altijd stoorde het Nel als ze kritiek op de kinderen kreeg. Ze probeerde rustig te blijven. Fleur wás verwend. Die middag nog had ze een heel dure spijkerbroek voor haar gekocht, alleen maar omdat ze zoveel van haar hield, en uit dankbaarheid omdat Fleur haar hielp bij haar aankopen. Het probleem was, dat Fleur zo gemakkelijk te verwennen was. Ze was altijd zo blij, dankbaar en liefdevol. En daaruit bleek juist weer dat ze helemaal niet zo verwend was, dacht Nel altijd. Verwende kinderen waren nooit blij met een cadeautje. Dat was, zo overtuigde ze zichzelf, nu net het verschil.

'Ik geloof niet dat Fleur tegen iets zou zijn waardoor ik gelukkig word,' zei ze.

'Niet bewust, maar ze zou jou niet graag met me delen. Ze zou niet meer zoveel aandacht van je krijgen als nu. Datzelfde geldt voor Viv. Die zou het gevoel krijgen dat ze je als vriendin kwijtraakte als je met mij trouwde – of met wie dan ook. Denk er dus maar over na, en praat er nog met niemand over. Maar houd die ring, en kijk er af en toe eens naar. Het is het symbool voor al het goede dat ik je kan geven.' Nel keek omlaag naar de ring, deels geboeid door de schittering, deels vol afschuw om waar die voor stond. Vol afschuw omdat ze Simons aanzoek serieus in overweging nam. Ze hield niet van hem, dat stond als een paal boven water – althans, ze voelde voor hem niet hetzelfde als voor Jake. Ze hield zich niet met hem bezig, ze raakte door hem niet de kluts kwijt; hij bezorgde haar geen vlinders in haar buik. Maar hij deed haar ook niet aan zichzelf en aan haar oordeel twijfelen. Hij zette haar dan wel niet in vuur en vlam, maar ze wist wel waar ze met hem aan toe was – iets wat ze zeker niet van Jake kon zeggen.

Voordat Jake in haar leven was gekomen en alles overhoop had gehaald, was ze volkomen gelukkig geweest met Simon, of niet soms? Als Jake nu slechts voor een tijdje alles in de war had geschopt? Als ze, door Simon af te wijzen, nu eens een zeer comfortabele, plezierige toekomst afwees? Het leek er niet op dat Jake haar zoiets te bieden had. Ze haalde diep adem.

'Goed. Ik zal erover nadenken. Maar ik zeg geen ja, Simon, totdat ik alles goed heb overdacht. En zoals je al zegt, heb ik een heleboel aan mijn hoofd op het ogenblik. Je zult moeten wachten tot ik eens een minuutje tijd heb om na te denken.' Ze lachte hierbij, om haar flauwe grapje kracht bij te zetten.

'Je hoeft niet al te diep na te denken. Als je met me trouwt, zou je per slot van rekening niet zoveel meer aan je hoofd hebben, toch?'

'Nou, nee.'

Ze probeerde uit alle macht te bedenken wat voor verantwoordelijkheden Simon van haar zou overnemen. Het onderhoud van de wagen, misschien wat administratie, belastingformulieren en klusjes in en om het huis. Het leek heel wat, en ze glimlachte toen ze de gedachte onderdrukte aan hoeveel werk hij met zich zou meebrengen: altijd verantwoorde maaltijden koken, wassen, strijken, extra huishoudelijk werk, opruimen. Was dat tegen elkaar weg te strepen? En was ze bereid om zich op te offeren en naar oorlogsdocumentaires te kijken in plaats van naar *makeover*-programma's?

Ze had het al eerder gedaan. Mark was verslaafd geweest aan alle programma's over oorlog, oorlogsmachines en nagespeelde slagen van lang geleden. En ze kon altijd een extra televisie kopen en in een andere kamer neerzetten.

'Beloof je me dat je erover na zult denken, maar zeker niet te lang over dingen waar je niets aan kunt veranderen?'

'Oké, Simon,' zei ze zachtjes, in de wetenschap dat een groot deel van haar warme gevoelens voor hem voortkwam uit dankbaarheid dat hij haar geen antwoord afdwong.

20

Nel besloot pas over Simons aanzoek na te denken na de vergadering. Ze wist dat hij het wel zou begrijpen; ze kon moeilijk nadenken over een heel ander leven als ze nog niet wist wat dat precies inhield. Als ze het land van het verpleeghuis kwijtraakten, zou het prettig zijn om een nieuw leven te beginnen met Simon. Hij zou haar helpen om Jake te vergeten. Ze konden misschien allebei hun huis verkopen, en samen een groter huis kopen, opnieuw beginnen. Het zou leuk zijn om alles weer opnieuw in te richten. Wilde ze trouwens wel blijven wonen in dit huis, als er een enorm nieuwbouwcomplex achter zou komen? Simons vage toespeling die hij had gemaakt toen zij en Jake hem met die vrouw waren tegengekomen in Het Zwarte Hart, dat ze wellicht een stuk van de achtertuin zou kunnen verkopen, was een dwaas plan. Dat zou hij wel inzien als ze de kans had gekregen om er met hem over te praten.

Terwijl ze haar nieuwe make-up aanbracht en haar nieuwe kleren aantrok, besefte Nel dat ze een klassieke Nimat-actievoerder was: niet-in-mijn-achtertuin. 'Nou,' vroeg ze zich hardop af, 'als het verpleeghuis het zou overleven, met een nieuw dak, maar je zat nog steeds met dat woningcomplex, zou je dan nog steeds willen verhuizen?'

Nee, de tuin was gigantisch. Ze hoefde geen uitzicht te hebben op die woningen als ze dat niet wilde. Ze kon er bomen voor planten. Ze zou alleen echt de pest hebben aan dat woningcomplex als het de plaats innam van het verpleeghuis.

Opgelucht om te ontdekken dat ze toch niet helemaal verachtelijk was, bekeek ze zich nog eens kritisch in de spiegel, haalde haar lange vest uit de plastic zak en trok het aan.

Ze wilde net weggaan toen Fleur uit de woonkamer tevoorschijn kwam.

'Laat me je nog even bekijken.'

'Het is maar een vergadering!'

'Een belangrijke vergadering, en Jake zal er ook zijn. Wacht even.' Fleur haalde een opgefrommeld papieren zakdoekje uit de mouw van haar trui. 'Je hebt een beetje mascara op je wang. Zo.'

'En nu moet ik zeker blij zijn dat je niet op dat zakdoekje hebt gespuugd!' zei Nel en verliet toen snel het huis voordat er allemaal hondenharen op haar af vlogen, als ijzervijlsel op een magneet.

'Wauw, wat jij er fantastisch uit!' zei Vivian toen ze elkaar tegenkwamen in het damestoilet van het verpleeghuis. 'Fleur heeft goed werk geleverd! Haute couture?'

Nel knikte. 'Vraag niet hoeveel het heeft gekost. Dat weet ik niet meer. Ik heb het uit mijn geheugen gewist. Hij was behoorlijk afgeprijsd, maar kostte toch nog een fortuin.'

'Hij is het waard. Je zult er jaren plezier van hebben. Maar ik kan er niets aan doen dat hij me toch behoorlijk zwart voorkomt.'

'Tja, ach. Je kunt niet verwachten dat je iets stijlvols, betaalbaars en duurzaams kunt krijgen in een andere kleur dan zwart. Maar heb je ook mijn nieuwe make-up gezien? Blijkbaar heb ik die nodig, omdat ik een prachtige huid heb. Ze moeten wel enorme hoeveelheden make-up verkopen door mensen te vertellen dat ze een prachtige huid hebben en ze dan zo gek te krijgen dat ze iets kopen om eroverheen te smeren.'

'Maar je hébt ook een prachtige huid. Je ziet er echt geweldig uit, meid!'

'Ja ja, doe maar gewoon.'

'En heb je een strategie bedacht?'

'Zo ongeveer.' Nel had eigenlijk besloten dat ze gewoon op haar gevoel af zou gaan, maar ze wist dat Vivian het daar niet mee eens zou zijn. Zij en Abraham hadden besloten hun informatie stil te houden, totdat ze erachter waren hoeveel Chris Mowbray wist of bereid was te vertellen. Dan, als ze het moment geschikt achtten, zouden ze het bestuur vertellen over het lapje grond, en hun plan bekend maken om het in stukjes te verdelen. 'Jammer dat we niet de kans hebben gehad om het eerst goed door te spreken. Hoe is het met Florence? Is ze al thuis?'

Vivian droogde haar handen af aan een papieren handdoekje en tuurde intussen in de spiegel. 'Wel thuis, maar nog steeds een beetje onthand, of liever ontvoet. Maar ze is al druk bezig geweest aan de telefoon. Ze heeft geprobeerd stukjes land aan haar clubjes in hun geheel te verkopen, en aan de rijkste leden individueel. Hoeveel bestuursleden zijn er op de hoogte van dat lapje grond?'

'Je bedoelt behalve degenen die we het hebben verteld? Ik heb geen idee. Ik denk dat we ervan uit moeten gaan dat iedereen op de hoogte is. Vooral de mensen van wie we dat niet willen.'

'Denk je dat Jake zal komen? O, hallo, Kerry Anne. Leuk om je te zien.'

'Kerry Anne!' Nel deed heel enthousiast. 'Geweldig! Ik hoop dat je Pierce wilt aanmoedigen om te stemmen voor het kleinschalige bouwplan! Per slot van rekening,' ze boog zich naar haar toe, 'wil je toch ook geen goedkope woningen voor je gezondheidscentrum? Stijlvolle villa's zouden daar veel beter staan.'

'Niet echt, Nel,' zei Kerry Anne. 'We zullen elke cent die we kunnen krijgen nodig hebben. Ik ga ook investeren in Sacha's schoonheidsproducten.' Ze ging met het puntje van haar tong langs haar tanden, wat er nogal griezelig uitzag, ongetwijfeld om te controleren of er geen lipstick op haar tanden zat. 'Maar er zou trouwens toch een muur komen tussen het gezondheidscentrum en de huizen.'

'O.' Nels optimisme smolt alweer weg.

Kerry Anne bekeek zichzelf kritisch in de spiegel, maakte haar ogen groot en inspecteerde haar gezicht. Ze veranderde er niets aan. 'Nee, ik geloof dat het plan van Chris Mowbray prima is. En ik geloof trouwens toch dat ik Pierce zal moeten steunen. Het is per slot van rekening zijn geld.'

'Als je met hem getrouwd bent, is het voor de helft van jou,' merkte Viv op. 'Waar zijn jullie getrouwd? Als het in Californië was, heb je recht op de helft van al zijn bezittingen als je gaat scheiden.'

'Het was in Engeland. En ik ben niet van plan om te gaan scheiden,' zei Kerry Anne.

'O. Gelukkig,' zei Nel, en moest zich inhouden om haar niet het vuur aan de schenen te leggen met de vraag waarom ze dan aan het rommelen was met een andere man. 'Zullen we maar naar binnen gaan?'

Nel liep met rechte rug naar binnen, vastbesloten om zich zelfverzekerd te gedragen en het daardoor ook te worden. Ze had alle schoonheidstips toegepast die ze van de vrouw met de witte lipstick had gekregen, en als dat geen goede zet was geweest, hadden Fleur en Viv hun goedkeuring niet laten blijken.

Een aantal bestuursleden zat al klaar, maar er waren nog veel stoelen onbezet. De secretaresse verwachtte kennelijk een aantal extra bezoekers. Nel besefte dat ze, als Jake niet kwam, heel erg teleurgesteld zou zijn. Toen bedacht ze dat dit het emotionele equivalent was van met je neus tegen een winkeletalage gedrukt staan, vol verlangen naar dingen die je niet kon krijgen.

Pierce en Kerry Anne kwamen samen binnen. Nel glimlachte naar Abraham die met een andere, jongere man binnenkwam, ook in pak, maar duidelijk niet zo op zijn gemak.

Christopher Mowbray, als voorzitter, kwam niet alleen binnen in pak, maar ook nog met een eigendunk waarvoor Nel hem graag had willen slaan. Hij knikte Nel en Viv toe en glimlachte op een manier die Nel deed verlangen naar een artikel over hem in de sensatiepers waarin zijn naam werd verbonden aan een ranzig seksschandaal. Per slot van rekening zou hij, als hij iets deed waardoor het verpleeghuis in de problemen kwam, schuldig zijn aan een soort kindermishandeling.

De predikant, die Nel in gedachten altijd 'vader Ted' noemde, glimlachte iedereen toe, en Muriel, Nels vriendin, knikte Nel en Viv goedkeurend toe, kennelijk aan hun kant en tot de tanden gewapend, ondanks haar twee plastic heupen.

De man die behoedzaam door Pierce en geestdriftig door Chris Mowbray werd begroet, hield Nel voor Gideon Freebody. Abraham knikte hem toe; hij leek ambivalent maar niet agressief. Hij straalde een zelfverzekerdheid uit die Nel nog niet eerder tijdens vergaderingen bij hem had gezien. Het was alsof hij, door weer actief te zijn in de bouwwereld, de status en het vertrouwen uitstraalde die zijn positie met zich meebracht.

Jake kwam als laatste binnen. Nel stond zichzelf, zonder dat hij het zag, heel even toe naar hem te kijken toen hij ging zitten. Hij droeg een schitterend pak. Haar hart, of haar hormoonspiegel, maakte een sprongetje toen ze hem zag. Ze sloeg snel haar ogen neer en begon als een dolle op het papier voor haar te krabbelen. Hoe moest ze hiermee omgaan? Zou ze ooit nog over hem heen komen als ze praktisch smolt zodra ze hem zag? Maar je hoeft hem niet elke dag te zien, hield ze zich voor. Als je hier straks weggaat, kruisen jullie paden elkaar misschien nooit meer, vooral niet als je het graafschap verlaat. In plaats van opgelucht voelde ze zich nog veel verschrikkelijker.

'Goed, dames en heren,' zei de voorzitter monter, 'Ik weet dat we ons allemaal wat stuurloos hebben gevoeld, zonder directeur, maar ik denk dat we deze belangrijke beslissing over de toekomst van wat ons allemaal zo nauw aan het hart ligt, wel kunnen nemen,' – Nel werd beroerd bij het idee dat haar hart hetzelfde zou voelen als dat van Chris – 'het verpleeghuis.'

Hij zweeg even, en keek rond of er niemand applaudisseerde. Maar dat gebeurde niet.

'Jullie vragen je misschien af waarom ik deze vergadering heb belegd over de bouwplannen op Paradise Fields terwijl we daar in feite –' hij keek met een glimlach de kring rond – 'niets, over te zeggen hebben. Dat land is niet van ons –' hij wierp een kwade blik op Nel, Viv en Muriel, die naast elkaar zaten, 'en dus zullen we gewoon moeten accepteren dat onze fancyfairs en boottochtjes daar tot het verleden behoren.'

Abraham en Nel wisselden een blik en kwamen stilzwijgend overeen daar op dat moment niet op in te gaan.

'Goed,' vervolgde Chris. 'De reden waarom ik deze vergadering wil houden is om jullie op te hoogte te brengen van een fantastisch voorstel dat veel verder reikt dan die velden en dat grote gevolgen voor ons heeft.'

Naast Nel liet Muriel een verontwaardigd kreetje horen. Nel legde een hand op haar arm om haar tot stilte te manen.

'We hebben een heleboel redenen om een heleboel beslissingen te nemen, dus ik stel voor dat meneer Freebody zijn presentatie houdt. Ik denk dat jullie het ermee eens zullen zijn dat zijn plannen gunstig zijn voor het verpleeghuis.' Hij wierp Abraham een geïrriteerde blik toe boven zijn brillenglazen. 'Meneer Abraham houdt ook een presentatie, natuurlijk, en daarna is het aan ons, het bestuur van het verpleeghuis, en momenteel verantwoordelijk voor de fiscale zaken, om te bepalen wat we het best kunnen doen. Meneer Freebody.'

Meneer Freebody droeg een marineblauw kostuum, een wit overhemd en een vuurrode das. Zijn buik puilde uit boven zijn broek en zijn haar was zwart en vettig. Hij deed Nel denken aan een komediant die, volgens de zondagsbladen, veel succes had bij vrouwen. Nel kon nooit begrijpen waarom. Meneer Freebody had ook een geforceerd opgewekte manier van doen, mogelijk het gevolg van zijn opgeblazen zelfbeeld. Hij was eraan gewend dat hij altijd won, en ging ervan uit dat hij ook deze keer succes zou hebben.

'Mijn voorstel is een zeer gunstig aanbod dat niet alleen meneer Hunstanton een aanzienlijke hoeveelheid geld in het laatje kan brengen, maar dat ook genoeg zou opleveren voor het verpleeghuis om een splinternieuw, efficiënt gebouw neer te zetten met alle faciliteiten voor jonge mensen met een fatale ziekte. Hiervoor moet het bestaande ziekenhuis gesloopt worden, maar ik kan u verzekeren dat dat uiteindelijk de goedkoopste oplossing is.'

'Onzin!' riep Muriel.

'Dat betwijfel ik ten zeerste,' zei Vivian.

'Wilt u niet het beste voor de kinderen? Die zijn stervende, weet u!' Iedereen die met de kinderen had gewerkt, huiverde. Niemand sprak er ooit over dat de kinderen doodgingen, ze spraken altijd over 'levensbedreigende omstandigheden'. En het woord 'ziekenhuis' was ook niet erg populair. Muriel haalde al diep adem om protest aan te tekenen, maar een handgebaar van vader Ted legde haar het zwijgen op. 'Laat de man uitspreken, Muriel. We kunnen beter eerst zijn plannen aanhoren.'

'Op dit moment,' ging Gideon Freebody verder, zonder op te merken dat hij menigeen tegen zich in het harnas jaagde, 'voert het verpleeghuis een verwoede strijd om het gebouw in goede staat te houden, geld in te zamelen, steeds weer, om ramen, goten en nu ook het dak te vervangen, terwijl al die dingen binnen afzienbare tijd wederom vervangen zullen moeten worden.'

'Maar niet zo gauw als wanneer u het gebouwd zou hebben,' wierp

Muriel tegen. 'Ik heb namelijk een en ander opgezocht op internet!' vertrouwde ze Nel, iets te hard, toe.

'Hé, hé,' zei Abraham.

'Alstublieft!' zei Chris Mowbray. 'Laat meneer Freebody uitspreken! Hij heeft een heel goed voorstel. Laat het hem in alle rust afmaken!'

'Ik weet zeker dat het niet deugt dat de voorzitter al voor hem heeft gekozen voordat wij zijn plannen zelfs maar aangehoord hebben,' mompelde Vivian tegen Nel. 'Dat is toch tegen de statuten?'

'Ik weet het niet,' fluisterde Nel. 'Die heb ik nooit gelezen.'

Viv zuchtte. 'Ik ook niet.'

Ze luisterden weer naar Gideon Freebody die het over de waterafvoer had. Pas toen hij over de toegang naar de rivier begon, spitste Nel haar oren. Maar wat ze ook probeerde, ze kon hem niet volgen. Toen besefte ze dat hij opzettelijk vage taal gebruikte; het was juist zijn bedoeling dat zij er niets van begrepen.

Nel had niet echt carrière gemaakt. Ze had baantjes gehad die geschikt waren voor een achttienjarige, en daarna was ze getrouwd. Tijdens haar jarenlange huwelijk en haar leven als weduwe had ze wat meer verantwoordelijkheden gekregen in de parttime banen die ze had gehad, maar het opzetten van de boerenmarkt was het eerste dat ergens op begon te lijken. Ze was zich ervan bewust dat ze onervaren en onopgeleid was. Ze was gewend om tijdens bestuursvergaderingen te spreken als alleen de leden aanwezig waren, maar een felle discussie met vijandige getuigen was iets heel nieuws voor haar. Ze kon het zich niet permitteren fouten te maken. Ze maakte aantekeningen. Ze luisterde geconcentreerd, en las de notities van de andere leden voorzover ze dat kon. Terwijl ze probeerde te volgen wat Gideon Freebody zei over winstmarges, waarbij hij uitlegde dat het verpleeghuis veel meer zou krijgen dan het gebouw en het land waard waren, bracht ze haar bekwaamheid om ondersteboven te lezen in de praktijk.

Ze had deze vaardigheid vroeger ontwikkeld op ouderavonden. Ze wist zelfs niet dat ze het kon, totdat ze las wat de leraar in werkelijkheid over haar kind had gezegd terwijl hij zijn verhaal naar de ouders toe vertaalde. Nu, hoewel ze veel te ver weg zat om alles te kunnen zien, las ze Gideon Freebody's aantekeningen. Ze had het niet eens met opzet gedaan. Ze keek alleen maar in zijn richting, en deed haar uiterste best om wijs te worden uit zijn woordenstroom, toen ze de papieren die voor hem lagen in de gaten kreeg. Ze was ervan overtuigd dat ze cijfertjes doorgekrast zag staan, die vervangen waren door andere cijfertjes.

Het was enorm frustrerend om het niet goed te kunnen zien, en ze vroeg zich af of het om de cijfertjes ging die zij vermoedde. Per slot van rekening kon zij ze al bijna zien vanaf de plek waar zij zat, dus waar om deden de mensen die dichterbij zaten dan niet hun best om ze te lezen? Toen begreep ze het; de mensen die dicht bij hem zaten, hoefden die cijfertjes waarschijnlijk helemaal niet te zien; ze wisten waarschijnlijk al dat ze waren aangepast voor de doeleinden van de vergadering. Aan de ene kant van Gideon Freebody zat namelijk zijn handlanger, en aan de andere kant zat Chris Mowbray, de voorzitter van het bestuur.

Te oordelen naar de stapel briefjes in zijn hand was Gideon Freebody voorlopig nog niet klaar met zijn verhandeling. Nel schreef snel een briefje aan Viv: *Ik ga om tactische redenen naar de wc. Noteer alles wat van belang is.*

Viv knikte, en Nel stond op. Toen ze bij het hoofd van de tafel kwam, liet ze haar tas vallen. Terwijl ze de inhoud van de grond raapte, wat een tamelijk gênante toestand was, wierp ze een blik op de aantekeningen van Gideon Freebody. Niemand had het in de gaten, dat wist ze zeker. Ze zagen in haar niet meer dan een slordige vrouw die veel te veel in haar tas meesleepte. De voorzitter deed bijzonder uit de hoogte toen hij haar een groezelige haarborstel met een afgekloven steel overhandigde. Nel lachte liefjes en liep door, maar ze had tot haar vreugde geconstateerd dat Gideon Freebody reageerde op haar glimlach. Misschien had die vrouw met de witte lipstick toch wel gelijk met haar make-upadviezen.

Nel bleef zo kort weg als redelijkerwijs aannemelijk was. Toen ze terugkwam, had Gideon Freebody het nog steeds over de zieke kinderen die recht zouden hebben op wat fatsoenlijke medische zorg voordat ze het loodje legden. Nel zag aan de uitdrukking van de mensen die echt bij het verpleeghuis betrokken waren, hoe dit overkwam. Ze keken alsof ze op citroenen zogen.

Eindelijk kwam Gideon Freebody aan het eind van zijn betoog. Viv schreef een briefje: *Ik denk dat hij ons probeert murw te krijgen met zijn saaie verhalen.*

Nel krabbelde terug: *Heb ik iets belangrijks gemist?*

Viv antwoordde: *Ik geloof het niet. Ik viel bijna in slaap*

'Goed, welnu, ik vond het heel interessant,' zei de voorzitter. 'En natuurlijk zal het bestuur gemakkelijker een nieuwe directeur kunnen vinden als we een mooi, nieuw gebouw hebben. Zullen we tot stemming overgaan?'

Abraham stond op. 'Ik geloof dat onze voorzitter iets over het hoofd ziet.' Hij keek ernstig naar Chris Mowbray. 'Gideon Freebody is niet de enige aannemer die hier aanwezig is. Hoewel te betwijfelen valt of dit bestuur iets te maken heeft met het besluit dat meneer Hunstanton neemt met betrekking tot zijn grond, zal de bouw veel gevolgen hebben voor het verpleeghuis, en ik denk dat het bestuur het recht heeft te weten wat de plannen die ze zojuist al hebben gehoord, inhouden.'

Gideon Freebody mompelde iets tegen Chris Mowbray en stond daarna op. 'Wacht even! U kunt uw plannen niet voorleggen aan het bestuur als u daar deel van uitmaakt! Dat zou niet eerlijk zijn, dan bent u in het voordeel.'

'Ik denk dat meneer Mowbray u onbedoeld verkeerd heeft ingelicht, meneer Freebody,' zei Abraham kalm. Nel merkte dat ze ineens zenuwachtig werd. 'Ik heb me teruggetrokken uit het bestuur zodra die kwestie van de bouwplannen ter tafel kwam. Ik heb dat schriftelijk en telefonisch gedaan.'

Chris Mowbray keek neer op de papieren die voor hem lagen, kuchte en zei: 'Gaat u verder, meneer Abraham.'

'Welnu,' Abraham schraapte zijn keel. 'Ik zal niet zoveel tijd nodig hebben om mijn plannen uiteen te zetten als mijn collega. Ik zou wel willen toevoegen dat hij sneller huizen bouwt dan dat hij erover praat, maar ik zal niet –'

Hij hief zijn hand om het protesterende gemompel dat opsteeg uit het kamp van Gideon Freebody de kop in te drukken. 'Ik heb een paar woorden te zeggen over de plannen die ik heb ontworpen met behulp van een architect, die hier helaas vandaag niet bij aanwezig kon zijn.'

De voorzitter keek op zijn horloge. Abraham begon: 'De plannen hebben niet veel gevolgen voor het verpleeghuis –'

'Behalve dan dat ze ons het speelterrein ontnemen en de toegang naar de rivier onmogelijk maken!' zei Muriel verontwaardigd, die vergat dat Abraham aan de goede kant stond.

'Heel goed, dan zal ik het anders zeggen. Onze plannen hebben niet zoveel gevolgen voor het verpleeghuis als die van meneer Freebody. Het verpleeghuis blijft gespaard, maar, zoals ik al eerder heb gezegd, zal ik een nieuw dak aanbrengen tegen materiaalkosten. Ik ben ook overgehaald door Nel...' Hier zweeg hij even. 'Nel is een zeer overtuigende jonge vrouw' – Nel bloosde en sloeg haar blik neer, zich ervan bewust dat Jake naar haar keek – 'die me heeft overgehaald om de plannen een beetje te wijzigen, zodat de de rivier toegankelijk blijft. Zonder afbreuk te doen aan het aantal huizen dat gebouwd kan worden.'

'Leidt u een onderneming of een charitatieve instelling?' wilde Gideon Freebody weten. 'Meneer Hunstanton kan veel meer geld verdienen met mijn plan. En mijn plan biedt meer betaalbare huizen dan dat van u!'

De predikant, die aanvoelde dat er iets meer speelde tussen de twee aannemers dan alleen gezonde concurrentie, stond op en keek hen allebei afkeurend aan. 'Heren! Ik ben ervan overtuigd dat u niet wilt dat dit een persoonlijke kwestie wordt. Het is aan ons als bestuur om te bepalen of we ons verpleeghuis willen verkopen en er een ander voor in de plaats willen zetten. Wij hoeven niets te horen over geld dat "binnegehaald kan worden" met de twee plannen.'

'Maar als het verpleeghuis wordt gesloopt, dan zijn we het op die plek kwijt,' zei Viv logisch. 'Misschien komt het wel helemaal niet meer in deze omgeving te staan. En ik geloof dat we het er allemaal over eens zijn dat een van de redenen dat het verpleeghuis zo'n succes is geweest, is omdat zoveel mensen uit de buurt er hun steun aan geven. Het maakt deel uit van onze gemeenschap.'

'We moeten wel zakelijk blijven,' zei de man van wie Nel nooit de naam wist, totdat ze las wat Viv voor haar neerkrabbelde. Fred Axminster. 'Ik ben zelf zakenman.'

'Maar wij zijn een liefdadige instelling, en geen bedrijf,' bracht Nel in herinnering.

'Zouden jullie deze opmerkingen via de voorzitter willen laten lopen?' verzocht Chris Mowbray, die zich in zijn gezag bedreigd voelde.

'Alleen als we hier de hele avond willen blijven zitten,' zei Muriel gevat.

'Hebben we trouwens een keuze?' vroeg Fred Axminster, de zakenman. 'We kunnen het onderhoud van het verpleeghuis niet bekostigen, dus kunnen we het net zo goed verkopen en een nieuw gebouw neerzetten.'

'Heel goed mogelijk met mijn bod,' zei Gideon Freebody. 'Zoals u weet,' hij keek tamelijk hooghartig de kring rond, 'is Paradise Fields al eigendom van meneer Hunstanton. Als ik het verpleeghuis koop, en dan ook huizen op zijn grond neerzet, zitten we op rozen. En dat geldt ook voor het verpleeghuis,' voegde hij er snel aan toe.

'Precies,' zei de voorzitter. 'Zullen we stemmen?'

'Nee!' zei Nel. 'Ik zou graag iets zeggen, als niemand daar bezwaar tegen heeft.'

'We hebben geen tijd om allerlei ontboezemingen aan te horen,' zei de handlanger van Gideon Freebody, die alleen nog een bordje miste met 'bewaking' om hem tot een echte uitsmijter te maken.

Nel stond op. 'Iedereen weet dat ik er zelf bij betrokken ben. Ik heb tien jaar vrijwilligerswerk gedaan voor dit verpleeghuis. Ik heb meegeholpen om duizenden en nog eens duizenden ponden in te zamelen. Ik zie het verpleeghuis niet graag verdwijnen.'

'Het gaat niet verdwijnen!' Gideon Freebody verloor zijn geduld. 'Ik heb het toch uitgelegd! Jullie kunnen een nieuw verpleeghuis krijgen.'

'Niet met het geld dat u ons biedt,' zei Nel. 'Die cijfers stellen niets voor. Hebt u er enig idee van hoeveel het kost om een nieuw gebouw neer te zetten, van de grond af aan?' Het was een retorische vraag, maar ze was blij toen Abraham hem beantwoordde:

'Heel wat meer dan hij jullie biedt, dat is zeker.'

'Als we ermee instemmen dat het verpleeghuis wordt verkocht, zouden we het voor altijd kwijt zijn. Zelfs als er genoeg geld was om een nieuw tehuis te bouwen, en ik geloof niet dat er –'

'Mijn berekeningen tonen aan dat dat kan,' onderbrak Gideon Freebody.

'Niet de cijfers die u voor uzelf houdt,' zei Nel. 'Volgens die berekeningen kunnen we slechts één verdieping bouwen, als we geluk hebben met de prijs voor de grond.'

'Dat is laster!' riep de voorzitter kwaad. 'Mevrouw Innes, ik sta erop dat u die bewering intrekt.'

'Het is geen laster, maar de waarheid,' zei Nel. 'Maar ik wil mijn stelling wel intrekken, omdat er andere argumenten zijn die ik graag naar voren wil brengen.'

'Nou, maak je borst maar nat,' zei Gideon Freebody's landhanger.

'Geef iemand de kans om iets te zeggen!' zei Jake, die tot dat moment zijn mond nog niet had opengedaan.

Nel keek neer op haar aantekeningen. 'Volgens mij, meneer Freebody, ziet u een paar belangrijke feiten over het hoofd.'

'En wat voor feiten dan wel?' wilde hij weten.

'Het feit dat uw plannen volkomen nutteloos zijn als er geen toegangsweg is. Dus het is dan misschien mogelijk dat u het bestuur overhaalt om het verpleeghuis te verkopen, maar het heeft geen enkele zin als u niet bij die huizen kunt komen.'

'Wat bedoelt u?' vroeg de voorzitter.

In uw plannen wilt u beschikken over een lapje grond dat niet van de heer Hunstanton is,' zei Nel. 'Sommige bestuursleden zijn er al van op de hoogte. Maar u hebt het kennelijk over het hoofd gezien, meneer de voorzitter.'

Hij bloosde. 'Ik weet niet waar u het over hebt. Het terrein van het verpleeghuis is één geheel. Er is geen extra lapje grond.'

'Jawel, maar ik geloof dat niet iedereen daarvan op de hoogte is,' zei Nel. Ze was zich ervan bewust dat ze niet iedereen had kunnen bereiken, maar nu was ze vastbesloten het in de openbaarheid te brengen.

'Het zou leuk zijn als hier duidelijkheid over wordt gegeven,' zei Chris Mowbray. 'Als het al bestaat.'

'Het bestaat,' bevestigde Jake. 'Wijlen Sir Gerald Hunstanton heeft een lapje grond aan het verpleeghuis nagelaten.'

'Dank je,' zei Nel, haar blik nog steeds koppig van hem afgewend. 'En ik denk dat we als bestuur moeten stemmen over wat we met dat lapje grond willen, net als met de rest van het terrein.'

Chris Mowbray slaakte een overdreven diepe zucht. 'Nou, u kunt erover stemmen als u wilt, maar ik raad het bestuur met klem aan om, omwille van het verpleeghuis, voor de plannen van Gideon Freebody te kiezen.'

'Vooral omwille van de voorzitter van het bestuur van het verpleeghuis,' mompelde Vivian tegen Muriel.

'Ik denk dat het bestuur, als het alle argumenten voor zich zou hebben, tegen de verkoop van het verpleeghuis zou stemmen.'

'De cijfers liggen hier,' zei Gideon Freebody.

'Ja, beide versies,' zei Nel bot. 'Maar zonder dat lapje grond kan geen van jullie plannen – met of zonder het terrein van het verpleeghuis – uitgevoerd worden, omdat jullie dan geen fatsoenlijke toegang zouden hebben. Wat betekent dat dat lapje grond veel waardevoller is dan u dacht, door het voor uw gemak maar bij het terrein van het verpleeghuis te rekenen. Alleen als u bereid bent ons ten minste vier keer zoveel te bieden als u hebt gedaan, zou het interessant worden voor het verpleeghuis om uw aanbod te accepteren.'

'Kunt u het zich veroorloven om te weigeren?' vroeg meneer Freebody. 'U weet toch zelf hoeveel de reparatie van dat dak gaat kosten.'

'Nou, we weten hoeveel het zal gaan kosten als u de reparatie uitvoert,' antwoordde Nel. 'Maar meneer Abraham heeft aangeboden het kosteloos te doen.'

'Maar het dak is maar een klein deel van het hele onderhoud!' protesteerde de voorzitter.

'En mag ik u erop wijzen dat de vrouw die met al die bezwaren op de proppen komt –' begon Gideon Freebody, tot iemand hem in de rede viel.

'De vrouw over wie u het hebt, heet mevrouw Innes,' zei Jake. 'Ik mag aannemen dat u dat weet. Zou u zo vriendelijk willen zijn haar dan zo ook te noemen?'

Nel bloosde, en alle vrouwen in de kamer zuchtten even.

'Ik gebruik de naam die ik geschikt acht!' Gideon Freebody sproeide vanuit zijn mondhoeken spettertjes op zijn notities. 'En dat is Nimat! Niet-in-mijn-achtertuin! Ze wil geen huizen vlak achter haar tuin! Het is allemaal prachtig om zo sentimenteel te doen over zieke kinderen, maar zet een paar goedkope huizen neer achter haar gazon en ze grijpt al naar de wapens!'

Jake kwam half overeind, maar werd weer omlaag getrokken door vader Ed.

'En bovendien,' zei de voorzitter, terwijl hij opsprong, 'is ze niet echt een Nimat! Ze heeft namelijk geïnformeerd hoeveel haar tuin waard zou zijn als bouwterrein! Ze wil er zelf een slaatje uitslaan!'

'Dat heb ik altijd een rare uitdrukking gevonden,' zei Viv.

Het duizelde Nel. Ze was nooit van haar leven zo fel aangevallen. Daarom was dit een vreemde gewaarwording, maar op een rare manier ook wel opwindend. 'Neemt u me niet kwalijk, meneer de voorzitter. Wat zei u dat ik heb gedaan?'

'Ik zei dat u hebt nagegaan hoeveel uw tuin waard zou zijn als bouwgrond. Al dat gezeur over lapjes grond en het behoud van dat verrekte verpleeghuis! U hebt gewoon gewacht tot wij een bouwvergunning kregen om er zelf beter van te kunnen worden. U zou daar zelf een dure villa kunnen neerzetten, op dat stukje grond. Met een garage met horizontale deuren.'

Nel dacht even dat ze flauw zou vallen. Het was heel interessant om af te wachten tot ze de kamer echt zwart zag worden en dat die zich zou vullen met flonkerende sterretjes. 'Sorry, Chris,' zei ze kalm. 'Ik ben waarschijnlijk heel dom, maar waar heb je het in vredesnaam over?'

Muriel nam de vrijheid een glas water te pakken van de tafel van de voorzitter, en gaf het aan haar.

'O, maar dat heb je niet zelf gedaan! Daar ben je veel te uitgekookt voor! Dat heb je je vriend voor je laten doen!'

Voordat ze wist wat ze deed, keek ze naar Jake. Hij schudde bijna onmerkbaar met zijn hoofd, zodat ze het nauwelijks kon zien, en toen begreep ze het ineens. Het was Simon.

'O, ja,' ging Chris Mowbray door. 'Je vriendje Simon Butcher – de makelaar. Hij heeft namens jou zeer interessant onderzoek verricht.'

Nel ging staan. 'Ik draag geen enkele verantwoordelijkheid voor de daden die meneer Butcher verricht. Maar ik kan u wel verzekeren dat hij niets uit mijn naam heeft gedaan. Ik zou er niet over piekeren mijn tuin te verkopen om er een huis op te laten zetten.'

'Zie je wel, ik zei toch dat ze een Nimat is,' zei Gideon Freebody.

'Dit is bijzaak,' zei Jake. 'Ik denk dat iedereen wel weet dat ik spreek namens meneer Hunstanton, en dat ik daardoor niet als onpartijdig kan gelden. Maar voor een fatsoenlijke gang van zaken zou ik u willen vragen mevrouw Innes uit te laten praten zonder haar in de rede te vallen.'

Chris Mowbray zuchtte. 'Gaat u door, mevrouw Innes.'

'Ik stel voor,' zei Nel, zowel geschokt als aangemoedigd door Jakes steunbetuiging, 'dat het bestuur stemt over de vraag of we het verpleeghuis wel of niet laten slopen.'

'We kunnen ons nauwelijks veroorloven het in stand te houden, als u me de woordspeling wilt vergeven,' zei Chris Mowbray.

'En dat we, om geld in te zamelen voor het onderhoud van het gebouw,' vervolgde Nel, 'het lapje grond van het verpleeghuis in stukjes delen die we aan particulieren verkopen.' Ze wierp snel een boze blik in de richting van Chris Mowbray. 'Waaruit volgt dat het voor toekomstige besturen onmogelijk wordt om te dreigen met de verkoop van het gebouw.'

'Dat vind ik een bespottelijk idee,' zei Chris Mowbray. 'Maar ik ben ervoor om te stemmen over de vraag of we onze kansen moeten grijpen, het verpleeghuis verkopen en ergens anders een nieuw gebouw neerzetten. Al degenen die voor de verkoop van het verpleeghuis en de grond aan meneer Freebody zijn –'

Chris Mowbray keek de tafel rond, en stak zijn eigen hand omhoog. 'Mag ik u erop wijzen,' zei Jake, 'dat u als voorzitter geen recht van stemmen hebt, tenzij de stemmen staken.'

'O, ja. Mag ik het aantal stemmen vóór zien?'

Er gingen niet veel handen omhoog, al probeerden Gideon Freebody en zijn handlanger eraan mee te doen, net alsof ze niet wisten dat ze daar niet het recht toe hadden.

'Heel goed,' zei de voorzitter. 'En, wie is ertegen?'

'Betekent dat: vóór het idee van Nel?' vroeg Muriel.

'Ja.'

De meeste mensen die Nel had bewerkt, staken hun hand op. Het leek erop dat het aantal stemmen gelijk was. Nel drukt haar nagels zo hard in haar hand dat het pijn deed. Had ze nu maar beter haar best gedaan, meer gezegd, meer gedaan! Het lot van het verpleeghuis hing aan een zijden draadje.

'Ik zie dat het aantal stemmen gelijk is, dus met die van mij erbij –' begon Chris Mowbray.

'Pardon,' zei Jake, 'ik weet wel dat het mijn zaken niet zijn, maar ik zou het toch een heel slechte zaak vinden als er over zo'n belangrijke kwestie zou worden gestemd terwijl het bestuur niet voltallig is. Ik geloof dat uw juridisch adviseur op de Malediven is?'

Hoe wist hij dat? krabbelde Nel naar Viv.

'Dat heb ik hem eeuwen geleden verteld. Heeft hij zeker onthouden,' fluisterde Viv.

'Nou, en?' vroeg Chris Mowbray uitdagend.

'Ik weet niet of hij er blij mee zou zijn als hij erachter komt dat het bestuur tot een dergelijk besluit is gebracht terwijl hij niet de gelegenheid heeft gehad om deel te nemen aan het debat,' ging Jake voort.

'Hoe zou hij dat te weten komen?' wilde Chris Mowbray weten.

'Hij zou het in de notulen lezen,' zei Jake.

Chris blies geërgerd zijn adem uit.

'Kan ik een compromis voorstellen?' vroeg Jake. 'Dat u de kwestie bij de eerstvolgende vergadering weer op de agenda zet?'

Er volgde een haastig overleg tussen Chris Mowbray en Gideon Freebody. Nel kon het mis hebben, maar ze meende het woord 'bouwvergunning' op te vangen, en dat die zou verlopen.

'Nee, dat kunnen we niet doen,' zei Chris. 'We moeten nu een beslissing nemen.'

Nel ging rechtop staan. 'Er moet een manier zijn om hieruit te komen! Mag ik een compromis voorstellen?'

'Wat dan?' wilde Chris Mowbray weten.

'Dat we mijn idee om dat lapje grond in stukken te verkopen een kans geven. Als dat lukt en we op een bepaald moment een bepaald bedrag hebben, zou dat de gemeenschap de kans geven om te zeggen wat ze ervan vinden als hun verpleeghuis wordt gesloopt. En als we er niet in slagen, tja, dan zullen we het onvermijdelijke accepteren.'

'Ik niet,' zei Muriel.

Niemand lette op haar. Chris Mowbray keek naar Nel met samengeknepen oogjes, alsof hij een plan beraamde om haar ondergang te bewerkstelligen. 'Heel goed,' zei hij. 'Ik geef jullie een kans. Als mevrouw Innes... laten we zeggen... tienduizend pond inzamelt' – hij had in de ogen van Nel een bedrag genoemd waarvan hij wist dat het volkomen onmogelijk was – 'tegen' – hij keek vragend naar Gideon Freebody – 'het einde van maart, dan bespreken we de zaak opnieuw. Zo niet, dan gaan we over tot verkoop. Eens?'

Gideon Freebody zei spottend: 'Waarom maken we er niet 1 april van, dan is meteen duidelijk dat het om een flauwe grap gaat.'

'Goed idee!' zei Nel meteen daarop, die weigerde zich eronder te laten krijgen. 'En 1 april is toevallig ook de datum die we hebben vastgesteld voor onze volgende inzamelactie. Daarbij hoort ook de boerenmarkt. Allemaal eens?'

De meeste mensen staken hun hand op, maar de leden van de inzamelingscommissie waar Nel deel van uitmaakte keken haar verbijsterd aan.

'Je weet dat ik je altijd wil steunen,' zei Muriel. 'Maar ik had een cruise gepland op 1 april. Nu zal ik die naar een andere datum moeten verschuiven.'

21

Nel voelde zich alsof ze een vreselijke kater had of op het punt stond griep te krijgen. Ze besefte dat het door de schok kwam. Ze moest er ook vreemd hebben uitgezien, aangezien Viv aanbood haar naar huis e brengen.

'Nee ga jij maar naar Florence met het hele verhaal. Ze zal dolgraag willen weten wat ik aanhad. Ik moet naar huis om mijn gedachten op een rijtje te zetten.'

'Goed, dan kom ik later.'

'Ik bel je wel als ik je nodig heb. Ik moet Simon spreken.'

'O, mijn god, dat was ik even vergeten. Ja, natuurlijk.'

Hoewel ze zich elke seconde van zijn aanwezigheid bewust was, en dacht dat ze zijn blikken kon vermijden, merkte Nel dat ze net zo vaak naar Jake keek als hij naar haar. Hij kwam tegelijk met haar bij zijn auto aan. Ze had willen huilen, lachen van de zenuwen, overgeven, maar ze deed niets. Ze vond dat ze hem moest bedanken voor zijn steun, maar ze kon hem moeilijk toeroepen over de parkeerplaats. Ze stond daar maar.

Hij zag haar, haalde heel even zijn schouders op, en trok een soort grimas die in de verte op een glimlach leek. Toen deed hij het portier van zijn auto open, stapte in en startte de motor.

Nels eigen motor kwam net in beweging toen hij de parkeerplaats af reed.

Ze ging Simon opzoeken op zijn kantoor. Ze kon niet wachten tot zes uur, en bovendien wilde ze niet dat haar bezoek een persoonlijk tintje kreeg.

'Ik ben bang dat Simon nog niet terug is van zijn lunchpauze,' zei een meisje dat Nel wel kende, maar wier naam ze was vergeten.

'Ik wacht wel. Heeft hij een bezichtiging na de lunch?'

Het meisje keek in de agenda. 'Nee.'

'Is het goed dat ik in zijn kantoor op hem wacht? Ik moet nog wat papieren doornemen.'

'Nee hoor, ga uw gang.'

Simon was, voorzover Nel kon beoordelen, verbaasd haar te zien, en niet echt blij.

'Nel, wat brengt jou hier? Je wilt toch niet je huis verkopen?'

'Nee. En ik wil ook mijn tuin niet te koop aanbieden als bouwgrond.'

'O.'

'Er was vandaag een bestuursvergadering. Dat wist je. Je wist waarschijnlijk ook dat mijn tuin daarbij ter sprake zou komen.'

'Ik had geen idee –'

'Je had absoluut niet het recht om inlichtingen in te winnen over mijn huis, mijn grond, namens mij, zonder mijn toestemming.'

'Rustig, rustig maar. Ik weet dat ik je had moeten vertellen waar ik mee bezig was, maar dan zou je woedend geworden zijn!'

'Inderdaad!'

'En ik vond dat je de feiten ook moest weten. We zijn praktisch verloofd. Het is mijn taak om dit soort dingen voor je te doen.'

'Nee, dat is niet waar! En we zijn niet "praktisch verloofd"! Het is niet jouw taak om wat dan ook voor mij te doen, tenzij ik je daar uitdrukkelijk om vraag, en dan is het een gunst, geen taak!'

'Nelly, je hoeft je toch niet zo op te winden –'

'Ik wind me niet op! Ik zeg dit kalm en bedachtzaam! Ik heb tijd gehad om na te denken terwijl ik op jou zat te wachten!'

'In vredesnaam –'

'En een van de dingen die ik bedacht was dat ik absoluut niet begrijp dat jij dingen voor me uitzoekt als je die informatie niet aan mij doorgeeft! Ik heb me moeten laten uitmaken voor Nimat door een of andere louche aannemer. Je hebt me belachelijk gemaakt, Simon.'

'Lieverd! Nel! Schat, zo is het niet! Heus, ik heb inlichtingen ingewonnen omdat ik daar zo gemakkelijk over kan beschikken. Informatie is macht! Hoe meer je weet, hoe beter je beslissingen kunt nemen!' Hij liet haar op een stoel plaatsnemen en gaf haar een glas water. 'Denk eens na, als die huizen daar komen, weet je zeker dat je daar dan nog wel wilt blijven wonen?'

Aangezien ze zichzelf die vraag al had gesteld, aarzelde Nel geen moment. 'Ja. Er zou geen reden zijn om te vertrekken. Ik plant gewoon bomen achter in de tuin en zorg dat ik die huizen niet zie!'
'En de zon die je in de winter zult missen?'
'Is dat zo? Nou, daar verzin ik ook wel wat op. Ik verkoop mijn huis niet, Simon.'
'Prima. Het is jouw besluit. Maar als je toch zou willen verkopen, zou het dan niet beter zijn als je het op de markt brengt tegen een prijs waarin dat waardevolle stuk land van je wordt meegerekend?'
'In theorie wel, denk ik.'
'Dan heb ik toch niets verkeerd gedaan? Ik heb alleen wat informatie ingewonnen en een paar feiten voor je achterhaald. Net zoals ik heb gedaan toen ik die boeren voor je opzocht in de Gouden Gids.'
Nel nipte van het water. Het was lauw, net als haar weerwoord. 'Daarmee heb je me echt geholpen, Simon. Dat waardeer ik zeer.'
'Dus je bent niet boos omdat ik die informatie heb ingewonnen?'
'Ik zou willen dat je het niet had gedaan. Het was heel vervelend om op die vergadering voor Nimat uitgemaakt te worden zonder te weten waarom.'
'Je zou van streek zijn geraakt als ik het je van tevoren had gezegd.'
'Ja, dat zal best, maar alleen tegenover jou. Ik zou niet van streek zijn geraakt in een kamer vol vreemde mensen.'
'Hoe ging de vergadering?'
'Het was verschrikkelijk! Alsof ik op de pijnbank lag.'
Simon ging niet op haar misère in. 'En, wat is er besloten?'
Nel zuchtte. 'Nou, de voorzitter moest de doorslaggevende stem geven. Chris was duidelijk voor de plannen van Gideon, maar Jake Demerand zei dat we niet over zo'n belangrijke kwestie mochten stemmen als het bestuur niet voltallig aanwezig was.'
'Tjemig! Wat gaat hem dat aan?'
Dit leek een wat overdreven reactie, maar aangezien haar eigen reactie ten opzichte van Jake zo ongerijmd was, zei ze er niets van. 'Hij gaf alleen advies. Maar goed, we hebben een compromis gesloten.'
'Wat voor compromis? Hebben jullie nu ingestemd met de bouw of niet?'
'Nee! We gaan dat lapje grond in stukjes verkopen.'

'Wat voor lapje grond?'

'Dat lapje grond dat van het verpleeghuis is. Wist jij daarvan? Simon toch, ik dacht dat jij alles wist!' Ze zei het net niet sarcastisch genoeg om het hem te laten voelen.

'Vertel dan!'

'Er is daar een lapje grond dat sir Gerald heeft nagelaten aan het verpleeghuis. Het is van belang als dat plan van Gideon Freebody zou worden gekozen. Zonder dat lapje grond kan hij niet bouwen. We gaan die grond in stukjes verdelen, zodat het moeilijk te verkopen is. Er zouden zo veel juridische kosten aan verbonden zijn om ze elk apart te kopen, dat het niet lonend zou zijn. En daarbij, de meeste mensen zouden weigeren het te verkopen. Daarom hebben ze het dan per slot van rekening gekocht, om het verpleeghuis te kunnen behouden.'

'O.' Simon leek oprecht geschrokken. Nel kon er niets aan doen dat ze zich afvroeg waarom. Voor een deel besefte ze dat hij waarschijnlijk financieel iets te maken had met Gideon Freebody. Ze zette het uit haar hoofd; later had ze nog tijd genoeg om dat uit te zoeken.

Ze ging door. 'Het enige probleem is dat we alle stukjes van die grond op 1 april verkocht moeten hebben. Ik denk dat dat een belangrijke datum is voor de bouwvergunning of zoiets, hoewel niemand dat hardop heeft beweerd. Ik geloof dat Chris Mowbray ervan uitgaat dat we het niet redden.'

'Eerlijk gezegd, ik ook.'

'We zijn vastbesloten om het wél te redden. We houden op die eerste april trouwens een grote inzamelingsactie. En ook een boerenmarkt. Een soort generale repetitie voor iedereen.'

'Nel, is dat wel verstandig?'

'Tja, het weer kan natuurlijk tegenzitten, maar we hebben geen tijd om te wachten tot de zomer.'

'Nee! Ik bedoel dat je gaat proberen om dat lapje grond te houden, dat lukt je nooit!'

Waarom was Simon daar zo zeker van?

'Zou het niet beter zijn het te verkopen, en grond te kopen om een nieuw verpleeghuis te bouwen? Ga eens na hoe lang het al duurt om een nieuwe directeur te vinden. Het zou veel makkelijker gaan als jullie een spiksplinternieuw gebouw hadden.'

Nel werd het meningsverschil een beetje beu. 'Dat hoeft toch niet per se! Het is heel goed mogelijk dat een nieuwe directeur juist houdt van oude, mooie, gebeeldhouwde plafonds! Ik weet dat de kantoorruimtes een beetje krap zijn, maar als het verpleeghuis wat geld zou hebben, konden ze de stallen daarvoor verbouwen.'

'Ik weet niet waarom je er zo op gebrand bent om dat oude gebouw te handhaven.'

'Nou, dat zou je nu toch wel moeten weten, Simon! We kennen elkaar al zo lang. Ik heb een zwak voor elegante, oude huizen. Bovendien'– ze wachtte even, niet goed wetend hoe ze dit moest brengen – 'ben ik er niet helemaal gerust op wat er zou gebeuren met het geld, als we tot verkoop zouden overgaan.'

'Wat zou er dan mee kunnen gebeuren?'

'Zonder directeur, en met een bestuursvoorzitter die er slinkse maniertjes op nahoudt –'

'Met Chris Mowbray is niets mis! Ik golf met hem!'

'Er is wel iets mis met hem. Hij is niet te vertrouwen. En ik ben bang dat als er ergens een flinke som geld ligt te wachten tot wij een nieuwe locatie hebben gevonden en een bouwplan hebben gemaakt, die zomaar in de zakken van bepaald mensen verdwijnt. En je kunt nooit een nieuw huis bouwen voor het geld dat je voor een oud pand krijgt. Zoveel weet ik ook wel van economie.'

'Ze zouden ook een ander oud huis kunnen kopen.'

'Maar waarom zouden ze? Waarom zouden we de banden met de omgeving doorsnijden, terwijl het hier zo ideaal gelegen is? Dat zou nergens op slaan.'

Simon aarzelde. Misschien wist Nel toch wel meer dan hij dacht – en misschien speculeerde ze daar zelfs wel op. 'Nou, je kunt zeggen wat je wilt, maar Chris Mowbray is een eerlijke kerel! En Gideon Freebody heeft een goede naam...'

'O ja, heeft hij die? Ik dacht dat je daarover iets had opgezocht in de krant, via internet, om me duidelijk te maken dat Gideon Freebody niet zo'n goede naam heeft.' Ze zweeg even. Simon was rood geworden. 'Of heb je me dat toen laten zien om me te vertellen dat Jake Demerand een zwendelaar was?'

'Ik deed het met de beste bedoelingen!'

'Dat zal best, Simon. Maar voor wie, dat vraag ik me af!'
Ze liep weg, terwijl hij nog probeerde het uit te leggen, maar hij kon de juiste woorden niet vinden.

Ze reed mismoedig naar huis. Ze zou zich triomfantelijk gevoeld moeten hebben; het verpleeghuis was voorlopig uit de gevarenzone. Het enige wat haar nu te doen stond, was haar zoon naar huis te laten komen om de lap grond in gelijke stukjes te verdelen. Ze had ook een jurist nodig om het allemaal legaal te laten verlopen.

Zelfs als er niets persoonlijks tussen hen speelde, was er geen sprake van dat Jake dat zou doen. Hij werkte voor de andere partij. Pierce Hunstanton zou razend zijn dat de verkoop aan Gideon Freebody van de baan was, en wel door haar toedoen. Maar Gideon Freebody en Chris Mowbray zouden ook kwaad op haar zijn. Nel was niet iemand die snel dit soort gedachten had, maar nu vroeg ze zich toch ineens af of ze het haar op de een of andere manier niet betaald zouden zetten. Fleur ontvoeren, zware jongens op haar afsturen, een brandbom bij haar naar binnen gooien? Of op zijn minst een steen door de ruit? Was het tussen haar en Simon maar weer goed. Als ze vrienden waren, kon ze hem gewoon vragen om een paar dagen bij haar in huis te blijven, tot haar irrationele angsten waren verdwenen. Maar zoals het er nu voorstond, zou hij haar, als ze zou zeggen dat ze bang was dat ze Gideon Freebody kwaad had gemaakt, de les lezen en zeggen dat ze zich niet had moeten bemoeien met dingen waar ze niets van begreep en haar stimuleren het bestuur ertoe te brengen het tehuis te verkopen.

Toen ze eindelijk de auto had geparkeerd en de voordeur binnenging, zag ze dat er een briefje onder de deur door was geschoven. Ze raapte het op en stopte het meteen in haar zak terwijl ze de honden begroette. Toen die er eindelijk van overtuigd waren dat zij het echt was, en dat ze niet voor altijd door haar alleen waren gelaten, haalde ze het weer tevoorschijn.

Ze las: *Mocht je een goede advocaat nodig hebben…* Eronder stonden een onbekende naam en een telefoonnummer. *Het beste, Jake.*

Ze nam het briefje mee naar de keuken, en klemde het tegen zich aan. Ze was blij dat ze een naam had, en ze zou de man zeker bellen, maar op dat moment was ze nog blijer met die paar woorden op dat stukje papier – van Jake.

Zelfs zijn handschrift had iets aantrekkelijks. Een tikje ouderwets, heel zwart en hoekig. Ze las het briefje nog eens over. Wat betekende 'het beste'? Mocht ze uit dat woord opmaken dat hij niet met dubieuze bedoelingen met haar naar bed was gegaan? Dat hij haar niet alleen maar zag als een vrouw van boven de veertig, een dankbare weduwe? Ze legde het briefje op het dressoir, tussen haar twee antieke lievelingsvazen, en vulde de ketel met water.

Jake had er heel wat voor gedaan om te bewijzen dat hij te vertrouwen was. Hij had haar die tip gegeven over het testament, hij had het voor haar opgenomen tijdens de vergadering. En door haar de naam van die jurist te geven, liet hij ook zien dat zijn bedoelingen goed waren. Hij wist dat ze juridisch advies nodig had, en om haar tijd te besparen had hij haar die naam gegeven. Dat waren in elk geval drie goeie beurten van Jake.

Ze hing een builtje vrouwenthee in een beker. En Simon? Kon ze zijn gedrag tolereren? Moest ze zijn onderzoek naar de waarde van haar tuin als behulpzaamheid uitleggen, of als bemoeizucht?

Het was moeilijk om het niet als bemoeizuchtig te beschouwen. Hij mocht dan een tijdlang een goede vriend zijn geweest, en haar heel wat keren hebben geholpen, maar sinds Marks dood was ze een onafhankelijke vrouw, en ze had haar eigen beslissingen genomen. Kon ze een man in haar leven verdragen die beslissingen voor haar nam? Ze dacht aan de prachtige aquamarijn die boven verstopt lag. Ze had hem niet in haar juwelenkistje gelegd, voor het geval Fleur hem daar vond. Was die ring het verlies van haar onafhankelijkheid waard? Nee. Hemel, ze kon zelf geld sparen om zo'n ring te kopen. Ze zou het uitmaken met Simon, en doorgaan met haar leven zoals ze dat daarvoor al had gedaan, onafhankelijk en gelukkig, met haar kinderen.

Ze dronk met kleine slokjes. De thee was heet en opwekkend, en gaf haar kracht. Het was, hadden zij en Viv besloten, op theegebied het equivalent van whisky. En als haar kinderen niet meer thuis woonden? Over een minuut of vijf, als alles zo snel bleef gaan. Zou ze dan ook nog gelukkig zijn?

Nog een slokje, nog een antwoord: beter alleen en eenzaam, dan haar onafhankelijkheid opofferen voor iemand die dat niet waard zou zijn. Het was jammer van Simon. Ze kende hem al lang, ze had hem vertrouwd en op hem gerekend bij kleine dingetjes. Maar onlangs had hij zijn ware ik laten zien. Hij bleek iemand die ze niet herkende, die golfde met invloedrijke mensen; die dingen achter haar rug om deed; die, besefte ze nu, iets te veel belangstelling aan de dag legde voor haar huis. Wilde hij met haar trouwen vanwege haar huis? Zou hij net zo aardig en attent zijn geweest als ze in een modern huis van twee onder een kap had gewoond, met een tuin waar niet in gebouwd kon worden?

Het was een deprimerende gedachte. Niemand wilde haar zonder al die extra dingen: invloed in een belangrijk bestuur, een huis met een waardevolle tuin.

Nee. Met het laatste slokje vrouwenthee kwam de oplossing. Dan maar een eenzame weduwe blijven. Jammer dat deze conclusie haar niet tot een vreugdedans kon brengen.

Villette legde een pootje op haar been, en Nel trok haar op schoot. Er waren heel wat compensaties voor eenzaamheid. Het was niet alleen seksuele liefde die gelukkig maakte. Behalve haar kinderen waren er de tuin, haar huis, haar dieren. En op een dag zouden er kleinkinderen komen – niet al te snel, hoopte ze, maar al die dingen zouden voldoening geven, en het alledaags geluk dat de wereld draaiende hield. Op een dag zou ze het soort vrouw worden wier grootste probleem was of ze haar hal zachtroze of zachtgroen moest verven. Duizenden gelukkige, tevreden vrouwen leefden zonder seks. Ze had het zelf jarenlang gered. Ze zou het opnieuw redden.

'Misschien word ik wel een excentrieke hondenfokster,' zei ze tegen Villette, die wat vermoeid zuchtte. 'Dan verwerk ik de hondenharen in een decoratief behangetje.'

'Dus die lap grond is ongeveer honderd bij tien meter?' Sam was thuis van de universiteit. Hij wilde wat oude vrienden gaan opzoeken, maar eerst moest hij zijn moeder de grondbeginselen van de wiskunde bijbrengen.

'Ik geloof het wel.' Als het op wiskunde aankwam, begon het Nel al snel te duizelen, en ze vond het verschrikkelijk moeilijk om zich te blijven concentreren. Ze kon als het nodig was heel goed sommen uitrekenen, zolang ze niet wist dat ze dat deed. Dat gold voor de berekeningen bij recepten in de keuken, of als ze moest becijferen hoeveel verf ze nodig had voor een schilderklus. Maar nu, omdat het belangrijk was (en, zo moest ze wel toegeven, omdat haar hersenen van slag waren door een onbeantwoorde liefde), was ze moe en begreep ze er niets van.

'Dus je kunt het op de gemakkelijke manier doen, en duizend stukjes nemen van een vierkante meter. Dan reken je, laten we zeggen, honderd pond per stuk, dan heb je honderd mille, zo simpel gaat dat.'

'Nee! Niet zo simpel! Om te beginnen zou ik geen duizend mensen weten om een stukje aan te verkopen, al had ik duizend jaar de tijd, laat staan voor 1 april, en ten tweede zou ik geen honderd pond kunnen vragen voor zo'n stukje! Ik dacht eerder aan iets van twintig pond.'

Sam toetste weer wat getallen in op zijn rekenmachine. 'Oké, vijfhonderd mensen –'

'Nee, Sam. Denk eerder aan vijftig kopers, misschien honderd, tweehonderd op z'n hoogst. Hoeveel zou ik dan moeten vragen?'

Even later zei hij: 'Nou, om tienduizend pond te krijgen – was dat het bedrag? Moet je tweehonderd mensen vinden en vijftig pond vragen per stukje grond. Mooier kan ik het niet maken.'

Nel steunde haar gezicht in haar handen. 'Tweehonderd mensen! Dat is verschrikkelijk veel.'

'Nou, maak je geen zorgen. Sommige mensen kopen vast wel meer dan één stukje.'

'Dat mag niet!'

'Waarom niet?'

'Omdat ik het met opzet zo heb geregeld dat Chris Mowbray niet alle stukjes zelf kan opkopen.'

'O. Chris Mowbray is goed fout, hm?'

'Absoluut.

'En nu we het over foute mannen hebben, wie is toch die Jake waar Fleur het steeds over heeft?'

'Die is helemáál fout.'

'Fleur dacht van niet. Volgens haar is hij veel leuker dan Simon.'

'In sommige opzichten misschien...'

'Persoonlijk vind ik Simon geen slechte kerel, maar ik zou hem liever niet als stiefvader hebben.'

'Ik zou jullie nooit iemand opdringen die je niet aardig vindt, maar een stiefvader, daar ben je toch al te oud voor.'

'Mam, Simon gedraagt zich al als een stiefvader sinds hij hier in huis komt. Ik weet dat hij het goed bedoelt, en ik weet dat hij zo doet om jou te steunen, maar hij doet het wel. Hij vraagt naar mijn studieresultaten, wil weten of ik de colleges volg, of ik een baantje heb, dat soort dingen.'

'O, god, wat erg.'

'Van die dingen waar jij je niet mee bemoeit.'

'Maar die ik wel graag zou weten.'

Sam grinnikte. 'Mam, je weet toch dat ik een brave jongen ben.' Zijn moeder lachte terug. Ze wilde die paar uurtjes die ze met haar oudste zoon had, zo aangenaam mogelijk doorbrengen. 'Kopje thee, schat?'

Sam keek even op de klok. 'Oké, snel dan. Zal ik het maken?'

'Dat zou heerlijk zijn! Jij bent zo lief voor me!'

'Het is niet zo moeilijk om voor brave zoon te spelen als ik zo weinig thuis ben. Vooral als ik bij je kan aankloppen voor een paar muntjes, mammie.'

Nel zuchtte en pakte haar handtas. 'Soms denk ik dat die twee woorden verwisselbaar zijn voor jullie.'

'Alsjeblieft, *mammie*.' Sam zette de thee neer en Nel gaf hem een briefje van tien pond.

'Wel een duur kopje thee.'

'Ja, maar je krijgt er ook therapie voor. Wat is er met je, ma?'

'Simon heeft me ten huwelijk gevraagd.' Nel zag dat haar zoon een reactie binnen hield. 'Ik doe het niet, hoor.'

'Waarom niet? Je moet je niet druk maken om ons. Wij redden het wel. Maar wat is er mis met hem?'

Het was een opluchting erover te kunnen praten. 'Nou, behalve het feit dat hij altijd heeft geweten dat ik geen vaste relatie wilde zolang jullie nog thuis wonen...' Ineens fronste ze. 'En toch heeft hij me gevraagd, en hij gaf me een ring.'

'Een ring, hm? En wat heeft mijn zusje daarover te zeggen?'

'Ze weet het niet. Simon heeft me gevraagd het haar niet te vertellen.'

'Waarom niet? Denkt hij soms dat ze het je uit je hoofd zal praten?'

'Waarschijnlijk wel.'

'En, is dat zo?'

'Dat is niet nodig. Ik denk dat Simon me alleen wil vanwege mijn huis.'

'Dat klinkt niet erg prettig, vind je wel?'

'Ik wou dat het zo was, maar het ging allemaal best goed zoals het ging, tot dat fiasco met die bouwplannen, toen vroeg hij me ten huwelijk. Nou, ik heb hem meteen duidelijk gemaakt dat ik daar geen oren naar had. Die twee dingen zijn niet met elkaar in verband te brengen.'

Sam haalde zijn schouders op en keek weer op de klok. 'En vertel eens over die Jake? Fleur mag hem graag.'

'Hij zit niet "in de planning", zoals dat heet, Sam.'

Sam grinnikte. 'Soms gebruik jij zulke rare uitdrukkingen. Nou?'

'Wat, nou? Ik zei toch dat hij er niet toe doet.'

'Vertel toch maar. Dan weet ik waar Fleur het over heeft. Blijkbaar is hij de man die jou heeft gezoend onder de mistletoe?'

En de rest, dacht ze. 'Sam, als ik je verslag moest doen van iedereen die me gezoend heeft onder de mistletoe, wat een hele toer zou zijn voor mijn arme oude geheugen –'

'Nee, daar hoef je bij mij niet mee aan te komen. Fleur zei dat hij hier was en je heeft geholpen een taart te bakken.'

'O, ja. Nou, dat klopt. Maar hij had de eerste verpest, dus het was niet meer dan logisch dat hij dat deed.'

'Ze zei dat hij echt heel leuk was.'

'Ja, dat is hij ook, maar hij is jonger dan ik, en hij heeft niet echt belangstelling, en ik zie hem nooit meer, dus hij speelt geen rol.'

'Waarin?'

'In mijn leven. Nou, moet je niet eens gaan? Je vrienden zitten te wachten.'

Sam stond op en pakte zijn jasje van de stoelleuning. 'Niets voor jou om me aan te moedigen het op een drinken te zetten.'

'Alles is beter dan een derdegraadsverhoor, Sam. Vergeet niet een heleboel water te drinken.'

'Op jouw gezondheid, mam.'

De jurist die Jake had aangeraden, was vaderlijk en vriendelijk. Zijn kantoor was heel wat stijlvoller dan dat van Jake.

'Meneer Demerand heeft me al verteld dat u waarschijnlijk contact met me zou opnemen. Het gaat toch over het verdelen van een lapje grond dat momenteel eigendom is van het plaatselijke verpleeghuis, zodat het niet kan worden aangekocht door projectontwikkelaars?'

'Dat klopt. We moeten het zo regelen dat men maar één stukje per persoon kan kopen. Anders zouden die projectontwikkelaars ze allemaal zelf willen kopen. En we moeten er ook voor zorgen dat het land in de toekomst niet door het bestuur van het verpleeghuis kan worden verkocht.'

Meneer Tunnard legde zijn pen neer en keek Nel aan van boven zijn brillenglazen. 'Mevrouw Innes, er is iets wat ik u moet vertellen.'

'Wat?' Nel had de laatste tijd zo veel schokken te verwerken gekregen dat haar hart al in haar keel klopte als iemand zo'n vertrouwelijke, bijna onheilspellende toon aansloeg.

'De juridische kosten van zoiets kunnen nogal oplopen. Er komt een heleboel papierwerk aan te pas.'

'U bedoelt dat ik die zou moeten doorberekenen in de prijs van die stukjes land?'

'Nee, dat zou u niet kunnen doen.'

'Dus u vraagt me hoe ik dit ga betalen?' Even stond ze zichzelf toe te speculeren over de waarde van een zekere aquamarijn die thuis in de la met ondergoed verborgen lag.

'Nee. Wat ik u wil zeggen is dat Jake Demerand me heeft gevraagd om *pro bono* voor u te werken, voor niets dus.'

'O – dat had hij niet mogen doen! Dat is niet fair! Waarom zou u dat doen, als u niet bij deze kwestie betrokken bent?'

'Omdat Jake me in ruil daarvoor zijn tijd heeft toegezegd.'

'Sorry, ik begrijp het niet.'

'Ik houd het aantal uren bij dat ik voor u werk, en hij werkt dan die uren voor mij, wanneer ik hem nodig heb.'

'Dus...'

'Dus Jake is degene die voor niets werkt, niet ik.'

'O.'

'Ik vertel u dit omdat ik van Jake de indruk heb gekregen dat u hem niet al te hoog hebt zitten. Nu ken ik Jake persoonlijk niet zo goed, maar als vakgenoot heb ik genoeg met hem te maken gehad om ervan overtuigd te zijn dat hij een door en door goed mens is.'

Nel zag haar kans schoon, en vroeg: 'Ik dacht dat hij betrokken was geweest bij een schandaal waarbij huizen van oude mensen werden verkocht.'

'Ik weet op welke zaak u doelt. Maar hij hoorde bij de verliezende partij. Hij stond aan de goede kant.'

'Ik begrijp het,' zei ze, om niet langer alleen maar met 'o' te reageren. Maar ze begreep er eigenlijk niets van.

'In dit geval kon hij zelf zijn diensten niet aanbieden, aangezien hij werkt voor een van de projectontwikkelaars.'

'Nee, maar waarom wilde hij dat? Waarom werkt hij eigenlijk voor hen?'

Meneer Tunnard trok een borstelige wenkbrauw op. 'Ik zou het u werkelijk niet kunnen zeggen, mevrouw Innes.'

22

'Het lukt je best, maak je maar niet druk,' zei Fleur, die haar teennagels aan het lakken was in de woonkamer, waarbij het flesje vervaarlijk balanceerde op de armleuning van de bank.
Nel hield het flesje in de gaten om het op te vangen als het dreigde
te vallen, nadat ze het maar had opgegeven om haar dochter te vragen om zich mooi te maken in haar slaapkamer, de badkamer of
waar dan ook, als het maar niet de woonkamer was.
'Lieverd, het gaat niet om biertjes op vrijdagavond! Ik vraag mensen
om vijftig pond voor een goed doel. Dat is heel wat. Als die aardige
jongemannen jou op straat iets willen verkopen, proberen ze je
nooit te strikken voor meer dan een paar pond per maand.'
'En je hebt al een heleboel mensen benaderd.'
'Dat weet ik, maar ik heb niet gezegd hoeveel ze zouden moeten
dokken, en de meeste van hen waren kerels van de boerenmarkt. Een
groot aantal van hen heeft het al moeilijk genoeg. Waarom zouden
ze iets geven om de sloop tegen te houden van een gebouw dat ze
waarschijnlijk nooit te zien krijgen?'
'Je moet ze vertellen over de kinderen. Dik het maar een beetje aan.'
'Je weet hoe slecht ik daarin ben.'
'Je bedoelt dat je dan gaat huilen.'
'Nou, en! Zelfs jij, hardvochtige tante, zou er een beetje bedroefd
van worden.'
'Natuurlijk. Maar ik hoef er niet in het openbaar om te huilen.'
'Nee, ik zou het liever ook niet doen.'
'Is dat door papa's dood gekomen, denk je?'
Nel schudde haar hoofd. 'Nee. Mijn hormonen raakten totaal van
slag toen ik voor de eerste keer zwanger was, en die hebben zich
nooit meer hersteld. Het heeft jaren geduurd voordat ik met droge
ogen naar het nieuws kon kijken.'

'Echt waar? Ik hoop dat dat mij niet gebeurt als ik zwanger raak.'
'Je hebt toch zeker geen plannen in die richting?'
Dat zou ze er net nog bij moeten hebben: behalve liefdesverdriet, een poging om tweehonderd mensen te zoeken die vijftig pond konden missen, een festival organiseren voor het verpleeghuis, gecombineerd met een boerenmarkt, ook nog eens een tienerdochter die een kind kreeg. Op dit moment zou ze het echt niet kunnen opbrengen haar daarin te steunen.
'Nee, zeg, wat dacht je nou! Ik ben nog niet eens van school! Eerst nog een jaartje reizen en dan studeren.'
'Dan is het goed.' Nu de teennagels allemaal felroze waren, pakte Nel het flesje en schroefde ze het dicht.
'Heb je Jake trouwens nog bedankt?' Fleur deed nu verwoestende dingen met haar haar.
'Dat heb ik je toch gezegd, ik heb het geprobeerd. Ik ben naar zijn kantoor gegaan, meteen toen ik uit dat andere kwam, maar hij was er niet. Wat kan ik verder nog doen? Ik heb zijn telefoonnummer niet.'
'Daar zou je toch wel achter kunnen komen? Iemand moet het weten. Heb je het op zijn kantoor gevraagd?'
'Lieverd, je vraagt niet naar iemands privé-nummer op een kantoor! Dan zou ik wel erg wanhopig zijn overgekomen, en ze zouden het me trouwens toch niet hebben gegeven.'
'Ik wed dat ze het wel gedaan hadden als je had uitgelegd waarvoor het was.'
Nel schudde haar hoofd. 'Ik heb hem een brief gestuurd. Dat is voorlopig wel genoeg.'
Fleur schudde haar hoofd, met haar mond vol haarspelden. 'Het is niet hetzelfde als iemand persoonlijk bedanken, of telefonisch.'
'Nee, het is beter. Beleefder.'
'Je bent gewoon laf. Vind je dat ik mijn wimpers moet laten verven?'
'Wat is er mis met mascara? Nee, dat ben ik niet.'
'Wat?'
'Laf. Ik wil hem gewoon niet zien. Het heeft geen zin.'
'Je vindt hem echt leuk, hè?'
Nel wist dat deze vraag veel belangrijker was dan hij leek. Ze zuchtte. Had het zin om voor haar dochter te verbergen hoe ze zich voel-

290

de? Nee, besloot ze. Als Fleur oud genoeg was om aan seks te doen (waar ze, omdat ze haar moeder was, aan twijfelde), was ze ook oud genoeg om te weten dat er mannen waren die je gebruikten en die je lieten zitten. Alleen, had Jake haar wel gebruikt? En zo ja, waarvoor?

'Mam? Vind je Jake nou leuk of niet?'

'Ja. Hij is – tja – enig. En we hebben wel geflirt, dat geef ik toe. Maar meer zit er niet in. Van zijn kant, dan.'

'Hoe weet je dat?'

'Ach, liefje! Dat is toch niet zo moeilijk! Hij is jonger dan ik! Hij is bijzonder aantrekkelijk, hij is vrijgezel, waarom zou hij mij willen?'

'Mam! Doe toch niet zo moeilijk! Je bent heel aantrekkelijk, je bent weduwe, waarom zou hij je níét willen?'

'Heel lief van je, om te zeggen dat ik aantrekkelijk ben. Maar dat zeg je alleen omdat ik je moeder ben, en omdat jij van me houdt. Voor de rest van de wereld ben ik gewoon die tuttige, iets te dikke Nel.'

'Als Viv je hoorde, zou ze razend worden! Je bent niet tuttig – althans, niet als ik in de buurt ben om te controleren wat je aanhebt, en je bent niet te dik! Een heleboel mensen vinden je prachtig!'

'Een heleboel mensen zijn heel aardig voor me. En waarom zouden ze ook niet? Ik ben aardig tegen een heleboel mensen, en je krijgt terug wat je geeft. Maar ik ben geen sekssymbool.'

Fleur wilde haar mond opendoen om te protesteren, maar sloot hem toen weer. Het was moeilijk voor een dochter om je moeder te zien als een seksueel wezen – waarschijnlijk nog moeilijker dan andersom. 'Dat ben je waarschijnlijk wel voor de juiste persoon,' zei ze na enig nadenken.

'Ja, misschien wel. Maar misschien niet voor iemand als Jake, die iedereen kan krijgen.' En mij heeft gehad, voegde ze er stilzwijgend aan toe, om zichzelf te kwellen.

'Nou, ik ga ervandoor. Waarom vraag je Viv niet of ze langskomt om een flesje wijn met je te drinken?'

Ondanks haar wanhoop moest Nel lachen. 'Waarom zou ik me door jou laten vertellen wat ik met mijn leven moet doen?'

Fleur pakte alle make-upspulletjes bij elkaar en stopte ze in een tas. 'Omdat ik een leuk leven heb.'

'En ik niet?' vroeg Nel verontwaardigd.

'Niet echt. Je hebt een liefdesleven nodig. Kijk naar Viv. Die weet wel hoe ze zich moet vermaken.'

'Wat waarschijnlijk inhoudt dat ze hier niet langs zal willen komen om een fles wijn met mij te drinken.'

'Nee, maar als je haar belde, zou ze je vertellen dat je een sufferd bent. Ze zou heus wel komen, omdat ze er de noodzaak van inziet.' Fleur kuste Nel op haar wang. 'Dag. Veel plezier. Niets doen wat ik ook niet zou doen.'

'Poe,' zei Nel, en stond op om sokken op het droogrek hangen. Het leken er wel honderden. Ze hadden allemaal dezelfde kleur, maar niet een ervan leek bij een andere sok te horen. Zoals altijd moest ze denken aan het raadsel: als een la volzit met zwarte en witte sokken, hoeveel moet je er dan pakken voordat je een bijpassend paar hebt? Het antwoord was drie, maar Nel wist dat dat in haar geval niet opging.

Harry, de eigenaar van ongeveer de helft van de sokken, kwam de keuken in.

'Ik was ze heus ook zelf,' zei hij. 'Maar omdat ik toch het weekend naar huis kwam...'

'Natuurlijk. Heel verstandig om een tas met vuile was met je mee te slepen als je vanuit Newcastle hierheen komt.'

'Het zijn maar een paar sokken, mam, de rest is van Sam.'

Nel zuchtte. 'Je weet toch dat ik het niet erg vind. Het is heerlijk dat jullie allebei thuis zijn.'

'We willen allebei naar dat feest in Bristol.'

'O? En ik dacht nog wel dat jullie je lieve moedertje kwamen opzoeken.'

'Dat natuurlijk ook. En om die nieuwe kerel te bekijken. Sam heeft me over hem verteld.'

'O ja? Nou, dan heeft hij het mis. Er is geen nieuwe kerel.'

'Ik mag Simon ook wel, hoor. Ik bedoel, hij is niet iemand die een revolutie zal ontketenen, maar hij kan er wel mee door.'

'Opwindend genoeg voor je oude moeder, bedoel je.'

'Dat bedoel ik niet!' Harry legde een arm om haar schouders en drukte haar tegen zich aan. Ze was vergeten hoe sterk en gespierd hij was geworden. 'Ik bedoelde dat je, als je met Simon wilt trouwen, mijn zegen hebt. Wij kunnen wel voor onszelf zorgen.'

Nel zette de ketel op het vuur. 'Nou, om te beginnen wil ik niet met Simon trouwen, en ten tweede zit Fleur nog op school. Zij zou niet voor zichzelf kunnen zorgen.' Nel wist niet helemaal zeker of dat wel waar was, maar aangezien ze niet van plan was om Fleur al los te laten, kon het maar beter zo zijn.

'Maar hoe zit dat nou met die nieuwe man?'

'Er is geen nieuwe man! Dat is een verzinsel van Fleur, waarschijnlijk omdat ze Simon niet mag.'

'Mag zij Simon niet? Waarom niet? Trek hem een tweed jasje aan met leren elleboogstukken, en hij is perfect! Fleur is een modefascist, dat is alles.'

'Ja, waarschijnlijk wel. Maar zoals ik al zei, ik ga niet met Simon trouwen – en er is geen andere man,' herhaalde ze haastig.

'Maar Fleur zei dat hij hier was en jou heeft geholpen een taart te bakken.'

'Ja, dat klopt, maar het ging alleen om die taart. Weet je nog, die skitaart die ik vroeger voor jou heb gemaakt? Waarvoor ik Viv een figuur van zilverfolie heb laten maken?'

'Je dwaalt af van het onderwerp, mam.'

'Nee, nee. Ik stap over op een ander, veel interessanter onderwerp.'

'Als je denkt dat taarten interessanter zijn dan mannen, dan is Fleur zeker een geadopteerd kind.'

'Ik denk dat ik me dat nog wel zou herinneren, maar het is wel mogelijk dat ze omgewisseld is in het ziekenhuis. Ze is de enige in dit gezin die ordelijk is ingesteld. O, dat doet me ergens aan denken.' Ze liep naar het dressoir. 'Dit heb ik uit je spijkerbroek gevist. Ik wou dat je je zakken zelf leeghaalde. Ik wil niet zo iemand zijn die de kleren van andere mensen doorzoekt, maar ik wil ook niet dat er papieren zakdoekjes meegewassen worden die witte pluisjes achterlaten op Fleurs zwarte truitjes. Ze doet al moeilijk genoeg over de hondenharen.'

Harry hief zijn ogen ten hemel, en haastte zich toen naar het fornuis. 'Wilde je thee, mam, of heb je die ketel alleen maar voor de lol opgezet?'

'En, hoe gaat het?' vroeg Viv. Ze belde mobiel vanuit een hotel met zachte, witte badmantels aan de deuren, en dure gratis producten in de badkamer, die Viv zojuist allemaal had beschreven.

'Goed, de jongens zijn hier. En met jou?'

'O, hier zijn ook jongens. Andere, natuurlijk.'

'Dat mag ik hopen. Ik geloof niet dat ik ertegen zou kunnen als mijn beste vriendin mijn zoons het een en ander zou bijbrengen. En, is er een strijkplank aanwezig, of moest je erom bellen?'

'Nee, die was er. En er waren zakjes kruidenthee. Het is echt een vreselijk goed hotel.'

Nel zuchtte. 'Je bent een geluksvogel. Ik zou niets liever willen dan een weekend in een echt mooi hotel.'

'Met de juiste man, natuurlijk.'

Nel dacht even na. 'Tja, liefst wel, maar zelfs in m'n eentje zou ik het heerlijk vinden.'

'En wie zou die juiste man zijn?'

'Dat houd ik lekker voor mezelf. Hoever ben je met de lijst?'

'Nou, ik heb aan de meeste mensen met wie ik ben een stukje land verkocht, wat de reden is waarom ik met rijkelui uitga, voordat je dat vraagt.' Vivian slaagde erin dit te zeggen zonder een zelfgenoegzaam toontje aan te slaan. 'En jij?'

Nel geeuwde. 'Een heleboel mensen geven graag een tientje aan een goed doel. Niet dat ze krenterig zijn. Maar vijftig pond is een heleboel geld als je een gemiddeld salaris verdient.'

'Je zou ze moeten groeperen.'

'Ja, dat zou ik kunnen doen. Als ik tot kerst de tijd had, in plaats van tot 1 april.'

'De eerste april klinkt veel serieuzer,' zei Viv berispend.

'Ik begrijp wat je bedoelt. En ik heb gewoon de tijd niet om mensen bij elkaar te zoeken. Aan sommigen die elkaar kenden, heb ik het voorgesteld, maar ze hebben allemaal hun eigen leven, hun eigen agenda.'

'Zeg, ik heb een idee!' riep Viv uit. 'We moeten adverteren in de krant. Of vragen of ze een artikel willen plaatsen, met de naam van een contactpersoon, voor mensen die belangstelling hebben.'

'Dat is een goed idee. En die contactpersoon zou jij dan zijn, neem ik aan?' vroeg Nel hoopvol.

'Best, als jij het niet wilt zijn. Ik ben op het ogenblik een tikje druk bezig –'

'Nee, nee, laat maar. Ik zit hier de hele dag duimen te draaien. Ik zal wel contactpersoon zijn. Maar dan moet jij aan je vrienden vragen of ze iemand kennen bij de krant die zo'n artikel kan schrijven.'

'Dat doe ik zodra ik thuis ben. Is alles goed met mijn hondje?'

'Prima. Ze ligt lekker op de bank met de andere honden.'

'Mooi. Nu moet ik gauw ophangen. Anders loopt het schuim over de rand van het bad.'

Nel hing met een zucht op. Het zou wel eens heerlijk zijn om naar een luxe hotel meegenomen te worden, te worden verwend en vertroeteld. En daarna volgden haar gedachten natuurlijk weer dat ene spoor, en dacht ze aan wat zij en haar fantasietroetelaar zouden doen in het kingsize bed met satijnen lakens. Het probleem was dat het een zeer gedetailleerd soort fantasie was. Ze wist precies met wie ze in die kamer zou willen zijn.

Het einde van maart kwam angstaanjagend snel naderbij, en het sneeuwde toen Abraham opbelde.

'Alles goed, meisje?' vroeg hij.

Ze voelde zich onmiddellijk getroost. 'Tja, zo ongeveer. Ik heb alleen nog lang niet alle stukjes grond verkocht.'

'Ik belde alleen even om te vragen of je prijs stelt op wat stoom voor het feest van het verpleeghuis.'

'Wat bedoel je?'

'Ik heb vrienden met stoommachines, orgels, walsen, dat soort dingen, en toen ik hun het hele verhaal vertelde, stelden ze zelf voor om daarmee langs te komen. Ze zouden van het geld dat ze ophalen een stukje grond kunnen kopen. Dat zou dan in handen zijn van de Vereniging van Oude Stoommachines.'

'Dat klinkt fantastisch! We hebben altijd wel stoomboten, maar geen stoommachines op het land. Nemen ze veel ruimte in beslag?'

'Aardig wat.'

Nel zag in gedachten de markt, die in zijn geheel ook een stukje land zou kopen. 'Dat lijkt me enig! Bedank ze alvast maar uit mijn naam.'

'Maar dan moet er ook wel een bierkraam komen. Denk je dat je dat kunt regelen?'

Nel schreef 'biertent' op haar lijstje, terwijl de moed haar in de schoenen zakte als ze dacht aan de vergunningen en de bureaucratie die er nodig waren voor de verkoop van alcoholische dranken.

'Liefst echte *ale*.'

'Echte *ale*.'

'Het wordt een geweldige dag.'

'Ja. Als het weer opklaart.'

'Tja, maart roert zijn staart. Dan weer regen, dan weer zon.'

'Ik kan me niet herinneren dat het vanaf de helft van de maand nog heel slecht werd. Ik denk dat het eerst zon, dan regen wordt. O, Abraham, als het rotweer is, komt er niemand! En ik moet nog vijfentwintig stukjes land kwijt zien te raken!'

Ze wilde dat hij zei: 'Dat komt allemaal wel goed, meisje,' maar dat deed hij niet. Hij zei alleen: 'Zoveel? O hemel.'

'Je hebt een gat in je kous,' zei Sam toen Nel op de ochtend van 1 april de keuken binnen kwam.

'Pfft, ik ben allang wakker, ik trap daar niet in.' Ze lachte en knuffelde hem. Zij en Mark hadden elkaar altijd graag geplaagd, en nu trad Sam in het voetspoor van zijn vader. 'Ik waardeer het heel erg dat je voor het feest hiernaartoe bent gekomen. Het wordt waarschijnlijk een volslagen fiasco.'

Sam haalde zijn schouders op. 'Ach, wat geeft het, op 1 april. De zon schijnt, kijk maar!'

'Ja, maar ochtendrood betekent water in de sloot.' Hoezeer Nel ook had uitgekeken naar deze dag, het feit dat hij was aangebroken zonder dat alle stukjes waren verkocht, kon haar bepaald niet vrolijk stemmen. Maar ze besloot het uit haar hoofd te zetten – het enige wat ze nu nog voor het verpleeghuis kon doen, was een succes van deze feestdag maken.

Sam leek onaangedaan door haar pessimistische kijk op het weer. 'Onzin. Je moet niet in dat soort praatjes geloven. Nou, wat wil je dat ik doe? Ik ben helemaal uit Londen gekomen, vroeg opgestaan en –'

'Het is half elf. Dat is niet echt vroeg.'

'Ik ben student. Voor mij is het vroeg. Dus zeg het maar.'

'Ik wil dat je naar Paradise Fields fietst om te kijken of alles in orde is. De oude stoommachines zijn gisteren al aangekomen, maar de biertent kon niet eerder dan vandaag komen. Daardoor loopt de boel wel vreselijk uit.'

'Fietsen! Kan ik niet met de auto?'

'Nee! Die heb ik zelf nódig. Ik moet het vaandel ophalen bij Muriel, en ook nog ophangen. Het is een prachtig stukje kunstnijverheid. Na vandaag komt het in het plaatselijke museum te hangen.'

'Waarom kan Muriel het niet zelf ophangen?'

'Omdat ze bijna tachtig is, twee plastic heupen heeft en niet over een ladder beschikt.'

'Die heb jij ook niet.'

'Ik ga hem lenen, bij Simon.'

'Die geeft hij je nooit mee. Hij zal een hoop stennis maken en zeggen dat je er vast van af valt –'

'Ik vertel het hem niet, ik zeg helemaal niets. Ik neem hem gewoon mee. Hij staat in de garage. Nou, ik heb geen tijdig om hier eeuwig te staan praten. Fietsen, jij!'

Toen ze op de bovenste sport van de ladder stond, met een arm gestrekt waarin ze het vaandel vasthield dat met de minuut zwaarder leek te worden, moest Nel toegeven dat Simon misschien wel gelijk zou hebben wat die ladder betrof. Misschien was het ook wel verkeerd om er met rubberlaarzen op te klimmen, maar aangezien het een modderboel was op Paradise Fields, had ze niet veel keus.

'Kan ik nog een stukje touw krijgen?' vroeg Ben, de kok, die gelukkig vroeg was gearriveerd en, goedgeluimd als hij was, bezig was de andere kant vast te maken.

'Als ik je nog meer geef, hang je jezelf op,' zei Nel, die er jolig van werd, maar dat was beter dan huilerig, wat gezien de toestand van de velden, het onbetrouwbare weer en het feit dat het bierkraam nog niet was gearriveerd, geen onredelijk alternatief leek.

'Bedankt. Is het zo goed?'

'Ik moet eerst van de ladder af om dat te kunnen zien,' zei Nel, die ineens tegen de afdaling opzag. Elke keer wanneer ze een stap wilde zetten, bleef ze met haar laars haken, waardoor de ladder begon te wiebelen. Ze kon zich niet veroorloven een been te breken.

Ben sprong van bijna twee meter op de grond. 'Wacht, dan help ik je even.'

Hij legde zijn grote handen rond haar middel en hield haar vast terwijl zij haar voeten los wurmde, en toen tilde hij haar met een zwaai van de ladder.

'Bedankt,' zei ze. 'Mijn laarzen zijn wat aan de grote kant. Ze zijn van mijn zoon.'

'Geen punt.'

Hij was bijzonder aantrekkelijk, oordeelde Nel toen ze zag hoe hij zijn handen afveegde en in de richting van een stel vrouwen liep die lege blikken voor het ballengooien opstapelden. Misschien moest ze toch maar eens denken aan een gigolo, een echt jonge jongen, niet een man die maar een paar jaar jonger was dan zij. Die zou pas echt leuk zijn, en geen enorme veranderingen verwachten.

Ze stond zichzelf een korte blik toe op de man die altijd in haar gedachten was en die aan de andere kant van het veld stond, waar hij markeringen aanbracht voor de voetbalwedstrijd die hij organiseerde. Ze had hem hiervoor niet persoonlijk bedankt, maar Viv wel, dus voelde zij zich niet verplicht. De steek van jaloezie die ze had gevoeld toen ze besefte dat hij en Viv een paar minuten met elkaar hadden gepraat, was wel zo hevig geweest dat ze serieus psychotherapie had overwogen.

Ze nam even de tijd om alles te inspecteren en haar lijst te controleren, die intussen steeds smeriger werd. Als ze een goed georganiseerde vrouw was geweest, had ze een klembord gehad en taken gedelegeerd. Zij deed niet veel meer dan glimlachen, maar ze kreeg mensen evengoed zover dat ze haar hielpen.

De mensen van de stoommachines hadden hun apparaten – prachtige beestjes, ze leken wel levend – helemaal achteraan gezet. Ze waren meteen op de *Lady Elizabeth* af gevlogen, het stoomschip van het verpleeghuis, en stonden daar gezellig over alle aspecten van stoomkracht te kletsen.

De boot zag er koninklijk uit, dankzij Muriel versierd met vlagge-

tjes, en hij kon tochtjes over de rivier maken. Het was nog niet duidelijk hoeveel daarvoor gerekend zou worden. Viv vond dat het best
wel wat mocht kosten, zodat ze er flink veel geld mee ophaalden, en
Muriel was juist van mening dat het goedkoop moest zijn, zodat
mensen meer dan één tochtje maakten. Nel, die al genoeg aan haar
hoofd had, hield zich erbuiten.

De plek die was ingeruimd voor de bierkraam – dicht bij de mannen van de stoommachines, en niet te ver van de boerenmarkt waar
naast de gebruikelijke artikelen ook appelsap en frisdranken verkocht werden – was nog akelig leeg. Radeloos probeerde Nel een
alternatief plan te bedenken voor het geval hij niet op tijd zou arri-
veren, als hij al kwam. Helaas kwam er niets in haar hoofd op, behalve de plaatselijke pub vragen om een paar vaatjes bier het veld op
te sjouwen, maar daar zouden ze vast geen oren naar hebben.

Ze zou het natuurlijk aan Sam kunnen vragen; hij organiseerde wel
vaker feestjes, ook op verafgelegen velden of onder spoorbruggen,
waarbij een generator werd gehuurd voor het geluid, en met genoeg
bierblikjes om na afloop heel wat keren heen en weer te moeten naar
het recyclingcentrum. Maar Nel had het vermoeden dat die stoommannen niet zo te spreken zouden zijn over goedkoop lagerbier. Ze
wilden bier met onuitsprekelijke namen en geheime ingrediënten.

Het was bijna twaalf uur. De officiële opening zou om twee uur
plaatsvinden. Er liepen overal mensen, ploeterend door de modder,
lachend, vloekend, stoeiend met touwen, stukken doek, golfplastic
en stukken karton die in de wind wapperden. Sommigen waren bezig luifels te bevestigen, palen in de grond te slaan, stukjes touw aan
elkaar vast te knopen en te spannen boven de doorgangen. Het was
een chaos. Er was geen ander woord voor.

Daar kwam Sam aan. 'Hoi, mam, hoe gaat het? Het lijkt wel een popconcert, vind je niet?'

Nel was nog nooit naar een popconcert geweest, maar ze wist dat
het daar gegarandeerd altijd een modderpoel was.

'Wil je dat ik 'm even smeer naar de stad om zwarte plastic zakken
te halen?'

'Waarvoor?'

'Om te voorkomen dat iedereen loopgraafvoeten krijgt.'

'Ach, ga toch weg!'

'Het was maar een grapje, mam.'

Nel liep naar Viv voor morele steun. Viv had een stalletje met honing, maar het werd bemand door Lavender, met haar lavendelgeurende kaarsen, tarwekompressen, zeep en linnen zakjes.

'Hoe gaat het, meid?' vroeg Viv, die erin slaagde er verwaaid maar aantrekkelijk uit te zien. 'Kijk, daar heb je de mannen van het bier. Is Chris er al?'

'O god, nee! Die laat zich niet zien voor het moment dat hij moet openen! Die wil alleen maar in de spotlights staan. De band staat al klaar om een zeemanslied te spelen, omdat hij ooit bij de zeeverkenners was.'

'Ik weet nog steeds niet of we hem wel hadden moeten vragen. We hadden het net zo goed een acteur uit de buurt kunnen laten doen.'

'Ik weet het, maar hij was zo gevleid dat hij zelf een stukje land heeft gekocht. En zelfs hij kan niets gluiperigs uithalen met een stukje van dergelijke afmetingen.'

'Je denkt toch niet dat we de zaken erger hebben voorgesteld dan ze zijn?' Viv veegde een haarlok uit haar ogen, waarbij ze wat modder op haar gezicht smeerde.

'Absoluut niet. Hij is echt een gladjanus.' Ze zweeg even. 'Zal ik een beetje spuug op mijn zakdoek doen en de modder van je gezicht wrijven, of heb je de moed om naar het damestoilet te gaan?'

Viv wreef over haar gezicht. 'Ik trotseer de toiletten. Die zijn wel begaanbaar nu het nog zo vroeg is. Waren ze trouwens erg duur?'

'Ja. Daarom heb ik er maar twee. Ik heb wel wat korting gekregen. Die man was zo aardig.'

'Ik snap niet waarom je niet beseft hoe aantrekkelijk je voor mannen bent, Nel.'

'Begin nou niet weer, Viv! Ik moet nog duizend dingen doen voor de opening. Denk je dat het varken op tijd gaar zal zijn voor mensen die vandaag nog een hapje willen?'

'Dat moet je mij niet vragen, ik ben vegetariër.'

'Daar hoef je niet zo zelfvoldaan bij te kijken.'

'Nel! Kop op! Het is de bedoeling dat we een leuke dag hebben!'

'Jij misschien, maar ik niet. Ik moet zorgen dat alle kraamhouders tevreden zijn met hun plekje en dat die stoommannen het bier, dat Zwijnenbil of iets dergelijks heet, lekker vinden. De band drinkt trouwens alleen maar Bliksemschicht.'

'Wat is dat in vredesnaam?'

'Een soort cider, geloof ik. Het is waarschijnlijk illegaal, maar het werkt reinigend op je darmen, geloof dat maar. Ik heb het trouwens zelf niet geproefd.'

'Nou, misschien moest je dat maar doen. Dan vrolijk je wellicht wat op.'

'Het enige wat mij kan opvrolijken, is dat ik vaak genoeg gekloond kan worden om overal gelijk aanwezig te kunnen zijn.'

'Make-uptips kan ik nog wel geven, maar klonen gaat me iets te ver. Ik ga even met Jake babbelen.'

Nel keek toe hoe haar mooie hartsvriendin wegwandelde in de richting van de liefde van haar leven, en plakte een glimlach op haar gezicht. Een reactie die niet zo oprecht was als een huilbui, maar wel veel minder lastig.

23

'En, hoeveel stukjes grond heb je verkocht?' vroeg Chris Mowbray
gluiperig, terwijl hij door de modder op Nel af stapte. Hij was gekleed in een blauwe blazer met glimmende knopen, een zeer streng
uitziende das, een witte, linnen broek en nieuwe laarzen, die eruit-
zagen alsof hij ze diezelfde ochtend nog had gekocht.
Voordat ze iets terugzei, constateerde Nel tot haar genoegen dat er
modderspatten op de vouwen van zijn pantalon zaten. Echt iets voor
hem om dat een 'pantalon' te noemen. Hij zag er in haar ogen uit
als in een reclame voor sigaretten uit de jaren vijftig van de vorige
eeuw. Ze zette haar vrolijkste gezicht op.
'Hallo, Chris. Wat attent van je om op tijd te komen. We zijn er helemaal klaar voor. En hebben we geen geluk met het weer? Het is
prachtig opgeklaard. Een heerlijk zonnetje, na al die buien. Perfect.'
'Je weet dat ze vandaag allemaal verkocht moeten worden. Eigenlijk
lijkt het me al te laat als je ze nu nog niet allemaal kwijt bent.'
Nel bleef stralen. Haar lachspieren dreigden te verkrampen. Ze had
dan wel niet alle stukjes grond verkocht, maar ze was vastbesloten
om zich er niet onder te laten krijgen. Ze zou er morgen wel iets
op verzinnen, vandaag moest ze vrolijk blijven kijken.
'Ik dacht het niet,' zei ze, met gespannen kaken. 'Ik meen dat de eerste dag van april pas eindigt om twaalf uur 's nachts. Ik zou het natuurlijk mis kunnen hebben, maar volgens mij is dat de algemene
opvatting.'
Chris Mowbray snoof en beende weg. Nel hoopte dat hij ergens
over zou struikelen en voorover in de modder zou vallen, maar helaas zag het hele terrein er, om tien minuten voor twee, opvallend
ordentelijk uit.
Zelfs in haar neerslachtige, paniekerige toestand moest Nel wel constateren dat het een schitterend geheel was geworden, als een mo-

derne versie van een schilderij van Brueghel, vol leven, kleur en activiteit.

Een rij witte luifels (aangeschaft van de toelage voor de nieuwe boerenmarkt) gaf aan tot hoe ver de markt doorliep. In overeenstemming met de luifels, maar in feite om hygiënische redenen, droegen alle mensen die voedsel verkochten hagelwitte overalls en witte mutsen. Ze zagen er fris, helder en professioneel uit.

In Sacha's stalletje stonden, als saffieren tussen de diamanten, blauwe flesjes en potjes piramidegewijs opgestapeld. Acetaatdoosjes met haar speciale badparels, versierd met rozenknopjes, reflecteerden het licht en achter het kraampje van Sacha zat, in een korte, nauwsluitend witte jasschort, Kerry Anne. Ze was net een verwarrende combinatie van een kraakheldere verpleegster en een erotische fantasie waar je je strakke riempjes bij kon voorstellen. Sacha had Nel aan de telefoon uitgelegd dat Kerry Anne, hoe belust op geld ze ook was, ook wel haar nut had.

Naast hen stond Lavender, amethistkleurig naast het saffierblauw. Bosjes lavendel hingen aan de luifel en de zijkanten van het kraampje. Erbinnen lagen geurkaarsen, bontgekleurde zakjes met lavendel, witte linnen kussentjes, gevuld met lavendel, en flesjes lavendelwater. Net als Vivs honingkraam straalde het iets zomers uit: optimistisch, sensueel, positief.

Daarnaast was een wat excentrieker ambacht vertegenwoordigd voor de boerenmarkt, waarvan Nel vreesde dat die niet door de raad zou worden goedgekeurd. Het was al moeilijk genoeg om hen ervan te overtuigen dat handwerkslieden heel populair waren, maar deze vrouw maakte hoeden. Het sprak in haar voordeel dat ze op een boerderij waren vervaardigd: haar man was boer, en er prijkten symbolische eieren in een omgekeerde strohoed, maar haar ontwerpen waren meer geschikt voor Ascot dan voor een kleine plattelandsmarkt. Ze waren sensationeel: elegant, fraai en schaamteloos frivool. Er waren gigantische hoeden bij, met bloemen bedekte karrenwielen, krappe hoedjes met zwarte veren erop, en andere met een zedig stukje tule, van waarachter je koket kon flirten, en verder waren er strohoeden die je de hele zomer door kon dragen. Viv had er al een gekocht die ze had opgezet, waarmee ze de aankoop en zichzelf op haar best liet uitkomen. Toen Nel de prijs van de hoeden had gezien, had ze de ontwerpster een stukje land aangesmeerd. 'Nog één hoedje ve-kopen, dan maak je al winst – koop een stukje grond, als je me een lezier wilt doen!'

De hoedenmaakster, die uit Londen was verhuisd om met haar vriend, die boer was, te trouwen, had lachend haar chequeboekje gepakt.

'Ik wil er best meer kopen als je dat graag wilt.'

'Dat mag helaas niet,' had Nel gezegd. 'Hoewel,' voegde ze eraan toe, 'ik wou dat we een maximumaantal hadden vastgesteld, waardoor het mogelijk zou zijn geweest dat mensen bijvoorbeeld vijf stukjes konden kopen. Ik vind het ontzettend moeilijk om genoeg kopers te vinden.'

Aan de wat conventionelere kant van de markt was Catherine bezig met het bakken van haar biologische burgers, net als Geoff, de ijsmaker, die Nel nog steeds niet persoonlijk had ontmoet, maar die telefonisch had toegezegd te komen, omdat hij dacht dat er wel om ijs gevraagd zou worden en dat hij die best kon komen leveren. Ze had het die ochtend geproefd, en besloten dat hij zo snel mogelijk een vaste plaats op de markt moest krijgen.

Ewan, de schuttingbouwer, had een aantal rieten wigwams neergezet. Zijn vrouw had lange, zijdeachtige wimpels gemaakt die nu wapperden aan de nok. Ze deden denken aan een miniatuur middeleeuws toernooi. Blijkbaar waren de wigwams bedoeld voor kinderen om in te spelen, of voor volwassenen om bonen tegenaan te laten groeien, het was allebei mogelijk.

Langs de rivier stond de stoomkermis opgesteld. Een stoomorgel, compleet met een prachtig gerestaureerde automaat, tromgeroffel en cimbaalgeschal, gaf wat meer kleur en levendigheid aan de alledaagse stoomwalsen en tractoren. Alle machines sisten en stoomden zachtjes, als vriendelijke dinosauriërs in een oermoeras.

Achter de stoommachines lag het pièce de résistance in het water, de *Lady Elizabeth*, versierd met vlaggetjes en bloemen, even schitterend en statig als een galaboot. De zon scheen op het water, extra fel na de regen die er eerder was gevallen. Een kleine rij mensen stond al bij het bord waarop reclame werd gemaakt voor de boottripjes. Nel wist nog steeds niet wie uiteindelijk de strijd om de prijs had gewonnen, maar het kon haar niets schelen. Het zag er allemaal prachtig uit.

Een van de basisscholen uit de buurt had een meiboom gemaakt, en de hoogste klas zou eromheen dansen, vlak nadat Chris Mowbray de festiviteiten voor geopend had verklaard. Nel beloofde zichzelf een plaatsje vooraan. De kans dat het misging was bijzonder groot, maar op een bizarre manier niet te weerstaan.

De muzikanten, vlak bij de houten kist die dienst deed als podium (Nel had pas tien minuten voor tijd bedacht dat er een podium moest komen, en had als een bezetene bij elke kraampje gevraagd om geschikt materiaal daarvoor), zagen er allemaal schitterend uit in hun uniforms met goudgalon en kleppetten. De zonnestralen weerkaatsten op hun instrumenten, die gewreven waren tot ze spiegelden. Net toen ze een laatste blik wierp op de rivier, voordat ze de megafoon wilde pakken waardoor Chris Mowbray zijn praatje kon houden, zag Nel iets glanzend blauws langs de wilgen scheren. Een ijsvogel! Dat moest een goed voorteken zijn, wat er vandaag ook gebeurde; een ijsvogel voorspelde een gunstig lot.

In een opwelling van sentimentaliteit, ongetwijfeld het gevolg van liefdesverdriet en het feit dat ze niet had ontbeten, kwam het bij Nel op dat dit soort evenementen, in wat voor vorm ook, al eeuwenlang bestonden: mensen die bijeenkwamen, om te kopen, te verkopen, oude vrienden te ontmoeten en nieuwe te maken. En zelfs als Paradise Fields plaats moest maken voor nieuwe huizen, zouden er nog markten zijn, zo niet hier, dan toch ergens anders. Wat nog steeds niet zeker was, was het type en het aantal huizen dat er zou komen. In haar zak had Nel de formulieren voor dertien niet-verkochte stukjes grond.

Ze gaf Chris de megafoon. De band werd het zwijgen opgelegd; het stoomorgel kwam puffend tot stilstand.

'Je zou toch denken,' sputterde Chris Mowbray, die ieder voorwendsel van vriendelijkheid allang weer had laten varen, 'dat jullie een fatsoenlijk geluidssysteem hadden opgezet om iedereen toe te spreken, in plaats van dit verrekte ding.'

'En je zou toch denken,' zei Nel, die zich ook niet langer mooier

voordeed dan ze was, 'dat je je iets fatsoenlijker mocht gedragen. We hadden ook de acteur kunnen vragen uit die nieuwe politieserie, weet je. Die zou het zonder al dat gezeur hebben gedaan! Iedereen zei dat we een bekend persoon moesten uitnodigen, maar ik vond dat we jou moesten vragen. Voor alles wat je hebt gedaan voor het verpleeghuis.'
Toen ze hem bekeek, probeerde ze zich te herinneren wat hij voor het verpleeghuis had gedaan sinds hij voorzitter was geworden van het bestuur. Behalve een uitstekende directeur ertoe te bewegen op te stappen en een poging de boel te sluiten, kon ze niets bedenken. Chris Mowbray wierp haar een vernietigende blik toe. 'Dikke slet,' mompelde hij, en bracht de megafoon naar zijn lippen.
'Dames en heren en...' begon hij.
'...en dikke sletten,' mompelde Nel, die zich in plaats van woedend juist bevrijd voelde van de nodige spanning, waardoor ze de slappe lach kreeg. Ze kreeg Viv in de gaten en gebaarde haar naar haar toe te komen. Ze wilde samen met haar lachen. Nadat Chris Mowbray de feestelijkheden voor geopend had verklaard en alles officieel van start kon gaan, zou ze hem in de modder duwen, liefst wanneer de fotograaf van de plaatselijke krant in de buurt was. Ze zou hem waarschuwen, zodat het moment voor het nageslacht kon worden vastgelegd.
'Het doet me een groot plezier –'
Nel en Viv wisselden verveelde blikken en brachten hun hand voor hun mond om hun gapen te verbergen. Ze konden elk moment in een giechelbui losbarsten.
' – de festiviteiten te mogen openen. Maar voordat ik dat doe –'
Helaas voor Chris Mowbray was de band, die dacht dat dit het moment was waarop ze in actie moesten komen, weer begonnen met spelen en moest hun het zwijgen worden opgelegd door Muriel. Iemand uit de achterhoede – Nel had het vreselijke gevoel dat het een van haar eigen kinderen was – riep: 'Doorgaan!'
'Ik wil alleen graag zeggen dat het me een eer is om te kunnen aankondigen dat het de laatste keer is dat een dergelijk feest plaatsvindt op Paradise Fields.'
Er klonk luid boegeroep, en deze keer zag Nel dat het inderdaad van Sam en Fleur afkomstig was, en verscheidene van haar vrienden de-

den mee. Ze fronste zo duidelijk mogelijk en schudde haar hoofd naar hen.

'Op de plaats van dit eh – charmante, maar laten we eerlijk zijn, bijzonder modderige stuk braakliggend terrein, komen binnenkort huizen, veel huizen. Huizen voor mannen, vrouwen en hun kinderen. Het oude gebouw verdwijnt...'

'Wacht even!' Vanuit het niets dook Jake op, vol modder, maar nog steeds bijzonder knap in zijn oude spijkerbroek en rugbyshirt. 'Wat zei je daar?' wilde hij weten.

Het publiek was doodstil en spitste de oren om niets te hoeven missen van de woordenwisseling die dreigde. Nel zag dat de fotograaf van de krant klaarstond om het moment vast te leggen waarop de ene kwaaie kerel de andere op z'n gezicht zou timmeren.

'Het plan van Gideon Freebody gaat door,' zei Chris Mowbray, terwijl hij probeerde de man die een aantal centimeters langer was dan hij, vol minachting aan te kijken. 'Dat andere plan is alleen maar zonde van het papier.'

'Waarop baseer je dat?' Omdat ze zo dichtbij stond, kon Nel nog net horen wat er gezegd werd, al sprak Jake heel zacht. Zacht maar vervaarlijk, vond ze. Hij deed haar denken aan haar angstaanjagende schooldirectrice.

'Omdat zij niet alles stukjes van die lap grond hebben verkocht.'

Hij wees op Nel en Viv, die hun stekels al opzetten. Viv duwde haar hoed een stukje naar achteren, zodat ze niets hoefde te missen.

'O, werkelijk?' Jake fluisterde nu bijna. 'En wanneer heb je die informatie te horen gekregen?'

Nel werd misselijk. Jake ging er natuurlijk van uit dat alle stukjes grond verkocht waren en blies nu hoog van de toren, maar Chris Mowbray had gelijk. De dertien formulieren zaten nog steeds in haar zak. Ze wilde haar mond opendoen om iets te zeggen, maar die voelde kurkdroog en haar tong zat vast. Ze knikte even naar Viv, in de hoop dat zij iets kon doen, maar die keek alleen maar naar Jake, met een zinloze bewondering.

'Ach, hou toch op!' zei Chris Mowbray. 'Vraag die idiote vrouwen maar eens hoeveel stukken ze van die grond hebben kunnen verkopen! Ik heb het al geprobeerd, maar ik kreeg geen antwoord, en ik weet zeker dat ze het wel zou hebben gezegd als ze allemaal waren verkocht.'

'En wie is "ze"? wilde Jake, nu op luidere toon, weten.

Nel was geschokt. Een heel stel mensen was getuige van een situatie die onder vier ogen uitgevochten had moeten worden, en hoewel ze het waarschijnlijk vol belangstelling volgden, was het niet waar ze voor gekomen waren.

Ze griste Chris Mowbray de megafoon uit handen voordat hij hem in de modder zou laten vallen. 'Het feest is geopend, mensen!' schreeuwde ze. 'Geef maar een heleboel geld uit, veel plezier!'

Een paar camera's flitsten, en Nel kon wel raden wie en wat ze fotografeerden. Ze wilde dat ze een van de hoeden had gekocht die ze over haar ogen had kunnen trekken waardoor ze onherkenbaar zou zijn geweest.

Even vroeg ze zich af of ze moest blijven staan om de ruzie tussen Chris Mowbray en Jake te helpen oplossen, maar toen besefte ze dat ze waarschijnlijk niets kon uitrichten. Chris had gelijk, en Jake niet; meer was er niet van te maken. Ze liep naar een groepje bibberende kinderen die bij de meiboom stonden te wachten tot de muziek begon.

Ze dansten geweldig. De lerares, jong en enthousiast, gaf instructies, en de linten bovenin vormden een lange, mooie vlecht. Er volgde een pauze, de kinderen liepen allemaal een andere kant op, maakten een sprong en liepen onder elkaars armen door, zodat de vlecht weer los raakte.

'Hoe krijgen ze het voor elkaar!' riep Nel enthousiast tegen de lerares die nog stond na te hijgen van alle instructies die ze moest geven. 'Hoe heb je ze dat geleerd? Het was briljant!'

De lerares lachte. 'Nou, we hebben veel kunnen oefenen. We doen het op school rond de basketring.'

'Nou, ik vind jullie fantastisch. Er staan pakjes sap klaar voor jullie allemaal, en er zijn kleine chocoladereepjes.' Ze haalde de chocolade uit haar tas en gaf die aan de lerares. 'Het sap staat daar, in die doos. Koud is het niet, maar ik denk niet dat dat erg is.'

'O! Wat aardig. Kinderen, zullen we mevrouw Innes even heel hard toejuichen?'

'O, nee, alsjeblieft niet.'

Maar het was al te laat. De kinderen waren kennelijk net zo goed in toejuichen als in dansen, en Nel moest blozend blijven staan om aan te horen hoe ze drie keer hun juichkreet uitstootten.

'Wat attent van je om aan snoep en drinken te denken,' zei de lerares. 'De meeste mensen doen dat niet.'

'De meeste mensen zouden een podium hebben geregeld, en een goed geluidssysteem,' zei Nel. 'Ik ben alleen in staat om aan de leuke dingen te denken, niet aan de belangrijke. Nu moest ik maar eens gaan kijken hoe het met de boeren staat.'

'Het voetballen begint zodadelijk. Ga je niet kijken?'

'Nee, die jongens redden het wel. Ik heb het lekkers aan een van de moeders gegeven, dan kan die uitdelen.' Nel was niet van plan om in de buurt van Jake te komen. Ze had hem om beleidsredenen bijna vergeven dat hij met haar naar bed was geweest, maar ze kon het beeld van Kerry Anne die met haar armen om zijn nek stond, niet uit haar hoofd zetten; door die hele kwestie was ze zo gekwetst en van slag, dat ze niet meer op haar eigen reacties durfde te vertrouwen.

Abraham haalde haar in op weg naar Sacha's kraampje, waar Nel iets wilde kopen tegen de stress.

'Hallo, meisje, een geweldig festijn, vind je niet?'

Zijn vrouw was bij hem, ze droeg een beeldig strohoedje, versierd met klaprozen. 'Die heeft hij voor me gekocht. Ik draag nooit hoeden.'

'Ik zie je anders graag met een hoed, dat weet je. Ze voelt zich er een beetje opgelaten mee,' verklaarde hij.

'Ik ook,' zei Nel, 'al wou ik nu dat ik er een had gekocht, dan zou niemand me herkennen.'

'En waarom wil je dat niemand je herkent?'

Nel wapperde met haar handen en trok haar schouders op, om te eindigen met een nerveus lachje. 'Het loopt allemaal zo verschrikkelijk mis. Niet het feest hier, dat loopt prima, maar die bouwkwestie.'

'Het is pas van de baan als het van de baan is,' zei Abraham diepzinnig.

Nel wisselde een blik met zijn vrouw. Mannen slaagden er altijd uitstekend in om onbegrijpelijke opmerkingen te maken.

'Ga lekker een hapje eten, meisje,' adviseerde Abraham. 'Die jonge-man daar bakt werkelijk overheerlijke pannenkoeken. Eet daar maar lekker van, dan zie je alles minder somber.'

'Hij heeft gelijk, hoor,' zei zijn vrouw. 'Probeer het maar. Als mijn kinderen snibbig tegen elkaar gaan doen, geef ik ze altijd wat te eten.'

'Ik doe helemaal niet snibbig!' zei Nel. 'Nog niet!'

'Nee, maar je bent wel bibberig,' ging mevrouw Abraham door van-onder haar klaprozen. 'Dat kan ik zien. Eet wat, dan voel je je beter.'

Het was fijn om eens bemoederd te worden, dacht Nel. Ze moest haar ouders nu al zo lang missen, en het grootste deel van haar leven moederde zij over anderen. Het was best prettig om het nu zelf eens te ondergaan.

'Goed, ik ga eens kijken wat Ben allemaal te bieden heeft.'

'En het ijs is ook heerlijk,' vulde mevrouw Abraham aan. 'Het smaakt net zoals vroeger.'

Toen ze merkte dat Chris Mowbray niet het fatsoen had gehad om alle kraampjes te bezoeken en overal iets te kopen, maar in plaats daarvan met zijn auto met vierwielaandrijving, die tot vanochtend nog smetteloos schoon was geweest, was weggereden, voelde ze zich verplicht om die taak zelf op zich te nemen. De meeste mensen ken-de ze wel, en nu ze allemaal hun stukje territorium hadden bevoch-ten (de organisatie daarvan had Nel slapeloze nachten gekost), wil-den ze Nel graag feliciteren.

'Ik vind die hoeden leuk,' zei Catherine, terwijl ze een hamburger met zelfgemaakte mayonaise en stukjes ui versierde. 'Ze zijn niet be-paald van het soort dat ze vroeger op boerderijen maakten, maar waarom niet wat variatie? En het is een leuk mens. Ik heb een paar jaar geleden een computercursus bij haar gevolgd.'

'Dat zou ik ook eens moeten doen,' zei Nel. 'Ik wil eigenlijk wel weten hoe je spreadsheets en zo maakt. Dat zou goed van pas komen voor de markt.'

'Heb je de nieuwe producten van Sacha gezien? Dat nieuwe meisje schijnt haar echt goede ideeën aan de hand te hebben gedaan. Ze heeft nu veel meer artikelen.'

Nel had geen aansporing meer nodig om naar Sacha te lopen. Sacha maakte een olie die bijna gegarandeerd alle zorgen verdreef. Er zouden verscheidene oliebronnen nodig zijn om dat bij haar te bereiken, dacht Nel, maar ze kon het allicht proberen.

'Hallo, daar!' zei ze. Ze gaf Sacha een kus, en daarna – met enige tegenzin – ook Kerry Anne, zodat zij zich niet buitengesloten zou voelen. 'Hoe gaat het? Het kraampje ziet er prachtig uit! Catherine heeft me verteld dat jullie een groot aantal uitstekende nieuwe producten hebben. Maar voor je me daar iets over vertelt, wil je me eerst zo'n fles met die befaamde olie van je geven? Ik heb stress als geen ander.'

'Dit werkt heel goed,' zei Sacha, terwijl ze een fles pakte en die aan Nel gaf. 'Waarom zouden ze allemaal van die zeeliederen zingen?'

Nel doopte een vinger in de olie en wreef ermee over haar slapen. 'Omdat ik heb verteld dat die mooie meneer vroeger bij de zeeverkenners zat, en zichzelf graag als een zeeman beschouwde. Het is te zijner ere, en nu heeft hij al de benen genomen.'

'Waarom heb je hem de opening laten doen?' vroeg Kerry Anne. 'Hij is zo...' Ze aarzelde, zoekend naar de juiste woorden. 'Jakkie! Hij weet misschien hoe hij geld moet verdienen, maar verder...'

'Ik dacht dat jij hem aardig vond!' zei Nel. 'Toen ik laatst bij hem thuis was, belde je hem om te vragen of hij kwam eten!'

Kerry Anne huiverde. 'Dat was een idee van Pierce, om hem beter te leren kennen. Maar toen ik Pierce vertelde dat Chris zijn hand op mijn achterste had gelegd, veranderde hij van idee.'

Nel ging op een ander onderwerp over. 'En, wat is het nieuwste product?'

'Een scrub voor het lichaam,' zei Kerry Anne, en pakte een sachet.

'Met bruine suiker en amandelolie,' zei Sacha. 'Veel minder hard dan met zout. Je wrijft er alle dode huidcellen mee weg, zodat je een zacht en glanzend velletje krijgt.'

'Klinkt aangenaam. Kan ik zo'n zakje kopen?'

'Hier heb je een gratis monster. Dat is wel het minste wat ik kan doen,' zei Sacha. 'Jij hebt me met Kerry Anne in contact gebracht, en ik heb heel veel steun aan haar.'

'We verkopen nu ook aan Californië,' zei Kerry Anne. 'Alleen nog via particulieren, totdat we in het nieuwe pand zitten.'

'En waar is dat?'

'O, een eindje hiervandaan,' zei Sacha. 'We willen een groot pand.'

'Nou, dat is mooi,' zei Nel, die zich een beetje in de steek gelaten begon te voelen. 'Heb je dan nog wel tijd om naar de markt te komen?'

'O, ja hoor,' zei Sacha.

Kerry Anne keek haar aan. 'Als we er iemand voor kunnen krijgen. Maar zo'n markt draagt niet echt bij aan onze verkoopcijfers. Als het gezondheidscentrum eenmaal loopt, zullen we bijna alles daar omzetten.'

'De markt is voor mij wel heel belangrijk, ik heb er mijn eerste klanten opgedaan,' zei Sacha resoluut. 'Die laat ik niet in de steek.'

Kerry Anne haalde haar schouders op. 'Nou, misschien totdat de spullen overal in de buurt te krijgen zijn.'

Nel liep verder. Ze had zelf al genoeg problemen, op die van anderen zat ze niet te wachten. Maar ze was blij voor Sacha dat het zo goed met haar handel ging.

'Hoi, mam!' Daar was Fleur.

'Hallo, schat. Heb je geld nodig?'

'Nee! Ik kwam je vragen of je make-up in je tas hebt.'

'Nou, alleen wat ik altijd bij me heb: een stompje kohlpotlood, een tubetje foundation, en een uitgedroogde mascararoller. O, ja, en een lipstick. Die mag je wel lenen als je wilt. Ben je van plan om Jamie in te ruilen voor Ben?'

Fleur rolde met haar ogen. 'Hij is wel vreselijk knap. Ik heb hem geholpen.'

'Hij is aardig, vind je niet? En zo relaxed.'

'Dat kun je wel zeggen! Maar ik kwam eigenlijk even kijken hoe het met jou ging.'

'Door te vragen wat voor make-up ik bij me heb? Je mag de mascara wel nemen, als je er maar niet op spuugt.'

'Alsof ik dat ooit doe! Ik wil alleen even snel iets gaan kopen bij Sacha. Ik ben zo terug.'

Nel liep verder. Ze proefde en kocht meer kaas dan ze op zouden kunnen. Ook schafte ze een voorraadje chutney aan, wat ze bij haar thuis nauwelijks aten, en citroenpasta, waar zij dol op was. Tegen die tijd was haar boodschappentas behoorlijk zwaar. Ze ging ermee naar Vivs kraampje.

'Je vindt het toch niet erg als ik die hier neerzet? De bloedtoevoer in mijn vingers is afgesneden, zo vol is die tas.'

'Koop dan zo'n mand bij Ewan,' zei Viv. 'Die zijn schitterend. Ik ben van plan een van die lagere, vierkante modellen te vullen met kiezelstenen, en dan zet ik hem bij de haard.'

'Klinkt heel artistiek,' zei Nel, die uit ervaring wist dat Viv een goede smaak had, maar zich afvroeg waarom ze in vredesnaam kiezelstenen bij de haard wilde zetten. 'Dus het is goed als ik hem hier laat?'

Nel en Viv zaten net te gissen hoe het gesprek tussen Jake en Chris Mowbray was afgelopen, toen Fleur eraan kwam. Ze had een fraai verpakt pakje in haar hand.

'Hier heb je een cadeautje. Het is een minisetje vochtinbrengende crème, reinigingsmelk en bodylotion. Van Sacha. Het is een nieuwe lijn. Dat moest ik aan jou geven.'

'O, wat lief. Ik vraag me af waarom ze me dat niet gaf toen ik net bij haar was. Ik leg het bij mijn andere spullen, achter het kraampje van Viv.'

'Nee, nee! Stop het in je handtas. Het is speciaal bedoeld voor in je handtas, dus doe het daar maar in. Vind je ook niet, Viv?'

Viv knikte. 'Anders leg je het misschien per ongeluk in je vrieskist.'

Nel wilde net protesteren toen ze een stem door de megafoon hoorde.

'Wil mevrouw Nel Innes alstublieft naar de voetbalwedstrijd komen.' Het was Jake. Ze kon hem zien staan.

'Nee, dat wil ik niet. Ik ben niet van de eerste hulp, dus als er iemand gewond is, kunnen ze beter naar Viv gaan. Zij is fysiotherapeut.'

'Misschien willen ze dat jij de prijs uitreikt,' bedacht Fleur.

'Nee, dat doe ik niet. Ik ben er niet op gekleed. Ga jij maar, Viv. Jij ziet er zoals altijd prachtig uit, en je hebt een hoed op.'

Viv keek even naar Fleur en naar Nel. 'Goed. Passen jullie dan op mijn kraam.'

'Natuurlijk. En als er medische zorg nodig is, vraag dan om een dokter. Ik heb hier minstens twee mensen van onze plaatselijke praktijk zien rondlopen.'

Het volgende wat Nel hoorde was: 'Zou mevrouw Nel Innes alstublieft naar het voetbalveld willen komen.'

'Nee,' zei Nel kalm. 'Ik kan niet. Ik sta op Vivs kraam te passen.'

'Dat kan ik toch doen,' zei Fleur. 'En er is hier trouwens niemand.'

'Daar gaat het niet om.'

'Als Nel niet naar het voetbalveld komt, ga ik iets door deze megafoon openbaar maken,' galmde Jake over het veld.

'Ik laat me echt niet chanteren,' zei Nel, die zo rood werd als een pioenroos.

'Nel, als je nu niet komt, vertel ik iedereen wat er op een nacht in Londen is gebeurd.'

'O, verdorie!'

Ze begon te rennen en hoorde nog net hoe haar dochter haar geschokt achterna riep: 'Mam, let op je woorden!'

24

Nel draafde zo snel als ze kon op haar rubberlaarzen door de modder. Ze zag wel dat mensen haar nakeken, met een glimlach op hun lippen, maar ze hield haar blik op de grond gericht. Toen ze bij Jake aankwam, was ze buiten adem. Ze had het bloedheet. Kleren voor een wandeling zijn minder geschikt voor een sprint van honderd meter.

'Waar ben jij in vredesnaam mee bezig?' vroeg ze kwaad toen ze binnen gehoorsafstand was. 'Als je zo nodig met me wilt praten, had je zelf wel naar me toe kunnen komen!'

'Wat ik te zeggen heb, moet onder vier ogen gebeuren,' zei Jake onaangedaan.

'Nou, dan had je me toch ook kunnen bellen, of een e-mail kunnen sturen, een brief zelfs.'

Nu ze stilstond en hem aankeek, voelde ze hoe het zweet over haar rug liep, hoe warm haar wangen waren en hoe weinig make-up er zou zijn overgebleven. Ze was zich er ook van bewust dat ze niet echt tijd had gehad om goed na te denken over wat ze die dag zou aantrekken. Ze droeg haar eeuwige zwarte broek, een warme maar oude kasjmieren trui en een waxjas die van Mark was geweest. Ze was van plan geweest om voorafgaand aan de festiviteiten naar huis te gaan om zich te verkleden, maar op de een of andere manier was het daar niet van gekomen. Jake zat ook onder de modder, maar eigenlijk stond hem dat wel.

'Zou je me telefonisch te woord hebben gestaan?'

Nel haalde haar schouders op. Ze wilde niet liegen en ja zeggen, en ze had ook geen zin in een woordenwisseling die van kwaad tot erger zou leiden met steeds maar 'zou je dit, zou je dat'.

'Bovendien,' ging Jake verder, 'kan ik vandaag pas zeggen wat ik te zeggen heb.'

'O?'

'Het gaat over vandaag.'

Nel zuchtte. 'Luister, ik heb het heel erg druk en ik ben heel erg moe, om niet te zeggen: ik zit diep in de put. Zou je er nu meteen mee voor de draad willen komen?'

Hij kwam naast haar staan en sloeg een arm om haar schouders. 'Ga met me mee.'

Ze wilde protesteren, maar dat viel niet mee met het gewicht van zijn arm en de druk van zijn hand op haar schouder. Het leek gemakkelijker om zich in elke richting die hij verkoos te laten meevoeren.

Hij hield haar dicht tegen zich aangedrukt, alsof hij haar niet wilde laten ontsnappen.

'Wat doe je nou?' vroeg ze verontwaardigd, omdat ze het gevoel had dat ze toch bezwaar moest maken, ook al kon ze lichamelijk niets tegen hem beginnen.

'Jou kidnappen.'

'Doe niet zo raar. Ik ben geen kind en jij bent jurist. Zulke dingen doe je niet.' Toen zweeg ze even, zich ervan bewust dat ze van het terrein weg liepen dat vol stond met vrienden die haar meteen te hulp zouden kunnen komen, tot aan de plek waar de jeeps geparkeerd stonden, waar het extra modderig was. 'O mijn god. Je gaat me echt kidnappen! Help!'

Hij schoot in de lach. 'Als je om hulp gaat roepen, zul je toch harder moeten schreeuwen.'

'Ik oefende alleen maar even. Help!' riep ze weer, nu harder. Ofwel niemand hoorde haar, ofwel niemand was van plan haar te hulp te komen. 'Ben je van plan me lang vast te houden? Of tot het losgeld wordt betaald?'

'Tot dinsdag maar, en ik vraag geen losgeld.'

'Maar goed ook. We hebben geen rooie cent. Je kunt me net zo goed naar huis brengen. Dat bespaart een hoop geld.'

'Ik zei je toch dat ik geen geld wil. Ik wil alleen maar jou, voor een lang weekend, of wat er nog van over is.'

In Nels maag vormde zich een grote prop die omhoog kwam. Toen hij haar keel bereikte, had ze het gevoel dat ze of moest hoesten, in tranen uitbarsten, of overgeven. Ze hoestte hard om de prop weg te slikken.

'Nou, mij kun je niet krijgen, zoals je drommels goed weet. Ik heb kinderen, honden, een huis. Ze hebben me allemaal nodig.'

'Nee, hoor.'

'Jazeker wel! Hoe durf je dat te zeggen!'

'Viv zorgt voor de honden, en Fleur en Sam passen op het huis, al houden die misschien wel een feestje.'

'Maar wie zorgt er voor hen?'

'Zij hebben helemaal niemand nodig. Fleur zorgt trouwens voor jou.'

'Je bedoelt dat ze bazig doet. Dat is niet hetzelfde.'

'Ja, toch wel. Instappen maar.'

Ze waren bij een grote, donkerpaarse jeep aangekomen. 'Nee! Niet voordat ik een verklaring heb gehoord! Heb je samengezworen met mijn vrienden en mijn kinderen om me te ontvoeren? Wat een schande.' Nel vond het moeilijk om verontwaardigd te blijven. Het was zo fijn om bij Jake te zijn, dat ze waarschijnlijk ook met hem mee zou gaan als hij zei dat ze een bezoekje zouden gaan brengen aan een rioolwaterzuiveringsinstallatie.

'Luister, stap nu maar in, dan praten we onderweg.'

'Ik stap niet in als jij me niet wilt vertellen waar we naartoe gaan.' Ze merkte te laat op dat ze had gezegd 'waar we naartoe gaan', in plaats van 'waar je me mee naartoe neemt'. En Jake had dat absoluut ook gehoord.

'Naar Cornwall.'

'Cornwall! Dat is hartstikke ver!'

'Drie uur rijden ongeveer.'

Hij had het portier opengedaan en stond te wachten tot ze instapte. Ze sloot haar ogen. 'Dit kan ik echt niet doen. Het klinkt heel aanlokkelijk, maar ik ben een volwassen vrouw met verantwoordelijkheden. Ik kan er niet zomaar tussenuit gaan.'

Voordat ze wist wat hij deed, had hij haar opgetild, op de voorbank neergezet en het portier gesloten, waar een punt van haar jas tussen geklemd zat. Hij zat al naast haar voordat ze erachter was hoe het portier open moest, en hij vergrendelde automatisch alle deuren.

'Luister, Nel, ik weet dat dit allemaal een beetje vreemd overkomt, maar ik wil je ergens mee naartoe nemen waar we niet gestoord worden, en waar je je kunt ontspannen, waar we elkaar beter kunnen leren kennen, en...' – hij aarzelde, zijn ademhaling werd plotseling onregelmatig, en hij slikte – '...en zo,' besloot hij.

Nels hart bonsde in haar keel, zo hard dat ze het idee had dat het zichtbaar zou zijn door haar jas heen. 'Dat kan niet, Jake. Je begrijpt het niet.'

'Vertel het me dan maar. Maar laten we hier eerst wegrijden, voordat iemand je iets komt vragen.'

Ze zaten zwijgend in de wagen terwijl Jake van de parkeerplaats wegreed tot ze op de rijweg waren. Toen zei ze: 'Deze wagen had je eerst niet. Is hij van jou?'

'Yep. Deze leek me geschikter voor het platteland.'

'Maar je weet hoe ze zo'n wagen in de stad noemen: een forensentractor.'

'Ik denk niet dat ik nog vaak in de stad kom. Hoewel ik mijn flat wel aanhoud.'

Toen Nel aan zijn flat dacht, kreeg ze het benauwd. Ze moest zich in bedwang zien te krijgen. Ze groef in haar handtas en vond de kalmerende olie van Sacha.

'Wat is dat?' vroeg hij.

'Dit is een rustgevend middel. Het werkt heel goed tegen verkeersstress en examenvrees.'

'En waar heb jij last van?'

'Van allebei.'

Hij lachte.

Dat was de bedoeling niet. Nel was bloedserieus.

'Nee, echt, Jake. Een grapje is leuk, maar breng me nu alsjeblieft naar huis. Ik moet nog heel veel doen voor dat feest. Ik moet al het geld teruggeven aan de mensen die die stukjes land hebben gekocht.'

'Nee, hoor, dat hoef je niet te doen.'

'Natuurlijk wel! Dat kan ik niet houden! Zij krijgen de stukjes grond niet waar ze voor hebben betaald. Dus moeten ze hun geld terugkrijgen. Sommigen hebben echt moeten sappelen om vijftig pond op te te brengen... maar dat kun jij je zeker niet voorstellen.'

'Je doet nu wel een aantal veronderstellingen. Welke zal ik het eerst ontzenuwen?'

Nel legde een hand op het dashboard. 'Jake, sla hier nou maar af, anders zitten we straks op de snelweg. Breng me naar huis!'

'Nee! Ik wil juist naar de snelweg, en ik breng je niet naar huis. Nog niet, althans.'

Hulpeloos keek Nel toe toen ze bij het punt aankwamen waar geen terugkeer meer mogelijk was: de snelweg naar Cornwall. 'Toe, Jake! Ik heb helemaal niets bij me!'

'Kijk eens achterin.'

Nel keek om en zag een bekende tas staan, nog steeds onder een flinke laag modder. 'O, mijn hemel.'

'Fleur heeft hem ingepakt, en Viv heeft haar geholpen.'

Nel sloot huiverend haar ogen. Fleur wist niet dat er kleren in Nels kast hingen waar ze niet in paste, maar die ze daar liet hangen ter inspiratie. 'Als Fleur heeft ingepakt, waarom wilde ze dan weten of ik make-up bij me had?'

'Ze was je toilettas vergeten. Dat zei ze net op het voetbalveld. Ze zei dat ze er wel een oplossing voor zou vinden.'

Daarom had ze dus dat minisetje bij Sacha gehaald. 'Nou, als je het weten wilt, ik heb heel weinig make-up bij me. En waarschijnlijk ook geen tandpasta.'

'We gaan naar een heel goed hotel. Daar hebben ze alles wat je nodig hebt.'

'Heeft Viv hier ook iets mee te maken?' Nel werd boos. Al haar dierbaren, juist de mensen die haar zouden moeten beschermen, bleken onder één hoedje te spelen met de man die ze voor eeuwig had vervloekt.

'Zij heeft alleen bevestigd dat je graag eens naar een goed hotel wilde om je een paar dagen te laten verwennen.'

'Nou, dan heeft ze het mis! Dat wil ik helemaal niet!'

'Zij heeft me verteld dat je dat tegen haar had gezegd.'

'Wat een onzin! Natuurlijk zou ik dat wel willen als ik de tijd had om erover na te denken, alles in te pakken, en ervoor te zorgen dat ik iets fatsoenlijks bij me had om aan te trekken, maar niet als ik in Marks oude jas en mijn rubberlaarzen rondloop!'

Jake keek haar even aan en begon te lachen. 'Ik besef wel dat het handiger zou zijn geweest als je wat meer tijd had gehad, maar ik beloof je dat het allemaal goed komt. Fleur heeft vast en zeker schoenen voor je ingepakt.'

Nel zuchtte en keek op de weg voor hen. Ze had een goed uitzicht vanuit de jeep en als alles anders was geweest, had ze kunnen genieten van deze rit op weg naar een weekend in een goed hotel in Cornwall.

'Het gaat er niet alleen om hoe ik me voel,' legde ze uit. 'Ik kan niet weglopen van het verpleeghuis; ik heb me voorgenomen het te redden. Het zou allemaal best zijn als we die verrekte Gideon Freebody hadden kunnen tegenhouden, en alle stukjes land hadden verkocht. Maar dat hebben we niet. Zoals ik al zei, moet er geld worden teruggegeven, moet ik dingen uitleggen, dat soort dingen. Als ik nu wegga, denken ze misschien nog dat ik er met de kas vandoor ben.' Ze wierp hem een snelle blik toe, in de hoop dat deze zinspeling op misdaad zijn aandacht als kenner van de wet zou trekken, zodat hij zijn plannen zou wijzigen.

'Maar je hebt Gideon Freebody toch tegengehouden.'

'Nee, nietwaar! Ik heb nog steeds de certificaten voor dertien nietverkochte stukjes land.' Ze stak haar hand in haar zak en haalde ze eruit. 'Dit is zo'n beetje het enige wat ik bij me heb.'

'En ik heb het geld voor die laatste stukjes land. Dus dat is in orde.'

'Maar Jake, je weet drommels goed dat we hebben vastgesteld dat je per persoon maar één stukje mag kopen! Ik heb er echt spijt van dat we dat zo hebben geregeld, we hadden best een limiet van vijf stukjes kunnen stellen. Maar dat hebben we niet gedaan. Je kunt die stukjes niet tegelijk kopen. O, god! Als dat had gekund, had ik het zelf wel gedaan! Al had ik er iets anders voor moeten verkopen.'

'Ik heb de stukjes niet zelf gekocht. Ik heb ze verkocht met promesses.'

'Wat zijn dat?'

'Papieren waarop staat dat het bewijsmateriaal binnenkort volgt.'

'O. En aan wie heb je die dan verkocht?'

'Aan collega's op kantoor. Een paar van hen ken je wel.'

'Maar je hebt toch geen dertien collega's? Het zijn er een stuk of zes.'

'Ja, en die hebben allemaal vaders en moeders. Het was een makkie om ze aan hen te verkopen.'

'Maar waarom zou het hun wat kunnen schelen wat voor huizen er worden gebouwd? Ze wonen daar toch niet in de buurt?'

'Nee, maar ze zijn zeer op me gesteld, en waarschijnlijk hoopten ze op een uitnodiging in mijn landelijke optrekje.'

'Dus je gaat een huis kopen?'

'Yep. Je moet eens komen kijken.'

Nels zenuwen namen een beetje af. 'Jake, heb jij echt al die stukjes land verkocht?'

'Ja. En dat heb ik met veel genoegen tegen Chris Mowbray gezegd.'

'Hij zal wel des duivels geweest zijn.'

'Inderdaad. Geen aangenaam gezicht. Behalve dan voor mij. Wat een verschrikkelijke man. Ik heb ook Pierce ervan kunnen overtuigen dat Abrahams plan het beste is. Ondanks Kerry Annes aandringen om voor het grote geld te gaan.'

Nel zuchtte. 'Kerry Anne. Ik heb gezien dat je haar kuste, weet je.'

Jake fronste. 'O ja? Ik geloof niet dat ik haar ooit heb gekust, maar het is best mogelijk dat ik dat vergeten ben.'

'Jake! Het was vlak voor het Zwarte Hart, een paar weken geleden! Ik moest daar wachten door die wegwerkzaamheden. Ik heb je gezien!'

'Ik denk dat ze me gedag kuste. Het kan niets anders zijn geweest, want Pierce was erbij. Heus, ze is nog maar een kind. Ik vind haar niet aantrekkelijk.'

'Weet je dat zeker?'

'Heel zeker. Ze is me te mager.'

'Ik dacht dat dat juist goed was. God, en ik heb altijd zo mijn best gedaan om mager te worden.'

'De meeste mannen hebben graag iets om beet te pakken, maar ik besef dat je dat wellicht niet weet, omdat je altijd zo beschermd hebt geleefd.'

'Met drie kinderen, van wie er twee studeren, leef ik nu ook weer niet zo heel erg beschermd!' Nu ze zich niet langer zorgen hoefde te maken over Kerry Anne, kwam ze terug op het onderwerp waar ze het daarvoor over hadden gehad. 'Maar als jij die stukjes land hebt verkocht, waarom heb je me dat dan niet verteld?'

'Omdat ik je niet onder vier ogen te spreken kon krijgen, en ik moest die voetbalwedstrijd organiseren.' Hij keek weer naar haar. 'Ik wilde dat jij de cup zou uitreiken.'

'Viv was een veel betere keuze. Ze is jong en knap en ze droeg een hoed.'

'Ik val alleen niet op Viv.'

Nel voelde dat ze bloosde. 'Nou en? Wat heeft dat ermee te maken?'

'Als ik uren en uren rondren op een modderig voetbalveld met een heel stel kleine jongetjes, dan verdien ik een beloning.'

Er ontsnapte haar een zucht toen ze probeerde het zelfvoldane gevoel weg te dringen dat bezit van haar nam. 'Je had toch het prettige besef dat je voor een goed doel bezig was?'

'Goede doelen zijn allemaal best, maar er is nog meer in het leven.'

'En wat bedoel je daar mee?'

'Ik bedoel dat het lijkt alsof jij je leven wijdt aan goede doelen en niet genoeg aandacht besteedt aan je eigen verlangens.'

'Maar dat is niet waar! Jij bent me alleen toevallig net tegengekomen toen we met die nieuwbouw op Paradise Fields in onze maag zaten. Ik ben heel zelfzuchtig en sybaritisch, wat dat ook precies mag betekenen.'

Hij grinnikte en keek even naar haar voordat hij richting aangaf en een rij auto's op de middenbaan passeerde. 'Ik ben blij dat je in elk geval een beetje sybaritisch bent – het zou weinig zin hebben om je mee te nemen als je niet van luxe kunt genieten.'

'Ik hoor hier wel een "maar".'

'Ja, dat klopt.'

'Nou, vertel!'

Jake vertelde het niet meteen. Hij draaide wat aan de radioknoppen, vond een kanaal dat hem beviel, zette het geluid zachter, passeerde een caravan en mopperde wat over de rijstijl van een bestuurder op de andere weghelft.

'Ja? Ik hou het niet uit van de spanning.'

'Het gaat over Simon,' zei Jake uiteindelijk.

'O? Ik ben niet van plan om met hem te trouwen, als je dat bedoelt, of met wie dan ook.'

'Dat is een hele opluchting.'

Heel diep vanbinnen wilde ze dat Jake protest zou aantekenen tegen deze kernachtige bewering. 'O?'

'Ik bedoel alleen: dat je niet met Simon trouwt.'

'O? En ga je me ook nog vertellen waarom?' Ze betaalde hem met gelijke munt terug: 'Als je niet zelf met me wilt trouwen.' Ze wilde niet met hem trouwen, dat wist ze bijna zeker, maar ze wilde ook niet dat hij dat besloot voordat zij het had gedaan.

'Ik heb eens navraag naar hem gedaan.'

'Ik weet dat hij onder één hoedje speelde met Gideon Freebody en zijn consorten. Dat is geen nieuws.'

'Maar je wist niet dat hij al twee keer eerder getrouwd is geweest, en dat de vrouwen in kwestie hun huis moesten verkopen om van hem af te komen?'

Nel kreeg het ijskoud. 'Nee, dat wist ik niet. Hoe ben je daarachter gekomen?'

'Ik heb zo mijn relaties.'

'Maar dat is afgrijselijk!'

'Ja, inderdaad. En een van die vrouwen is het huis kwijtgeraakt waarin ze met haar overleden man had gewoond en waar ze al haar kinderen in had grootgebracht.'

'Hoe heeft hij dat in vredesnaam voor elkaar gekregen?'

'Hij was slim, en de rechters waren stom. Ik ben ervan overtuigd dat hij hetzelfde van plan was met jou.'

'Poe! Alsof hem dat gelukt zou zijn! Bovendien speelde hij de baas over de kinderen. Ik zou nooit met hem getrouwd zijn. En de honden mochten niet op de bank liggen. Genoeg redenen om nooit met hem te trouwen.' Toen fronste ze. 'Waarom heb je de moeite genomen om Simons verleden na te gaan?'

Jake haalde zijn schouders op. 'Daar had ik zo mijn redenen voor.'

'En wat waren die dan?' Hij was nog niet van haar af.

'Als je erover denkt om te verhuizen en je ontmoet een vrouw die je echt leuk vindt, is het niet meer dan normaal om onderzoek te doen naar de concurrent.'

Nel wist nog net een kreet binnen te houden. Ze kon niet bepalen of Jakes 'onderzoek naar de concurrent' iets was waardoor ze zich gevleid moest voelen, of dat het meer weghad van stalken.

'Maar toen ik dat allemaal wist, wilde ik het je niet vertellen, want het kon wel eens lijken alsof ik op mijn eigen voordeel uit was.'

'Hoezo, omdat je niet het type man bent dat met een vrouw trouwt vanwege haar huis?'

'Er is nog iets, Nel...'

De bel van geluk die zich was gaan vormen, spatte uit elkaar. Nu zou hij haar gaan vertellen dat hij nog getrouwd was maar dat ze alleen niet meer samenwoonden, of erger, dat ze tijdelijk uit elkaar waren.

'Wat?' vroeg ze resoluut.

'Ik heb gesolliciteerd.'

'Nou, dat is meestal geen reden om net te doen alsof je er een geheim leven op nahoudt. Naar wat voor functie? Trouwens, je hebt toch al een baan?'

'Jij bent er enigszins bij betrokken.'

'Ik? Hoe kan dat nou? Je was toch niet van plan om mij mijn werk uit handen te nemen voor de boerenmarkt?'

'Nee, malle! Bij het verpleeghuis!'

'Het verpleeghuis?'

'Ja! Je weet wel, waar jij de beste jaren van je leven voor hebt gegeven! Ik word daar directeur!'

'Maar waarom weet ik daar niets van? Ik ben altijd aanwezig bij de sollicitatiegesprekken.'

Jake voelde zich steeds minder op zijn gemak. 'Ik heb mijn belangstelling voor die functie moeten onderbouwen.'

'Wat?'

'Ik heb moeten uitleggen dat ik – bepaalde gevoelens voor je koester.'

'Jake, wanneer heb je dan gesolliciteerd? We zijn al eeuwen op zoek naar iemand –'

'Al voordat we hadden gevreeën.'

Nel kreeg het plotseling bloedheet. Ze worstelde zich uit haar waxjas en duwde hem weg. 'Niet te geloven dat niemand me dat heeft verteld.'

'Heel weinig mensen wisten ervan. Chris Mowbray niet, maar hoewel hij de voorzitter is, is hij niet de machthebbende persoon in het bestuur. Dat is namelijk vader Ed. Hij is al eeuwenlang op zoek, dat

weet je. Toen ik ging solliciteren heb ik hem over jou moeten vertellen.'

Nu wilde Nel haar trui ook nog uittrekken, maar dat leek haar niet
verstandig, gezien het feit dat ze er bijna niets onder droeg. 'Wat heb
je hem over mij verteld?'

'Dat ik jou heel aantrekkelijk vind, maar dat ik geen relatie met je
kon beginnen als jij wist dat ik naar die functie solliciteerde. Je zou
hebben gedacht dat ik het om de verkeerde redenen deed.'

Het feit dat dat precies was wat ze zou hebben gedacht, bracht haar
temperatuur niet omlaag. 'Het is niet echt een goedbetaalde baan.'

'Ik kan daarnaast nog wat juridisch advies blijven geven. Daar heb ik
toestemming voor gekregen. En het leven op het platteland zal een
stuk goedkoper zijn dan in de stad.'

'O. Mooi.' Nel verlangde ineens erg naar haar deodorant. Ze wist
niet of ze na al die toestanden nog wel helemaal fris rook, maar ze
kon het er niet op wagen. 'Moet je misschien toevallig nog tanken?'

'Ik heb genoeg benzine om het hele stuk te rijden' – Nel huiverde
inwendig – 'maar als je wilt dat ik stop, dan hoef je niet lang te wachten tot het volgende benzinestation.'

'O, fijn. Ik moet een paar belangrijke dingetjes kopen.'

'Als je belooft dat je er niet vandoor gaat.'

Nel wierp hem een vernietigende blik toe. Het was fijn om dat te
kunnen doen. 'O jawel, je hebt een goede kans dat ik wegloop en
teruglift naar huis. Ik kan natuurlijk kiezen uit tientallen auto's.'

'Je zou inderdaad meer aanbiedingen krijgen dan mij lief is. Je bent
een prachtvrouw. Het feit dat je je daar niet van bewust bent, maakt
je geen sikkepitje minder aantrekkelijk.'

25

Nel vroeg zich af of het niet iets sletterigs had om je make-up bij te werken in het toilet van een benzinestation, met slechts een stompje kohl, een uitgedroogde mascararoller en een lipstick – of was dat een gedachte die zij alleen maar had? Het feit dat ze nog steeds in haar rubberlaarzen rondliep maakt het er niet veel beter op.

Ze had haar tas gepakt. Daarin had Fleur de schoenen gestopt die bekend stonden als de 'draken'. Nel noemde ze zo omdat ze het lastig vond om op hoge hakken te lopen, en deze waren bijna vijf centimeter hoog. Fleur en Viv noemden ze zo omdat ze dachten dat het leuk was om zulke onschuldige dingen 'draken' te noemen. Hoe je ze ook noemde, dacht ze nu, ze zouden niet staan bij een dikke, zwarte maillot met ladders en haar oude, zwarte broek. Bij een stijlvolle broek misschien nog wel, maar niet bij een vol moddervlekken. Wat was dat toch, dat Jake en zij steeds in de modder terecht kwamen? Er leek een symbiotische relatie tussen hen te bestaan die ze niet kon vermijden. Maar ze was nerveus, en ze wist dat dat niet kwam door de make-up, of liever het gebrek daaraan, of het feit dat haar haar gewassen moest worden. En ze zou zo gelukkig moeten zijn.

Ze had zo veel om gelukkig over te zijn. Het minst erge plan voor Paradise Fields had het gewonnen van de dure, slecht gebouwde konijnenhokken die zouden zijn verschenen als hun plan was mislukt. Ze was op weg naar een goed hotel in Cornwall met de man die ieder moment van de dag en heel wat momenten 's nachts in haar gedachten was geweest en die niet alleen te mooi was om waar te zijn, maar ook nog eens superlief. Ze hadden ook al eens gevreeën en dat was fantastisch geweest. Er was geen enkele reden waarom Nel niet in de zevende hemel zou zijn.

Terwijl ze haar handen afspoelde, merkte ze dat de vrouwen aan weerszijden haar bevreemd aankeken. Ze hoopte dat ze niet dachten dat ze in 'het leven' zat. Waarom zou een vrouw van middelbare leeftijd anders zo wanhopig proberen zichzelf om zes uur 's avonds op te doffen? Nee, als zij in het leven zat, zou ze haar make-uptas wel bij zich hebben. Ze zag er waarschijnlijk uit alsof ze was weggelopen van huis en radeloos probeerde er respectabel genoeg uit te zien om ergens logies te kunnen krijgen. Wat in feite ook het geval was.

Terwijl ze haar vingers nat maakte en probeerde haar haar in model te kneden, besloot ze dat haar zenuwen het resultaat waren van een logische gevolgtrekking. Jake zou verwachten dat ze met hem naar bed ging. O hemel! Als zij er al die moeite voor zou hebben gedaan, had ze dat ook verwacht – het was absoluut niet ónredelijk. Ze had zich niet bepaald onwillig gedragen toen hij haar de eerste keer verleidde, ze had zich zelfs beschamend bereidwillig getoond.

Maar het was een volslagen spontane reactie geweest. Zo spontaan dat er de volgende dag een vernederend bezoekje aan de apotheek had moeten volgen. Nu keek ze angstig naar de condoomautomaat. Zou ze zelf de verantwoordelijkheid nemen en een pakje kopen? Of moest ze ervan uitgaan dat hij rekening had gehouden met dit weinig romantische aspect van een weekendje weg?

Na een snelle blik op de vrouwen (waarom bleven ze hier zo lang staan?) verdween Nels schaamteloosheid weer; ze kon geen condooms bemachtigen, althans niet uit een automaat terwijl er mensen naar haar keken. Per slot van rekening zou dat hotel, als het echt zo goed was, ze ook wel hebben. Jake zou gewoon de telefoon kunnen pakken en zeggen: 'Breng even wat extra fijne, dubbelgeribbelde,' of iets anders dat haar aan een breiwerk deed denken.

Er ontsnapte haar een ietwat hysterische giechel die ze moest hem verhullen in een kuch. Waarom gingen die vrouwen niet weg? Deden zij in een benzinestation wat winkeldetectives in een supermarkt deden? Zouden ze nagaan of ze de wc niet had vol gekliederd met lipstick?

Ze dwong zich weer aan condooms te denken. Een ding was zeker: ze zou niet meer onveilig vrijen. Ze had zichzelf die ene keer ternauwernood vergeven, maar een tweede keer zou dat niet meer lukken. Wat zou ze boos zijn op haar kinderen als uitkwam dat die niet de nodige voorzorgsmaatregelen hadden genomen.

Ze zou ze wel kopen in de winkel. Daar was ze al geweest voor een tandenborstel, tandpasta, en een betere haarborstel dan het afgebroken ding in haar tas. Ze had ze bij de toonbank zien liggen. Ze zou er gewoon opaf gaan, wat kauwgum pakken, en een pakje condooms, en intussen zeggen: 'O ja, deze ook.' Hoe moeilijk was dat nou helemaal? Helemaal niet moeilijk als ze twintig of dertig was geweest. Het feit dat ze over de veertig was maakte het zo lastig. Het maakte het zelfs onmogelijk.

Ze tuurde in de spiegel en telde snel even de rimpeltjes rond haar ogen. Daar zaten aan weerszijden, zo besloot ze, niet alleen de pootjes, maar een heel nest van een kraai – die verrekte lachrimpels. Ze was hier te oud voor, dat was het probleem.

In gedachten ging ze terug naar een van de gesprekken die ze had gevoerd met Fleur en Viv, over je uitkleden bij een man die je niet kende. Het was allemaal best als je lichaam strak en bruin en slank was, maar Nel had striae, cellulitis, en omdat ze niet van tevoren was gewaarschuwd, harige benen. Niet heel erg harig, toegegeven, aangezien ze ze al jarenlang waxte, waardoor een heleboel haartjes de moed intussen hadden opgegeven, maar haar benen glansden niet. Ze vervloekte Fleur en Viv half voor hun samenzwering met Jake. Beseften ze niet dat ze dit soort dingen niet wilde zonder eerst een schoonheidsbehandeling te ondergaan, een grondige scrub en mogelijk een kleurtje?

Ze kreunde bijna hardop. Vivian en Fleur zouden haar bezorgdheid niet begrijpen. Zij hadden genoeg vertrouwen in zichzelf als vrouw. Ze waren prachtig om te zien, en dat wisten ze. Hoewel Nel wist dat ze een heel stel aanbidders had, zoals haar moeder ze altijd had genoemd, waren dat voor het grootste deel mannen die niet haar ego streelden. Alleen Jake deed dat, maar zelfs nu deed hij dat niet goed genoeg om haar te laten geloven dat ze een aantrekkelijke, sexy vrouw was die recht had op een aantrekkelijke, sexy man.

Ze legde nog een laatste, wanhopige hand aan haar haar en dwong zichzelf toen de helverlichte veiligheid van het damestoilet te verlaten. Jake wilde haar, hij viel op haar, en hij had er een heleboel moei-

328

te voor gedaan om haar te ontvoeren; ze moest toch wel iets hebben. Ze trok haar schouders recht en ging naar de winkel om hem te zoeken.

'Jij was een tijd weg. Ik dacht dat je 'm gesmeerd was naar huis.' Hij kuste haar op haar wang.

Ze werd wel vaker op haar wang gekust, maar dit was de tederste liefkozing die iemand haar ooit had betuigd.

'Nou, ik heb een kansje gewaagd bij de vrachtwagenchauffeurs, maar het had geen zin. Ze zeiden dat ik er met die zwarte hakken en die broek uitzag als een sloerie in de rouw. En die rubberlaarzen zijn het ook niet helemaal.'

Hij grinnikte. 'Zullen we gaan?' Hij pakte haar hand en nam haar weer mee naar de jeep. We moeten eruitzien als geliefden, dacht ze. Maar zijn we dat ook?

'Je bent zo stil. Je hebt al uren geen woord gezegd.' Ze waren over de snelweg gesjeesd met een snelheid die angstaanjagend had moeten zijn, maar het op de een of andere manier niet was, en nu reden ze op een smalle landweg met hoge heggen die er allemaal hetzelfde uitzagen en volzaten met sleutelbloemen, die maar net zichtbaar waren in het avondlicht.

'Tja, ik ben moe, en ik geniet van de omgeving. Het is hier zo mooi. Ik ben dol op dat moment waarop je kunt zien dat de aarde die dieprode kleur heeft en je weet dat daar gras op groeit voor de koeien waar die heerlijke room van afkomstig is die –'

'En nu zit je te kakelen als een kip zonder kop. Ben je zenuwachtig?' Ze slaakte een diepe, trillende zucht. Het had geen zin om het te ontkennen. 'Weet je, Jake, ik vind dit echt een geweldig idee – echt waar – maar ik ben een beetje – tja... nou ja...'

'Nerveus?'

'Ja.'

'Waarom?'

'Om heel eerlijk te zijn' – per slot van rekening was dat 'waarom' ook wel een vrijpostige vraag. Hij had gewoon moeten zeggen: 'Geen zorgen, van mij hoef je niets te doen waarbij je je niet op je gemak voelt' – 'komt het gewoon door het uit-de-kleren-gedoe.'

'O?' Hij klonk beleefd maar ongelovig, alsof ze had gezegd dat ze niet met ritsen om kon gaan.

'Já! Jake, mijn lichaam is verre van perfect. Ik ben te zwaar. Ik heb striae en cellulitis. Eigenlijk zou ik zo op een schilderij kunnen van Lucian Freud!'

'O ja?' Hij leek nu meer belangstelling aan de dag te leggen. 'Welk? Dan koop ik het onmiddellijk.'

Nel giechelde. 'Je bent een sufferd. Je kunt je helemaal geen schilderijen meer veroorloven als je directeur wordt van het verpleeghuis, laat staan van Lucian Freud. We betalen een schijntje.'

'Dat weet ik, en zoals ik al zei ben ik van plan er nog wat naast te blijven doen. Mijn huidige bedrijf zal me graag houden voor zaken waar ze zelf geen tijd voor hebben.'

'Maar om even terug te komen op mijn lichaam –'

Hij legde zijn hand op de hare en kneep er even in. 'Als je het niet erg vindt, zou ik liever niet over je lichaam praten tijdens het rijden. Deze landweggetjes zijn best gevaarlijk en het wordt al donker. We rijden naar het hotel, en dan gaan we een stukje wandelen langs het strand. Dan kunnen we praten over wat je maar wilt.

Rubberlaarzen en een waxjas waren de perfecte kledingstukken voor een wandeling over het strand vroeg in april. De hemel vertoonde een vreemde kleurencombinatie van paarsbruin en roze, helderder dan de nacht ervoor, en de zee daaronder weerspiegelde alle lichtjes van Padstow, twinkelend als kerstversieringen. Ze hadden zich ingeschreven in het hotel en hun bagage achtergelaten, maar Jake had erop gestaan dat ze eerst gingen wandelen voordat ze naar boven gingen.

'Ik ben zo stijf als een plank, ik moet even lopen.'

Nel stemde maar al te graag in met dat plan. Het was heel gemakkelijk, gewoon lopen, naast elkaar, en de ligging van de haven, de boten, de landweggetjes en de huizen bewonderen. Ze tuurden in de etalage van een boekwinkel die heel klein was, maar toch volgestouwd met boeken.

'In de zomer zijn ze 's avonds open,' vertelde Jake.

'Ben je hier dan al eerder geweest?' vroeg Nel, met haar hoofd schuin om te kijken of het boek dat ze zag echt dat exemplaar was waar ze al jaren naar op zoek was.

'O, jazeker. We kwamen hier vroeger als kind. Het is hier geweldig. Er is nu een fietspad. We kunnen morgen fietsen huren, als je wilt.'

Hoewel Nel met de minuut meer ontspande, bracht de opmerking over morgen haar weer in gedachten wat er zou gebeuren voor het zover was.

'Ik heb al in jaren niet gefietst,' zei ze.

'Nee, dat dacht ik al.'

'Hoezo weet jij – o.' Met een wanhopige blos besefte ze dat hij verwees naar het gesprek dat ze hadden gevoerd kort na die fatale nacht in Londen.'

'Maak je geen zorgen,' ging hij door. 'Je weet het zo weer, het is net zo makkelijk als –'

'Fietsen?'

'Precies. Zullen we teruggaan? Ik heb een tafeltje gereserveerd voor half negen. Misschien wil je je nog verkleden, al gaat het er allemaal heel informeel aan toe.'

Zonder op haar commentaar te wachten, pakte hij haar hand en nam haar mee naar het luxe hotel.

Het kwam bij Nel op dat het volkomen duidelijk was dat ze niet gewend was aan ondeugende weekendjes. Mark en zij hadden er vaak grapjes over gemaakt dat ze dat nooit hadden gedaan, omdat ze er noch de tijd noch het geld voor hadden gehad voordat ze getrouwd waren. En toen ze eenmaal getrouwd waren, waren er andere dingen die voorgingen. Ze voelde dan ook enige schaamte toen ze achter een lief, jong meisje in een witte blouse en een zwart rokje de trap op klommen naar hun kamer. Ze had zich voorgehouden dat het lieve jonge ding waarschijnlijk al heel wat stelletjes naar hun slaapkamer had gebracht; die zou er niet meer bij nadenken wat ze daar kwamen uitspoken. En bovendien geloofde niemand dat mensen die niet meer zo piepjong waren ook aan seks deden. Althans, jonge mensen dachten er zo over.

Dit meisje, dat ongeveer even oud was als Fleur, dacht waarschijnlijk

331

dat Jake in zijn gestreepte pyjama, en zij met haar krulspelden en flanellen nachthemd en een laag nachtcrème op haar gezicht, elk aan hun eigen kant in bed zouden stappen (dezelfde kant als thuis, natuurlijk) en daar de hele nacht zouden blijven slapen, nadat ze elkaar een zedig kusje op de wang hadden gegeven en samen een beker warme chocolademelk hadden gedronken.

Nadat ze zich dit tafereeltje voor ogen had gehouden, voelde Nel zich minder sloerieachtig en beschaamd. Wat haar betrof konden Jake en zij best doorgaan voor een ouder echtpaar.

'Hier is het,' zei het lieve meisje, en opende de deur. 'U hebt geluk, dit is de suite. Een ander echtpaar heeft afgezegd.'

Jake zette de tassen neer en bedankte haar. Nel trok haar laarzen uit en ging de badkamer bekijken. Die was prachtig. Goedverlicht, met enorme stapels zachte, witte handdoeken, grote flessen dure douchegel, bodylotion en shampoo. Wit hout en artistiek gerangschikte schelpen gaven er een huiselijke sfeer aan, ondanks de buitensporige luxe.

'Ik ben bang dat er maar één badkamer is,' zei Jake, die ineens achter haar stond en haar deed opschrikken. 'Maar er staat ook een bed in de zitkamer. Ik vertel het je maar, voor het geval je dat wilde weten.'

'Bedankt.' Het kwam er tamelijk schor uit.

'Bekijk jij maar rustig de kamer, of pak je tas uit of zoiets, dan neem ik snel een douche, goed? Dan kun je straks zolang badderen als je wilt.'

'Een goed idee.' Het betekende ook dat ze niet bang hoefde te zijn dat ze de badkamer niet smetteloos achterliet.

Nel nam haar tas mee naar de zitkamer en gooide hem leeg. Er zat een nachthemd in, dat tot haar opluchting niet zo versleten was als sommige andere die ze had. Geen ochtendjas, maar dat was geen punt, die hingen hier in de badkamer. Er waren wat onderbroekjes en panty's, in elkaar gerold, net zoals ze altijd thuis uit de wasmachine kwamen en zoals ze ze liet drogen boven de kachel. Ze dacht er even aan dat Viv haar zijden Franse broekjes en strings altijd van elkaar af haalde, en in speciale lingeriezakjes op 'fijn' waste. Zij waste gewoon alles bij elkaar op veertig graden en hoopte er het beste van. Het kostte allemaal minder tijd, maar nu ze besefte dat al haar ondergoed een onbestemde kleur had gekregen, wilde ze dat ze een paar stuks apart had gewassen.

Behalve haar ondergoed had Fleur ook Nels zwarte topje ingepakt, een lange, fluwelen rok met een split, afkomstig uit dat deel van haar kast dat ze niet vaak droeg, en een soort zigeunerblouse, waarvan Nel zich niet kon herinneren dat ze die ooit had gekocht. In theorie pasten de blouse en de rok goed bij elkaar, maar Nel had geen idee of die rok haar zou passen, en de zigeunerblouse zou haar wel eens als een vlag op een modderschuit kunnen staan. Had Fleur maar haar lange vest ingepakt dat ze had aangeschaft voor de vergadering, maar dat was niet het geval. Daarin voelde ze zich veilig. Misschien was dat de reden waarom Fleur hem niet had ingepakt.

Had ze nog tijd genoeg om alles te passen voordat Jake uit de douche kwam? Nam ze het risico dat hij eruit kwam terwijl zij net worstelde met een rits, in een poging om een vetrolletje onder haar kleren te verdoezelen? Nee, hij was daar nu al een hele tijd, ze kon het beter niet riskeren.

Waar kon ze eventueel op terugvallen? Er was een witte, zijden blouse, die nodig gestreken moest worden, maar die verder wel voldeed als ze hem los droeg over het zwarte topje. Fleur had het nog niet zo gek gedaan, vond Nel, en er zaten ook nog een paar truien en haar nieuwe zwarte broek in de tas. Ze zou het wel redden, zeker als er een strijkbout aanwezig was. Die was er.

De rok paste precies, en met de zijden blouse en het zwarte topje zag ze er stijlvol uit, besloot Nel, toen ze uit de badkamer tevoorschijn kwam.

'Je ziet er heerlijk uit – en zo ruik je ook,' zei Jake, die gekleed was in een antracietgrijs pak, met de twee bovenste knoopjes van zijn overhemd open. 'Ik kan niet besluiten of ik een das zal omdoen. Wat vind jij?'

Nel kon niet denken. Hij zag er zo sexy en verrukkelijk uit, dat ze niet kon bepalen of hij wel of niet een stropdas om moest. 'Je zei dat het hier niet zo formeel toeging. Zou je je prettiger voelen met een das?'

Jake keek naar haar, toen naar haar mond en daarna, ze moest het wel opmerken, naar haar decolleté. Hij beet op zijn lip en slikte. 'Ik stop hem gewoon in mijn zak, dan kan ik later eventueel nog besluiten om hem om te doen. Zullen we naar beneden gaan? Anders blijven we misschien hier, en dan lopen we ons tafeltje mis.'

Deze zin hield Nel bezig totdat ze bij het restaurant aankwamen.

Ze namen kreeft als voorgerecht. Het was een heerlijke, omslachtige en perfecte manier om haar zenuwen te vergeten, dacht Nel, terwijl ze zich vaag afvroeg of ze ooit nog de botervlek uit haar blouse zou krijgen. Maar tegen de tijd dat ze minstens een halve fles heerlijke witte wijn achter de kiezen had en zich had beziggehouden met het kraken, trekken, zuigen en kauwen van alle onderdelen van de kreeft, voelde ze zich een stuk ontspannener.

Ze doopte haar vingers in het kommetje warm water met citroen, en droogde ze af. 'Dat was leuk, en overheerlijk.' Ze wilde ook nog zeggen 'en verschrikkelijk luxe', maar zoiets zou Viv of Fleur nooit hebben gezegd. Die zouden gewoon vinden dat ze die luxe verdienden. 'Bedankt, Jake.'

Hij trok het servet los uit de boord van zijn overhemd. 'Het genoegen is geheel aan mij, Nel. Ik heb er eeuwen over gefantaseerd om je naar zoiets mee te nemen.'

'O ja?' Was dit verontrustende of romantische informatie?

'Ja. Ik heb lang nagedacht over wat de juiste aanpak was, en ik ben tot de conclusie gekomen dat "langzaamaan" de oplossing was.'

Nel plantte haar ellebogen op de tafel en keek naar hem. 'Zou je daar iets meer over kunnen zeggen?'

'Mm. Eerst dacht ik, toen we elkaar nog maar net leerden kennen, om je voor weekendjes mee te nemen naar leuke plekjes, waar we konden praten.'

'Zonder mijn kinderen die constant aandacht vragen, bedoel je?'

'Begrijp me niet verkeerd, ik ben dol op je kinderen – voorzover ik ze heb leren kennen, dan – maar ik wil niet om jouw aandacht hoeven vechten, niet meteen al. Later, als we elkaar beter kennen, en zij de tijd hebben gehad om aan het idee gewend te raken, had ik gedacht dat je af en toe een nachtje bij mij zou kunnen doorbrengen.'

'Bij jou?'

'Ja, in mijn nieuwe huis. Heb ik je verteld dat ik dat heb gekocht? Zodra ik hoorde dat ik die baan kreeg. Het wordt heel erg mooi. Het is nog niet klaar, maar de bouwvakkers hebben gezegd dat het tegen kerst wel bewoonbaar zal zijn.' Hij schonk haar een snelle grijns waar Nel het warm van kreeg. 'Ze hebben natuurlijk niet gezegd welk jaar.'

'Nou, het is nog maar april. De kans is groot dat het dit jaar is.' Plotseling maakte de gedachte dat ze samen met Jake voor een knappend haardvuur zat dat ze naar kerst verlangde. Toen fronste ze. 'Als je vorig jaar kerst nog geen huis had, waarom kocht je dan mistletoe?'

'Ik nam mijn kans waar om bij de aantrekkelijkste vrouw te komen die ik in jaren had gezien.'

Nel keek op haar bord, net toen het werd weggehaald.

'Maar om terug te komen op onze verkering,' zei Jake.

'Wat een enige, ouderwetse uitdrukking.'

'Als je een paar keer bij me hebt gelogeerd –'

'Het is niet gemakkelijk voor mij om er thuis tussenuit te knijpen, met de honden en zo.'

'Ik had bedacht dat de honden best mee konden komen – of zouden ze dat niet willen?'

Nel moest giechelen. 'Zou jij mijn honden bij jou in huis willen? En al die haren dan?'

'Nou, wat geeft dat? Zo erg is dat toch niet?'

'Erger nog, maar ik vind het heel lief van je.'

'Maar goed,' vervolgde Jake, 'als je kinderen er eenmaal aan gewend zijn dat ik deel uitmaak van jouw leven, zou ik af en toe ook bij jou kunnen logeren.' Zijn stem haperde, en hij zweeg. Hij greep haar bij haar pols. 'Nel, wil je dat ik deel uitmaak van jouw leven?'

Ze wist dat haar hart tekeer ging als een bezetene, en dat hij dat kon voelen onder zijn duim. 'Ik geloof het wel,' zei ze ademloos.

'Want ik wil dat jij deel uitmaakt van het mijne. Ik vraag je niet met me te trouwen of zoiets, want er is mij door Viv in niet mis te verstane bewoordingen te kennen gegeven hoe je daarover denkt zolang je kinderen nog thuis wonen. Maar we kunnen wel minnaars zijn, toch?'

Nel zuchtte. 'Ik hoop het wel.'

Jake slikte. 'Ik wou dat ze voortmaakten met ons hoofdgerecht.'

Die kwam precies op dat moment, met daarbij de heerlijkste saus, de lekkerste aardappeltjes en de fijnste groente. Nel was zich ervan bewust dat het allemaal even voortreffelijk was, maar ze kon er niet ten volle van genieten. Ze verlangde naar hem, naar het moment dat ze naar boven konden, met z'n tweetjes.

'Weet je wat,' zei Jake, terwijl hij met zijn helderwitte tanden een aardappeltje doorbeet, 'zullen we een fles champagne en het dessert boven laten brengen?'

'Wat zullen ze daar wel van vinden?'

'Dat kan me niet schelen. Wat vind jij ervan?'

'Ik vind het een heel goed idee.'

Nel zag dat het lieve meisje van eerst hun bestelling kwam opnemen, en ze besefte dat die nu wel zou weten dat Nel en Jake niet van plan waren om de hele nacht elk op hun eigen helft van het bed te slapen. Het leek er zelfs op dat Jake, terwijl ze bespraken wat ze voor dessert zouden nemen, daar al heel interessante plannetjes voor in petto had.

Zij koos verse perziken in champagne met een frambozencoulis. Jake nam de chocolademousse. Dat deed hij natuurlijk omdat hij er nooit over had hoeven nadenken hoe moeilijk het was om chocoladevlekken uit de lakens te krijgen. Ze merkte op dat ze zich totaal geen zorgen meer maakte over het uit de kleren gaan, en dat ze er alleen maar aan dacht hoe lang dat nog zou duren.

'Kom mee,' zei Jake. 'We gaan.'

Hand in hand liepen ze het restaurant uit.

Hoofdstuk 1 van de nieuwe roman van
Katie Fforde *Schoon schip*

1

Dora zette haar tassen neer en keek naar de vrouw die vanaf de overkant van het water naar haar zwaaide. Zoals geïnstrueerd had ze een taxi genomen vanaf het station van het mooie stadje aan de Theems en had zich bij het hek van de ligplaatsen af laten zetten. Toen had ze gebeld om te zeggen dat ze gearriveerd was. Haar nieuwe hospita zou haar ophalen en binnenlaten.

Ze herkende haar natuurlijk wel, maar de moeder van haar beste vriendin was wel wat veranderd sinds de laatste keer dat ze haar had gezien. Nu droeg ze een lange houthakkersblouse en een slobberspijkerbroek. Vroeger droeg ze altijd van die kleding voor chique plattelandsvrouwen, net als Dora's moeder: rokken, zijden blouses of misschien een merkshirt met een kasjmier vest om de schouders. Haar kapsel, dat eerst wekelijks leek te worden bijgehouden, zat nu wat wild. Maar haar glimlach was vol warmte en Dora kreeg het gevoel dat het toch geen slecht idee was geweest om hier haar toevlucht te zoeken.

'Hoe heb je dat allemaal in de trein meegekregen?' vroeg mevrouw Edwards toen ze de brug over was en Dora had bereikt. Ze tilde een van de gerecyclede tassen op, die uitpuilde van de truien. 'En waar heb je al die truien voor nodig? Het is mei!'

'Mijn moeder zei dat het altijd koud is op boten,' legde Dora verontschuldigend uit. 'En de andere reizigers waren heel behulpzaam,' ging ze verder, en ze dacht terug aan hoe hun vriendelijkheid haar bijna aan het huilen had gemaakt. Ze was zo kwetsbaar, ze moest om het minste of geringste janken.

'Ik denk ook dat de mensheid over het algemeen aardiger is dan wel wordt beweerd,' zei mevrouw Edwards, beleefd de opmerking over de kou op boten negerend. 'Kom maar mee.'

Dora tilde de rugzak op haar rug en liep mevrouw Edwards achterna over een pad dat naar een hoog stalen hek leidde. Mevrouw Edwards boog vooraver voor een metalen plaat. De deur piepte en ze duwde hem open.

'Ik draag het zendertje in mijn beha,' legde ze uit. 'Ik heb meestal mijn handen vol. Jij krijgt er ook een, dan kun je komen en gaan wanneer je wilt.' Ze keek Dora even aan. 'Goed?'

Dora knikte en volgde mevrouw Edwards over het pad naar de pontons. Aan elke ponton was wel een soort boot bevestigd. Hoewel ze ze graag wilde bekijken, was Dora blij dat mevrouw Edwards niet stopte, want haar rugzak was ontzettend zwaar. Ze waren langs een stuk of vier allemaal verschillende boten gelopen voordat mevrouw Edwards tot stilstand kwam naast een enorm donkergroen geschilderd vaartuig.

'Dit is The Three Sisters, of eigenlijk De Drie Gezusters, maar niemand kan dat hier uitspreken dus heeft Michael, de eigenaar, het vertaald. Het is een veelvoorkomende naam voor Nederlandse schepen.'

Mevrouw Edwards gooide de tassen over de zijkant van de boot en sprong er zelf achteraan, met verrassend behendig meewerkende benen. Dora bedacht dat haar eigen moeder veel meer moeite tentoongespreid zou hebben, maar bedacht toen ook dat haar moeder altijd overal moeilijk over deed, wat deels verklaarde waarom ze nu hier was.

Mevrouw Edwards draaide zich om zodat ze Dora een handje kon helpen. 'Geef mij dat maar. Als je dan je voet hier zet, stap je zo aan boord. Even oefenen en je springt erop en eraf als een jong lammetje.'

'Dat weet ik nog zo net niet,' zei Dora, terwijl ze onhandig aan boord klauterde. Ze ging mevrouw Edwards achterna het metalen trappetje op en een deur door.

'Zoals je kunt zien is dit de stuurhut.' Mevrouw Edwards wees naar het enorme roer. 'Maar het is ook de serre.' Tussen de rijen bloempotten met tomatenplanten en geraniums zag Dora ook potjes met basilicum en peterselie. 'Dat zouden we allemaal moeten verplaatsen als we ooit ergens heen gingen, wat gelukkig nooit zal gebeuren.'

'Mooi uitzicht hier,' zei Dora terwijl ze om zich heen keek. 'En waarschijnlijk ook veel zon.'

'Ik moet zeggen dat het een heerlijke ruimte is om in te zitten. Normaal gesproken liggen hier niet zoveel boten als nu, maar er zijn veel bezoekers vanwege de rally. Die begint morgen.'

'O, kom ik ongelegen?'

'Helemaal niet! Een beetje morele steun zou juist heel fijn zijn.'

'Is die rally niet leuk dan?' vroeg Dora. Ze wist niet zo goed wat een parade precies was, maar ze besloot mee te gaan in alles wat Jo – mevrouw Edwards – voorstelde. Ze was zelf nog niet klaar om beslissingen te nemen.

'Aan de ene kant wel,' sprak mevrouw Edwards nu iets voorzichtiger, 'maar op zondag is er een botenparade, wat betekent dat je iedereen die dat wil in en op je boot moet laten rondkijken.' Ze keek bezorgd. 'Ik vind het zo'n afschuwelijk idee dat er dan vreemden door mijn hele huis banjeren! En ik zal vreselijk moeten opruimen.'

Dora herinnerde zich vaag dat de moeder van haar vriendin Karen nooit zo'n erge netheidsfreak was geweest als haar eigen moeder. Ze mochten van haar best een rommeltje maken van de keuken als ze weer eens experimenteerden met recepten voor toffees, fudge en later pannenkoeken. 'Nou, daar help ik natuurlijk wel bij.'

'Laten we daar nu nog even niet aan denken. Eerst maar beneden een glaasje wijn drinken. Ik weet dat het pas halfzes is, maar: bezaansschoot aan!' zei mevrouw Edwards.

'Wat betekent dat?'

'Dat weet ik niet precies, ik weet alleen dat het betekent dat je er eentje mag nemen. Ik vind dat als je een lange reis gemaakt hebt en de laatste tijd niet zo'n leuke tijd achter de rug hebt, je er een verdient. En ik doe natuurlijk met je mee.' Ze glimlachte en het viel Dora op hoe mooi ze eruitzag. Ze was van middelbare leeftijd natuurlijk, maar nog best aantrekkelijk.

Ze beantwoordde de glimlach en volgde haar hospita een houten trap af.

Toen Karen haar helemaal vanuit Canada had gebeld om te zeggen dat ze wel bij haar moeder op de woonaak kon gaan wonen was Dora terughoudend geweest.

'Ik kan mezelf toch niet uitnodigen? Ze heeft zelf een vreselijke tijd achter de rug.'

'Ik zeg het wel tegen haar. Ze weet toch al wat er gebeurd is, ze was uitgenodigd voor de bruiloft. Maar ze zou het leuk vinden als je kwam. Ze heeft gezelschap nodig. Ze kan het wel ontkennen, maar ze moet wel eenzaam zijn. Misschien kun jij voorkomen dat ze al te excentriek wordt.'

Dora was lang niet zo bazig als Karen en piekerde er niet over om mevrouw Edwards weer de kant van de conventionaliteit op te duwen, maar aangezien ze toch echt ergens heen moest, stemde ze uiteindelijk in. 'Als sociale verschoppeling heb ik niet veel keus,' had ze gezegd.

'Je bent geen sociale verschoppeling! Je liefde voor een man die eigenlijk heel saai was is overgegaan en daarom heb je besloten dat je toch niet met hem wilde trouwen. Dat gebeurt zo vaak. Zo erg is het niet.'

Dora had haar ongeloof uitgestameld. 'Dat is het wel! We waren al vijf jaar bezig met het plannen van deze bruiloft.'

'Toch niet vanaf je zeventiende?! Je ontmoette John toen je pas zeventien was.'

'Zo lijkt het wel. Ik betrapte mijn moeder in elk geval met een trouwtijdschrift vlak nadat pap en zij Johns ouders hadden ontmoet.'

Karen had diep gezucht.

'En iedereen in het dorp is beste vrienden met óf familie van mij óf van John!' Dora huiverde bij de gedachte aan alle afkeurende blikken en directe opmerkingen die ze had achtergelaten. 'En aangezien ze allemaal zeggen dat ik Johns hart heb gebroken — misschien is dat ook wel zo — ben ik de boosdoener.'

'Ga naar mijn moeder. Dan kun jij haar in de gaten houden en kan zij voor jou zorgen. Dat doet ze graag.'

'Misschien geniet ze juist van haar vrijheid,' had Dora opgemerkt.

'Vrijheid is iets waar je voor kiest. Mam is gedumpt voor een jongere vrouw. Ze moet zich verschrikkelijk voelen.' Karens verbolgenheid was zelfs over duizenden kilometers radiogolven duidelijk. 'Ik weet dat pap haar niet verlaten zou hebben als ik in de buurt was geweest. Hij heeft gewoon gewacht tot ik weg was. Eikel!'

Dora mompelde: 'Nou nou.'

'Maar, Dora, hoe zou jij je voelen als je vader je moeder na bijna dertig jaar verliet?'

Dora had er even over nagedacht. 'Ja oké, ik begrijp wat je bedoelt.'

Nu keek ze om zich heen terwijl Karens moeder glazen en een fles wijn pakte. Ze hadden al haar tassen neergegooid in de hut die voor Dora was 'zolang ze hem nodig zou hebben'. De woonkamer was veel groter dan ze had verwacht, met een zitgedeelte aan de ene kant, een keuken — of moest ze dat een kombuis noemen? — en een eetgedeelte aan de andere kant. De muren waren wit geschilderd en het plafond bestond uit houten schroten. Er stond een soort kachel in een hoek met een muurbank en stoelen er vlak naast. Het was heel gezellig, maar nu ze erover nadacht was het inderdaad niet al te netjes.

'Er ligt een zak chips in dat kastje,' zei mevrouw Edwards. 'Wil je die even pakken? Er staat daar ook ergens een schaal.'

'Zal ik de porseleinen of de houten schaal pakken, mevrouw Edwards?'

Mevrouw Edwards keek Dora met een ontzette uitdrukking op haar gezicht aan. 'Noem me alsjeblieft Jo! Niemand noemt me tegenwoordig nog mevrouw Edwards. Ik zou denken dat mijn schoonmoeder uit de dood was opgestaan en achter me stond.'

Dora voelde zich beschaamd. 'Hebt u uw meisjesnaam weer aangenomen? Groot gelijk...'

'O nee, of dat zou ik eigenlijk best kunnen doen, maar iedereen noemt me gewoon Jo. Dus jij ook.'

'Oké, Jo. Welke schaal?' Dora raakte haar verlegenheid kwijt nu ze Jo's voornaam gebruikte. Dat maakte hen tot gelijken.

Jo wees naar de houten, gaf Dora een glas en ging op de muurbank zitten waar ze ruimte vond voor haar eigen glas tussen de stapels papier, kookboeken en een make-uptasje. 'Zet die chips maar ergens neer terwijl ik bedenk wat we vanavond eens zullen gaan eten. Morgen is er een galadiner. Ik heb een kaartje voor je gekocht.'

'Ik betaal het zelf wel,' zei Dora, die tegenover haar nieuwe hospita ging zitten. 'Je hoeft je geen zorgen te maken dat ik op je ga teren. Ik betaal alles zelf.'

'Ik zal een klein huurbedrag van je aannemen,' zei Jo, 'omdat je nou eenmaal praktisch moet zijn over dat soort zaken. Maar pas als je een baan hebt gevonden.'

'Ik heb spaargeld,' protesteerde Dora. 'Dat was voor de huwelijksreis bedoeld.' Toen besefte ze dat ze een woord had uitgesproken dat een tranenexplosie tot gevolg kon hebben. Ze had haar werk leuk gevonden en enorm gebaald dat ze het op moest geven toen ze het dorp ontvluchtte.

Waarschijnlijk omdat ze Dora's stemmingswisseling bemerkte, zei Jo snel: 'Dat bekijken we allemaal later wel. Drink nu maar van je wijn en ontspan je even. We kunnen ergens vis met patat gaan eten.'

Dora snoof dapper. 'Dat lijkt me wel wat.'

'Als ik eraan denk hoeveel uitgebreide maaltijden ik voor mijn man gekookt heb terwijl ik eigenlijk het liefste roerei en salade wilde eten, realiseer ik me wat een tijdsverspilling het huwelijk kan zijn. Het was heel verstandig van je dat je je bruiloft niet hebt doorgezet.'

Dora nam een slok wijn om de tranen terug te dringen die nog steeds dreigden te komen. 'Je had mijn moeder erover moeten horen. Ze klonk alsof ik een lichtekooi was die haar zes verhongerende kinderen in de steek liet om madam in een bordeel te worden.'

Jo zuchtte. 'Het zal wel heel veel werk geweest zijn om die bruiloft te regelen. En alles af te moeten zeggen was vast nog veel erger.'

'Ik heb aangeboden het allemaal zelf te doen, maar ze nam het gewoon van me over.'

Dora's moeder vertrouwde er niet op dat Dora tot zoiets volwassens in staat was als het organiseren van een bruiloft, hoewel ze blijkbaar wel vond dat ze volwassen genoeg was om te trouwen, terwijl Dora pas tweeëntwintig was.

'Het is een heel competente vrouw.'

'Hm,' murmelde Dora in haar glas.

'Maar het zou verkeerd geweest zijn als je het door had laten gaan terwijl het niet goed voelde, alleen maar om je gezicht te redden.'

'Dat vind ik ook, maar mam was het daar niet mee eens. Ze zei dat ze nooit meer met opgeheven hoofd door het dorp zou kunnen lopen en liet me niet eens de huwelijkscadeaus terugsturen! Ze was zo woedend dat ze me uit de weg wilde hebben en alles zelf deed.'

'Als Karen er was geweest had je bij haar kunnen logeren,' zei Jo, 'maar nu ze er niet is, was het goed dat ze voorstelde dat je naar mij kwam.'

'Dat denk ik ook.' Dora nam nog een slok. Op de een of andere manier voelde ze zich al beter nu ze hier bij Jo was.

'Eigenlijk zijn we allebei gevlucht,' zei Jo bedachtzaam. 'Ik voor de wrakstukken van een huwelijk en jij voor een bruiloft.'

'Vond je het erg toen je man je verliet? Sorry!' zei Dora. 'Dat klinkt heel stom. Natuurlijk was het erg! Ik probeer alleen te bedenken hoe John zich moet voelen.'

'Voor hem zal het wel een beetje anders zijn dan voor mij,' zei Jo. 'Ik bedoel, hij is in de twintig en heeft zijn hele leven nog voor zich. Hij vindt wel weer iemand anders. Ik ben vijftig, niemand wil me nu nog.'

'O, dat zal wel meevallen...'

Jo lachte. 'Het geeft niet! Ik wil ook niemand, niet nu. Ik heb jaren en jaren van mijn leven gewijd aan mijn man en kind en heb ik daar een medaille voor gekregen? Nee dus. Ik ben gedumpt voor een jongere vrouw. Wat een cliché! Hij had het fatsoen kunnen hebben me om een minder vernederende reden te verlaten, maar nee.' Ze fronste. 'Hij had ook nog het lef om te zeggen: "Als je haar zou ontmoeten, zou je het begrijpen. Ze is precies zoals jij was in je jonge jaren."'

Dora moest dit even laten bezinken. 'Jezus!'

'Het was alsof hij me helemaal opgebruikt had en een nieuwe mij nodig had.'

'Ik zou hem vermoord hebben!' Dora was gepast verontwaardigd.

'Dat zou ik ook gedaan hebben als ik op dat moment een wapen bij de hand had gehad, maar gelukkig ging dat moment voorbij.' Jo grinnikte. 'Hoewel ik nog steeds hels word als ik eraan denk, moet ik eigenlijk wel toegeven dat ik heel wat lol heb gehad sinds ik op de boot ben komen wonen. Het was geweldig om een nieuwe start te kunnen maken.'

'Ik weet dat Karen dacht dat je in het huis wilde blijven, bij al je vrienden.'

'Het probleem is dat ik geen rol meer had. Philip wilde het huis, en het Hoertje – zo noemen Karen en ik haar – leek daar geen bezwaar tegen te hebben.'

'Dat verbaast me niks! Het is een prachtig huis. Ik heb er zoveel gelukkige herinneringen aan.' Dora dacht terug aan die eerste experimenten met make-up en rare kapsels en de korte toneelstukjes die Karen en zij altijd opvoerden. 'Herinner je je die soap nog die we met de videocamera hebben gemaakt?'

'*Pitrevie Drive*? Natuurlijk! De banden liggen nog op zolder. Jullie waren hilarisch.'

'Dat was leuk. Ik mis Karen.'

'Ik ook, maar ik blijf mezelf eraan herinneren dat ze maar voor een paar jaar weg is, niet voorgoed.'

'Ik wed dat ze naar huis wilde komen toen je man je verliet!'

'Natuurlijk. Maar ik heb haar moeten zeggen dat ik nooit meer tegen haar zou praten als ze dat deed. Ik wilde niet dat ze haar carrière verpestte nu mijn leven al verpest was.'

'Je bent heel erg sterk. Mijn moeder zou eraan onderdoor zijn gegaan.'

Jo nam een slok van haar wijn. 'Ik heb zo mijn momenten gehad, maar nu ben ik een sterke, onafhankelijke vrouw die niet van plan is ooit nog een relatie aan te gaan.' Ze keek Dora aan. 'Ik zou niet willen dat jíj ook nooit meer een relatie aangaat, maar je zult erachter komen dat een vriendje hebben ook niet alles is.'

Dora lachte grimmig. 'O, dat weet ik wel. Ik heb er jaren een gehad en dat was echt niet alles.'

Jo grinnikte en pakte een paar chipjes.

'Maar waarom kon je niet in het huis blijven wonen? Er waren toch wel mensen die je een hart onder de riem staken?' Dora dacht aan het schitterende georgiaanse huis met de tuin die Jo altijd zo mooi verzorgde. Naar een boot verhuizen moest wel als een degradatie aanvoelen, of in elk geval als een achteruitgang.

Jo stelde haar snel gerust. 'O, ja, iedereen was heel aardig toen ik er nog zat. Ze vroegen me steeds maar mee naar meidenlunches, zochten vrijgezelle mannen voor me, maar ik kon het medelijden niet verdragen. Toen ik hierheen verhuisde wist niemand iets van mijn vorige leven en had ik het gevoel dat ik iemand anders kon zijn.' Ze fronste. 'Nou, misschien niet direct iemand anders, eigenlijk wie ik altijd al was terwijl ik deed alsof ik een goede echtgenote was die rommelmarkten organiseerde en in besturen zat.'

'Vond je dat dan allemaal niet leuk?' Dora's moeder deed niets liever dan aan het hoofd van een tafel vol mensen zitten met een glas water en een klembord.

'Soms wel,' gaf Jo toe. 'Maar veel dingen waren behoorlijk saai.' Ze zuchtte. 'Ik zit nu in geen enkel bestuur meer. En dat is heerlijk!' Toen beet ze op haar lip. 'Alleen moet ik wel helpen tafels versieren voor het galadiner morgen. Ik kan nog steeds geen nee zeggen.'

'En we moeten opruimen voor die botenparadedinges?'

'Ja.'

'Ik ben vrij goed in opruimen. Mijn moeder heeft me altijd gedwongen netjes te zijn.'

'Huh! Dan had ze meer succes dan mijn moeder! Die heeft dat bij mij ook geprobeerd, maar dat is haar nooit gelukt. Daarom zei ik nooit tegen Karen dat ze haar slaapkamer moest opruimen.'

Dora was één brok ongeloof. 'Wát, nooit?'

'Nou nee, want haar kamer is nooit rommeliger geweest dan die van mij.' Ze zuchtte weer. 'Misschien is het ook wel een van de redenen waarom Philip bij me is weggegaan, ook al heeft hij dat nooit gezegd.'

'Wil je wel dat ik help? Vind je me dan niet bazig?'

Jo legde een hand op haar knie en lachte. 'Niemand is baziger dan mijn eigen dochter. En bovendien ben ik dankbaar voor alle hulp die ik kan krijgen.'

Dora was bijna net zo dol op Karen als Jo was, maar was het volkomen met die eerste opmerking eens. 'Zullen we muziek opzetten? Ik heb een cd mee waar ik energie van krijg. Hij is wel vrij oud. Eentje van mijn vader, maar hij is helemaal super.'

Jo stond lachend op. 'Dat lijkt me prima dan. Daar staat de cd-speler.'

De harde rockmuziek kreeg Jo inderdaad in de schoonmaakstemming. Ze had het natuurlijk allemaal willen doen voordat Dora kwam, maar nadat ze de badkamer en Dora's slaapkamer onder handen had genomen, was er geen tijd meer geweest voor de woonkamer en de keuken.

Dora pikte de stofzuiger in en stortte zich op de vloeren. Jo probeerde de tafel leeg te maken, wat een veel minder bevredigend werkje was aangezien er beslissingen mee gemoeid waren. Jo had een hekel aan beslissingen nemen. Zich niet bewust van wat ze deed, stak ze haar hand in haar zak en vond daar een stukje lint. Dat was van een bundeltje theedoeken geweest dat ze gekocht had omdat Dora kwam. Ze schudde een stapeltje kranten en tijdschriften recht en bond het lint eromheen. Ze legde ze naast de fruitschaal. Niet bepaald een artistiek statement, maar het maakte wel dat het leek alsof de kranten daar moesten zijn, bedacht ze toen ze er even naar keek.

Van alleen wonen was ze nog slordiger geworden dan ze al was geweest. Toen ze getrouwd was, met een nette man, was ze gedwongen tot vervelens toe schoon te maken en op te ruimen. Nu ze daarvan bevrijd was had ze alles een beetje op zijn beloop gelaten. Razendsnel als altijd ruimde ze de vaatwasser in. De rockmuziek zorgde ervoor dat ze wilde dansen en ze wiegde een beetje heen en weer tijdens het schoonvegen van het aanrecht, maar als ze echt los zou gaan zou Dora misschien denken dat ze met een gek samenwoonde. Of erger nog: ze zou aan Karen rapporteren dat haar moeder nu helemaal doorgedraaid was.

Met een in een bleekoplossing geweekte doek veegde ze de patrijspoorten. Daar vormde zich altijd snel condens en vervolgens zwarte schimmel. Het was haar boot niet, ze huurde hem alleen maar, maar het was wel haar huis. Toen Michael, een oude studievriend van Philip, de boot had aangeboden als toevluchtsoord, was ze dolblij geweest.

Philip was faliekant tegen het idee geweest. 'Je kunt toch niet op een boot gaan wonen!' had hij gezegd. 'Wat een belachelijk idee! Waarom huur je niet ergens een appartement of een huis?'

Na zijn woorden verdween iedere twijfel of op een boot wonen eigenlijk wel zo'n heel goed idee was als sneeuw voor de zon. In een goedkopere, eenvoudigere versie wonen van het huis dat ze gewend was, zou vernederend zijn. Een totaal andere oplossing leek een veel beter idee. 'Omdat ik op een boot wil wonen,' had ze vastbesloten gezegd, 'en jij houdt me niet tegen!'

Philip kon vrij controlerend zijn en het besef dat hij het recht had verspeeld om zijn vrouw te vertellen wat hij vond dat goed voor haar was, had hem even doen zwijgen. 'Nou, als je maar niet bij mij komt aankloppen als het verkeerd gaat!' had hij uiteindelijk gezegd.

'Philip, je hebt me voor een jongere vrouw verlaten. Als ik ooit iets van je nodig heb, vraag ik dat aan je!' Ze had diep adem gehaald. 'Ik heb bijna dertig jaar voor jou en Karen gezorgd, ik heb mijn carrière opgegeven, ik heb het huis en de tuin bijgehouden, me voor de gemeenschap ingezet en gastvrouw gespeeld voor jouw saaie zakenvrienden. Je bent me heel wat verschuldigd!'

'Je kunt geweldig koken,' had hij gezegd in een poging de vrouw die een stuk sterker was geworden dan ze tijdens hun huwelijk was geweest gunstig te stemmen.

'Dat weet ik! Maar ik kook niet meer voor jóú!'

'Jo, ik voel me echt heel schuldig. Dat weet je toch?'

'Nou, hoe denk je dat ik me voel? Dat zal ik je vertellen: afgedankt. Als een oud tapijt dat jaren lang dienst heeft gedaan en vervolgens naar de plaatselijke vuilnisbelt wordt gesleept! Zo voel ik me. En als ik op een boot wil wonen, dan doe ik dat.'

Michael was heel blij geweest met het idee dat zijn boot bewoond bleef. Ze had met hem afgesproken en hij had haar rondgeleid.

'Ik ga voor minstens een jaar naar het buitenland en boten hebben verzorging nodig, dus je zou me een dienst bewijzen.'

'Heel aardig van je om aan mij te denken,' had Jo gezegd.

'Ik zou niet aan je gedacht hebben als Philip me niet gemaild had om te vertellen wat er was gebeurd.'

'Heeft hij dat gedaan? Wat vreemd! Zo vaak zagen jullie elkaar toch niet?'

'We hebben elkaar ook al jaren niet gezien, maar we hebben elkaars e-mailadres en hij heeft een mailtje naar iedereen in de map "oude vrienden" van zijn adresboek gestuurd.'

'Niet waar!'

Michael had geknikt. 'Ik denk niet dat hij er trots op is, Jo. Hij vond gewoon dat iedereen het moest weten.'

Jo had gezucht en geprobeerd zich niet weer helemaal opnieuw bedrogen te voelen. 'Nou ja, ik heb er profijt van. Het is een prachtige boot en het lijkt me enig om hier te wonen.' Zeker toen ze ontdekte dat ze nog steeds met Karen kon mailen en haar mobiele telefoon zou kunnen gebruiken, op sommige plekken van de boot dan tenminste.

'Het is een fijne gemeenschap,' had Michael gezegd. 'Mensen van allerlei rangen en standen wonen hier. Sommigen constant, anderen alleen in het weekend, maar het zijn goeie mensen. Ze schieten je te hulp als dat nodig is.'

Jo wilde zeggen dat dat niet nodig zou zijn, maar toen realiseerde ze zich dat ze nog veel van het botenleven moest leren en waarschijnlijk van tijd tot tijd mensen om hulp zou moeten vragen, dus zei ze toch maar niets.

Drie weken later was ze er ingetrokken. Philip had haar spullen gebracht; zijn schuldgevoel maakte hem bijzonder behulpzaam. Na een paar kleine beginnersproblempjes, zoals toen ze hulp nodig had om de hoospomp aan het werk te krijgen, had ze zich als de spreekwoordelijke vis in het water gevoeld.

'Zolang ik maar nergens heen hoef te varen,' zei ze over de telefoon tegen Michael toen hij haar opbelde om te vragen of ze helemaal geïnstalleerd was, 'is het helemaal perfect!'

En nu had ze Dora. Als Dora's situatie niet zo wanhopig was geweest zou ze haar dochter ervan verdenken Dora op haar afgestuurd te hebben. Hoewel ze niet echt eenzaam was, zat het wel bij haar ingebakken om voor mensen te zorgen. Een surrogaatdochter met een gebroken hart was precies wat ze nodig had.

Binnenkort moest Jo gaan bedenken hoe ze aan de kost zou kunnen komen. Philip had haar vrij veel geld gegeven. Dat zag ze als een gouden handdruk en ze voelde zich niet bezwaard om het aan te nemen. Als ze straks uiteindelijk gescheiden waren, zou ze waarschijnlijk recht hebben op een deel van de waarde van het huis, maar tot die tijd wilde ze zoveel mogelijk van haar geldbedrag intact houden. En hoewel de aanwezigheid van Dora haar leven meer richting zou geven, moest ze ook iets anders omhanden hebben. Sinds ze op de boot aangekomen was, had Jo haar vrije tijd gebruikt om het schilderwerk in de oorspronkelijke bootsmanshut, nu haar slaapkamer, aan te pakken. Dat was een nauwgezet werkje dat ze meestal deed als er iets leuks op de radio was. Er moest veel geschuurd en gevuld worden en ze was pas kortgeleden aan het daadwerkelijke schilderwerk toegekomen. Ze zag het als een soort tegenprestatie voor de vrij lage huur van haar verblijfplaats. Maar ze wist dat ze uiteindelijk een baan zou moeten zoeken.

Het probleem was dat het praktisch onmogelijk zou zijn een baan te vinden. Ze was nooit in de verleiding gekomen om te gaan studeren en had in plaats daarvan een opleiding tot secretaresse gedaan. Daarna had ze wel wat kantoorbaantjes gehad. Maar aan die vaardigheden had Jo nu niets meer. Zelfs als ze een computercursus zou doen zou niemand haar aannemen zonder recente kantoorervaring, en als je al het vrijwilligerswerk dat ze door de jaren heen had gedaan niet meetelde, had ze haar meest recente kantoorervaring vijfentwintig jaar geleden opgedaan bij een adviesbureau in Londen. Ze had om een elektrische typemachine moeten smeken.

Nu had ze al een aantal jaren een computer die ze gebruikte om notulen op uit te werken, aankondigingen op te stellen en — sinds kort — te e-mailen. Maar ze kon niet overweg met spreadsheets of boekhoudprogramma's of wat een modern kantoor ook van haar zou eisen.

'En al zou ik dat kunnen,' had ze tegen Karen gezegd, 'dan nog neemt niemand me op mijn leeftijd aan.'

Haar dochter had afkeurend met haar tong geklakt, hoewel ze wel moest toegeven dat ze gelijk had.

Dus zou ze haar eigen baan maar moeten creëren en voor zichzelf moeten beginnen. Maar nu moest ze eerst voor Dora zorgen. En ze moesten aan een parade meedoen.

'Ik kan niet meer,' riep ze naar Dora, die met een tandenborstel de voegen van de keukentegels aan het schrobben was. 'Heb je al honger?'

'Hm, zeker. Zal ik de vis met patat halen?'

'We gaan wel samen, dan kan ik je laten zien waar de winkels zijn. Je hebt wel een beloning verdiend. Ik ben je oprecht dankbaar voor je hulp, helemaal omdat het je eerste avond hier is.'

Toen ze langs de douches kwamen, bleef Jo plotseling staan. 'O Dora, sorry, ik had nog een brief voor je gekregen. Toen ik zag waar we onze post ophalen, moest ik er ineens aan denken.' Ze rommelde in haar handtas en gaf Dora een envelop.

'Dat is paps handschrift,' zei ze.

'Je hoeft hem nu niet open te maken, hoor,' zei Jo toen ze de uitdrukking op Dora's gezicht zag. 'Doe straks maar. Kom. Ik kan de patat al bijna ruiken.'

Ze aten het grootste gedeelte van hun avondeten onderweg naar huis op. 'We willen natuurlijk niet dat we straks nog meer moeten schoonmaken,' zei Dora. Ze was, besefte Jo, een meisje naar haar hart.